CACHÉ
UN ROMAN D'ASH PARK

MEGHAN O'FLYNN

PROLOGUE

Autrefois, je dissimulais ma domination sous une cape de cuir. Mais je n'ai plus besoin de ce masque.

Je tire mon corps vers le haut, vers le bas, vers le haut, ma chemise collée à mon dos, le tissu poisseux comme du sang. Chaque fois que je relâche mon corps sous la barre et que j'aperçois mes bras ondulant sous l'effort, je peux presque voir mon ascension vers la suprématie dans chaque muscle tendu — tous autrefois si faibles, maintenant durs comme la pierre. Même la lumière des lampes, qui teinte les murs d'une brume jaunâtre, semble miroiter sur ma peau luisante, n'osant pas me toucher.

Il n'en a pas toujours été ainsi.

Je pensais autrefois que mon destin était prédéterminé — gravé dans le marbre. Mon père me l'avait bien dit. Je lançais comme une fille. J'étais doux et hésitant. Personne ne tremblait en me voyant.

N'est-ce pas là la marque d'un vrai homme ?

Une goutte de sueur creuse un sillon humide le long de

mon nez, et je la fixe jusqu'à ce qu'elle tombe, puis je pousse plus fort, grognant contre la brûlure de mes triceps irrités tandis que la transpiration coule sur mes joues comme des larmes. Mais les vrais hommes ne pleurent pas. Les hommes jouent au football et mènent des batailles et ont des emplois honnêtes qui leur rongent les articulations — construction, conciergerie, même chauffeur routier. Je ne déteste plus le souvenir des mains de mon père autour de ma gorge. Un vrai homme est une force imposante, dont la simple voix inspire la terreur, et maintenant le râle de mes propres cordes vocales endommagées est un témoignage de sa brutalité, l'ultime mesure de l'affection virile. Mon père m'a rendu plus respectable. Il a bien fait son travail.

Dehors, une voiture klaxonne, et je le ressens dans mes tripes, une piqûre aiguë d'agitation. Mais elle passe tout aussi rapidement car le salaud au volant n'a visiblement aucun autre moyen d'apaiser son irritation face à sa propre insuffisance qu'en martelant ce fichu klaxon. Il ne peut pas faire ce que je fais. Créer est sauvage, nécessitant plus de coups, de déchirures et de poignardements que n'importe quel boulot de macho — mon travail est l'incarnation même du pouvoir. De la domination. Contrairement à un stupide klaxon.

Ceux qui se cachent derrière leurs klaxons, protégés par des portières d'acier froid et des vitres de verre, ne pourront jamais comprendre ce que ce pouvoir brut et ardent procure, ni ce qu'il m'a accordé. Une femme qui a donné son amour à un homme qui ne le méritait pas, à une quelconque plaisanterie de joueur de football, mérite de souffrir. Une femme qui me regarde et grimace ne mérite pas la pitié — elle mérite d'être brisée. Une femme qui a profité de mon amitié mais a retenu la dévotion qu'elle était censée me donner n'a guère de recours quand je lui montre ma lame.

On me devait leurs affections. On me devait leur adoration.

On me les a refusées.

Je lâche la barre, et le sol tremble sous la force de l'impact, la lumière même vacillant comme si la pièce elle-même frémissait en ma présence. Et elle le devrait. Parce que je sais mieux maintenant. Bien que j'aie pu être repoussé par le passé, je ne laisserai plus jamais rien me dominer. Je n'accepterai plus jamais qu'une putain me délaisse pour un crétin, un sportif dépensant l'argent de papa, chaque voiture de luxe étant une extension de l'ego du salaud, un symbole de son pouvoir. La plupart des hommes sont de ce type. Directs, libres, sans masque, leur autorité toujours supposée et acceptée en raison de la nature de leur apparence — peut-être même en raison de leur naissance. Dans le passé, les femmes m'ignoraient en faveur d'« hommes meilleurs ». Je n'étais pas plus important que la saleté sous leurs talons hauts. Et au milieu de chaque rejet, mon père me chuchotait à l'oreille que je devais me lever, me dresser, les remettre à leur place.

Je devais être un homme.

Et donc je le suis devenu. J'ai repris l'affection des femmes à ces autoproclamés maîtres de l'univers. Ces hommes étaient plutôt comme des bergers débonnaires veillant sur leurs troupeaux, détendus en surveillant leurs domaines, sachant que les moutons étaient les leurs à abattre à volonté.

Mais ils étaient des imbéciles.

Je n'ai plus besoin de prendre ; elles me suivent volontiers, reconnaissantes d'être en présence d'un tel pouvoir, me remerciant de leur avoir montré à quoi ressemble un

vrai homme. Les quelques chanceuses que j'ai choisies n'auront plus jamais à tolérer les affections d'hommes inférieurs — maintenant je les ai pour toujours. Soumises. Silencieuses.
Cachées.

CHAPITRE 1

Edward Petrosky le sentit avant même d'ouvrir les yeux ce jeudi matin : la pression. Certains jours, c'était plutôt comme un tiraillement dans sa poitrine, tel un mendiant motivé mais maladroit qui s'accrochait à ses revers. Aujourd'hui, un éléphant écrasait son sternum. Demain, il pourrait l'écraser complètement.

Il toussa une fois, deux fois, puis avala la glaire et regarda la lumière de l'aube se répandre lentement sur le plafond, dégoulinant le long des murs comme de l'eau sale s'écoulant dans un bac de récupération sous une fuite de toit. *Goutte à goutte, goutte à goutte.* Déjà la journée essayait de le rendre fou.

La lumière atteignit le poster de boys band sur le mur au-dessus du lit, illuminant chaque spécimen gominé avec son sourire figé, et son cœur se serra, comme toujours — mais il n'enlèverait jamais cette image. Il accueillait cette douleur comme un vieil ami dévoué. Mis à part le poster, la chambre de Julie avait été vidée de sa présence, bien que ses vêtements fussent encore empilés dans des boîtes dans son placard. Il l'imaginait fouiller parmi les chaussettes informes et les bandeaux duveteux quand elle aurait atteint la trentaine, disant : « Tu crois que je portais ça ? » Et elle aurait ri. Mais maintenant, il n'y aurait plus de soupirs de souvenirs — il ne restait que les vêtements.

Et ce foutu poster.

Un coup à la porte d'entrée le tira de ses pensées sur les vêtements que Julie ne dépasserait jamais, mais Petrosky ne bougea pas. Le coup se fit entendre à nouveau. Il fit tourner ses chevilles, essayant de libérer la raideur et le gonflement. Peut-être que sa poitrine exploserait, que la lumière s'éteindrait soudainement, et que tout serait fini. Mais la lumière continuait d'arriver avec la persistance d'un tuyau qui fuit — comme ce coup, suppliant d'être reconnu, alors que tout ce qu'il voulait, c'était retourner au lit et oublier qu'il se noyait sous la pression écrasante d'une autre journée.

Le coup se fit entendre une troisième fois, plus insistant, chaque frappe envoyant une douleur lancinante à travers son crâne. Petrosky grogna et se redressa en position assise, la couverture élimée glissant de sa jambe sur le tapis. La femme à côté de lui remua — peut-être à cause de la perte soudaine de la couverture, peut-être à cause du martèlement venant de la cuisine — et se tourna vers le mur. Elle avait enlevé ses talons mais portait toujours sa minijupe sous l'un de ses T-shirts à lui.

Son estomac eut un soubresaut liquide. Il avala difficilement pour empêcher l'horrible aigreur de remonter dans sa gorge et jeta un regard agité à la bouteille vide de Jack Daniels sur la table de chevet. Et à l'aiguille à côté — vide elle aussi maintenant. Vide depuis deux ans, le temps écoulé depuis qu'il s'était permis d'y toucher. Quatre mois depuis qu'il avait mis le Jack de côté. Il gardait toujours les deux sur cette table de chevet, un rappel constant de la nuit où il avait fait une overdose, et du matin suivant quand son partenaire Morrison l'avait trouvé inconscient sur le sol du salon dans une flaque de vomi. Le regard horrifié sur le visage de Shannon, le fixant quand il s'était réveillé à l'hôpital. Et le coût — il le remboursait encore. Morrison l'avait emmené dans un hôpital privé pour cacher sa maladie au département. Le gamin ne savait pas quand abandonner.

Il frappa la bouteille de Jack de la table et la regarda vaciller sur un côté carré puis basculer sur le sol où elle fut sauvée par la couverture. Jack était un sacré bâtard arrogant. Et à juste titre — peu importe combien de fois Petrosky essayait de s'en éloigner, Jack s'accrochait comme une infection trop profonde pour guérir.

Petrosky tituba jusqu'à la cuisine, ne boitant pas tout à fait mais favorisant sa jambe gauche bien qu'il ne se souvienne pas s'être blessé. Il toussa à nouveau, phlegmatique, gélatineux, et cracha dans l'évier. La mousse semblait en colère, une masse de mucus teintée de rose par la veilleuse sur le mur.

— J'arrive ! cria-t-il à la porte. S'ils voulaient venir si tôt, ils pouvaient attendre.

Petrosky attrapa une part de pizza vieille de deux jours dans la boîte ouverte sur le comptoir et en mâcha un coin rassis tout en versant du café moulu dans la cafetière la moins fiable du monde — bien que peut-être fonctionnerait-elle aujourd'hui. Son ex-femme avait obtenu la bonne cafetière dans le divorce, ainsi que la bonne moitié de tout le reste. La cafetière cracha comme elle l'avait fait quand il avait refusé de signer les papiers du divorce, puis abandonna — comme lui l'avait fait.

Il ouvrit brusquement la porte d'entrée avant que les coups ne puissent déclencher une nouvelle vague de douleur dans ses tempes.

— Qu'est-ce qui ne va pas chez toi ? Les yeux bleus de Shannon lancèrent des éclairs venimeux — la femme de son partenaire, toujours l'instigatrice. Des flocons de neige égarés s'accrochaient à une mèche blonde qui s'était échappée de son chignon dans le vent violent, et sa veste flottait autour de son tailleur à fines rayures malgré ses bras croisés. Sa voiture tournait encore dans l'allée. Les enfants étaient probablement endormis à l'intérieur, en route vers la garderie pour qu'elle puisse se rendre au bureau du procureur.

— Tu as apporté du café ? dit-il.

— Je ne suis pas mon mari. Et si tu disparais encore comme ça, je jure que je vais te gifler.

— Eh bien, bonjour à toi aussi.

— Je ne plaisante pas, Petrosky. Morrison est mort d'inquiétude. Il dit que tu l'as déposé au commissariat hier soir et que tu es parti. Il t'appelle depuis ce matin.

— Depuis ce matin ? Où est-il ?

— Au travail. Comme tu devrais l'être.

Une chasse d'eau retentit, et Shannon fronça les sourcils tandis que son regard se portait vers la pièce derrière lui. — Tu as encore une fille de joie ici ?

Il haussa une épaule et prit une autre bouchée de sa pizza.

— Bon sang, Petrosky. Tu vas perdre ton boulot.

Mais Shannon n'allait pas le dénoncer. Petrosky était le seul à savoir pour l'homme qu'elle avait tué. Non pas qu'il l'utiliserait contre elle — Frank Griffen avait mérité de mourir, il serait mort de toute façon à cause de la tumeur dans son cerveau. — Et alors si je perds mon boulot ? dit-il. Sans moi pour attacher ton mari à cette ville, tu aurais carte blanche pour déménager où tu veux. *Loin de ton connard d'ex-mari.* Roger McFadden était le procureur en chef d'Ash Park. Comment Shannon pouvait encore travailler avec ce crétin dépassait son entendement, tout comme le fait que son partenaire ne semblait pas le moins du monde préoccupé par le désir évident de Roger de reconquérir Shannon.

Elle serra la mâchoire, et les cicatrices d'aiguilles autour de sa bouche se plissèrent — vestiges d'il y a deux ans, quand un psychopathe lui avait cousu les lèvres. Cela semblait encore comme hier, un sentiment que son partenaire partageait si la bande de chiens de garde de Morrison était une indication.

Shannon porta ses doigts à ses tempes comme si la conversation lui donnait aussi mal à la tête. — Écoute, juste... oublie ça, d'accord ? Tu veux perdre ton boulot, c'est ton problème. Mais ne te comporte pas comme un connard et ne fais pas... s'inquiéter les enfants pour toi. Elle baissa les bras. — Que dirais-tu de dîner demain ?

— Bientôt.

Elle leva les yeux au ciel et se tourna vers la voiture.

— Taylor, attends.

Elle se retourna vers lui. — J'ai épousé Morrison il y a des années, tu peux arrêter de m'appeler par mon nom de jeune fille.

— Quelle féministe tu fais. Petrosky rentra dans la maison et prit une boîte sur le sol du placard : une voiture télécommandée qui chantait l'alphabet quand on la conduisait.

Il lui tendit le paquet. — Pour Evie. Et Henry, s'il semble intéressé. Dis-leur que Papa Ed les verra bientôt.

— Tu as intérêt à tenir parole, Petrosky. Elle regarda le cadeau comme si elle pensait que ce serait la dernière chose qu'il lui donnerait jamais. Ça pourrait bien être le cas.

Dès que la porte se referma derrière elle, Petrosky prit une autre part de pizza et regarda trois gouttes de boue tomber au fond de la cafetière. Puis, il se retira dans sa chambre, ignorant délibérément la veilleuse de princesse rose qui projetait une lueur rosée sur le comptoir.

Sa chemise bleue à boutons semblait inutilement optimiste, comme s'il anticipait un déjeuner avec la reine. Il l'enfila quand même, couvrant le tatouage du visage de Julie qu'il s'était fait encrer sur l'épaule. La blessure avait cessé de saigner depuis qu'il se l'était fait faire l'année dernière — mais elle ne guérirait jamais. Les boutons tendaient sur son ventre ; bon sang, qui trompait-il, ce n'était pas un simple bourrelet, mais la vraie affaire, honnêtement gagnée à coups de fast-food et d'alcool. Il pouvait à peine rentrer ses chemises ces jours-ci. Il résista à l'envie de donner un coup de pied à la bouteille de Jack et enfila un jean, des baskets grises et son holster d'épaule.

Petrosky se retourna brusquement quand le téléphone sonna et suivit le carillon de "Surfin' USA" jusqu'à la cuisine, grimaçant à la sonnerie agaçante que son partenaire avait mise sur son portable, sachant qu'il n'avait aucune idée de comment l'éteindre. *Putains de surfeurs.* Il attrapa le portable derrière la cafetière — le dernier endroit où il aurait cherché s'il n'avait pas sonné. — Qu'est-ce qu'il y a, gamin ?

— Salut, Chef. On a une situation sur Pearlman, près de Martin Luther King. Une femme découpée sur sa pelouse. Je t'envoie l'adresse par texto.

— Tu sais que je déteste les tex-

— Tant pis, vieux croulant. Je t'apporte aussi du café, alors éteins cette antiquité.

Petrosky jeta un œil en coin à la cafetière, qui crachait toujours de la vapeur dans l'air. Il y avait trois gouttes dans le pot, comme quand il avait quitté la pièce. *Fils de pute.* Il ouvrit la bouche pour lancer une réplique sarcastique à Morrison, mais la ligne coupa.

— Tout va bien, chéri ? La fille sourit timidement, comme une petite enfant, mais elle n'était pas une enfant. De vieux yeux le regardaient sous des cils empâtés de mascara, ses rides de froncement encroûtées de maquillage. Elle avait enlevé son T-shirt pour révéler un haut à bretelles et une jupe qui n'aurait pas été assez chaude en mai, encore moins en plein hiver.

— Je dois y aller. Il sortit son portefeuille de la poche de son manteau et en tira quatre billets de cent.

Ses yeux s'écarquillèrent. Elle prit l'argent. — Tu ne veux pas que je... fasse quelque chose pour ça ?

— Achète un manteau.

Elle le regarda, bouche bée.

— Allez, je te ramène où je t'ai prise. Il mit le téléphone dans sa poche, lança un regard noir à la cafetière vide et enfila sa veste. Un autre jour, une autre fille, un autre trajet pour la laisser au coin de la rue aussi froide qu'il l'avait trouvée. Peut-être qu'aujourd'hui serait le jour où un criminel le libérerait enfin de sa misère pour de bon.

CHAPITRE 2

Le dessous de sa voiture gémit tandis que Petrosky manœuvrait sur des rues secondaires cahoteuses et luttait contre un dérapage sur une plaque rebelle de verglas de la nuit dernière, maintenant durcie. Les maisons du côté est d'Ash Park étaient serrées les unes contre les autres, certaines avec à peine plus qu'un espace pour se faufiler entre le garage détaché d'une personne et la maison voisine. La plupart des allées avaient été déneigées, la glace fondant déjà sur les trottoirs salés. Propre. Accueillant, presque comme si ceux qui vivaient ici vous invitaient à entrer chez eux. Seules les fenêtres trahissaient une certaine insécurité — la plupart étaient barreaudées. On pouvait bien nettoyer autant qu'on voulait, mais on ne pouvait empêcher la zone environnante démunie d'empiéter.

Le désespoir ne connaissait pas de limites.

Les quartiers comme celui-ci abritaient quatre types de personnes. Les squatteurs qui restaient discrets. Les jeunes avec des aspirations universitaires qui finiraient probablement par travailler chez McDonald's — non pas parce qu'ils étaient bêtes, mais parce qu'ils n'avaient pas le temps d'étudier quand ils aidaient leurs parents avec les besoins de base. Le troisième type était les personnes âgées qui avaient emménagé dans le quartier à l'époque où Detroit était une métropole florissante. Elles s'accrochaient à leurs positions — au sens propre comme au figuré — racontaient des histoires sur le bon vieux temps, et claquaient de la langue quand les squatteurs ne prenaient pas soin de leurs jardins. Parfois, ces vieux bougres appelaient même les autorités comme si les flics n'avaient rien de mieux à faire que de régler des disputes sur la pelouse.

Il tourna sur Pearlman et fronça les sourcils lorsque les lumières clignotantes rouge et bleue d'une voiture de police garée irritèrent ses yeux. Puis il y avait le quatrième type : les criminels — cambrioleurs, drogués, le violeur occasionnel. Et bien sûr, les tueurs.

La rue grouillait de flics en uniforme, la plupart déroulant du ruban jaune de scène de crime ou aboyant des ordres. Des connards de flics qui ne savaient pas ce qu'ils faisaient. Autour du périmètre des barricades, les gens se regroupaient par trois ou quatre, évaluant la scène de crime animée d'un œil méfiant. Presque tous avaient plus de soixante ans — logique. Peut-être que leur suspect était parmi eux, mais plus probablement, ce n'étaient que des fouineurs sans rien à faire.

Petrosky se gara de l'autre côté de la rue derrière la voiture de Morrison, une Fusion que le gamin insistait pour dire qu'elle sauverait le monde parce qu'elle était électrique. Bien que Morrison prétendait aussi que la voiture était bleue alors qu'elle était en réalité d'un gris délavé — une sorte d'étain, comme des nuages d'orage sans conviction.

Petrosky ne pouvait pas voir la pelouse au-delà de la voiture de patrouille dans l'allée, ses lumières clignotant comme un phare pour les badauds, ses pneus détruisant probablement des preuves cruciales. Mais qu'en savait-il ? Il n'était qu'un détective.

Il plissa les yeux à travers le pare-brise vers un groupe d'hommes plus âgés, l'un d'eux riant à quelque chose que l'autre avait dit, de la vapeur s'échappant de sa bouche sous un bonnet tricoté. Beaucoup trop de gaieté pour la situation. Quand il sentit des yeux sur lui, Petrosky remarqua le groupe de vieilles poules debout sur le trottoir derrière sa voiture, et fusilla du regard une femme en bottes et en robe de chambre jusqu'à ce qu'elle détourne les yeux.

Aucun des autres flics ne surveillait les observateurs. *Idiots.* Ils devaient faire attention ; beaucoup de tueurs aimaient revenir admirer leur œuvre. Ce n'était probablement pas ce genre de situation — un coup de couteau sur la pelouse avant était probablement un vol qui avait mal tourné, peut-être avec un viol puisqu'ils l'avaient appelé — mais il était devenu particulièrement paranoïaque depuis l'affaire Adam Norton.

Cela faisait deux ans que Norton avait enlevé Shannon et sa fille, Evie. Le fait qu'il s'en soit tiré irritait encore Petrosky. Et la maison où Norton avait torturé ses victimes était à moins de trois kilomètres de ce bout de toundra glaciale et détestable où il était assis maintenant.

Petrosky sortit de la voiture et se dirigea vers l'allée, mais s'arrêta au milieu de la route pour examiner une paire de traces noires sur l'asphalte — des traces de pneus. De leur suspect, ou d'un autre connard qui avait démarré en trombe ? Quelqu'un avait intérêt à avoir prélevé des échantillons avant que les spectateurs n'arrivent.

Il leva les yeux au bruit de pas qui approchaient, et voilà que venait Surfer Boy, une tête au-dessus de tous les autres dans la police et avec des dents assez grandes pour vous mordre s'il ne souriait pas toujours comme un drogué qui venait d'apprendre que l'herbe était légale. Bien que ces jours-ci, les cernes sous les yeux de Morrison étaient plus sombres, les creux plus profonds. Le boulot — ça vous atteignait. La vie vous atteignait. Au moins, le gamin s'habillait toujours bien ; le col de sa veste de costume dépassait de son manteau de laine. Un Hulk Hogan boutonné mais sans le bandeau jaune tape-à-l'œil.

Il devrait offrir un bandeau à Morrison. Le gamin adorerait cette merde.

— Ils ont vérifié ça ? aboya Petrosky, en désignant la rue.

— Bonjour, Chef. Et oui, ils ont déjà prélevé des échantillons sur les traces. Photos, tout le tralala. Petrosky pouvait presque sentir l'animal sur les mains gantées de cuir de Morrison alors qu'il lui passait une tasse en acier inoxydable. Pas de polystyrène. Sauvons cette foutue planète, et tout ça. *Mais qu'on emmerde les vaches — les gants en cuir sont chauds.*

Morrison sirotait son propre café dans une autre tasse en acier avec un symbole de paix gravé sur le côté dans un turquoise beaucoup trop vif pour tout officier qui se respecte. La même, tous les jours, comme si le gamin avait besoin d'un rappel pour être zen.

Morrison fit un geste vers le manteau de Petrosky.

— C'est celui que Shannon et moi t'avons offert ?

— C'est ça, Nancy. Tu fais les meilleurs choix de style.

— Je le dirai à Shannon.

Petrosky haussa les épaules. Il avait vraiment une bonne poche pour le flingue. Bien meilleure que les vestes fournies par le département.

— Tu as regardé les Lions hier soir ? sourit Morrison.

Petrosky s'éclaircit la gorge et plissa les yeux.

— Je t'ai appelé deux fois, dit Morrison. Je me suis dit

que peut-être tu... regardais un match ou quelque chose comme ça.

Non, tu voulais savoir si j'étais bourré. Petrosky résista à l'envie d'effacer le regard entendu du visage de Morrison. — J'étais juste occupé, gamin. Il prit une gorgée de la tasse — le café de Morrison était bien meilleur que ce que sa cafetière produisait dans ses meilleurs jours. — Va te coiffer. On dirait que tu viens de tailler une pipe à un âne.

Morrison passa sa main sur sa coupe de cheveux : court sur les côtés, épais et ondulé et beaucoup trop long sur le dessus. Le gamin appelait ça le "Marky Mark"... quoi que cela veuille dire. — En parlant de cheveux, tu devrais envisager ce truc de Rogaine. Avec un peu de soin, tu ferais un malheur auprès des dames.

— Va te faire foutre, California. Il était peut-être irritable, mais au moins il était sincère.

— Je t'ai aussi pris une barre de céréales, dit Morrison alors qu'ils remontaient l'allée vers le garage détaché. Elle est dans la voiture.

— La prochaine fois, épargne-toi cette peine et va directement au magasin de beignets. Quel genre de flic es-tu, d'ailleurs ?

— Il faut savoir sortir des sentiers battus, patron.

— Ce n'est pas parce que *toi*, tu as un diplôme d'anglais et plus de passe-temps que James Franco que le reste d'entre nous est aussi évolué. Certains d'entre nous sont encore des singes parlants.

Morrison haussa un sourcil.

— Qu'est-ce que tu sais sur James Franco ?

Petrosky n'eut pas le temps de répondre. Au-delà des voitures de police, la pelouse apparut, avec un groupe de policiers et de techniciens au milieu, bloquant ce qui était probablement le corps. Ils s'arrêtèrent à côté d'un technicien de scène de crime agenouillé, vêtu d'une veste noire à capuche, dont les mains gantées étaient suspendues au-dessus de l'herbe morte.

— Qu'avez-vous trouvé ? lui demanda Petrosky.

— De petites empreintes, de grandes empreintes, quelques trous dans le sol, répondit l'homme sans quitter la terre des yeux, son visage caché dans le trou noir de sa capuche.

— De petites empreintes, hein ? Le vent glacial piqua le nez de Petrosky. C'était pour ça qu'on l'avait appelé. Les crimes sexuels traitaient des cas spéciaux : prostitution, violence domestique, maltraitance d'enfants et autres. Avec un enfant impliqué, ce n'était pas un homicide standard ou une invasion de domicile.

— Ouais. Le technicien ne daignait toujours pas les regarder. Les plus petites empreintes vont jusqu'à la maison, mais elles semblent commencer ici, sur la pelouse. Elles auraient pu arriver par les pavés à l'arrière, cependant. Probablement faites par un enfant dans tous les cas. Il fit un geste vers la rue. Je pense que votre tueur est venu de l'avant, avait l'enfant avec lui, peut-être l'a fait frapper à la porte pour attirer notre victime dehors. Mais vous pourrez en dire plus après qu'ils auront poudré la porte - les empreintes ne sont pas mon travail aujourd'hui.

Les spéculations non plus. Petrosky plissa les yeux vers le sol où la terre remontait à travers l'herbe morte comme si quelqu'un avait essayé d'ouvrir la terre. — Prévenez-moi quand vous aurez quelque chose de concluant de la part de la police scientifique plutôt que des suppositions sans fondement.

L'homme leva enfin la tête assez longtemps pour grimacer tandis que Petrosky se dirigeait vers le trottoir devant la maison, scrutant tout ce qui sortait de l'ordinaire - enfin, tout sauf la femme morte sur la pelouse. L'allée était encore gelée à cause du verglas du petit matin. Lisse et glissante, sans aucune indication que quelqu'un l'avait perturbée depuis la tempête, mais les précipitations pouvaient cacher des preuves ou les faire disparaître complètement - ils vérifieraient sous la glace pour s'assurer qu'ils ne manquaient rien. À côté de l'allée, la perturbation était plus évidente ; des creux boueux marquaient la pelouse comme si quelqu'un avait utilisé le côté d'une batte de baseball pour agresser le sol. Qu'est-ce qui pourrait laisser une empreinte comme ça ? Un poteau ? Mais non, les marques étaient trop grandes pour ça - de la taille d'une balle de softball. Et... les empreintes de pas. Certaines petites, d'autres plus grandes, mais aucune particulièrement profonde dans la terre gelée. Rien sur le trottoir, sauf une tache qui aurait pu être le talon d'un enfant. Et ce qui ressemblait à l'empreinte d'une chaussette sur le porche.

Il se pencha plus près. De minuscules fils roses étaient incrustés dans la boue sur la plante et le talon du pied en rangées uniformes comme des rainures. Des chaussettes-pantoufles. Julie en avait eu quelques paires. D'après la couleur du duvet, l'enfant était probablement une fille.

Un enfant sans chaussures en plein hiver était définitivement un mauvais signe. Peut-être qu'elle fuyait le criminel et avait frappé à la porte pour demander de l'aide - ce qui faisait de la victime sur la pelouse un dommage collatéral plutôt que la cible. Sans connaître la victime visée, leur affaire serait encore plus difficile à résoudre, et ils avaient toujours un enfant en danger. Quelque part.

— La victime est Elmira Salomon, dit Morrison tandis que Petrosky sirotait son café - agaçant de délicieux, comme toujours. Soixante-huit ans, tuée à coups de couteau avec une sorte de grand couteau, peut-être une machette. Je vais faire le tour par derrière, vérifier les empreintes sur le côté de la maison. Il tapota le dossier sous son bras. Depuis que Shannon avait été enlevée, la paperasserie de Morrison était devenue encore plus précise. Ce devait être les nerfs. Peut-être la culpabilité. Petrosky ne comprenait que trop bien.

— Tu as déjà un dossier classifié ? demanda-t-il, utilisant le terme bizarre de son partenaire pour les sous-sections du dossier de l'affaire. "Les dossiers plus fins sont plus faciles à transporter," lui avait dit Morrison, bien qu'ils les mettent tous dans le dossier principal de l'affaire à la fin de la journée de toute façon.

— J'ai toujours les classifiés. Morrison se tourna pour partir, ouvrant déjà le dossier pour vérifier les notes qu'il avait sur les empreintes. J'en ai un pour les notes de la scène aussi, et un autre pour le porte-à-porte au cas où on devrait se séparer.

— On dirait un gaspillage d'arbre, lui cria Petrosky, puis il tourna son regard vers la victime, et les deux techniciens de scène de crime au sol près de son corps. Elle gisait face contre terre dans l'herbe juste à côté du perron, sa robe de chambre étalée autour d'elle comme si elle était étouffée par un ange de neige. Des boucles grises et raides s'enroulaient de sa tête comme des ressorts, sauf celles qui étaient aplaties par le sang - du sang, et ce qui pouvait être de la matière cérébrale. Les taches sur son dos étaient larges, le sang coagulé d'un bordeaux gelé sous la faible lueur jaune de la lumière du porche - son cœur battait encore quand elle avait saigné à travers la robe. Mais la robe elle-même n'avait pas été lacérée. *Intéressant.* Bien qu'elle soit sur le ventre maintenant, elle devait être allongée sur le dos quand elle avait été agressée pour que tant de sang imbibe l'arrière de ses vêtements. Et ses jambes étaient droites comme si elle était simplement tombée en avant et avait atterri face contre terre dans l'herbe. Elle avait été *arrangée*.

Petrosky plissa les yeux vers la glace autour du corps,

puis vers la terre exposée près de ses jambes. Il y avait quelques empreintes de pas, mais pas le désordre auquel on s'attendrait avec une lutte importante. Elle n'avait pas eu le temps de se battre.

Il s'approcha des techniciens.

— Vous l'avez retournée ?

— Non, monsieur, répondit l'un d'eux. C'est comme ça qu'on l'a trouvée. Et le médecin légiste est déjà passé, donc si vous voulez jeter un coup d'œil avant qu'on la mette dans un sac...

Petrosky s'était déjà agenouillé par terre.

— Donnez-moi un coup de main, technicien.

Le gars grimaça mais coopéra, et ils retournèrent délicatement ce qui restait de Salomon. Le technicien se retira dès que son corps retomba contre la terre.

Ah, merde. Une entaille béante lui traversait la gorge, sauvage et dentelée. Le côté de sa tête avait été frappé si violemment avec une lame que la matière cérébrale blanche et grise, marbrée de sang, était visible sous l'entaille. Sur sa poitrine et son abdomen, une demi-douzaine de balafres — la plupart assez profondes pour avoir causé la mort à elles seules — quadrillaient ses côtes, son ventre, ses seins. Des plaies béantes, gélatineuses et humides, noircies par le sang coagulé ou gelé. Une côte perçait la surface de sa peau comme une épée d'os. Sûrement que son tueur n'avait pas essayé d'arracher l'os de sa poitrine. L'arme avec laquelle il l'avait poignardée s'était-elle coincée ? Probablement cette dernière option — l'attaque avait été vicieuse, mais le tueur n'avait pas eu le temps de retirer des os ou quoi que ce soit d'autre. Ils étaient sur la pelouse avant dans un quartier calme mais peuplé ; n'importe qui aurait pu arriver.

Petrosky jeta un coup d'œil à sa droite, scrutant l'intérieur de la maison, qui n'était pas à plus de cinq grands pas. Les portes extérieures étaient ouvertes, un morceau de moustiquaire en lambeaux battant dans l'air de janvier. Un autre technicien de scène de crime extrayait quelque chose du moulage autour de la porte, sa doudoune vert pois bloquant la vue de Petrosky.

Les bottes de Petrosky claquaient sur l'allée, et il essaya d'ignorer la différence de taille entre ses propres empreintes et les petits pieds qui avaient laissé les autres. *Juste un enfant.* Combien l'enfant avait-il vu ? Était-il encore en vie ?

Le technicien à la porte se retourna, un nouveau gars avec un sourire de travers et des yeux plissés par le vent et une certaine génétique asiatique. — Détective.

— Qu'avez-vous trouvé ?

— Coup de couteau, blessures à la poitrine et à la tête. Elle s'est vidée de son sang.

— Je peux voir ça, génie. Je veux dire, que faites-vous ici ?

Le gamin rougit. — Oh, d'accord. Euh, nous avons trouvé des marques ici sur le moulage. Assez profondes — il y avait de la force derrière. Comme si quelqu'un avait frappé avec une hache, mais c'était plus tranchant. Plus fin. Et le motif... Il fit un geste vers le cadre de la porte, et Petrosky se pencha pour examiner les marques. Certaines étaient petites — quelques centimètres tout au plus, la taille d'un couteau standard — mais chacune avait oblitéré un morceau du moulage d'un côté. Les autres marques étaient longues, beaucoup plus larges qu'une hache, les bords droits et uniformes autour du bois éclaté.

— Deux armes différentes ?

— On dirait bien. Le technicien hocha la tête vers la porte. — Et l'une des armes a un barbillon, comme un crochet. Ça a arraché des sections du moulage quand il l'a retirée. Avec un peu de chance, on en saura plus quand j'aurai démonté le moulage lui-même. Il secoua la tête. — Je n'ai jamais rien vu de tel.

Un crochet. Ça expliquait la côte. Petrosky fixa son regard sur les entailles inférieures. Plus sombres que les autres, mais pas à cause de la profondeur des entailles. *Du sang.* Une partie du carnage avait éclaboussé autour du cadre de la porte comme si le tueur avait fait un mouvement de balayage avec l'arme déjà souillée et avait raté, ou comme si la lame avait frappé Salomon puis continué sa trajectoire vers la maison et s'était enfoncée dans le cadre de la porte. Ça devait être la même arme utilisée sur la victime, mais qu'est-ce qui laisserait des entailles de tailles différentes comme ça ? Le tueur avait-il vraiment manié deux armes différentes ?

— Ce n'est définitivement pas l'œuvre d'un pro chevronné, dit Morrison derrière lui, et Petrosky se retourna. Depuis combien de temps ce hippie sournois était-il là ? — Il n'est pas juste venu ici pour la tuer, sinon il aurait mieux planifié, gardé ça propre. Ce n'est pas non plus un cambriolage habituel.

Alors pourquoi quelqu'un est-il venu ici pour la découper en morceaux ? Petrosky recula sur la pelouse et examina le devant de sa robe au lieu de regarder le gâchis sanglant qui avait été son torse. L'éponge était parsemée de minuscules morceaux d'herbe morte. — Elle était sur le dos quand vous êtes arrivés ?

Morrison secoua la tête.

Bizarre qu'ils l'aient tuée, l'aient laissée se vider de son sang, puis l'aient retournée sur le ventre. Peut-être que le meurtrier ne voulait pas voir son visage. Voir ses yeux morts le juger était-il trop dur ? Même Petrosky ne voulait pas croiser son regard vide.

— Le voisin l'a retournée. Derrière Morrison, l'agent Norman Krowly, le fils du chef de la police, remontait l'allée. Cou épais, épaules larges, et le même air frais qu'ils avaient tous avant que le boulot ne leur suce la vie. Petrosky aurait pu être amer de travailler avec Krowly s'il n'avait pas soupçonné que le chef n'aurait aucun problème à virer son propre sang de la force s'il merdait. Il y a quelques années à peine, elle avait viré son bras droit pour avoir caché une liaison illicite. Le chef n'avait pas de temps à perdre avec des conneries. Petrosky aimait ça chez elle — sauf quand elle était sur son dos pour avoir merdé.

— Le voisin rentrait de son service de nuit. Krowly pointa la maison de l'autre côté de la rue. — Il pensait pouvoir l'aider, l'a soulevée pour la rentrer, mais l'a laissée tomber — c'est pour ça qu'elle était sur le ventre. Il a aussi bougé ses jambes parce qu'il a dit que ce n'était pas correct qu'elle soit allongée les jambes écartées comme elle était tombée. Je lui ai dit que vous passeriez le voir dans peu de temps.

— Donc c'est mieux si elle est face contre terre dans la boue ?

— Il se sent mal pour ça, dit Krowly.

— Il devrait. Il a foutu en l'air une scène de crime. Petrosky se tourna vers l'Asiatique qui emballait le dernier morceau de moulure qu'il avait arraché de la maison. — Allez chez le voisin et prenez des échantillons de tissus. Sang, peau, cheveux, sous ses ongles, tout.

— Vous essayez de l'écarter ? demanda Krowly.

— Ou de l'arrêter s'il l'a tuée.

L'Asiatique passa ses sacs à un autre technicien et commença à traverser la pelouse.

— N'ayez pas peur de lui faire un peu mal, cria Petrosky après lui. Le technicien courut presque sur l'allée.

— Je lui donne trois semaines, dit Krowly. Une s'il doit passer une heure de plus à travailler avec vous.

— Il sera parti demain s'il continue à me dire des trucs que je sais déjà.

Krowly se tourna vers la foule, qui grossissait de minute en minute. Petrosky scanna les visages : curieux, tristes, effrayés, mais personne qui avait l'air excité d'avoir juste manié une machette contre leur voisine âgée.

— Je vais finir le sale boulot, dit Krowly, les yeux toujours sur la foule. — J'aurai une liste de noms et d'adresses d'ici une heure si vous êtes encore là.

— Bien.

— Merci, dit Morrison, et Petrosky sursauta. Il avait oublié que le gamin était là. Morrison inclina la tête vers la maison, sourcil levé, et Petrosky acquiesça.

Au moins à l'intérieur, il ferait plus chaud. Le café hippie de Morrison était la seule raison pour laquelle ses mains n'étaient pas déjà gelées.

CHAPITRE 3

La moustiquaire déchirée avait l'air menaçante, mais la porte d'entrée elle-même était intacte. Pas d'entailles dans le cadre métallique. Une petite table d'entrée en bois surmontée de dentelle reposait sur des pieds effilés juste à l'intérieur de la porte, avec un vase en céramique kitsch posé dessus. La dentelle s'agitait dans le courant d'air froid venant de l'extérieur comme si elle voulait s'envoler.

Petrosky se faufila entre deux techniciens pour entrer dans la cuisine. Un porte-ustensiles au-dessus de l'évier contenait quatre casseroles, les manches tous orientés dans la même direction. Il passa son doigt sur le dessus du réfrigérateur — propre. C'était ça le boulot — observer, examiner, prendre le temps d'absorber chaque détail, voir ce que les autres ne pouvaient pas. Mais cela prenait du temps, et il y avait un enfant quelque part dehors, probablement terrifié. Cette pensée s'accrochait dans les entrailles de Petrosky, bien que ce crochet fût certainement plus petit que celui dont ce psychopathe s'était servi sur Mme Salomon.

Agenouillée sur le sol immaculé de la cuisine, une jeune femme d'une vingtaine d'années aux cheveux d'un noir de jais saupoudrait les tiroirs des placards du bas tandis qu'un rouquin au visage boutonneux observait Petrosky et Morrison derrière des lunettes de chouette. Quel âge avait-il, douze ans ?

— Il me semblait qu'il y avait des lois contre le travail des enfants, marmonna Petrosky à Morrison.

— Il devrait y avoir des lois contre le travail des personnes âgées, mais alors tu serais au chômage.

Petrosky renifla puis demanda à la cantonade :

— Du nouveau ?

La fille aux cheveux noirs se retourna. Elle semblait prête à lui cracher dessus, ils avaient donc probablement déjà travaillé ensemble, mais il se souvenait toujours des idiots — elle devait être compétente. *Bien.*

— Ça ressemble à des traces normales jusqu'à présent, dit-elle, aucun signe d'intrusion, mais nous allons tout envoyer à la criminalistique pour vérifier.

Elle inspira bruyamment et se remit à brosser le placard suivant.

Petrosky se tourna vers l'entrée. Le visage constellé de taches de rousseur avait disparu.

Morrison posa une main sur le bras de Petrosky, et le poids de cette patte était si inattendu que Petrosky la fixa jusqu'à ce que Morrison la retire.

— Bois ton café, et ensuite on ira vérifier les chambres pour des signes de perturbation. Une femme seule, c'est là que je garderais les objets de valeur. Les bijoux en tout cas.

— Tu me donnes des ordres, Surfer Boy ?

— Non, monsieur.

Morrison lui fit un salut moqueur.

— Je suggère simplement que les personnes âgées ont besoin de plus de pauses.

Un reniflement se fit entendre depuis le sol. Petrosky décida qu'il n'aimait finalement pas la furie aux cheveux noirs. Il regarda Morrison s'éloigner, sirota son café en regrettant qu'il ne soit pas si bon, et examina une porte au fond de la cuisine. Probablement le garage. Mais... le garage était détaché. Ce devait être la cave. Il essaya la poignée, mais elle résista, et au-dessus du bouton brillait un verrou récent — pas moyen de le crocheter avec son couteau suisse. Il pourrait défoncer la porte, mais...

— Je n'ai encore rien trouvé, monsieur.

Le rouquin avait miraculeusement réapparu, ses taches de rousseur maintenant plus rouges que ses cheveux.

— Mais je veillerai à ce que tout soit envoyé au laboratoire.

Apparemment, c'était la journée des évidences répétées. Si seulement Petrosky avait reçu le mémo.

— Tu as une clé pour cette porte ?

Le visage du technicien s'affaissa. Il secoua la tête, et Petrosky le bouscula pour passer. Ils s'en occuperaient plus tard.

Le salon était impeccable. Des sols immaculés. Des coussins de canapé en velours floral, sans taches, sans signe d'affaissement, contrairement à son propre canapé de fainéant. Les deux plantes en pot près de la fenêtre en baie n'avaient même pas de terre sur leurs feuilles, pas une trace de saleté sous les pots. Rien de dérangé, aucune preuve d'effraction, pas même un acarien. Juste leur désordre dans l'entrée : de la poudre pour les empreintes digitales, et une feuille occasionnelle qui tourbillonnait dans la brise glaciale venant de l'extérieur. Oh, et ce cadre de porte mutilé. S'il existait une vie après la mort, Mme Salomon devait être sacrément en colère en regardant tout ça d'en haut.

Il monta à l'étage. Le lit d'amis était fait si serré qu'on

aurait pu y faire rebondir un des techniciens de la scène de crime. À travers une salle de bains Jack et Jill qui sentait l'eau de Javel, Petrosky entra dans la chambre principale. La porte du placard était ouverte, une rangée bien ordonnée de vêtements visible à l'intérieur, mais un cintre en bois reposait solitairement sur la moquette, où il pouvait encore voir les traces de l'aspirateur. Le lit n'était pas fait, la couette froissée au pied du lit. Assez désordonné pour être une anomalie.

— On dirait qu'elle a entendu quelque chose, a attrapé sa robe de chambre et a couru en bas, dit Morrison depuis son poste près de la fenêtre, griffonnant sur une feuille dans son dossier manila comme si ces notes allaient compter plus tard — et elles compteraient probablement. C'était pour ça que le gamin était en charge de la paperasse.

— Tu crois qu'elle a surpris notre gars en train d'essayer d'entrer par effraction ? demanda Morrison.

Qui emmène un enfant pour un cambriolage ? Mais après tout... les gens faisaient des trucs bizarres. Et ils devaient exclure toutes les possibilités, ou ils ne faisaient pas leur boulot.

— Elle a entendu quelque chose d'inhabituel, c'est sûr. Mais cette arme... Un pistolet est bien plus facile pour un vol ou même pour un meurtre s'il voulait la tuer.

Petrosky scruta la chambre, en désordre selon les standards de cette femme, exceptionnellement rangée selon les siens.

— Je n'imagine pas qu'il ait prévu de venir ici pour la découper sur la pelouse. Si le vol était le motif, peut-être qu'elle l'a effrayé, et il a pris l'arme dans sa voiture.

— Ou elle.

— Quoi ?

— Une tueuse femme avec une hache aurait eu assez de force derrière son coup pour faire... ça.

Morrison abandonna ses notes et tira un pan de rideau pour faire un geste vers la fenêtre.

— Avec un peu de chance, la criminalistique trouvera quelque chose sur les traces de pneus.

— Des signes de perturbation autres que ce que Salomon a fait elle-même en essayant de descendre ?

— Pas ici. Mais il y avait d'autres empreintes de pas à l'arrière et sur le côté de la maison. Et la fenêtre de la cave — le verre a été brisé avec une pierre.

— La porte de la cave est verrouillée, dit lentement Petrosky.

Trop de coïncidences que le seul endroit où quelqu'un ait brisé une fenêtre soit le seul endroit qui était verrouillé. Soit le tueur essayait d'entrer, soit l'enfant cherchait un endroit pour se cacher.

— Peut-être que ce psychopathe cherchait quelque chose — ça pourrait encore être en bas.

Il traversa la pièce jusqu'à la commode. Une brosse à cheveux à manche argenté était posée dessus — fantaisie, pas cette merde en plastique bon marché qu'il achetait toujours — ainsi qu'une pelote à épingles et un roman de poche.

— Le tueur n'essayait pas d'entrer dans la cave, Chef. Les empreintes sur le côté de la maison près de la fenêtre étaient celles de l'enfant.

Morrison poursuivit en décrivant un ensemble plus large d'empreintes de course qu'ils avaient trouvées plus près de l'allée, une botte d'homme, pointure 45 ou 46. Identiques aux grandes empreintes devant. L'expression de Morrison était peinée lorsqu'il dit :

— Je suppose que l'enfant fuyait le suspect et a essayé de se faufiler par la fenêtre pour se cacher, mais l'ouverture était trop petite. Le bris de la fenêtre a probablement réveillé Mme Salomon.

Ainsi, la gamine avait essayé d'entrer dans le sous-sol et avait échoué. Si elle s'était échappée dans une autre maison, quelqu'un les aurait déjà alertés. Et si le tueur avait simplement été pris au dépourvu par une enfant, il y aurait un autre corps sur la pelouse. Un tueur surpris en train de découper une femme n'aurait pas hésité à découper un témoin, enfant ou non. Alors à quoi avaient-ils affaire ?

Un mal de tête commençait à s'installer dans les tempes de Petrosky, et les muscles de son cou tressaillaient comme si de petits courants électriques essayaient de descendre le long de sa colonne vertébrale. — On va quand même vérifier le sous-sol, dit Petrosky en se frottant le cou pour essayer de détendre la crampe. On veut s'assurer que Mme Salomon n'a pas une énorme réserve de coke là-dessous.

— Elle n'a pas l'air d'être ce genre de personne, dit Morrison. Quoique j'imagine que rarement...

— Bien sûr que si. Presque toujours.

— C'est juste parce que tu es méfiant envers absolument tout le monde.

— Comme tu devrais l'être. Petrosky s'agenouilla pour regarder sous le lit mais ne vit rien, pas même un seul mouton de poussière comme ceux qui envahissaient son appartement. Il doit y avoir plus ici que ce qu'on voit. Ce type avait frappé avec son arme assez fort pour la loger dans le mur, au moins six fois — beaucoup plus de force que nécessaire pour neutraliser une vieille dame. Il n'avait pas seulement voulu s'assurer qu'elle était morte. Il avait voulu la mettre en pièces.

Des voix qui s'élevaient quelque part en bas interrompirent les pensées de Petrosky — une femme qui criait. Lui et Morrison se regardèrent et se précipitèrent dans les escaliers.

— Non, c'est la maison de ma mère, suppliait une voix féminine. Je dois parler à quelqu'un qui est responsable.

Juste ce dont on avait besoin. Les jambes de Petrosky étaient lourdes — ses chaussures semblaient serrées. Il avait déjà besoin d'une fichue sieste, et ce n'était même pas encore l'heure du déjeuner.

Au bas des escaliers, Krowly se tenait avec une femme blonde pâle en bottes à talons, un bas de pyjama et une veste bouffante qui engloutissait presque sa silhouette mince.

— Pas de famille sur ma scène de crime, aboya Petrosky.

— S'il vous plaît, je...

— Comment vous appelez-vous ?

— Courtney. Courtney Konstantinov.

Il jeta un coup d'œil à Morrison, et Cali sortit son calepin pour prendre une note. — Je vous parlerai au poste, dit Petrosky.

Son visage était strié de larmes. — Je veux juste...

— Puisque vous êtes là, nous aurons besoin d'une clé pour la porte du sous-sol.

— Je... n'en ai pas sur moi, mais...

Petrosky se tourna vers Krowly. — Défoncez-la.

— Non, s'il vous plaît, je vais chercher la clé ! Elle est quelque part par ici !

— Nous n'avons pas le temps pour une recherche à l'aveugle.

— Je viens de perdre ma mère, bon sang ! Sa voix était devenue perçante. Elle adorait cette maison, juste...

— Nous n'avons pas le temps pour une recherche, répéta Petrosky plus doucement. Il pourrait y avoir quelque chose dans le sous-sol qui soit pertinent pour cette affaire. J'essaie d'attraper le meurtrier de votre mère, pas de jouer les femmes de ménage.

Morrison lui posa une main sur le coude. Petrosky le repoussa mais s'écarta pour que Morrison puisse dire un mot à la fille de Salomon. Le gamin était meilleur pour gérer ce genre de chagrin.

— Pourquoi la porte est-elle verrouillée, madame ? La voix de Morrison était si lente et calme que Petrosky aurait pu croire qu'il venait de fumer un joint.

Les épaules de la femme se détendirent et elle prit une profonde respiration. — Je sais que c'est bizarre de verrouiller le sous-sol comme ça, mais ça la faisait se sentir en sécurité.

En sécurité. Peut-être que Mme Salomon avait une raison d'avoir peur... mais une serrure sur la porte du sous-sol n'allait empêcher personne de lui faire du mal. Ne l'avait pas empêchée de se vider de son sang sur la pelouse. Que cachait-elle ? Petrosky s'avança. — Quelqu'un en avait après votre mère ? Gardait-elle quelque chose de spécial là-bas ?

— Oh, non, rien de tout ça. La femme secoua la tête. Maman la gardait verrouillée parce qu'elle a des chauves-souris qui vivent là-bas ; des chauves-souris et des souris et peut-être même des rats — elle a toujours eu peur des maladies ou je ne sais quoi. Elle n'a jamais pu s'en débarrasser quoi qu'elle fasse, et elle est tellement maniaque de la propreté... *était* tellement maniaque de la propreté... Ses yeux se remplirent de larmes. S'il vous plaît, ne la défoncez pas. S'il vous plaît. Je vais vous trouver la clé.

Petrosky regarda au-delà d'elle dans la cuisine, où la porte du sous-sol l'appelait comme une sirène, le suppliant presque de trouver un moyen d'entrer. Mais les reniflements de la femme, les débuts du chagrin ou peut-être du déni... Elle essayait de s'accrocher à quelque chose, n'importe quoi qu'elle pouvait contrôler. Parfois, c'étaient les petites choses qui apportaient du réconfort. Comme la veilleuse rose d'une fille décédée au-dessus de l'évier de la cuisine. Et les portes intactes.

— Il n'y a aucune preuve que le tueur ait même essayé d'entrer dans la maison, chuchota Morrison derrière lui. Juste l'enfant. Et l'ouverture dans la fenêtre est définitivement trop petite pour que l'enfant qui a laissé ces empreintes ait pu s'y faufiler. Je te montrerai dans une minute.

Mellow Mushroom avait raison. Avec la scène dehors — les empreintes profondes dans la boue, les éclaboussures de sang — ils auraient des preuves si le tueur était entré pour prendre quelque chose dans le sous-sol. Mais... ils devaient quand même vérifier. Ce n'est pas comme s'ils pouvaient ignorer des indices potentiels.

— Je peux la défoncer. Le rouquin le regardait avec expectative, et la tension de Petrosky monta, son pouls battant dans ses tempes. Pour qui ce gamin se prenait-il ?

— On peut fouiller le sous-sol demain, dit Morrison. Le gamin semblait désireux de sauver la porte de Salomon, peut-être comme un lot de consolation pour sa fille en deuil. On postera quelqu'un dehors en attendant, au cas où le tueur reviendrait.

C'est vrai, cela préserverait les preuves jusqu'à demain. Tout le monde gagne. Enfin, sauf la dame découpée en route pour la morgue.

Morrison se faufila devant Petrosky dans le vestibule pour s'adresser à Courtney machin-chose, lui demandant s'il y avait des objets de valeur. Rien de cher à part un collier de perles à cent cinquante dollars qu'elle gardait dans un coffre à la banque. Petrosky gardait les yeux fixés sur la porte du sous-sol.

— Qu'en est-il des documents personnels ? continua Morrison. Papiers d'assurance, formulaires fiscaux, informations de compte bancaire ? Le gamin savait ce qu'il faisait. Ils n'avaient pas besoin de formulaires fiscaux ; ils avaient besoin d'accéder au coffre de la banque au cas où il y aurait des preuves que Salomon avait un ennemi — et, avec un crime aussi brutal, quelqu'un avec une rancune était une possibilité certaine. Un coffre-fort pouvait cacher une note de chantage. Improbable... mais manquer le plus petit détail pouvait signifier une affaire non résolue.

Petrosky les laissa dans le vestibule et se dirigea vers la cuisine. *Souris. Rats. Chauves-souris.* Il colla son oreille contre la porte du sous-sol. Rien.

Depuis le vestibule, Courtney dit : — Pas ici. Elle gardait tout à la banque. Son comptable s'occupe de ses impôts, ou du moins depuis que Papa est mort.

— Et les mots de passe de ses comptes ? demanda Morrison. La tête de Petrosky pulsait d'une douleur vertigineuse, mais le bois froid de l'encadrement de la porte apaisait la chaleur de sa tempe.

Courtney renifla. — Elle ne les écrivait jamais. Sa voix tremblait. — Elle se tapotait juste la tête en me disant que son cerveau était un coffre-fort. J'avais peur qu'elle devienne vieille et sénile, tu sais ? Et qu'on ne puisse pas gérer son argent. Maintenant, vieille et sénile me semble... merveilleux. Sa voix se brisa sur le dernier mot, et quelque chose se brisa en Petrosky. Chaque matin, la veilleuse princesse de Julie lui rappelait pourquoi il continuait à patrouiller. Pourquoi il se souciait encore de quoi que ce soit. Aucun enfant ne devrait mourir seul dans un champ, violé et brûlé, la gorge tranchée comme sa petite fille. Et la mère de cette femme n'aurait pas dû mourir sur une pelouse glacée, un meurtrier debout au-dessus d'elle, la regardant se vider de son sang. *Un crochet, bon sang.*

— Et un petit ami ?

Courtney ricana. — Absolument pas. Elle disait que mon père était son unique et grand amour.

C'était peut-être vrai. Ou peut-être juste ce qu'elle avait dit à sa fille.

— Votre mère a-t-elle mentionné avoir vu ou entendu quelque chose d'étrange dans le quartier ? Des conflits ? Quelqu'un qui semblait louche ? demanda Morrison.

— Non, elle aimait beaucoup vivre ici. J'ai essayé de la convaincre de déménager à Rochester Hills quand j'ai eu les enfants, mais elle ne voulait pas partir. « Née et élevée à Detroit », disait-elle. Elle s'essuya les yeux du revers de la main. Je n'arrive toujours pas à y croire.

— Elle allait à l'église ?

— Plus depuis qu'ils ont ce nouveau pape. Elle disait qu'il se moquait du catholicisme. Elle se moucha. — Moi, je l'aime bien. Elle serra les lèvres, et leur silence s'étira, les seuls bruits étant ceux des techniciens de la police scientifique qui grattaient les portes des placards et froissaient les sacs à preuves, et d'un imbécile dehors qui fredonnait « Welcome to the Jungle » comme un parfait crétin.

Petrosky se dirigea vers le vestibule, et son regard larmoyant croisa le sien — non seulement triste mais effrayé, avec un tic nerveux au coin de l'œil. À cause de lui ? Ou en savait-elle plus qu'elle ne le disait ?

— Une idée d'où pourrait être la clé de la cave ? demanda Petrosky. À moins que la police scientifique ne tombe dessus, trouver une clé prendrait du temps — du temps que l'enfant disparu n'avait probablement pas.

Elle renifla et regarda Morrison, le plus rassurant — ou du moins le plus stable. — J'ai des copies de toutes ses clés chez moi. Et j'appellerai la dératisation pour qu'ils nous rejoignent ici demain, au cas où Maman aurait eu... raison. Sa voix se brisa à nouveau, et elle cacha son visage dans ses mains.

En deuil. Sous le choc. Elle avait sûrement vu la pelouse ensanglantée, même si on avait déjà emporté le corps. Petrosky regarda derrière elle vers la porte d'entrée, puis baissa les yeux avant qu'elle ne s'en aperçoive.

C'était dans la cour que tout s'était passé — pas dans la cave. — Vous pouvez appeler la dératisation, mais ne les laissez pas descendre avant qu'on ait vérifié, dit Petrosky. — Pourquoi ne rentrez-vous pas chez vous et nous laissez finir ici. Apportez la clé demain matin, et nous examinerons le sous-sol. Il était vraiment trop gentil.

Non, pas trop gentil. Leur priorité devait être de retrouver cette petite aux chaussettes roses. Courtney était dans le chemin, et Mme Salomon était déjà au-delà de toute aide — quoi qu'il y ait dans la cave pouvait attendre. C'était l'enfant qui était en danger.

Morrison l'accompagna jusqu'à la porte pour s'assurer qu'elle ne touche à rien, notant une liste de choses qu'elle devait apporter le lendemain. Quand elle fut partie, Morrison se tourna vers Petrosky. — On aura aussi les clés de la voiture demain — de toute façon, aucun signe d'effraction là-bas. Pour l'instant, tu veux examiner les empreintes ?

Petrosky suivit Morrison par la porte d'entrée jusqu'à l'allée, puis remonta l'allée vers le côté de la maison. Dans la boue à côté de la maison, une petite série d'empreintes de chaussettes menait de la pelouse avant à la fenêtre latérale du sous-sol. Elles étaient couvertes de poussière et de ce qui semblait être cette argile que les techniciens utilisaient pour mouler les empreintes. Les restes dentelés de la fenêtre étaient également gris — la cassure elle-même ne mesurait pas plus de vingt centimètres de large, marquée de poudre pour empreintes digitales et de crasse. Apparemment, la propreté de Mme Salomon ne s'étendait pas aux fenêtres extérieures d'un sous-sol infesté de rats.

— Ils ont pris la pierre qu'elle a utilisée pour casser la fenêtre ?

— Mise sous scellés.

Petrosky s'agenouilla à côté des empreintes devant la fenêtre. *Petites.* — Peut-être six ans ? dit-il. Sept ? Mais elles sont plus larges que ce à quoi je m'attendais.

— Ça pourrait être les chaussettes elles-mêmes, ou l'enfant en portait peut-être plusieurs paires, dit Morrison. — Mais avec ces semelles — on dirait ces grosses chaussettes-pantoufles que Shannon a achetées à Evie et Henry.

— Ton fils ne sait même pas encore marcher.

— Il apprend, pourtant. Morrison rayonnait. — Et Shannon veut être prête. Il te réclame, au fait. Et Evie n'arrête pas de demander après Papa Ed.

Shannon n'avait apparemment pas dit à son mari qu'elle avait rendu visite à Petrosky deux heures plus tôt pour lui dire la même chose. — Je passerai cette semaine.

— Tu as dit ça la semaine dernière.

— Je le pense cette fois. Il jeta un coup d'œil dans le jardin, où la terre était cachée sous une mer de dalles en béton. Pas de sol nu nulle part. — On dirait que Salomon ne voulait même pas de terre dehors, marmonna Petrosky.

— Non. Et ils n'ont pas trouvé grand-chose là-bas avec le grésil d'hier soir. Difficile de dire d'où venait l'enfant. Mais au moins les empreintes dans l'herbe sont intactes.

Petrosky fit un geste vers les creux dans la terre, des marques sporadiques à côté des empreintes. — Je pensais qu'il avait une batte de baseball ou quelque chose pour menacer l'enfant ou même Salomon, mais la façon dont elles sont étalées... on dirait des genoux, peut-être. Comme si l'enfant courait et tombait. Mais il y en avait tellement, comme si l'enfant était tombé encore et encore. Droguée ? Ou juste effrayée, trébuchant, vérifiant constamment derrière elle ? Il pouvait presque voir la fille, le visage encore rond de graisse de bébé, haletant et se débattant sur le sol gelé, ses cris perdus dans le vent hurlant. Son poursuivant était brutal et sûrement en colère après l'avoir pourchassée. Ils devaient trouver la fille *maintenant*, ou ils ramasseraient son cadavre.

Morrison hocha la tête. — J'ai pensé aux genoux aussi, mais j'espérais — il baissa les yeux — n'importe quoi d'autre qu'un enfant glissant et s'effondrant en fuyant un tueur au milieu de la nuit.

— Il n'y a pas de place pour l'espoir dans ce boulot, California, dit Petrosky. Il pouvait presque entendre les cris de la petite fille.

— Je t'ai, toi, pour me garder les pieds sur terre, Chef.

— Tu ne m'auras pas toujours.

— Tu seras là encore longtemps.

— Te voilà encore avec ton optimisme. Tu dois penser de façon plus sombre.

— Peut-être que je vais t'équilibrer.

— N'y compte pas, gamin. Petrosky toucha la fenêtre du sous-sol et se pencha pour regarder de plus près. Trop sombre pour voir quoi que ce soit, mais il pouvait entendre un léger bruissement comme de minuscules griffes, puis un petit couinement métallique qui s'arrêta brusquement quand il bougea près de l'ouverture. Peut-être un chat sauvage, mais probablement pas. Un chat aurait fait plus de bruit en traversant le sol. *Des rats*. Ils avaient probablement la rage. Pas étonnant que la vieille femme soit devenue paranoïaque.

— Tu entends ça, Cali ?

— Entendre quoi ?

— Les rongeurs là-dedans, qui grattent. Petrosky se rapprocha de la fenêtre, posant son genou contre la brique. — Il y a quelqu'un ? appela-t-il dans l'ouverture, à moitié certain qu'une chauve-souris allait s'envoler et le frapper au visage, toute en ailes, griffes et crocs. — Police...

quelqu'un là-dedans ? Bien sûr, il n'y eut aucune réponse hormis le gémissement du vent et le bavardage lointain des officiers devant. Idée stupide — l'ouverture était bien trop petite pour qu'un enfant puisse s'y faufiler. Il retira sa tête de la fenêtre. — Heureusement que les gars de la désinsectisation viennent demain. Je suis allergique aux bestioles. Toutes les bestioles. Les rats, les chauves-souris et les chats.

— Tu n'es pas allergique à mon chat.

— Je suis allergique à l'idée des chats. Ces connards asociaux te boufferaient le visage en dix minutes si tu mourais d'une crise cardiaque dans ton salon.

— Toi aussi.

— Ouais, mais je sens meilleur.

— Ça, c'est discutable.

Putain de surfeurs. Petrosky se dirigea vers l'allée. — Allons parler aux voisins et voir ce que Krowly a manqué.

CHAPITRE 4

— Où exactement était-elle quand vous l'avez trouvée, Monsieur Frazier ? demanda Petrosky en s'enfonçant dans le canapé fleuri, Morrison à ses côtés, son carnet prêt à l'emploi. Bien que propre et ordonné, ce foyer semblait remarquablement différent de celui qu'ils venaient de quitter - ici, la vie continuait, tandis que même l'air chez les Salomon semblait lourd et figé par la mort.

Derrious Frazier, le voisin qui avait découvert Elmira Salomon, était assis en face d'eux dans un fauteuil La-Z-Boy vert, vêtu d'une robe de chambre bleue élimée, d'un pantalon de pyjama rayé rouge, et arborait le regard hébété d'un pilote de combat. Il avait pris une douche, et ses cheveux sel et poivre encore mouillés laissaient échapper une goutte occasionnelle dans ses yeux bruns globuleux. Il cligna des yeux, une fois. Deux fois.

— Elle était juste là où je l'avais laissée, seulement sur le dos. Cela sonnait vrai - les marques sur le cadre de la porte indiquaient qu'elle avait été tuée juste devant la porte, presque exactement là où Frazier l'avait laissée tomber.

Frazier leur raconta qu'il rentrait de l'usine, comme tous les soirs. En passant devant la maison, il avait vu la porte ouverte et un corps recroquevillé dans la cour. Petrosky fronça les sourcils, observant la position des épaules de Frazier, les petits mouvements nerveux de sa bouche. Ce type était nerveux comme pas possible. Pas qu'il ne devrait pas l'être après avoir trouvé une voisine morte et avoir perturbé une scène de crime, mais quand même.

— Alors vous avez... quoi ? Décidé de ramasser une femme qui avait eu la gorge tranchée ?

Frazier eut un haut-le-cœur, s'étouffa, puis se reprit. — Je... Ses pantoufles à semelle dure claquèrent contre le bord en bois autour du mince tapis qui ressemblait à de la laine mais était probablement en coton. — Je l'ai secouée. Mais elle n'a pas bougé, et c'est là que j'ai vu les entailles plus bas et le devant de sa robe... elle était toute déchirée. Avant, je pensais que c'était juste le motif, vous voyez ? Comme si elle était peut-être sortie en faisant une crise cardiaque.

— Vous n'avez pas remarqué les coupures dans sa robe avant ?

— Je... je n'aurais jamais pensé... et il faisait un peu sombre, je suppose.

Petrosky repensa à la scène. Elle avait été trouvée juste devant la maison, et avec la lumière du porche allumée, il n'aurait pas du tout fait "un peu sombre". — Vous me dites que vous ne pouviez pas voir qu'elle était...

— Mes yeux ne sont plus ce qu'ils étaient, d'accord ? J'ai pensé que si je la déplaçais à l'intérieur où la lumière était meilleure, je pourrais... l'aider d'une manière ou d'une autre. *Clac, clac, clac* faisaient les pantoufles. Quelque part, une horloge grand-père sonna - minuit. Plus l'enfant restait disparu, moins il était probable qu'ils la retrouvent vivante.

— Donc vous avez soulevé Salomon, et ensuite ?

— J'ai glissé. Et elle est tombée... Je l'ai lâchée. Il regarda ses mains. — J'étais beaucoup plus fort avant. Il dit cette dernière phrase comme s'il essayait de convaincre Petrosky, ou peut-être de se rassurer lui-même, que c'était vrai. — Et puis je vous ai appelés. Frazier serra son propre pouce, peut-être pour tester sa propre force, peut-être pour punir le doigt de lui avoir fait défaut.

— Avez-vous vu quelqu'un quand vous êtes arrivé dans la rue initialement ? D'autres voitures, d'autres personnes, des enfants ?

Frazier secoua brusquement la tête dans un mouvement qui ressemblait plus à un frisson.

— Avez-vous entendu un crissement de pneus ?

Encore un hochement de tête négatif. — Pourquoi ?

— On a trouvé des marques devant la maison.

— Ce sont juste les gamins du quartier. Je n'en connais aucun, mais ils font toujours... Ses yeux s'écarquillèrent. — Vous pensez que l'un d'eux...

Non. Pas avec la brutalité, la fureur, sur la scène. À moins que l'un d'eux ne soit un psychopathe avec une petite sœur qui l'aurait suivi dans une folie meurtrière. — On couvre toutes les pistes, monsieur. Maintenant, avez-vous vu quoi que ce soit d'inhabituel ? Des lumières inhabituelles à proximité ?

— Rien.

— Quand vous êtes sorti de la voiture et que vous vous êtes approché du corps, avez-vous remarqué des sons étranges ? Quelqu'un s'éloignant ou se dirigeant vers le côté de la maison ?

— Je... Je ne regardais qu'elle, et c'est tout ce que je voyais. Frazier se redressa au son de la porte d'entrée qui s'ouvrait. Une rafale d'air glacial souffla dans la pièce, et une femme alerte en pantalon crème, col roulé rouge et bottes de pluie en simili cuir se précipita au coin, son manteau noir déboutonné flottant derrière elle. Mais ses cheveux noirs semblaient imperméables à la pluie et au vent - empilés haut sur sa tête en boucles raides.

— Derrious ? Der... Elle s'agenouilla à côté de son fauteuil, son regard passant de Petrosky à Morrison puis à Frazier. Frazier posa sa main sur la sienne et la maintint contre son genou encore tremblant.

Elle regarda Petrosky. — C'est vrai ? À propos de... Ses yeux se remplirent de larmes.

Petrosky hocha la tête.

— Oh, mon Dieu. Elle s'assit par terre. — Je... Pas Elmira. C'était une femme bien. Elle n'a jamais dit de mal de personne.

— Ce n'est pas vrai, dit M. Frazier, et Morrison se raidit. Quelqu'un mentait, et c'était probablement la personne qui essayait de peindre la vie en rose. La vraie vie était un merdier.

— Ne parle pas mal des morts, maintenant, dit la femme de Frazier.

— Je ne le fais pas, Trina. Elle n'aimait personne.

— Elle m'aimait bien, moi.

Petrosky s'éclaircit la gorge, ajoutant suffisamment d'impatience au son pour que les deux Frazier se retournent. — Madame, que pouvez-vous me dire sur le caractère de Mme Salomon ? Cela pourrait être important pour l'enquête. Surtout si elle était suffisamment désagréable pour s'être fait quelques ennemis.

— C'était une femme bien. Une très bonne femme.

M. Frazier pinça les lèvres comme s'il était en total désaccord.

— Je me fiche de savoir à quel point elle était bonne,

madame, dit Petrosky. — J'ai besoin de savoir si elle a déjà mentionné quelque chose, fait quelque chose qui aurait pu mettre quelqu'un en colère. Qu'en est-il d'un petit ami ?

— Non, pas de petit ami. Pas d'autres amis non plus. Mme Frazier le fixa, les larmes séchant sur ses joues dans la brise venant de la porte. Elle se leva et recula vers l'entrée, hors de vue pendant un moment, et le vent disparut avec un son ressemblant à une fermeture hermétique.

— Madame ?

Mme Frazier réapparut, le visage tendu. Elle déglutit difficilement. — Eh bien, elle n'aimait pas ses voisins, vous savez. Ceux de gauche. Ils faisaient parfois des fêtes qui la tenaient éveillée. Et ils ne sortaient pas leurs poubelles chaque semaine, alors parfois ça puait là-bas. Elle les appelait des "imbéciles paresseux".

— En face d'eux ?

Elle hocha la tête.

— Y avait-il quelqu'un d'autre qu'elle n'aimait pas ?

— Eh bien... Mme Frazier regarda son mari alors qu'elle s'asseyait sur le bras de son fauteuil La-Z-Boy. Son gendre, je suppose. Elle le traitait de prétentieux bon à rien. Mais j'ai vu sa fille — elle avait l'air heureuse. Bien soignée aussi. Mme Frazier jeta un coup d'œil du sol à un candélabre sur la table d'appoint, puis revint à Petrosky. Elle ne parlait à personne d'autre, en fait. Juste à moi parce que je lui faisais les cheveux. Je possède le salon de coiffure sur la Cinquième. Son dos se redressa — fière.

— C'est ironique que ce soit votre mari qui l'ait trouvée, vu que vous êtes sa seule amie.

Ses yeux se voilèrent, mais comme son mari maintenant silencieux, elle ne répondit pas.

— Avez-vous remarqué quelque chose d'inhabituel dernièrement ? Peut-être qu'Elmira semblait bizarre ou a mentionné quelque chose qui l'inquiétait ?

— Rien qui me vienne à l'esprit.

Petrosky croisa le regard de M. Frazier. L'homme secoua la tête.

— Je resterai en contact. Petrosky se leva et tendit sa carte à Mme Frazier ; les mains de M. Frazier étaient trop occupées à essayer de faire sortir le sang l'une de l'autre. Appelez-moi si vous pensez à quoi que ce soit, ou si vous voyez quelque chose d'inhabituel autour de la maison dans les prochains jours.

Mme Frazier bondit sur ses pieds. — Autour de la maison ? Vous pensez que celui qui a fait ça pourrait... revenir ?

— Je doute qu'il revienne, madame. Je suis juste prudent. Bien que Petrosky espérait que le tueur reviendrait sur les lieux. C'était leur meilleure chance de retrouver l'enfant disparu vivant.

La maison juste à côté de celle de Salomon avait une allée non déneigée et de la peinture qui s'écaillait sur la rampe du porche. Une fille blonde qui semblait avoir environ dix-neuf ans ouvrit la porte avec un chien-rat sous le bras. Elle les informa que son ex-petit ami louait la maison et qu'ils pourraient régler les problèmes de loyer avec lui quand il reviendrait du nord de l'État.

Ce devait être la maison des fêtes — peut-être les gens qui faisaient crisser leurs pneus. Il demanderait aux techniciens de prendre un échantillon sur sa voiture et sur toutes les autres qu'ils pourraient. — Détective Petrosky de la police d'Ash Park. Petrosky montra son badge. Avez-vous vu ou entendu quelque chose d'inhabituel hier soir ?

En arrière-plan, un enfant pleurait. La femme les fixait, suçant ses dents et ignorant les cris.

— Connaissiez-vous Mme Salomon ?

— Non. Mais elle m'a crié dessus une fois, à propos de Sugar. Elle souleva le chien plus haut comme s'ils ne pouvaient pas déjà voir ce foutu rat. Elle disait qu'elle aboie trop.

Les pleurs de l'enfant s'intensifièrent.

— Et hier soir ? Avez-vous entendu quelque chose d'inhabituel ?

— Non. Je dors comme une pierre.

— Le chien a-t-il aboyé ?

L'enfant pleurait toujours. La fille jeta un coup d'œil dans la maison, puis revint à Petrosky. — Nan, Sugar est une amoureuse, pas une combattante.

— Probablement parce qu'elle perdrait tous les combats qu'elle engagerait.

La fille le fusilla du regard. Le bébé hurlait.

À côté de lui, Morrison redressa les épaules. — Nous allons attendre pendant que vous allez chercher votre bébé, madame, dit-il. Peut-être pourrions-nous entrer, jeter un coup d'œil ?

C'était une façon d'éviter d'obtenir un mandat. *Hé, pouvons-nous vérifier votre endroit, voir si vous ne cachez pas un enfant terrifié là-dedans ? Peut-être un meurtrier ?*

Elle fixa Morrison, bouche bée. — Je... Ce n'est pas très propre en ce moment. Ce n'est pas le bon moment.

— Allez simplement chercher le bébé alors, dit Morrison. Nous attendrons ici.

Elle fronça les sourcils — D'accord — et leur claqua la porte au nez.

Petrosky se tourna vers lui. — C'était quoi, ça ?

— Les enfants ne sont pas censés pleurer comme ça. Ce n'est pas bon pour leur cerveau.

— Tu as lu ça dans *Good Housekeeping* ?

Morrison gardait les yeux sur ses notes. Depuis qu'il

était devenu papa deux fois, California était devenu une vraie poule mouillée. Bien qu'à vrai dire, Petrosky n'avait aucune idée de ce que sa propre femme avait fait quand Julie était bébé — il était toujours dehors à poursuivre des criminels. Et il n'avait pas attrapé celui qui importait. Avec un peu de chance, il ferait mieux pour retrouver l'enfant qui avait passé la nuit dernière à courir pour sa vie.

La fille revint avec un bébé au nez qui coulait enveloppé dans une couverture. Morrison prit ses informations pendant que Petrosky se dirigeait vers le trottoir et allumait une cigarette. Des nuages sombres planaient au loin, probablement en train de déverser plus de neige fondue sur le côté ouest d'Ash Park. Un vieux camion vert cabossé passa lentement, pétaradant comme un coup de feu, le vieil homme au volant écarquillant les yeux devant le ruban de police tandis que ses pneus crissaient sur la rue salée. *Foutu curieux.* Petrosky plissa les yeux vers l'homme à travers la brume de fumée de cigarette jusqu'à ce qu'il disparaisse au bout de la route.

La porte derrière lui claqua — Morrison, griffonnant dans son dossier.

— Tu joues encore avec tes conneries de compte-rendu ?

Morrison jeta un coup d'œil à sa montre-bracelet, nota encore quelque chose. — J'essaie juste d'être méticuleux, Chef. Il sortit son téléphone de sa poche et prit une photo de la maison de Salomon depuis l'allée.

Petrosky souffla un nuage de fumée dans le ciel gelé, violemment, comme s'il pouvait faire fondre le froid du matin s'il le faisait assez fort. — En quoi ça va nous aider ?

— Probablement pas. Mais si j'ai besoin de savoir à quoi ressemble la scène de crime sous cet angle...

— Tu n'en auras pas besoin.

Morrison équilibra le téléphone sur la page et prit une note sans lever les yeux.

— Si tu veux écrire un livre, fais-le. Mais arrête d'encombrer mes pages avec des conneries inutiles.

Morrison ferma le carnet et le fourra sous son bras alors qu'ils remontaient l'allée. — Si je *rate* quelque chose, je n'aurai pas à revenir. De plus, avec les photos, on peut obtenir beaucoup de détails en gros plan qu'on pourrait manquer à l'œil nu. Il tourna l'écran vers Petrosky. Tu vois la glace sur les haies de conifères ? Tu manquerais ça juste en regardant.

— Range ce truc avant qu'il ne gèle.

— Mon truc va très bien, dit Morrison, mais il glissa le téléphone dans sa poche. Sérieusement, Chef, c'est mieux d'avoir des notes. Et si tu oubliais quelque chose ?

— Je n'oublie pas. Petrosky tapota sa tempe. Comme un piège d'acier.

— C'est dur comme de l'acier, ça c'est sûr.

Ils ont vérifié quelques autres maisons, certains résidents ont refusé l'entrée, et personne n'avait rien à leur dire. Petrosky a laissé Morrison finir le porte-à-porte dans le quartier et a descendu la rue jusqu'à sa voiture. Son pied gauche a dérapé sur une plaque de verglas, et il a fait des moulinets avec ses bras jusqu'à ce qu'il réussisse à se redresser sur son capot. Après trois heures de conneries, sa tête lui faisait l'effet d'un tambour sur lequel un sale gosse n'aurait cessé de taper.

Morrison avait laissé des barres de céréales sur son pare-brise. Petrosky les a fusillées du regard en montant dans la voiture, puis a actionné les essuie-glaces et a regardé les barres glisser du capot et tomber dans une flaque de neige fondue.

CHAPITRE 5

Le commissariat bourdonnait d'activité lorsque Petrosky arriva, l'air rempli du cliquetis des claviers d'ordinateurs, du bruissement des dossiers en papier kraft et du bourdonnement agité des affaires non résolues. Il traversa le centre de l'open space en forme de L, passant devant la demi-douzaine de bureaux de chaque côté. Quelques policiers levèrent les yeux à son passage. Personne ne le salua.

Le bureau de Petrosky était près du coin de l'open space, à quelques pas du gros pilier qui soutenait le toit et bloquait sa vue sur le reste des détectives. Ça lui convenait parfaitement. Le bureau de Morrison, à la droite de Petrosky, se trouvait à l'angle du L, de sorte que le Surfeur avait une vue sur ses copains des homicides, comme Decantor, qui adorait papoter comme une fille quand Petrosky n'était pas là — et parfois même quand il était là. Pas plus tard que la semaine dernière, Decantor avait eu le culot de demander à Petrosky ce qu'il pensait des Golden Globes, se lamentant sur le crétin qui avait gagné. Il avait fait semblant d'être sourd jusqu'à ce que

Decantor lève les yeux au ciel et s'éloigne d'un pas nonchalant.

Petrosky enleva sa veste et la jeta sur le dossier de sa chaise, puis se dirigea vers le pilier et tourna à gauche dans le couloir menant à la salle de conférence. Toutes les boîtes de beignets étaient vides sauf une, et Dieu merci, un demi-beignet à la confiture de citron combla le vide dans son estomac. *Déjeuner.* Les barres protéinées de Morrison devaient encore traîner dans la neige fondue au bord de la route, et pour une bonne raison — cette merde de granola hippie avait le goût d'un mélange de criquets, de carton et de rêves brisés.

De retour à son bureau, Petrosky s'affala dans sa chaise avec une nouvelle tasse de café, celui du commissariat, avec la texture huileuse à laquelle il était habitué. Il lui brûlait la gorge avec une âcreté horrible qui soulageait sa haine de soi pour avoir apprécié le café sophistiqué de Morrison. Et c'était toujours mieux que des criquets. Il portait à nouveau la tasse à ses lèvres quand il remarqua le panneau — quelqu'un avait scotché une mauvaise photocopie d'un chat avec la légende « Accroche-toi ! » sur le côté de son PC. *Bon sang, California.* Il arracha la feuille du moniteur et la jeta à la poubelle.

« S'accrocher » ne lui servirait à rien. Il avait besoin de se mettre en colère. Il devait être aussi sauvage que le type qu'il recherchait.

Alors pourquoi diable leur suspect avait-il tué Salomon ? Il n'était pas entré dans la maison, donc il ne cherchait rien à l'intérieur. Et les empreintes de pas semblaient indiquer qu'il poursuivait une enfant ; une enfant qui ne cessait de glisser et de tomber jusqu'à ce qu'il la rattrape finalement. Et ensuite ?

L'enfant. L'enfant était la clé. Et elle était en danger si elle n'était pas déjà morte.

Le clavier cliquetait sous ses doigts tandis qu'il consultait dossier après dossier dans la base de données de la police. Vérifications des antécédents de Frazier, l'homme qui avait découvert Elmira Salomon, et de tous les autres voisins dont il avait le nom. La plupart étaient de gentils vieux sans la moindre tache sur leur casier, mais quelques voisins avaient des délits mineurs, et d'autres avaient sûrement échappé aux radars — des squatteurs et autres. Il y reviendrait.

Abandonnant les voisins, il consulta les cas d'invasions de domicile et de vols avec violence mortelle, juste au cas où, bien qu'il fût presque certain que Mme Salomon avait simplement été prise entre deux feux dans l'affrontement entre un enfant effrayé et son agresseur — ou peut-être un enlèvement d'enfant qui avait mal tourné. Mais ils avaient déjà fait le tour des enfants dans un rayon de deux pâtés de maisons — aucun enfant qui semblait particulièrement maltraité, et personne dans les environs n'avait de casier judiciaire pour maltraitance ou négligence, ni d'antécédents avec les services de protection de l'enfance. La plupart des voisins n'avaient même pas d'enfants à la maison. Un quartier rempli de personnes âgées et d'occasionnels soignants réduisait les possibilités d'enlèvement.

Et puis il y avait l'arme. Les recherches de cas similaires ne donnaient rien ; le plus proche était un gamin qui avait tué son professeur d'école du dimanche avec une hache après des années d'abus sexuels. Petrosky ne le blâmait pas. Quelques coups de couteau classiques, rien qui ne s'approche d'une machette. Quelques personnes avaient été tuées dans leur jardin ces dernières années, l'une attirée dehors et poignardée par un ex-amant, mais il doutait que ce soit le cas chez les Salomon, avec ses sols immaculés et ses souris enragées. C'était une femme âgée que personne n'avait jamais vue en compagnie de quelqu'un et avec les empreintes d'enfant... ce n'était pas comme si un plan cul allait débarquer avec ses petits-enfants au milieu de la nuit.

Le raisonnement déductif. C'était pour ça qu'on le payait le gros salaire.

Il prit quand même quelques notes dans le dossier pour Morrison, puis le referma d'un coup sec et ouvrit brusquement le tiroir de son bureau. Une photo de Julie le fixait, les yeux rieurs, ses cheveux brun foncé cascadant sur ses épaules de jeune fille de quatorze ans. Figée dans le temps. Sa cage thoracique se resserra autour de son cœur si fort qu'il en eut le souffle coupé, et sa poitrine se serra encore plus quand le téléphone sur son bureau sonna comme un Père Noël de l'Armée du Salut mécontent.

Petrosky sortit les cigarettes du tiroir à côté de la photo de Julie, les jeta sur le bureau et claqua le tiroir avec suffisamment de force pour faire sauter le combiné de son socle.

Il porta le récepteur à son oreille. — Petrosky.

— Salut, Détective, c'est Brandon, en bas au sous-sol.

Leur technicien en chef de la police scientifique avait la voix efféminée d'une star de *Queer Eye for the Straight Guy*, ce qui lui valait pas mal de moqueries. Petrosky l'aimait bien. Il faisait un travail de première classe et le faisait rapidement sans la moindre connerie.

— Je t'écoute, Brandon.

— Je n'ai pas fini avec tout, mais je savais que vous voudriez savoir ça maintenant. Le sang sur le sol autour de votre Mme Salomon ? Il appartenait à plus d'une personne. Deux groupes sanguins différents.

Ils avaient déjà identifié leur tueur ? Peut-être. Petrosky repensa à la scène de crime, aux marques de coups, aux empreintes de cet idiot de M. Frazier, qui avait manipulé le corps de sa voisine morte comme une poupée de chiffon. — Tu as comparé avec Frazier ?

— Oui. Ce n'est pas le sien. Ce n'est même pas masculin ; le sang est définitivement féminin, et il n'y a pas de correspondance dans la base de données.

Probablement pas le tueur — l'enfant était blessé.

— J'ai encore beaucoup de preuves à examiner ici, mais les plus grandes empreintes — votre tueur — semblent indiquer quelqu'un de petit, moins d'un mètre quatre-vingts, plutôt un mètre soixante-quinze, un mètre soixante-dix-huit, mais trapu. Peut-être approchant les quatre-vingt-six kilos. Et les plus petites empreintes sont étranges. Faites par une personne plus lourde qu'on ne s'y attendrait pour un enfant avec des pieds de cette taille, donc elle portait peut-être quelque chose... un sac à dos lourd, peut-être ? Les traces de pneus étaient non concluantes, trop communes pour signifier grand-chose, bien que je puisse faire correspondre la terre incrustée si vous m'apportez un échantillon pour comparaison.

Selon les voisins, les crissements de pneus des gamins étaient monnaie courante, et jusqu'à présent, personne n'avait mentionné avoir entendu de pneus la nuit dernière. Mais la perte de cette piste potentielle le piquait quand même.

— J'ai trouvé plein de traces près de la fenêtre du sous-sol, poursuivit Brandon. Et aussi sur les allées ; je dois encore analyser ça. Je vous tiendrai au courant. Le téléphone cliqua, et il disparut.

Petrosky l'appréciait de plus en plus.

Un dossier atterrit sur son bureau, et la grosse main de Morrison se posa à côté tandis que Surfer Boy s'installait dans un fauteuil. — Le médecin légiste s'en est donné à cœur joie sur ce cas, dit-il.

Petrosky ouvrit le dossier. — Qu'est-ce qu'on a ?

— Salomon a été tailladée ; des blessures comme on pourrait s'y attendre avec une hache ou une machette, ce qu'on savait déjà. La première blessure à la jugulaire l'a tuée, mais ensuite il a continué, l'a frappée une demi-douzaine de fois après. Celle qui a accroché sa côte a été faite après qu'elle soit tombée au sol - il l'a frappée avec tellement de force que l'os s'est enfoncé jusqu'à son dos avant qu'il n'essaie de retirer l'arme. *Aïe.* Morrison grimaça. — Il y a une photo dans le dossier de l'arme qu'on pense avoir été utilisée. Le médecin légiste remplaçant a mis une heure à trouver quelque chose qui pourrait correspondre. Je parie qu'il est ravi de remplacer sur cette affaire pendant que Thompson est absent.

Brian Thompson était leur médecin légiste habituel, et c'était le seul en qui Petrosky avait confiance pour bien faire les choses. — On a qui ?

— Woolverton, prêté par l'est de la ville. Il sait ce qu'il fait, mais il est un peu bizarre.

Ce petit con maigrichon ? — Ils sont tous bizarres. Petrosky plissa les yeux sur l'image : un grand manche en bois comme une lance, mais au lieu d'une pointe de flèche au bout, une longue lame comme celle d'une machette courbée sur un côté. À l'opposé de la lame brillait un crochet à l'air redoutable.

— Ça s'appelle une serpe. C'était plus populaire au Moyen Âge, à l'origine pour l'agriculture, et plus tard utilisé comme arme.

— On dirait qu'il a opté pour la seconde option. Étrange, quand même, cette arme - brutale, sûre de causer une perte de sang, mais pas aussi efficace qu'un pistolet, et pas utile à autre chose que causer de la souffrance. Personne n'aurait ça par hasard. On ne peut pas non plus se promener avec quelque chose d'aussi voyant - le tueur a dû le cacher dans un véhicule, peut-être une camionnette. Mais s'il se faisait jamais contrôler, une arme comme ça ne serait pas de bon augure pour lui... Il ne la range probablement pas là-bas. Il l'a apportée chez Salomon délibérément dans le but d'infliger de la douleur.

Et avec la longueur du manche, voilà une autre piste qui s'envolait - le tueur n'avait pas eu besoin d'être assez proche pour que Salomon puisse récupérer des traces sous ses ongles. Elle n'aurait pas pu le griffer pendant qu'il la frappait à cinq pieds de distance. *Lâche.*

Petrosky attrapa son gobelet de café en polystyrène et avala le fond, quelques gouttes atterrissant sur sa chemise. Il les fixa du même regard noir que Morrison adressait au gobelet peu écologique, mais Petrosky ne fit aucun effort pour essuyer la tache. — Je n'arrive toujours pas à croire que personne n'ait rien entendu. Même l'arme frappant la maison aurait dû faire du bruit.

Morrison secoua la tête. — Donc la fille arrive à la porte de Salomon. La gamine demande de l'aide, peut-être, mais Salomon n'entend pas la sonnette. Alors la gamine court sur le côté et brise la fenêtre du sous-sol. Et avant que le type ne puisse attraper la gamine, Salomon sort, peut-être juste pour voir ce qui se passe, peut-être en essayant d'aider, et il s'en prend à elle. Il devait déjà avoir l'arme avec lui - peut-être qu'il la brandissait contre la gamine.

Ce qui expliquait le deuxième groupe sanguin sur la scène. Petrosky fit pivoter ses chevilles, qui semblaient soudain raides. — Enlèvement ou maltraitance alors, puisqu'il n'y aurait pas une gamine qui se promène au milieu de la nuit en attendant qu'un cinglé l'attrape. Elle devait avoir une raison de fuir. Et il avait l'arme avec lui - ce n'était pas un crime d'opportunité.

— D'accord. Oh, et j'ai parlé au...

— Morrison ! Le sourire éclatant d'Isaac Valentine brillait contre sa peau sombre alors qu'il s'approchait du bureau. Il tapa sur l'épaule de Morrison. — J'ai entendu dire que les filles emmènent les enfants patiner aujourd'hui. Son sourire s'estompa quand il rencontra le regard noir de Petrosky. Il hocha la tête. — Détective.

Des enfants et du patinage. *Putain de merde.* — Tu n'as pas du travail à faire, Valentine ? Entre Valentine et Decantor, cet endroit se transformait en bal de collège sans les stroboscopes et les paillettes.

La mâchoire de Valentine se crispa. — À plus tard, dit-il à Morrison, puis il battit en retraite entre les bureaux vers l'autre côté de l'open space.

— Tu l'aimerais bien si tu...

— J'en ai rien à foutre. Qu'est-ce que tu es vraiment venu me dire ? À part les infos sur l'arme.

— Oh, juste que j'ai parlé aux pompes funèbres choisies par Courtney Konstantinov et tout est prêt pour le transfert après l'autopsie.

— C'est au-delà de tes obligations, Cali. Comme si ton gros cul blond n'avait pas déjà assez de merde à gérer. En parlant de ça... peut-être que Morrison était juste venu voir comment il allait. Petrosky plissa les yeux.

— Elle vient de perdre sa mère. Morrison baissa les yeux vers les dossiers, refusant de croiser le regard de Petrosky. — Brandon a appelé ?

— Oui. C'était ton œuvre ?

— J'étais à la salle de sport avec lui quand j'ai reçu l'appel pour l'affaire. Il a dit qu'il dégagerait du temps pour examiner ce que les techniciens ont rapporté.

— On a de la chance. Petrosky tripota ses cigarettes. — Je suis surpris que ton petit copain ne t'ait pas appelé en premier.

Morrison haussa les épaules et leva enfin les yeux des dossiers. — Je ne suis pas encore passé à mon bureau. Peut-être qu'il te préfère. Il fit un clin d'œil.

— Je pensais qu'il aurait ton numéro personnel. Ou

qu'il t'attraperait sur ton putain de portable pendant que tu *traînes* à l'imprimante à faire des affiches à la con.

Le regard de Morrison se posa sur l'écran et l'espace vide où se trouvait l'image du chaton. Petrosky tira les cigarettes vers lui et déchira le plastique extérieur. Il n'était même pas l'heure du dîner, et il avait déjà fumé un paquet entier. — Brandon trie encore tout ce qu'ils ont rapporté. Mais je suis inquiet de ce qu'il a trouvé jusqu'à présent. Il informa Morrison du sang sur la scène, de leur petite victime d'enlèvement blessée, et de leur agresseur trapu et indemne. — Et avec les empreintes plus grandes au sol, et la taille et le poids, on n'a définitivement pas affaire à une tueuse. C'était un mec en colère.

— Un mec ?

Merde. — Tu sais ce que je veux dire. Notre tueur a blessé un enfant qui essayait de lui échapper - et il était furieux. Salomon l'a vu, et il l'a tuée. Mais il ne l'avait pas seulement tuée - il l'avait massacrée. Et l'enfant était blessé aussi, saignant. Peut-être déjà mort.

Petrosky imaginait le visage de sa fille, souriant depuis le tiroir, puis l'image prise des semaines plus tard, celle où elle était allongée sur une dalle à la morgue, les yeux fermés à jamais, une entaille sous son menton noircie de sang coagulé. Le reste de son corps était couvert pour qu'il ne puisse pas voir, pour qu'il n'ait jamais à tout savoir. Mais Thompson lui en avait dit plus qu'assez — ces mots résonnaient encore dans son cerveau certaines nuits. Jugulaire sectionnée. Violée. Chair brûlée. Il avait tout chassé de sa tête sur les conseils du Dr McCallum, le psy du service, qui lui avait dit d'ignorer ces petites voix avant qu'elles ne le rendent fou. Mais les ignorer n'avait pas aidé à ramener Julie, et sa sanité restait discutable.

Le visage habituellement jovial de Morrison s'était assombri.

— La petite fille pourrait être morte maintenant. Et si elle ne l'est pas... Eh bien, si on en croit les statistiques, il est peu probable qu'elle s'en sorte vivante.

La propre fille de Morrison avait défié ces probabilités, mais il semblait que Petrosky allait finalement le faire basculer du côté obscur. La lumière était insaisissable. Et dans ce métier, on avait souvent l'impression d'être déjà en enfer.

CHAPITRE 6

Vendredi matin, Petrosky retrouva Morrison au commissariat, et ils se rendirent ensemble chez Salomon, le poids du ciel gris pesant sur chaque centimètre de la voiture comme une couverture sale. Morrison avait sa tasse habituelle avec le signe de paix hippie et en avait apporté une autre en acier inoxydable à Petrosky, puisque celui-ci avait égaré celle de la veille. Ce n'était pas la première fois. Ce ne serait pas la dernière.

Petrosky but une gorgée, vit Morrison l'observer, et grimaça pour faire bonne mesure. Morrison renifla, se tournant vers la fenêtre alors que le téléphone de Petrosky sonnait.

— Petrosky.

— Il y a un camion de dératisation devant la maison d'Elmira ! Elle n'aurait jamais...

Il posa la tasse de café dans le porte-gobelet. — Qui est à l'appareil ?

— Madame Frazier. Vous m'avez dit de vous appeler si...

— Un véhicule de dératisation vous semble inhabituel ?

— Oh oui, Elmira n'utilisait jamais ces produits chimiques. Elle disait qu'ils lui donnaient mal à la tête. Et elle était aussi gênée par les poisons qu'ils donnent aux souris. Les chats pourraient y avoir accès.

Pas étonnant que Salomon n'ait appelé personne pour la cave. Le nettoyage obsessionnel rencontre l'évitement obsessionnel des produits chimiques. Il jeta un coup d'œil à la tasse de Morrison. Ou l'obsession hippie-écolo. Rejeter le poison pour rats au profit de la vermine et de la peste noire. Qui n'aimerait pas ça ?

— Sa fille a commandé le camion, dit Petrosky. C'est sous contrôle.

Il rangea le téléphone dans sa poche, et Morrison haussa un sourcil.

— Accélère. La dératisation est déjà là-bas.

Conformément aux dires de Frazier, il y avait un camion Speedy Kill Pest Control devant la maison Salomon quand ils arrivèrent, ainsi qu'une Mercedes noire qui devait être celle de Courtney. À l'intérieur, ils trouvèrent Courtney assise à la table de la cuisine avec un homme en combinaison verte. Peau olive, sourcils broussailleux, poilu comme un gorille. Un réservoir en plastique lui arrivant au genou avec un long tuyau terminé par une buse reposait à ses pieds à côté d'un ensemble de trois cages métalliques — vides, pour l'instant. Courtney et l'homme de la dératisation se levèrent quand Petrosky et Morrison entrèrent, les yeux de l'homme se posant partout sauf sur eux.

— Vous n'êtes pas encore descendu, n'est-ce pas ? lui demanda Petrosky. Le gars secoua la tête et fixa le sol, tripotant la buse de son réservoir.

— Non, nous vous attendions, dit Courtney. Je pensais

lui faire vérifier le reste de la maison d'abord. Pulvériser. Il faut le faire de toute façon pour la revente.

Elle ne perdait pas de temps avec la succession de sa mère décédée — elle agissait avec une rapidité suspecte. Mais il ne ressentait pas cette vibration psychopathe venant d'elle, et à quel point une fille devrait-elle être dépravée pour déchiqueter sa mère, puis s'en prendre à un gamin ?

— La clé de la cave ? demanda Petrosky, plissant les yeux vers le sol fraîchement nettoyé.

Courtney brandit un trousseau de clés jaune, cinq clés pendaient comme de minuscules couteaux : deux petites en métal, peut-être pour les coffres-forts ou une remise, deux grandes clés métalliques pour porte, et une avec le haut recouvert de plastique noir, probablement pour la voiture.

— Nous allons aussi vérifier la voiture. Ça prendra cinq minutes, et si Petrosky était honnête, il n'était pas pressé de descendre furtivement et de se mêler à un tas de rongeurs. — Il y a des clés pour autre chose sur ce trousseau ? Un coffre-fort ici dans la maison ? Une remise ?

Elle pinça les lèvres. — Non. L'une d'elles est pour le coffre-fort à la banque. Une fois que j'aurai le certificat de décès et son testament, je suis sûre que je pourrai y accéder.

— Nous pouvons faire en sorte que ça arrive plus tôt si nécessaire, dit Petrosky, essayant d'ignorer la façon dont l'homme de la dératisation regardait constamment sa montre. *Le meurtre empiète sur ton temps de glande ?* Il ferait attendre cet enfoiré nerveux.

Petrosky tendit la main, et elle lui lança le trousseau de clés, probablement en colère contre l'intrusion — ou alors c'était le chagrin. Il savait aussi bien que quiconque comment la colère remontait pour empêcher la tristesse de vous bouffer le cœur.

— Je fais du café, dit-elle. Je ne retourne pas dans le froid.

Dieu merci. Petrosky se tourna vers le type de la dératisation qui trépignait comme un petit enfant ennuyé. — Et Monsieur...

— Spiros. Il rencontra enfin le regard de Petrosky — le blanc de ses yeux était injecté de sang comme s'il était complètement défoncé. Ses mains tripotaient le tuyau de produits chimiques. *Putain de camé.* Évidemment. Non pas que Petrosky ait le temps — ou l'envie — d'arrêter un connard pour possession, mais merde.

— Monsieur Spiros, vous pouvez vous occuper du reste de la maison. Quand vous aurez fini, attendez ici. Petrosky ignora le regard hébété dans les yeux de Spiros et conduisit Morrison dehors vers l'allée. — Elle ne nous a même pas proposé de café. Impoli.

Petrosky toussa, comme si ses poumons étaient en colère contre l'air glacé dans sa gorge, et déverrouilla la porte de la vieille Bonneville. Les charnières de la porte grincèrent. — Quelqu'un n'aime pas le WD-40. Cohérent avec son aversion pour les produits chimiques, au moins.

Il se glissa sur le siège du conducteur, se cogna le genou contre le volant et jura. — Viens ici, gamin.

Morrison fit le tour du côté passager et monta, ouvrant la boîte à gants tandis que Petrosky ouvrait la console centrale.

— Bon sang, elle est organisée. Morrison feuilleta ce qui ressemblait à un petit carnet de chèques en cuir. — Papiers d'assurance et informations sur la plaque d'immatriculation, même le reçu du Secrétaire d'État. C'est le rêve d'un flic de la circulation.

Petrosky se retourna et regarda le siège arrière où le tissu bleu portait effectivement des traces d'aspirateur. Des traces comme celles-ci resteraient longtemps si personne ne s'asseyait à l'arrière — et probablement, personne ne l'avait fait. La plupart des voisins la décrivaient comme casanière. Ne sortait pas. Même sa coiffeuse venait chez elle.

Petrosky sortit de la voiture et se dirigea vers l'arrière. Le coffre contenait un kit de dépannage comprenant des câbles de démarrage, des fusées éclairantes et des fusibles, tous encore dans des emballages scellés. Rien d'autre. Pas un seul brin de poussière. Mais sous le siège arrière, il trouva une pièce de dix cents solitaire. Elle n'était pas parfaite après tout, et c'était étrangement réconfortant.

Petrosky s'apprêtait à ouvrir le compartiment pour la roue de secours quand il entendit un cri venant de l'intérieur de la maison. Courtney. Il se redressa brusquement et se cogna l'arrière de la tête contre l'intérieur du coffre. — Putain de merde.

Morrison courait déjà, et Petrosky se précipita derrière lui dans l'allée et à travers la porte d'entrée. Courtney se tenait à l'ouverture de la cave, les yeux écarquillés de terreur.

— Qu'est-ce que... commença Petrosky, mais le cri retentit à nouveau, aigu et long. Pas Courtney — de la cave. Monsieur on-tue-tous-les-insectes.

Bon sang de bon dieu.

Morrison dévala les escaliers, manquant de se fracasser le front contre le plafond dans l'étroite descente. Petrosky le suivait en haletant, la main sur la rampe comme si cela pouvait atténuer l'oppression autour de son cœur, et il regarda Morrison atterrir sur la dernière marche tel un gymnaste. Et voilà que leur hurleur arrivait. Spiros percuta de plein fouet le torse massif de Morrison, rebondit comme une balle en caoutchouc et atterrit sur les fesses sur le sol en béton. Il se releva tout aussi vite.

— Oh Seigneur Jésus, oh Seigneur Jésus.

Morrison posa une main sur l'épaule de l'homme.

— Monsieur Spiros, vous devez vous calmer et nous dire...

Le regard de Spiros passa des escaliers aux profondeurs sombres du sous-sol.

— Laissez-moi sortir...

— Quel semble être le...

— Jésus, laissez-moi sortir d'ici ! haleta Spiros. Il tenta de s'échapper par les escaliers, la main de Morrison glissant de son épaule.

Petrosky attrapa Spiros par la chemise et le plaqua contre le mur au pied des escaliers, son avant-bras et son coude en travers de la gorge du gars. *Abruti de sourd.* — Quelle partie de 'attendez qu'on descende' n'avez-vous pas comprise ?

— J'ai oublié, d'accord ? J'ai oublié. S'il vous plaît...

— Vous avez ignoré la police. Je devrais vous emmener.

— Non, j'ai oublié, vraiment...

— Vous êtes défoncé, connard ? Petrosky approcha son visage suffisamment près de celui de Spiros pour sentir son haleine de café et la peur qui émanait de lui. Et le soupçon d'odeur de cannabis moisi sous son petit-déjeuner. — Vous pensiez vous défoncer avant de venir bosser ?

— J'ai un mauvais dos et...

Petrosky le décolla du mur et le plaqua à nouveau suffisamment fort pour que sa tête cogne le béton.

Spiros fit le signe de croix et retint un sanglot. — Je suis désolé, je suis tellement désolé, s'il vous plaît, laissez-moi juste remonter.

Petrosky sentit une pression sur son bras alors que Morrison l'attrapait. *D'accord, gamin, d'accord.* Il desserra son étreinte, et l'exterminateur s'enfuit dans les escaliers, trébuchant deux fois avant de disparaître par la porte menant à la cuisine. — Va voir ce qui s'est passé, Surfer Boy, et assure-toi qu'il ne parte pas. Spiros était probablement juste paranô - ce ne serait pas la première fois que de la mauvaise herbe faisait paniquer quelqu'un.

À moins que Salomon n'ait vraiment caché quelque chose ici en bas.

Morrison se précipita après Spiros. Leurs pas montèrent les escaliers, traversèrent la cuisine et s'arrêtèrent près de la porte d'entrée. Des murmures bas de Morrison, Spiros et Courtney. Quelqu'un vomit, puis des pas plus légers sortirent par la porte d'entrée comme si Morrison les accompagnait dehors.

Le silence soudain était inquiétant mais bienvenu. Petrosky se prépara mentalement et examina le sous-sol, la main posée sur son arme. La faible lumière d'une seule ampoule au plafond projetait des ombres marquées le long du mur et sur le sol en béton soigneusement balayé. Pour une pièce soi-disant condamnée à cause de la vermine, le sous-sol était étonnamment propre - tous les objets étaient rangés en piles ordonnées. Pas le genre d'endroit où l'on s'attendrait à trouver des rongeurs, mais à mi-chemin d'un long hiver du Michigan, ces salopards dormiraient n'importe où au chaud.

La fenêtre cassée à laquelle il avait écouté hier se trouvait au fond du sous-sol. Il s'approcha du mur du fond. Sous la fenêtre, quatre piles de boîtes étaient alignées soigneusement, toutes étiquetées. Deux bibliothèques se dressaient à sa droite, les livres individuellement enveloppés dans du papier kraft pour protéger les couvertures, et étiquetés avec une étiqueteuse, comme si quelqu'un avait besoin de passer des heures à taper quand on pouvait acheter un marqueur. En s'approchant du fond, il remarqua que les piles de boîtes n'étaient pas parfaites. Deux piles juste sous la fenêtre avaient été déplacées, bien qu'elles soient encore assez près du mur pour qu'il ne puisse pas trouver le corps d'un ex-petit ami ou du mari de Courtney caché derrière. Juste... *de travers*. Vu l'ordre strict du reste de l'endroit, ces piles branlantes devaient être là où Spiros avait déplacé des choses en cherchant des rongeurs avant de paniquer et de contaminer la scène.

Petrosky porta son regard sur le mur au-dessus des boîtes où la fenêtre béait, un côté sale mais intact, l'autre arborant des éclats de verre comme des dents, l'air glacial soufflant à travers le trou comme le souffle d'un Yéti. Mais même si le froid transperçait les cheveux clairsemés de Petrosky et lui glaçait le crâne, il ne dissipait pas l'odeur de renfermé du sous-sol. Bien que l'air lourd puisse avoir été le reflet de l'absence totale de vie plutôt qu'une véritable odeur.

Puis —

Gratte, gratte.

Petrosky fit volte-face, son arme dégainée par réflexe, cherchant la source du bruit. Une souris courut d'une vieille bibliothèque pour se réfugier dans le coin adjacent à la fenêtre brisée. Il baissa son arme, le cœur battant. Cet exterminateur défoncé l'avait rendu nerveux aussi.

Il se retourna vers les piles le long du mur du fond, fronçant les sourcils en regardant à travers la fente entre les boîtes brunes. Les ombres sur le sol derrière les piles étaient profondes, mais... il y avait définitivement quelque chose là-derrière. Petit. Probablement un nid. Quel genre d'exterminateur était Spiros, de toute façon ? Ce n'est pas comme si une famille de souris pouvait vous faire du mal - c'était bien mieux d'avoir des souris que des rats.

Mais pourquoi des souris construiraient-elles un nid sous le seul endroit où il y aurait sûrement eu un courant d'air ? Il recula pour examiner à nouveau la rangée. Toutes les boîtes étaient positionnées à au moins trente centimètres du béton extérieur, probablement pour éviter les murs humides d'un sous-sol non fini du Michigan. Mais sous la fenêtre, ces deux piles bancales étaient tirées de quelques centimètres de plus... Spiros ? Ou Salomon cachait-il vraiment quelque chose dans l'obscurité derrière le carton ?

Il força ses doigts autour d'une boîte du milieu et tira, déplaçant les trois du dessus vers lui, et scruta l'espace sombre. Le nid semblait... plus rond, au moins d'un côté - *était-ce* un nid ? Peut-être que la petite fille avait utilisé une autre pierre pour briser le verre et qu'elle était tombée sur la maison des rongeurs. Bonne nouvelle - ils pourraient obtenir des empreintes. Si Spiros n'avait pas tout foutu en l'air.

Petrosky se pencha vers le sol, saisit le conteneur du bas et essaya de déplacer toute la pile de boîtes plus loin du mur, mais rien ne bougea. Trop lourd. Il arracha la boîte du haut de la pile et la posa sur le sol derrière lui. Puis la suivante, si légère qu'elle le surprit jusqu'à ce qu'il aperçoive du tissu - des couvertures - à travers une fente dans le carton. Il sursauta à nouveau lorsque quelque chose émit un son, un petit couinement.

Bon sang, il détestait les souris.

Il saisit une autre boîte et la poussa de côté, puis une autre, et — *enfin* — se pencha sur la pile restante à hauteur de taille. Il se figea. Pas un nid de rongeurs. Pas un caillou.

Il jeta la boîte suivante sur le sol derrière lui. Elle bascula, et une tasse à thé enveloppée se libéra du papier et se brisa sur le béton. Son estomac se noua tandis qu'il poussait la dernière boîte sur le côté pour atteindre le monticule sur le sol.

Le nourrisson était nu, sa moitié inférieure couverte de ce qui ressemblait à du goudron noir mais était probablement des excréments de nouveau-né. La peau ridée de l'enfant était violacée comme un bleu à certains endroits, grisâtre à d'autres, et recouverte d'une substance blanche cireuse. Un cordon ombilical croûteux s'enroulait contre son abdomen. Il regarda de plus près. *Son* abdomen. Merde. Beaucoup trop jeune pour avoir survécu seule. Et son bras gauche était plié dans un angle anormal, en forme de U, cassé. Les boîtes avaient peut-être amorti sa chute, mais pas suffisamment — elle avait souffert avant de mourir. Il examina la fenêtre au-dessus. Pas de sang apparent sur le rebord, mais vu l'état du corps, les excréments, pas étonnant que les rongeurs grimpaient par ici — elle serait un bon repas.

Petrosky frappa d'un poing massif sa poitrine où des rubans de douleur aiguë irradiaient dans son épaule. — Merde, murmura-t-il.

Les pas de Morrison résonnèrent dans l'escalier. — Spiros est à la table. Il a dit qu'il poussait des choses pour pulvériser le périmètre et a vu un... Il s'arrêta derrière Petrosky. — Putain de merde.

Morrison sortit son portable tandis que Petrosky s'agenouillait à côté de l'enfant, touchant sa joue. *Froide*. Puis sa peau s'illumina brusquement, le faisceau tremblant tellement qu'il apparaissait comme un projecteur errant sur sa chair. L'application lampe torche de Morrison. Petrosky entendit l'inspiration brusque de Morrison, et la lumière se stabilisa.

Des marques sur son ventre. Ses bras. De minuscules piqûres entourées d'ecchymoses — comme de petites piqûres d'aiguille. Pas dues à la chute. Quelqu'un l'avait-il droguée pour la faire taire ? Mais il n'y avait aucune raison d'injecter un tranquillisant dans le ventre d'un enfant. Et un médecin ne faisait certainement pas de vaccins pour nouveau-né dans la poitrine ou l'aine.

— C'est pour ça que la fille a cassé la fenêtre, dit Morrison. Elle voulait cacher le bébé.

La cacher. Si une petite fille avait kidnappé sa sœur nouveau-née pour la protéger, les parents seraient en pleine recherche pour retrouver leur fille cadette. Sauf que...

Ces enfants étaient négligés. Maltraités. Le père, si c'est ce qu'il était, serait inculpé s'il réclamait le bébé maintenant. Et d'où diable venait ce nouveau-né ? Pas d'un hôpital — elle avait encore le cordon ombilical attaché. Un accouchement à domicile qui a mal tourné ?

Petrosky fouilla dans la boîte derrière lui et chercha une couverture. *Pauvre bébé.*

— Patron...

— Tu vas me crier dessus pour avoir gâché une scène de crime, California ?

Leurs regards se croisèrent. Morrison secoua la tête.

Petrosky posa la couverture sur le bébé juste en dessous de son cou et pressa son doigt sur l'artère carotide. Il savait ce qu'il allait trouver, mais... Il ne sentit rien. Il appuya plus fort.

— Patron...

— Faut être sûr. Il l'était. Il ne voulait juste pas accepter qu'il avait perdu un autre enfant. Aurait-elle été vivante la nuit dernière ? Mais ils n'avaient aucune raison de penser que quelqu'un avait jeté un bébé dans la maison. Aucune raison de penser que le sous-sol était en réalité une scène de crime. Il avait laissé Courtney Krakow-peu-importe-son-nom le convaincre de ne pas faire son travail avec ses yeux tristes.

Peut-être qu'il avait perdu la main.

Petrosky remonta la couverture sur le visage du bébé et se dirigea vers les escaliers. — Appelle les techniciens. Demande celle aux cheveux noirs. Peut-être qu'il ne se souciait plus assez. De quoi que ce soit. Quoi qu'il fasse, il échouait.

— Katrina ? Pourquoi ?

— Elle est plus intelligente que les autres.

Morrison rangea son téléphone et la lumière disparut avec lui, réduisant la pièce à un tombeau orangé. — Comment le sais-tu ?

— Je suis un génie. C'est pour ça que tu devrais te sentir chan... Petrosky se retourna vers la fenêtre. — Tu as entendu ça ?

Morrison fixait le mur du fond, les yeux écarquillés.

Petrosky se précipita vers la fenêtre et tomba à genoux. La couverture était immobile, ne bougeait pas, la silhouette de l'enfant à peine visible dans la pénombre. Comme quand il l'avait laissée. Mais...

Le bruit se fit entendre à nouveau, le son de souris. De chatons ? Mais ce n'était pas des chatons.

Oh mon Dieu.

Il arracha la couverture de l'enfant. Sa bouche bougeait, de minuscules halètements, à peine perceptibles. Derrière lui, il entendit un bruissement, les bips de trois numéros composés, et la voix de Morrison : — Besoin d'une ambulance.

Petrosky enveloppa l'enfant dans la couverture et sur sa tête comme un capuchon. Elle était molle, beaucoup trop grise, et beaucoup trop froide. Rien d'autre ne bougeait. Juste sa bouche.

Il la berça dans ses bras et se leva. — Ça va aller, petite. Ça va aller.

Le nourrisson ouvrit la bouche et miaula.

CHAPITRE 7

Katrina arriva juste après l'ambulance, lança des regards noirs à Petrosky, et se mit au travail dans le sous-sol, pinçant, emballant, et saupoudrant. Courtney était toujours assise, abasourdie, dans la cuisine avec Spiros aux yeux embués. Mais son expression oscillait entre la confusion et une irritation qui hérissait les poils de la nuque de Petrosky chaque fois que leurs regards se croisaient.

Morrison emmena Spiros dans l'autre pièce, bien qu'il ne fût clairement pas leur homme. Mais Courtney... Il devait y avoir une raison pour laquelle la fille disparue avait choisi Salomon. L'opportunité, peut-être, mais il devait en être sûr.

— As-tu une idée de qui est l'enfant ?

Sa bouche s'ouvrit, puis se referma. — Non, bien sûr que non. Et je ne peux pas imaginer que ma mère le savait non plus.

— Pourquoi, elle n'aime pas les enfants ? Petrosky s'efforça de garder une voix égale, mais il sentait la chaleur monter à son visage et à son cou. Salomon était-elle assez lâche pour fermer la porte au nez d'un enfant paniqué ? Mais même si elle avait chassé la fille, cela n'avait certainement pas empêché la femme de se faire hacher en morceaux sur sa propre pelouse.

Courtney regarda derrière Petrosky, vers le mur, refusant de croiser son regard. — Elle... Les enfants ont toujours été plus un fardeau qu'une bénédiction. Son regard devint vitreux.

— Avez-vous des enfants ?

— Deux.

— Et comment était votre mère avec eux ?

— Qu'est-ce que cela a à voir avec...

— Je cherche à comprendre qui elle était. Si l'enfant qui s'est présenté ici aurait pu la connaître et être à l'aise avec elle — suffisamment pour venir chercher de l'aide.

Elle hocha lentement la tête. — Ma mère ne voit — ne voyait — pas beaucoup mes enfants. Elle venait pour les fêtes, les anniversaires, mais elle gardait ses distances si cela a un sens.

— Ça n'en a pas.

Courtney soupira, jetant enfin un regard vers Petrosky, sa bouche formant une ligne serrée. — Elle a toujours été distante. C'est devenu pire après la mort de mon père, surtout avec le ménage. Les enfants n'étaient même pas autorisés dans sa maison parce qu'ils dérangeraient tout. Même quand j'étais enfant, je ne pouvais pas aller dans le salon parce qu'elle craignait que je tache quelque chose. La pire correction que j'ai jamais reçue, c'était pour avoir renversé du jus dans le couloir. Non pas qu'elle était violente, mais une cuillère en bois n'était pas exclue.

— Ça me semble violent.

— Ouais, eh bien, c'était l'époque d'où elle venait. Sa voix dégoulinait d'amertume. Le chagrin et le choc de la veille s'étaient transformés en agitation. Du ressentiment ?

La colère, ou même le manque d'amour, ne signifiait pas l'intention de tuer, mais la rage suggérée par le meurtre d'Elmira Salomon criait quelque chose au-delà d'une simple offense. Qui d'autre Salomon avait-elle contrarié ? Peut-être était-ce plus sinistre — elle avait été impliquée dans l'enlèvement lui-même. C'était peu probable, mais des choses plus étranges s'étaient produites.

— Quel âge ont vos enfants ?

— Douze ans. Des jumeaux.

— Et où étiez-vous hier soir ? Pour nos dossiers, ajouta-t-il lorsque ses yeux se rétrécirent.

— À la maison. Avec les enfants et mon mari. Nous voulions passer du temps ensemble avant qu'il ne parte en voyage d'affaires.

— Où va-t-il ?

— Au Brésil. Ça vous va ? Elle cracha presque les mots.

Petrosky laissa passer sans même froncer les sourcils. Le chagrin touchait tout le monde différemment, surtout quand ils avaient eu une histoire moins que parfaite avec le défunt. S'en prendre à une fille en deuil sur la seule notion qu'elle n'était pas assez triste — le chef lui tomberait dessus. Au moins, il n'avait pas à s'inquiéter que l'exterminateur le dénonce pour brutalité, ou s'approche du commissariat. Ce gars était complètement défoncé et assez paranoïaque pour croire que Petrosky voulait l'enfermer. Il n'avait pas tort.

Après avoir obtenu la promesse de Courtney de les contacter au sujet des coffres bancaires de sa mère, Petrosky et Morrison se dirigèrent vers un diner sur la Troisième, où les serveuses étaient désagréables et la nourriture si grasse qu'elle pouvait rendre une serviette transparente en quelques secondes.

Morrison fronça les sourcils devant son assiette de

blancs d'œufs, prit une gorgée hésitante de café et grimaça. — Courtney semble prendre toute cette histoire plutôt... bien. Ses lèvres étaient serrées lorsqu'il reposa la tasse.

— C'est sûr. Elle veut aussi tout régler rapidement. Pas que je la blâme.

— Peut-être que Valentine pourrait la suivre.

Petrosky leva un sourcil.

— J'ai vérifié son mari. Il correspondrait au profil — juste en dessous d'un mètre quatre-vingt et trapu, probablement autour de quatre-vingt-dix kilos, et Brandon a dit quatre-vingt-six. C'est proche. Morrison mit le café de côté. — J'ai pensé qu'on pourrait donner un os à ronger à Valentine aussi. Il passe enfin le test pour entrer au bureau le mois prochain.

Petrosky enfourna du bacon dans sa bouche. Salé comme l'enfer. Fantastique. — Tu dois être tellement fier de ton petit projet de protégé.

— Si les amis sont des projets de protégés, qu'est-ce que ça fait de toi ?

— Ne pousse pas ta chance, Cali. Je suis peut-être vieux, mais je peux encore mettre à terre un surfeur.

— Tu ne peux même pas faire fonctionner ton téléphone.

Petrosky piqua une grosse tranche de pancake. Il regarda le beurre et le sirop couler dans l'assiette puis l'enfourna dans sa bouche. — Peut-être qu'on devrait regarder la famille de plus près. Salomon était plutôt une recluse.

— Toi aussi.

— Ouais, mais personne ne pousse des enfants à travers mes fenêtres de sous-sol. Et je suis probablement tout aussi grincheux. Dans son assiette, les saucisses nageaient dans le sirop. Petrosky en saisit une entre son index et son pouce et la fourra dans sa bouche.

— Frazier était assez clair sur le fait que Salomon n'était pas sociable, dit Morrison. — En fait, une seule personne dans le quartier a dit qu'elle semblait amicale. Une femme âgée, probablement vingt ans de plus que Salomon. Et elle a ouvert la porte en salopette vert vif et chemise violette, claudiquant sur un déambulateur, convaincue qu'elle allait chercher le courrier.

— Chic.

— En effet. Mais pas assez chic pour vraiment aider — elle a vanté l'excellence de Salomon, puis a admis qu'elle ne la connaissait pas. Tout ça dans la même phrase. Je pense qu'elle était juste excitée d'avoir de la compagnie — elle m'a fait asseoir dans sa cuisine, a essayé de me faire manger des biscuits. Je pense en fait... Ses joues rougirent.

— Quoi ?

— Eh bien, elle me draguait un peu.

Petrosky le fixa du regard. — Tu aurais dû en profiter. Te taper un petit cul de l'AARP.

— Qui te dit que je ne l'ai pas fait ? Morrison réprima un sourire. — Mais sérieusement, patron, je ne pense pas que Salomon était aussi redoutable que tu le crois. Juste un peu seule. Comme les personnes âgées le sont parfois.

— Tu es vraiment un cœur d'artichaut. Petrosky s'essuya les doigts sur sa serviette. — Peut-être que la gamine est allée là-bas parce qu'elle savait que Salomon était une garce — elle a pensé qu'elle serait assez effrayante pour les protéger tous. Il extrapolait. Beaucoup. À quelle fréquence un enfant maltraité sortirait-il de la maison, et encore moins socialiserait-il avec les voisins ?

Il remua ses œufs dans son assiette. — Pour trouver notre tueur, nous devons découvrir d'où viennent ces enfants. Qui ils sont. Mais le père biologique — il saurait qu'ils pourraient faire correspondre ses enfants à lui en utilisant l'ADN. Probablement. S'il avait su que son bébé était dans le sous-sol de quelqu'un d'autre, il aurait tout fait pour se débarrasser des preuves, surtout après la mort de Salomon. D'un autre côté, ils avaient eu des officiers qui patrouillaient devant la maison toute la nuit — peut-être que le tueur avait voulu récupérer le bébé mais n'avait pas pu.

— Je parie sur un enlèvement pour l'enfant plus âgé, dit Petrosky. Mais le nourrisson... Comment notre tueur avait-il trouvé un bébé si jeune ? Peut-être avait-il kidnappé une mère enceinte. Mais alors...

Morrison repoussa son assiette intacte. — Comment diable cette enfant a-t-elle pu s'emparer du bébé immédiatement après sa naissance ? La mère du bébé... Son visage s'assombrit. — À moins que la mère ne soit déjà morte, et que la fille ait pensé que celui qui avait blessé sa mère allait ensuite tuer le bébé. Ces blessures par perforation sur le ventre et l'aine du nourrisson indiquent qu'elle avait une bonne raison de le croire. Morrison se frotta le visage, et pendant un instant, il parut presque aussi vieux que Petrosky se sentait. — Alors d'où venait la fille ? dit-il. — Pas de maisons suspectes à proximité, et nous ne pouvons pas fouiller chaque maison dans un rayon de cinq ou dix kilomètres. Aucun juge ne nous donnera de mandat.

— Mandat, schmandat.

Morrison l'ignora. — Mais si notre gars se baladait dans la rue avec un enfant qui se débattait, quelqu'un l'aurait vu.

— Ils n'ont pas entendu ce connard démolir la maison à coups de hache.

— Non, mais ça aurait dû se passer rapidement, non ? En quelques minutes. Ils se seraient réveillés mais auraient pensé que c'était un rêve quand il n'y aurait plus eu de bruit. S'il essayait de traîner un enfant après ça, un enfant qui avait assez de cran pour s'enfuir de lui et pousser un bébé à travers une fenêtre... elle ne serait pas partie sans faire de bruit.

— Sauf s'il l'avait neutralisée.

— Il aurait quand même dû porter son corps inerte dans une rue où quelqu'un aurait pu le voir. Et il aurait eu cette énorme arme.

— Donc il l'a poursuivie en voiture. Il est parti discrètement pour ne pas attirer l'attention sur lui. Peut-être même qu'ils étaient en train de rouler quand la gamine a sauté. En route vers l'hôpital avec le nourrisson.

— Peut-être avec la mère aussi, ajouta Morrison avec espoir.

Petrosky secoua la tête. — Ça ne me plaît pas.

— Pourquoi ? Parce que c'est optimiste ?

— Ça et c'est peu plausible. Si la mère était présente, la fille n'aurait probablement pas pris le nourrisson. Et bien que l'accouchement ait pu forcer le tueur à faire une course nocturne à l'hôpital ou à la pharmacie pour des fournitures, pourquoi la fille aurait-elle sauté de la voiture avant d'y arriver ? Il serait plus facile d'obtenir de l'aide dans un service d'urgence bien éclairé ou sur le parking d'une pharmacie. Non, il est plus probable que la fille se soit échappée d'une maison voisine avec l'enfant, forçant le tueur à la poursuivre. — Nous demanderons les dossiers de l'hôpital, dit-il. — Des femmes amenées après un accouchement sans leur nourrisson. Cherchons aussi les hospitalisations de petites filles — si celle aux chaussettes a été blessée dans la lutte, elle a peut-être été admise. Bien que, encore une fois, j'en doute fortement. Petrosky piqua une autre saucisse. L'huile gicla sur l'assiette comme du sang provenant de la jugulaire de quelqu'un.

— Encore trop optimiste ?

— Les actions de cette enfant plus âgée n'étaient pas

normales. Abus, négligence, suffisamment graves pour risquer sa vie. Et le bébé né isolé, loin des yeux indiscrets des professionnels de santé — c'était délibéré. La dernière chose que notre criminel voudrait faire serait d'emmener la fille plus âgée pour faire examiner ses blessures.

— Tu penses que la mère du bébé est la complice du tueur, peut-être victime de violence conjugale ? Trop effrayée pour s'opposer à lui parce qu'il la blesserait ?

— Peut-être. Ou il a enlevé une femme enceinte et l'a forcée à avoir l'enfant. Ou l'a découpé d'elle. Il y a aussi beaucoup d'argent dans la pornographie infantile. Des trucs de pédophilie, ou même ces vidéos de torture en direct.

Morrison posa sa fourchette et repoussa son assiette. — Je pensais la même chose.

— Tu es en route vers le côté obscur, mon ami. Ajoute le gendre russe de Salomon, un type qui est régulièrement hors du pays dans des endroits comme le Brésil...

— Trafic d'enfants ? C'est statistiquement plus probable que l'enlèvement de bébés ?

— C'est plus courant que les gens ne le pensent, et le Brésil a l'un des taux de trafic les plus élevés — dans le top 12, en tout cas. Et l'année dernière, on a eu cette fille de... Bangkok, peut-être ? Elle a été retrouvée parce qu'elle s'est échappée ; elle a couru exactement comme notre gamine la nuit dernière, nue et en sang. La seule différence, c'est qu'il n'est pas venu après elle parce qu'il ne savait pas qu'elle s'était échappée. Peut-être que cette fille n'a pas eu autant de chance. Petrosky enfourna la viande dans sa bouche et l'accompagna d'un café tiède. — L'hôpital n'est qu'à quelques pâtés de maisons de chez Salomon. Si la gamine connaissait le quartier, elle a peut-être couru dans cette direction. Essayé d'obtenir de l'aide.

— Elle essayait probablement juste de s'échapper, tournant autour de la maison parce qu'elle savait qu'elle ne pouvait pas s'enfuir.

L'idée de la fille courant frénétiquement à travers les jardins éclairés par la lune, désespérée d'obtenir de l'aide... Julie avait-elle essayé de fuir son agresseur ? Petrosky chassa cette pensée.

— Elle est jeune, poursuivit Morrison, peut-être qu'elle ne réfléchissait pas clairement ou logiquement, bien qu'elle ait quand même eu la présence d'esprit de briser la fenêtre. Il haussa les épaules. — Elle pensait probablement qu'elle pourrait passer aussi.

Petrosky grimaça, essayant d'ignorer la douleur aiguë qui s'était installée dans son ventre. Ça pouvait toujours être de la maltraitance, mais ils devraient aussi vérifier la piste du trafic. — On demandera à Freeman. On verra ce qu'il a obtenu récemment sur le front du trafic, on cherchera des similitudes. Il fit un signe de tête vers l'assiette de Morrison. — Tu as fini, gamin ?

Morrison grimaça. — Tu en veux ?

— Certainement pas. Petrosky fronça les sourcils en regardant son dernier morceau de saucisse et enfila sa veste. — Passons quelques coups de fil, ensuite on pourra aller à l'hôpital rendre visite à notre dernière avancée.

Une avancée. Pas le bébé de quelqu'un. Il était aussi insensible que celui qui avait maltraité une enfant au point qu'elle pousse un nourrisson par une fenêtre brisée.

CHAPITRE 8

Ils passèrent appel après appel en route vers l'hôpital. Pas de chance avec les hôpitaux eux-mêmes ; les dossiers étaient scellés sans le consentement du patient. Mais les médecins étaient légalement tenus de signaler les abus, et ils auraient certainement signalé une femme récemment enceinte sans son enfant, ou un enfant tailladé admis sans parents. Les autres commissariats des environs n'avaient rien d'utile non plus — ils n'avaient reçu aucun signalement d'hôpitaux concernant des femmes en post-partum sans bébé, et ils n'avaient aucune femme enceinte disparue, aucun nourrisson volé, aucun dossier de petites filles avec des blessures compatibles avec leur affaire. Ils essaieraient un rayon plus large autour de Detroit, mais il ne comptait pas trop là-dessus. Leur tueur n'amènerait pas un enfant blessé quand c'était lui qui l'avait blessé, et si la mère était toujours en vie, il ne pouvait pas l'emmener se faire soigner sans le nourrisson.

L'hôpital sentait l'alcool. Ce n'était pas de la vodka, mais suffisamment proche pour faire saliver Petrosky à leur entrée. Il dilata ses narines comme s'il pouvait attirer le poison dans son corps, se sentit coupable pour cette pensée, puis se moucha avec un mouchoir pris sur la table d'appoint des urgences. Il était en bonne compagnie — une vingtaine d'autres personnes dans la salle d'attente étaient assises, reniflant et toussant ou saignant dans des serviettes. Morrison était le seul à avoir l'air en bonne santé — bien que fatigué — tapotant sur son ordinateur portable dans le coin, prenant occasionnellement des notes sur son bloc.

— Détective ?

Petrosky se retourna. Une femme aux cheveux courts et hérissés s'avançait vers lui. — Docteur Rosegold, soins intensifs pédiatriques. Elle tendit la main. Sa tenue chirurgicale bleu-vert était parsemée de petites taches qui pouvaient être du sang, de la merde ou du vomi. — Suivez-moi.

Morrison était déjà debout, ordinateur portable et bloc-notes sous le bras.

Ils la suivirent dans le couloir antiseptique, passant devant des brancards avec des hommes au visage long agrippant un membre ou un autre, puis prirent l'ascenseur jusqu'au septième étage. Le couloir était rempli de photos de familles heureuses et d'affiches proclamant : « Faites-vous vacciner contre la grippe ! » et « La coqueluche n'est qu'à un baiser ». L'herpès aussi n'était qu'à un baiser, mais ça faisait probablement une affiche de merde.

Ils s'arrêtèrent devant une vitre. Au bout du couloir, une femme se tenait debout, portant deux blouses d'hôpital, une avec l'ouverture dans le dos, l'autre enroulée sur le devant pour éviter cette fichue exposition des fesses. Ses yeux étaient vides, fixant à travers la vitre, les mains agrippées à une seule barre en laiton qui longeait le mur sous la fenêtre. Elle ne portait qu'une seule chaussette.

Il suivit son regard. À l'intérieur de la pièce se trouvaient une douzaine d'énormes berceaux, six de chaque côté, faits de plastique volumineux. Des fils serpentaient depuis les minuscules paquets à l'intérieur jusqu'aux machines environnantes, certains équipements sifflant par intermittence, fort et saccadé comme un premier — ou un dernier — souffle. La moitié des berceaux étaient illuminés comme des lits de bronzage, mais les bébés sous leur éclat avaient une teinte bleue comme la mort, entrelacés de tubes, des canules enfoncées dans leur nez. Les moniteurs bipaient. Des infirmières en tenue de bloc observaient avec méfiance.

Rosegold fit un geste vers le côté droit de la pièce. — Au fond.

Son berceau était différent, transparent — comme un cercueil transparent — et séparé des autres de quelques pieds, bien qu'il ne puisse dire si c'était fait intentionnellement ou accidentellement alors que les infirmières déplaçaient les berceaux. Son corps était plus bandage que peau ; tout son être baigné de bleu. Son cœur eut un spasme, se serra, et il se frotta la poitrine comme s'il pouvait masser l'horrible sensation pour la faire disparaître.

— Elle est vivante, dit Rosegold, assez bas pour que la femme au bout de la fenêtre ne puisse pas entendre. Mais seul le temps nous le dira. Nous sommes particulièrement inquiets concernant l'infection.

— Quel âge a-t-elle ?

— Trois jours, tout au plus. L'évacuation du méconium se produit généralement peu après la naissance, mais le cordon était assez sec pour que ça fasse probablement quelques jours. Nous avons contacté les services de protection de l'enfance. Et j'ai déjà envoyé son échantillon de sang avec un... officier Valentine, je crois.

Valentine ? Petrosky leva un sourcil vers Morrison, qui haussa les épaules. Au moins, ils auraient l'ADN dans les prochains jours, sinon aujourd'hui. — Merci pour ça. Qu'avez-vous trouvé d'autre ?

Rosegold regardait à travers la fenêtre. — Elle a des fractures composées au bras. Le médecin qui l'a admise a dit qu'elle était passée à travers une fenêtre ?

— Poussée à travers une fenêtre de sous-sol. Petit espace.

— Ça explique. La fracture n'était pas nette et il y en avait plus d'une, ce qui n'est pas habituel pour une simple chute. Elle se tourna vers eux. — Si quelqu'un lui a cassé le bras en essayant de la faire entrer là-dedans, les blessures ont plus de sens. Enfin, ces blessures-là, en tout cas.

Rosegold déglutit difficilement, jeta un coup d'œil le long de la rangée vers la femme en blouse, et baissa encore la voix. — Elle avait des abrasions sur les cuisses et le dos, comme des brûlures de tapis. Comme si quelqu'un l'avait traînée sur quelque chose. Mais je suis plus préoccupée par les plaies de piqûre sur son ventre et son aine. Elle en a aussi sur les fesses et la poitrine.

— Pouvez-vous dire ce qui a fait ces marques ?

— On dirait presque une aiguille à coudre. Elle baissa les yeux vers la poitrine de Petrosky, et il réalisa qu'il se massait toujours le sternum.

Petrosky laissa retomber sa main et jeta un coup d'œil à Morrison, qui s'était figé à côté de lui. Cela faisait deux ans que la femme et l'enfant de Morrison avaient été enlevés. Deux ans depuis que le kidnappeur avait cousu les lèvres de Shannon. Depuis lors, toute mention d'aiguilles faisait dilater les narines de Morrison comme celles d'un taureau en colère.

— Des signes d'abus sexuels ? demanda doucement Petrosky comme si chuchoter rendrait la conversation moins horrible.

Elle secoua la tête. — Pas de pénétration ni de déchirure, mais les plaies de piqûre... Il y en avait quelques-unes autour de ses lèvres.

Putain de sadique. La bile lui monta à la gorge. Peu de gens considéraient les nouveau-nés comme des objets sexuels — c'était fait pour torturer. Pour la douleur.

Morrison se détourna de la fenêtre et appuya l'arrière de sa tête contre la vitre, sa pomme d'Adam bougeant comme s'il essayait de ne pas vomir. Petrosky le fixa du regard jusqu'à ce qu'il se redresse, bien que son propre estomac soit en train de remuer avec du café maintenant aigre et du dégoût. Vomir des saucisses et des œufs partout dans un couloir d'hôpital n'allait certainement pas les aider à retrouver un enfant disparu. Ni aider celle-ci.

— Certaines blessures sont plus récentes, mais d'autres ont déjà formé des croûtes. C'est une autre raison pour laquelle je peux dire que cela fait quelques jours depuis sa naissance. Cette douleur... Bon Dieu. Petrosky observait les moniteurs tandis que Rosegold poursuivait : — En l'état, les blessures physiques sont mineures, mais significatives en termes de traumatisme psychologique et de douleur. Et nous combattons quelques infections dues aux piqûres d'aiguilles. Ma plus grande inquiétude est que certaines étaient suffisamment profondes pour perforer des organes internes. Nous avons arrêté tous les saignements, mais la septicémie est une possibilité, bien que nous fassions tout notre possible pour l'éviter. C'est juste... Elle frissonna. — J'en ai vu beaucoup, détectives, mais poignarder un nouveau-né encore et encore... cela en dit long sur la personne qui lui a fait ça.

Petrosky dirigea son regard vers le berceau du fond, où les lumières bleues donnaient à la minuscule silhouette un air... eh bien, mort. Comme elle l'avait presque été quand il l'avait trouvée. Quand il avait failli la laisser dans cette cave, froide et seule et... vivante. Petrosky attendait que ses moniteurs s'affolent, signalant l'arrêt de son cœur, mais ils continuaient de biper, silencieusement. La main de son bras non plâtré bougea mollement puis s'immobilisa.

Il détourna les yeux, s'efforçant de calmer son estomac.

— S'il vous plaît, appelez-moi directement s'il se passe quoi que ce soit. Petrosky lui tendit une carte. — En bien ou en mal.

— Je le ferai.

Les yeux de Morrison le transperçaient tandis qu'ils marchaient dans le couloir.

— Quoi ?

— Appeler en bien ou en mal, hein ?

— Nous devons savoir si nous devons passer de maltraitance infantile à homicide.

— Et le bon côté ? Tu passes du côté lumineux de la vie, vieux.

Petrosky l'ignora et entra dans l'ascenseur vide. Elle avait été poignardée à plusieurs reprises immédiatement après sa naissance, et l'enfant plus âgé avait réussi à l'éloigner, au moins assez longtemps pour la jeter dans une cave. La fille devait savoir ce qui attendait le bébé. Ils pourraient élargir la recherche d'appels aux services de protection de l'enfance, mais il doutait qu'ils trouvent ce dont ils avaient besoin. Soit ce type les cachait — sa réserve personnelle à maltraiter à volonté — soit c'était quelque chose de plus gros. Trafic d'enfants. Peut-être de la pornographie infantile, avec les blessures aux lèvres. C'était ce qui le dérangeait le plus — les piqûres d'aiguilles.

La porte de l'ascenseur se ferma. Petrosky appuya sa tête contre le mur du fond et fixa le plafond miroir. Il avait l'air pâle. Malade. — Je pense que l'histoire des coups de couteau est la plus révélatrice, surtout s'il s'agit d'un fétichisme.

Morrison frissonna. Le salaud qui avait enlevé

Shannon et Evie avait du piquérisme, un fétichisme où poignarder devient une source de satisfaction sexuelle — comme Jack l'Éventreur.

Mais l'Éventreur et Norton avaient tous deux pris des femmes adultes. Et bien que Norton ait été adepte des colliers de fer et des bottes à pointes comme formes de torture... ces choses étaient-elles vraiment médiévales comme cette arme en forme de serpe dont le médecin légiste était si certain ? Mais il aimait poignarder...

Les numéros lumineux de l'ascenseur continuaient de descendre, un étage à la fois, reflétant la sensation de chute dans le ventre de Petrosky. Il n'y avait aucune chance qu'Adam Norton soit resté dans les parages après qu'ils aient secouru Shannon. Ils n'avaient eu aucun autre enlèvement lié, rien avec des aiguilles ou de la torture comme ça, aucun homicide correspondant à son mode opératoire. Et Norton aurait forcément franchi un nouveau cap, tué quelqu'un d'autre ; ils auraient sûrement eu plus d'affaires s'il était ici. La nourriture s'agitait dans l'estomac de Petrosky, et il toussa, profondément et humidement, puis avala du flegme qui avait un goût suspect de fer.

Morrison mit sa main sur son ventre. — Oh, merde. Le visage du gamin était devenu vert.

— Ça va ?

— Ouais, je pense que c'est juste... le petit-déjeuner n'a pas... Les portes de l'ascenseur s'ouvrirent, et Morrison se précipita vers les toilettes.

Il avait probablement eu les mêmes pensées concernant Shannon et Evie. *Victimes.* Survivantes, oui, mais bien que la famille de Morrison ait survécu, la culpabilité ne disparaissait jamais vraiment. *Je te comprends, gamin. Vraiment.* Petrosky toussa, une fois, deux fois, et une douleur traversa ses poumons comme s'ils se déchiraient, des fissures sanglantes s'élargissant à chaque toux. Il sortit une cigarette du paquet et la coinça entre ses dents. Il devrait probablement arrêter de fumer. *Mais* le mégot était humide de sa salive au moment où Morrison émergea en s'essuyant la bouche.

Ils restèrent silencieux jusqu'à ce qu'ils aient quitté l'hôpital, leurs pas concurrents résonnant dans le parking comme un battement de cœur net et irrégulier.

— Tu as besoin de rentrer chez toi ? lui demanda Petrosky, allumant sa cigarette et inhalant la fumée âcre comme si c'était un baume contre la sensation de brûlure qui persistait, chaude et douloureuse, dans sa poitrine.

— Ça va.

La tension dans les yeux de Morrison disait qu'il était tout sauf bien. Petrosky inhala plus de fumée, toussa, se reprit. — Bien. On va retourner au poste et faire quelques recherches. Tu élargis la recherche à l'hôpital pour la mère, mais ne perds pas trop de temps là-dessus — le bébé n'avait même pas le cordon ombilical coupé, donc elle n'est pas née à l'hôpital. Je vais récupérer le reste des dossiers de protection de l'enfance, puis on travaillera ensemble sur les enlèvements d'enfants. Cette partie sera délicate. La plupart des filles sur les listes d'enlèvements n'ont pas de groupes sanguins enregistrés, et il sera difficile de réduire le champ en dehors de la pointure — on ne sait même pas exactement quel âge a la fille ou quand elle a été enlevée.

— Et pour la pornographie infantile ? Le trafic ?

— Je vais me renseigner aussi, voir ce que je peux obtenir de Freeman de ce côté-là. On va aussi chercher du côté des pédophiles, mais je ne sais pas si j'y crois vraiment. Pas d'abus sexuel sur le bébé, juste ces trucs sadiques de douleur. Les pédophiles croient souvent qu'ils sont dans une relation avec leur victime, qu'ils aiment l'enfant. Ce n'est pas qu'ils ne causent jamais de douleur pour le plaisir, mais les couilles de ce type — garder une enfant, garder une femme enceinte — ce n'est pas votre pédophile standard. Mais les psychopathes torturent les enfants pour le plaisir.

Ash Park. *Bon sang.* Il devrait déménager. Peut-être qu'ils avaient moins de psychos au Canada.

Morrison ouvrit la portière de la voiture, et Petrosky se laissa tomber sur le siège conducteur. À travers le pare-brise, les nuages brûlaient d'un blanc éclatant, mais l'air restait glacial en cette fin d'après-midi. C'était le genre de froid qui s'infiltrait dans votre âme et vous gelait de l'intérieur.

— Ne laisse pas cette merde t'atteindre, dit Petrosky en s'engageant sur l'autoroute, pas tout à fait certain que ces mots s'adressaient à Morrison. Mais les mots étaient vides de toute façon. Et au vu du froncement de sourcils de Morrison, le gamin le savait aussi. Ça ne finissait jamais. La douleur, la lutte. La culpabilité. Le chagrin.

La poitrine de Petrosky se serra, et cette fois la douleur derrière sa cage thoracique lança des éclairs jusque dans son cou. Il se frotta en conduisant. Les douleurs et les maux de vieux étaient un petit problème. La vie était un gros problème, et Jack Daniels était un remède — pour un temps. Mais pas ce soir ; il vivrait avec ses problèmes un peu plus longtemps. Un jour à la fois. Cent trente et un jours de sobriété. *J'atteindrai les cent trente-deux, ma chérie.*

— Tu as dit quelque chose, Chef ?

Petrosky secoua la tête.

— Allons te chercher un beignet. Tu te sentiras mieux avec un peu de sucre dans le corps.

Morrison appuya sa tête contre la vitre et acquiesça.

Côté obscur, nous voilà.

Brandon, le grand analyste médico-légal, appela le bureau de Petrosky juste après leur retour au commissariat. Dix-sept heures cinquante. Dix minutes avant que les flics avec des photos de bébés potelés sur leurs bureaux ne rentrent chez eux pour la nuit et trente minutes avant que les gars sans bébés potelés ne reviennent d'un boui-boui graisseux ou d'une baise rapide chez leur petite amie.

— J'ai quelques résultats d'analyses sanguines pour vous, disait Brandon. Il semble que les deux femelles — votre nourrisson et votre enfant disparu — soient d'origine caucasienne. Toutes deux sans lien avec Salomon.

— Je m'en doutais. Petrosky ouvrit le tiroir et saisit ses cigarettes, en prenant soin d'éviter le regard de sa fille. Sont-elles liées entre elles ?

— C'est la partie intéressante. Nous pensions que les empreintes que vous aviez trouvées étaient celles d'un enfant, qu'elles étaient peut-être sœurs, mais le bébé est la *fille* de l'autre fille sur la scène. Et j'ai aussi vérifié la lignée paternelle, pour les deux — pères différents. Il fit une pause. Enfoiré de malade. Puis il raccrocha.

L'enfant disparu était la *mère* du nourrisson ? Petrosky tapota sa boîte de cigarettes. Il pensait qu'elle avait sept ou huit ans, mais elle pouvait être plus âgée, juste petite. Onze, peut-être douze ans ? Julie portait les chaussures de sa mère dès neuf ou dix ans. Mais ça ne voulait pas dire que tout le monde le faisait.

Quel âge avaient la plupart des filles quand elles commençaient à ovuler ? Il le chercha sur Google pour être sûr. Il semblait que certaines commençaient la puberté à huit ans tandis que d'autres étaient aussi tardives que treize ans — mais à ce moment-là, ses pieds auraient été plus grands. Ensuite, il rechercha des informations sur les pointures pour la tranche d'âge de neuf à dix ans — de vingt à vingt-cinq centimètres, à peu près la taille des empreintes de chaussettes floues dans la neige. *Merde.*

Il imagina une fillette, en CE2, courant dans le gel en chaussettes, le ventre encore gonflé ballottant, portant un nourrisson qu'elle avait été forcée de regarder son propre agresseur toucher — *poignarder*. Son estomac lui donnait l'impression que quelqu'un essayait d'arracher son dernier repas par son nombril. Elle n'avait pas volé le bébé ; elle avait donné naissance à l'enfant de son violeur et s'était enfuie pour le protéger. Le fait qu'elle ait mené sa grossesse à terme était une anomalie, mais c'était le seul coup de chance dans toute cette affaire hideuse. À quoi avait-il affaire ? Une enfant mariée ? Ou simplement des abus horribles ?

Petrosky ferma le tableau des pointures et passa une main sur son visage. Il se sentait fatigué. Et vieux. Il pouvait presque entendre Julie pleurer. Il frotta doucement l'endroit sur son épaule où se trouvait le tatouage de son visage, comme s'il pouvait la réconforter. Mais il était bien trop tard pour ça. Tout son corps lui faisait mal, brûlait, chaud de savoir que Julie avait souffert à cause de lui, et maintenant, cette autre petite fille souffrait aussi.

Il regarda l'horloge. Dix-huit heures vingt. Largement le temps pour un rendez-vous avec Jack Daniels. Il se leva si vite que sa chaise bascula derrière lui. Sans prendre la peine de la redresser, il sortit du commissariat à grands pas vers sa voiture. Il était foutrement incompétent. Et si elle n'était pas déjà morte, quelque part une petite fille sans son bébé en payait le prix.

CHAPITRE 9

Petrosky se gara, alluma une cigarette et observa les hommes et les femmes qui entraient dans le bâtiment de briques blanches. Survêtements, costumes ou jeans, de tous les milieux, la plupart avec des casquettes ou des capuches rabattues sur le visage en s'approchant de la porte d'entrée. Le vent formait des congères en tentes sur le côté du parking et projetait des flocons de neige contre le réverbère, mais les couvre-chefs n'avaient rien à voir avec la météo. Rien de tel que de croiser un voisin en allant aux AA.

Il était déjà venu ici, le visage caché par l'écharpe d'hiver de son ex-femme, plus de fois qu'il ne voulait l'admettre — pas que cela ait servi à grand-chose. Les AA étaient pour ceux qui étaient prêts à confier leurs problèmes à une puissance supérieure. Pas lui. Quel genre de Dieu permettrait une telle souffrance ? Avec tous les gens perturbés dans le monde, les enfants maltraités, les mères assassinées — s'il y avait un Dieu, ce salaud servait les verres.

La porte s'ouvrait et se fermait, déversant chaque fois une lumière jaune comme des yeux de chat sur le trottoir. Il pourrait aller dans le bar miteux au bout de la rue où personne ne le connaîtrait. Sans son badge, il n'était qu'un type quelconque, aussi remarquable qu'un bouton sur le dos d'une prostituée.

C'était tentant. Il pouvait presque goûter la première gorgée, la sentir lui brûler la gorge. Puis il se réveillerait demain avec la tête qui tourne et un pas de plus loin d'aider la fille disparue. La fille qui avait risqué sa vie pour sauver son bébé alors qu'elle n'était elle-même qu'une enfant. Héroïque. Le moins qu'il puisse faire était d'essayer de la retrouver.

Un homme en costume s'approcha du bâtiment, une Rolex étincelant d'or dans la lumière jaune. Le gars toucha le cadran de la montre comme si c'était une sorte de bouée de sauvetage — comme si le bijou pouvait l'empêcher de couler. La porte claqua derrière lui. Le vent fouetta la neige contre le trottoir et effaça ses empreintes comme s'il n'avait jamais existé. Comme si aucun d'entre eux n'avait existé.

Petrosky essaya de se concentrer sur ce qui lui restait : Le boulot, peut-être. Et Morrison, Shannon, Evie et Henry. Il avait conduit Shannon à l'autel. Avait été dans la salle d'attente pour les deux naissances. Mais même l'amour d'une famille — et c'est ce que c'était, une famille — était terni par un voile sombre. Il pouvait voir leur soutien, savait qu'il existait, mais il repoussait leur affection avant qu'elle ne puisse s'installer dans sa poitrine.

Il avait déjà échoué — avec l'alcool, avec des affaires, avec des relations. Morrison et Shannon et leur famille heureuse seraient encore plus heureux sans les visites à l'hôpital et les promesses non tenues ; il ne faisait aucun doute qu'ils se porteraient mieux sans lui. Peut-être que Julie aussi — s'il avait divorcé de sa mère plus tôt, elles auraient pu déménager loin d'Ash Park. Loin de l'homme qui avait tranché la gorge de Julie.

Il avait failli à sa fille. Et Julie était loin d'être la seule.

Cela faisait quatre ans qu'il avait failli à Hannah Montgomery, une jeune femme qui ressemblait tellement à Julie que ça lui faisait mal de la regarder. Après des mois de recherche du tueur en série qui en avait après Hannah, il avait arrêté un homme qui correspondait à la description. Des montagnes de preuves, et il s'était trompé. Et pendant que cet innocent était en prison, Petrosky avait perdu Hannah pour de bon. Non, pas perdu — elle avait été *enlevée*. Il avait passé des heures infructueuses à chercher, désespéré de trouver le moindre indice qui le mènerait à elle. Quand il s'était retrouvé bredouille, il avait bu jusqu'à l'oubli, suivi d'un congé de la police. Il était revenu prêt à arrêter quelques criminels de plus, prêt à faire... quelque chose. Mais ce n'était pas suffisant. Ce n'était jamais suffisant. Shannon et Evie, si proches de lui qu'elles auraient aussi bien pu être de son sang — même elles avaient été enlevées sous sa surveillance. Torturées. Il y avait toujours un autre criminel prêt à prendre la place de chaque méchant qu'il arrêtait. Il y avait bien plus de mal que de bien dans ce monde — le bien était condamné.

Petrosky serra le volant. Il ne les laisserait pas gagner, pas tous. Il sauverait au moins une petite fille héroïque, même s'il y aurait toujours plus de connards dehors qui pourraient faire du mal aux gens qu'il aimait.

Il avait merdé avec sa propre famille. Perdu Julie. Et maintenant il regardait Shannon et les enfants s'éloigner de lui, les repoussant comme il avait repoussé son ex-femme après la mort de Julie, non pas par une croyance naïve qu'ils seraient toujours là, mais parce qu'il savait qu'ils ne le seraient pas. Il pouvait les voir maintenant, pique-niquant dans le parc pendant que son cadavre pourrissait sous terre. Ce serait mieux ainsi.

Ils ne lui manqueraient même pas.

CHAPITRE 10

Petrosky accompagna la fille de Salomon, Courtney, dont seul Morrison pouvait prononcer le nom de famille, à la banque pour examiner le coffre-fort de sa mère. Comme elle le leur avait dit, il y avait très peu de bijoux et aucun document inhabituel. Ils trouvèrent une police d'assurance-vie de deux cent mille dollars. Courtney pleura et rit en même temps. Un peu déconcertant, mais normal — les gens réagissaient bizarrement à la fois au chagrin et à l'argent.

Tout le long du trajet de retour au poste, Petrosky réfléchit à ce qu'il ferait avec deux cent mille dollars, mais la plupart de ses idées impliquaient la construction de chambres de torture élaborées pour les violeurs d'enfants et peut-être l'achat d'un de ces fauteuils de massage pour soulager son dos douloureux — certains matins, ses côtes semblaient vouloir éclater de chaque côté de sa colonne vertébrale. C'était peut-être aussi à cause des cigarettes, mais aucune somme d'argent ne le ferait renoncer à celles-là. Peut-être qu'avec deux cent mille, il s'offrirait aussi une nouvelle cafetière. *Non, laisse tomber.* Lui et Vieille Bessie avaient traversé beaucoup d'épreuves ensemble, même si elle était une petite garce.

Quand il revint au poste, le rapport médico-légal était sur son bureau. Morrison approcha une chaise tandis que Petrosky feuilletait les papiers. — Les empreintes de chaussures à l'extérieur de chez Salomon ressemblent à des bottes. À peine inhabituel en plein milieu d'un hiver du Michigan qui vous glace l'âme. Petrosky plissa les yeux sur la page, les mots se brouillant, puis s'adossa tandis que Morrison saisissait le dossier. Au moins, le gamin ne disait rien de new age sur le fait de manger des carottes pour restaurer sa vision. — Des fibres de coton-polyester roses, des chaussettes disponibles dans n'importe quel magasin. Et de la poussière dans les empreintes de pas de l'enfant, on dirait du ciment ou de l'argile.

— Peut-être de la fenêtre ? Petrosky repensa au sous-sol, aux crevasses et aux coins de l'encadrement où la poussière et la crasse s'étaient accumulées. Avait-elle aussi essayé d'y grimper ? À quel point s'était-elle approchée de la sécurité avant d'être à nouveau arrachée par son agresseur ?

Morrison tourna quelques pages et parcourut le texte. — Une partie de la poussière correspond à la fenêtre, mais pas toute. On dirait qu'ils n'ont pas encore terminé l'analyse complète de toutes les particules, mais nous l'aurons bientôt.

— Espérons qu'ils trouvent quelque chose d'intéressant. Petrosky se leva. — Je vais aller voir Freeman, en apprendre un peu plus sur l'angle du trafic. Avec un peu de chance, ça donnerait quelque chose. Leurs recherches élargies dans les hôpitaux n'avaient rien donné, pas que Petrosky s'attendait à autre chose. Pas d'enlèvements de nouveau-nés dans les hôpitaux récemment, ni même remontant à dix ou douze ans au cas où leur tueur aurait également enlevé le premier enfant en tant que nourrisson. Aucune petite fille non recensée, aucune mère admise dans des circonstances urgentes à part un cas il y a neuf ans, mais ils avaient plus tard retrouvé le nourrisson de cette femme dans une benne à ordures. Ils avaient aussi fait chou blanc avec les Services de Protection de l'Enfance, mais ce n'était pas surprenant — on ne laisserait guère une fille enceinte de dix ans se promener en ville. Et si le tueur avait enlevé la fille dès le départ, il avait d'autant plus de raisons de la garder isolée.

Petrosky fit un pas vers les escaliers, puis se retourna. — Rends-moi un service et appelle Katrina — demande-lui de revérifier les encadrements autour des fenêtres et des portes. Les maisons voisines aussi. La fille aurait pu essayer une autre maison d'abord, ou tenter d'entrer par la porte d'entrée quand Salomon est sortie. Ils ne voulaient pas se lancer dans une chasse aux canards si la poussière des chaussettes provenait d'un voisin ou d'une autre entrée.

— Compris. Morrison recula sa chaise. — Au fait, tu devrais probablement faire un test de vision. Il y a des endroits où tu peux le faire gratuitement. Et la vitamine C...

— Mes yeux vont bien.

— Mais tu étais...

— Ne me fais pas chier, California. Vous autres, vous portez des lunettes juste pour ressembler aux hipsters qui pensent que leur merde ne pue pas.

Le sourire de Morrison accrocha les lumières du plafond. — Ça ne peut pas puer plus que toi après une assiette de chili dogs. Il commença à s'éloigner.

— Va te faire foutre, *mec*, lui lança Petrosky. Irritable, mais sincère.

CACHÉ

Le bureau de Dan Freeman était au sous-sol, à côté des bureaux de Harold Terse, chef du groupe d'infiltration affectueusement appelé "La Patrouille des Prostituées", et de George Wallace, qui dirigeait la plupart des opérations anti-drogue. Les bureaux étaient identiquement petits et quelconques, sans fenêtres, probablement parce qu'un cocaïnomane pourrait passer devant le commissariat en se rendant à un fabuleux nouveau travail au palais de justice et les apercevoir. Ou peut-être que les opérations incognito signifiaient qu'il fallait aussi se cacher du soleil, comme un putain de troll.

La peau blanche comme un linge de Dan, ses yeux gris et ses cheveux mous presque albinos lui donnaient l'air d'un vampire. Il arrêta de remuer des papiers et regarda Petrosky par-dessus des lunettes à monture en plastique bon marché.

— Jolies lunettes. Nouveau look ? dit Petrosky.

Freeman remonta les lunettes sur l'arête de son nez, qui brillait sous les néons. — J'essaie de m'y habituer. Sinon, je devrai porter une de ces stupides moustaches la prochaine fois que je sortirai.

— Ou prendre un bronzage. Ils ne te reconnaîtront jamais alors.

Freeman sourit, montrant des dents de devant tordues mais blanches. — Ou ça. Mais qui veut un cancer de la peau ?

Petrosky prit une chaise en face de l'imbécile de Freeman. — Je cherche des informations sur le trafic d'enfants. J'ai une affaire avec deux enfants. Un nouveau-né, des marques de piqûre immédiatement après la naissance, et la mère de l'enfant a probablement neuf ou dix ans.

Les narines de Freeman se dilatèrent. Agité. — Une enfant mariée ?

— Je ne sais pas encore.

— Tu es sûr que ce n'est pas simplement de la violence domestique ? Inceste, viol au sein de la famille ?

Petrosky fronça les sourcils. — Les filles ont des pères différents, sans lien de parenté. Mais je ne peux pas exclure les beaux-parents et autres. Donc non, je n'en suis pas sûr.

Freeman retira les lunettes de son nez humide et les jeta sur le bureau. — J'espère que tu trouveras des abus — c'est beaucoup plus facile que d'essayer de localiser un trafiquant qui le fait pour l'argent.

Ça, il le savait — le trafic était une industrie valant environ trente-deux milliards de dollars chaque année, juste derrière les drogues illégales. Et la Motor City, y compris Ash Park, était numéro deux pour cette merde. Petrosky fit craquer ses doigts. — À quoi ressemblent les taux de récupération actuels ? Il espérait presque que Freeman ne répondrait pas.

— Terribles, dit Freeman. Et beaucoup se passe au grand jour. Il grimaça. — Elles sont sans abri ou sous la menace de graves sévices si elles résistent. Et elles sont lavées du cerveau. Brisées. Et elles ont peur que nous les arrêtions pour prostitution si elles parlent à la police, donc nous maintenons ça involontairement. Il frotta la marque laissée par les lunettes. — Quant à celles qui sont exportées... Son visage s'assombrit. — Plus ou moins la même chose. Et une fois qu'elles quittent le pays, nous ne les récupérons presque jamais.

Petrosky se frotta la poitrine, bien que cela ne fit pas grand-chose pour soulager la douleur. — Parle-moi spécifiquement des enfants plus jeunes. Peut-être dans la tranche d'âge de huit à douze ans.

Il hocha la tête. — Les enfants victimes de trafic ont

tendance à être gardés à la maison. Quelques-uns sont scolarisés pour sauver les apparences, mais pas souvent car alors nous pouvons les identifier. Il secoua la tête en fronçant les sourcils. — Et tu n'as pas nécessairement besoin d'un enlèvement non plus. Parfois, les enfants sont ramassés, drogués, menacés de violence s'ils parlent, et ramenés chez leurs parents — encore et encore. Je n'ai aucune idée de ce à quoi tu as affaire avec la fille, mais ton bébé a plus de chances d'être vendu sur le marché noir de l'adoption que d'être utilisé pour l'exploitation sexuelle. Un gros gain beaucoup plus rapidement.

— Ce bébé a été maltraité. Poignardé avec des aiguilles quelques heures après sa naissance. Je doute qu'il y ait eu un plan pour la vendre à des parents potentiels. Le tueur aurait pu la maltraiter, la laisser guérir, et la vendre plus tard, mais son instinct lui disait le contraire. Ce type était en train de conditionner une autre victime pour s'amuser avec.

— Parfois, on voit des photos — de la pornographie. Mais les coups de couteau... Freeman secoua la tête. — Ce n'est pas si courant. Je pourrais imaginer quelqu'un d'assez sadique prendre des photos ou une vidéo pendant que ça se passe — certains livestreams prennent des requêtes sur le type de douleur qu'ils devraient infliger. Il secoua à nouveau la tête comme pour se débarrasser des images effroyables qui s'étaient imprimées dans son cerveau. — Quand même, je parierais sur des abus à domicile. Peut-être même quelqu'un utilisant le bébé pour blesser la mère. Briser son esprit.

Ils avaient fait ça à Shannon pendant son enlèvement aussi. L'avaient enfermée et forcée à écouter les pleurs de son enfant affamé. Ça ne ratait jamais — chaque nouvelle affaire ressemblait à une ancienne, chaque adolescente était sa fille, chaque enlèvement à partir de maintenant serait toujours Evie ou Shannon. *Merde.* Ça allait lui attirer des ennuis. Il ne pouvait pas supporter beaucoup plus de stress.

— Mais, Petrosky, ce... ce n'est pas vraiment mon domaine. Tu devrais obtenir un profil de McCallum.

Dr McCallum, le psy du département. — Je le ferai aussi. Mais si notre poignardeur allait mettre les photos ou la vidéo des abus en ligne — quels sites utiliserait-il ?

— Eh bien... Freeman sortit un post-it, griffonna dessus et le tendit par-dessus le bureau. — La plupart des sites sont tellement cryptés que nous avons du mal à trouver les posteurs originaux. De plus, ils se font fermer tous les jours. Ceux-ci sont les plus récents, mais je doute qu'ils soient encore en ligne plus tard cette semaine. Vérifie la base de données des délinquants sexuels — on a parfois des recoupements là-bas. Je verrais aussi si tu as des grands voyageurs dans les parages, bien qu'ils aient probablement un faux passeport pour eux-mêmes et les enfants.

Les faux documents ne coûtaient pas rien, mais les enfants non plus. Peut-être que le mari russe de Courtney, grand voyageur, en savait un peu sur les faux passeports. — Tu peux m'envoyer une liste de noms ? Des gars que vous pourriez enquêter ?

— Tu ne peux pas interférer dans ces enquêtes, Petrosky.

— Je promets que je ne le ferai pas. Petrosky mentait, et à la façon dont Freeman plissa les yeux, il le savait aussi. — Écoute, je veux juste voir si l'un d'entre eux connaissait Salomon ou vit près de chez elle. Peut-être trouver quelqu'un qui aime ses victimes particulièrement jeunes. J'ai un enfant vivant et un bébé à l'hôpital qui méritent...

— Bon sang, ils méritent tous mieux, Petrosky. Freeman soupira. — Je le ferai, mais la moitié de ces types se débarrassent des enfants — les vendent. Ton gars a l'air de les garder pour lui-même.

Petrosky hocha la tête et se leva. — Je vais vérifier les personnes disparues en attendant ta liste.

— Je vais chercher dans notre base de données pour les blessures par coups de couteau aussi. La plupart de ces cas sont transférés aux homicides, cependant. Freeman reprit ses lunettes et les remit sur son nez.

Homicides. Parce qu'une fois que les enfants devenaient agités, ils ne duraient pas longtemps.

CHAPITRE 11

Les sites web que Freeman avait listés étaient difficiles d'accès. Deux d'entre eux exigeaient des mots de passe et une vérification d'identité avant de pouvoir y entrer. Celui qui n'en demandait pas était rempli de vidéos amateurs et de photos. Il trouva trois photos de nourrissons et de bambins qui auraient semblé presque normales s'il avait feuilleté un album photo — une dans une baignoire, deux des enfants allongés dans un lit, nus ou en couche. Mais connaissant le type d'homme qui avait pris ces photos, les petits enfants fixant l'objectif étaient condamnés, marqués, leur innocence bientôt entachée par la misère. Ces photos ultérieures se vendraient peut-être encore mieux — après que les enfants auraient été brisés. Ses poings se serrèrent à cette pensée.

— Merde. C'est vraiment tordu, dit Morrison derrière lui.

Petrosky ferma le site. — Tu as réussi à joindre Katrina ?

— Elle était sur une autre scène. J'ai appelé un peu partout et j'ai eu Bill.

— C'est qui, Bill ?

Morrison se laissa tomber dans le fauteuil supplémentaire à côté du bureau de Petrosky. — Celui que tu appelles "l'Asiatique".

— L'Asiatique s'appelle Bill ?

— Il est né ici, Petrosky.

— Personne n'a dit le contraire. Quoi, t'es une sorte de raciste ? Petrosky attendit que Morrison secoue la tête. Tous les surfeurs étaient-ils aussi crédules ? — Alors l'Asiatique est déjà là-bas ?

— Il est en route. Et tu ne devrais probablement pas l'appeler comme ça.

— Ce n'est pas une insulte. Il *est* asiatique. Tout comme je suis le gros connard blanc.

— Tu es blanc, mais tu n'es pas *si* gros que ça.

— Pas de contestation sur la partie connard, hein ?

Morrison haussa les épaules en guise de réponse. — Je suis passé au bureau de Freeman, mais tu étais déjà parti.

— Ça n'a pas pris longtemps. On retournera probablement lui parler, j'avais juste besoin d'en savoir assez pour commencer.

— Compris. Et on commence par où ?

— Pédopornographie. Délinquants sexuels. Pourquoi tu ne commencerais pas par les enlèvements ?

Morrison hocha la tête alors que son téléphone vibrait — il le sortit de sa poche. — Morrison. Les sourcils de Morrison se froncèrent, le portable pressé contre son oreille. Puis il attrapa un stylo et écrivit au dos du dossier. — J'arrive tout de suite.

— C'était quoi ? demanda Petrosky alors que Morrison rangeait son portable.

— Katrina.

— Ka-

— On a une autre victime, près de Union Street. Elle est couverte de poussière de ciment.

— De la poussière. Je t'avais dit que Katrina était douée, dit Petrosky, mais les beignets à la confiture dans son estomac se tortillèrent. *De la poussière de ciment.* Ils étaient arrivés trop tard.

CHAPITRE 12

Au moment où l'avenue Beck laissait place à la rue Union, les mains de Petrosky lui faisaient mal à force de serrer le volant. Il se gara sur le bas-côté à un pâté de maisons de l'endroit où des officiers s'affairaient et criaient aux badauds de circuler.

La vieille rue pavée était parsemée de rustines d'asphalte et criblée de profondes flaques de neige fondue stagnante. Un vent glacial hurlait dans les ruelles, chacune d'elles ressemblant à un couloir sombre ne menant nulle part de bon — des tunnels bordés de prêteurs sur gages, de magasins d'armes et de restaurants chinois graisseux, l'air empestant l'urine. Ils passèrent devant quelques autres voitures de police et une familiale avec un capot vert et une portière rouge rouillée qui semblait avoir été assemblée dans une casse. Au moins, les rats se cachaient.

Petrosky montra son badge à un officier qui ne semblait pas assez âgé pour avoir un permis de conduire, et encore moins une arme, et se faufila entre les barrières dans une ruelle qui sentait la moisissure des vieux quais de pêche sous cette puanteur d'urine. L'urine gelée restait de l'urine.

Leur vue était bloquée par un ensemble d'énormes bennes à ordures, plus hautes que lui et plus larges qu'une voiture, vert pois et bordées de moisissures noires ou peut-être des restes de milliers de sacs poubelles qui fuyaient. Petrosky plissa le nez à l'odeur des ordures mûres. Sans les projecteurs, ils n'auraient jamais su qu'il y avait quelque chose là-derrière — on aurait pu cacher un canapé entier de l'autre côté des bennes.

Un mouvement de cheveux noirs autour des bennes révéla l'emplacement du corps. Katrina se redressa et leur fit signe de la rejoindre sous les projecteurs. Leurs chaussures claquaient sur les briques. Plus près. Plus près encore.

Morrison eut un haut-le-cœur.

Des boucles rousses collaient à une joue intacte, une constellation de taches de rousseur visible parmi les éclaboussures de sang. Mais il y avait trop de sang et trop peu de chair pour déterminer grand-chose d'autre sur son apparence. Son visage n'était que de la pulpe là où il était encore présent ; de profonds canyons fendaient ses sourcils, fracturant la peau de son front. Son nez n'était plus qu'un tas aplati, ses lèvres fendues en deux, une fente palatine artificielle. Deux dents, ou peut-être d'autres fragments d'os, brillaient faiblement sous les lumières des techniciens derrière son oreille, absolument pas là où quoi que ce soit lié à la bouche devrait se trouver. Une plaie béante s'ouvrait entre le cou et l'épaule, probablement due à un coup raté visant son visage.

Morrison s'agenouilla lentement, avec hésitation, à côté du corps. — On dirait que quelqu'un ne voulait pas qu'on sache qui elle était.

— Ou il l'a fait pour s'amuser. Le carnage que notre tueur avait fait de Salomon n'avait rien à voir avec la dissimulation d'identité, pas plus que les blessures sur ce bébé. Et les entailles dans la peau de cette fille — *femme ?* — racontaient une histoire que Petrosky ne voulait pas avoir à lire.

Ses bras reposaient au-dessus de sa tête. De profondes ecchymoses encerclaient ses poignets, certaines avec des croûtes jaunâtres et d'autres fraîches, violettes et des lacérations encore humides. Ses doigts n'étaient que des moignons sanglants, la moitié des ongles manquants comme si elle avait griffé quelque chose. Des marques hachurées sur ses paumes pouvaient être des échardes. Katrina s'accroupit près de sa main droite.

— Vous avez pu relever des empreintes ? demanda doucement Petrosky.

— Elles sont assez abîmées. Mais je pense qu'on pourra peut-être en relever quelques-unes partielles. Le médecin légiste est en route, mais il est impossible qu'elle ait été tuée ici. Il n'y a pas assez de sang sur le sol.

Petrosky baissa les yeux, évitant le visage mutilé de la victime. Ses seins ressemblaient à des implants bulbeux, les mamelons sombres et gonflés pointant vers le ciel. Des vergetures sur son abdomen distendu luisaient en violet sous les lumières des techniciens. Récemment enceinte. Ce devait être leur fille.

Mais ce n'était pas une enfant. Peut-être une adolescente, mais certainement pas la gamine de neuf ou dix ans qu'il avait imaginée. Il s'était complètement trompé — avait raté un indice qui aurait pu les mener à elle, n'avait pas vu un élément d'information crucial. Il avait perdu une autre fille.

Petrosky fixa ses genoux, les éraflures et les bleus — compatibles avec de nombreuses chutes comme ils l'avaient noté chez les Salomon. Des plaies béantes, plus d'échardes — profondes et épaisses — à l'intérieur du genou qu'il pouvait voir. Et... ses pieds. *Minuscules.*

Il s'agenouilla à côté de Morrison, qui était toujours

accroupi près du corps. Non, ses pieds n'étaient pas petits. Ils n'étaient simplement pas tous *là*. L'intérieur de Petrosky se souleva, mais il renifla au lieu d'avoir un haut-le-cœur et se déplaça pour examiner les blessures sous un autre angle. Chacun de ses orteils avait été amputé. Des plaies ouvertes couvraient la plante et les talons de ses pieds, ainsi que d'autres échardes épaisses et filandreuses qui ressemblaient à du bois — mais là où les orteils avaient été retirés, la peau était cicatrisée, rose, ni sanglante ni enflammée. Quelqu'un avait fait ça il y a longtemps.

— Je suppose qu'on sait maintenant pourquoi elle tombait sans arrêt, dit Petrosky. Elle n'aurait pas pu garder l'équilibre avec des pieds mutilés.

— Comme le bandage des pieds chinois, dit Morrison, et sa voix était douce, peinée.

— Qu'est-ce que tu as avec les Asiatiques ?

Katrina souffla depuis sa position près de la tête écrasée de la femme, mais Petrosky l'ignora. Morrison resta immobile, fixant le corps. *Qu'est-ce qui lui prend, bon sang ?* Avoir des enfants était en train de le transformer en une vraie mauviette. Pas que les propres pensées de Petrosky ne se soient pas adoucies récemment — mais il était sacrément meilleur pour le cacher.

— En Chine, ils avaient l'habitude de bander les pieds de leurs filles pour s'assurer qu'ils ne pourraient pas grandir, murmura presque Morrison. En attachant les orteils vers le bas, forçant les os à se déformer. C'est un signe de soumission, d'obéissance. Et les filles ne peuvent pas courir pour s'échapper — elles doivent faire de petits pas, sinon elles tombent.

Quelqu'un avait gardé cette fille enfermée. L'avait cachée. S'était assuré qu'elle ne pourrait pas s'échapper même si elle parvenait à s'enfuir.

Derrière eux, un bruit métallique résonna contre les

bâtiments, secouant quelque chose dans la poitrine de Petrosky. Il se leva et regarda la civière s'approcher depuis l'ambulance à l'entrée de la ruelle. Même quand ils abaissèrent la housse mortuaire, Morrison resta accroupi sur le béton.

— Tu vas rester assis là toute la journée, Cali ?

Morrison leva les yeux et croisa le regard de Petrosky, et le sang de ce dernier se glaça. Une peur sans bornes. Et... de la rage. Une rage qu'il n'avait pas vue depuis la nuit où ils avaient secouru Shannon et Evie des griffes d'un fou.

Il contourna Morrison et s'agenouilla alors que celui-ci pointait le dessous de la hanche de la victime, plongé dans l'ombre.

Et puis il le vit, rose et brillant, et boursouflé comme si la blessure avait été faite avec une aiguille, perçant la peau encore et encore. Une vieille cicatrice. Une cicatrice familière.

Le cœur de Petrosky s'arrêta lorsqu'il fixa le *#1* gravé dans sa chair. Il avait déjà vu cette marque auparavant, taillée dans la peau d'un enfant assassiné et d'une femme tuée deux ans plus tôt par un homme nommé Adam Norton. Ensuite, Norton avait enlevé la femme et le bébé de Morrison. Torturé Shannon. Cousu ses lèvres.

Morrison baissa la main. — Il a dû enlever cette fille juste après qu'on ait sauvé...

Petrosky acquiesça. Shannon n'avait jamais mentionné qu'une autre fille était retenue avec elle, et ils n'avaient trouvé personne d'autre dans la maison. Mais cette fille avait été piégée longtemps, vu les blessures cicatrisées et le fait qu'il faut près de dix mois pour faire un bébé. C'était long pour garder une fille... à moins qu'elle n'ait été enceinte quand il l'avait enlevée. Et Petrosky ne pouvait écarter aucune de ces possibilités. Avec ce tueur, il y avait peu de choses qu'il pouvait supposer — il ne savait même pas si le salaud agissait seul.

La dernière fois, Norton avait eu des complices ; l'un était mort, l'autre enfermé pour de bon. Mais Norton lui-même s'était échappé. Petrosky l'avait laissé s'enfuir, le croyant parti depuis longtemps, mais le salaud n'avait pas arrêté. Il était seulement devenu plus impitoyable. Et maintenant, cette fille était morte, et son bébé se battait pour sa vie, tout ça à cause de lui. Parce qu'il avait été perdu, dépendant — trop foutu pour faire son boulot.

Petrosky posa sa main sur le biceps de Morrison, et Morrison croisa son regard.

— Appelle ta femme, Cali. Tout de suite.

CHAPITRE 13

l est de retour.

Le vieux dossier était sec, craquelé et poussiéreux. Mais Norton était toujours là, murmurant depuis les pages comme si les mots du dossier avaient pris vie, devenant plus frénétiques, plus fous, à chaque jour qui passait. *Leur tueur.*

Sur les photos du dossier, le corps de Dylan Acosta gisait face contre terre dans la boue, nu, le dos perforé d'horribles blessures béantes là où il avait été piétiné à mort avec les bottes de Norton — des bottes équipées de pointes en cuivre amovibles. Acosta était mort d'un poumon perforé, noyé dans son propre sang. Onze ans. Onze putains d'années.

Petrosky tourna la page. La semaine suivante, une femme de vingt-neuf ans, Natalie Bell, avait été poignardée à mort avec la même arme utilisée sur Acosta. Des perforations au ventre. À l'aine. Tout comme le nourrisson.

Il ne peut pas être de retour. Petrosky s'était convaincu, quelque part dans les recoins de son cerveau, que ce malade était parti. Qu'après l'arrestation des complices de

Norton, le tueur avait disparu pour toujours, et qu'il ne réapparaîtrait sûrement jamais dans leur secteur — Petrosky avait *vu son visage*. Lui avait parlé. Les fausses pièces d'identité que Norton avait utilisées pour travailler ne lui ressemblaient peut-être pas, mais ils avaient quand même des portraits-robots.

Et ils se rapprochaient. N'était-ce pas pour cela que Norton avait dénoncé ses complices pour commencer ? Il avait dit exactement à Petrosky où trouver Shannon. Bien que le Dr McCallum lui ait dit par la suite que Norton s'était probablement ennuyé.

Il semblait que Norton avait trouvé quelque chose de plus excitant, de plus pervers, que de torturer la femme d'un flic et de coudre ses lèvres. À moins que... Était-il possible qu'ils aient affaire à un imitateur à la place ? Bien que le département ait essayé d'étouffer l'affaire, le fait que les lèvres de Shannon aient été cousues avait fait la une des journaux — une histoire trop juteuse pour être ignorée. Mais le département avait réussi à garder une grande partie du reste hors des nouvelles, y compris le *#1* gravé dans la chair des victimes.

Il tourna la page jusqu'au profil du Dr McCallum. *Tendances piqueristiques* — poignarder comme source de plaisir sexuel. *Suspect insécure, menacé par tout défi à sa virilité.* Probablement la raison pour laquelle il s'en prenait à des victimes vulnérables — comprenez : jeunes ou frêles. *Attaques liées au contrôle, peut-être pour se venger de ceux qui l'ont rejeté d'une manière ou d'une autre.* Et un paragraphe détaillant l'inquiétude de McCallum que Norton ait appris à tuer, à préparer une victime, en observant ses complices. *Tuera à nouveau, escalade probable.*

Escalade. Norton n'avait jamais violé ses victimes auparavant, mais ils sauraient bientôt s'il était un violeur — l'ADN du nourrisson devrait revenir aujourd'-

hui. Ils sauraient s'il avait violé cette fille et l'avait forcée à porter son bébé avant de la découper en morceaux. Mais si le bébé n'était pas le sien, alors quoi ? Un imitateur aurait pu découvrir le *#1* et prendre le reste en main. Adam Norton n'avait jamais découpé une femme en morceaux comme dans la scène macabre dont ils venaient d'être témoins. Et Norton devrait être idiot pour rester dans le coin où les flics connaissaient déjà son visage. Cela dit, Norton s'était fait un point d'honneur de rencontrer Petrosky en personne pendant leur enquête sur l'enlèvement de Shannon... Il tournait en rond. Petrosky massa ses tempes douloureuses.

— Shannon est à la maison avec les enfants, dit Morrison en se laissant tomber sur la chaise à côté du bureau de Petrosky, l'air encore plus hagard qu'une heure auparavant. Valentine est garé devant la maison, et plus tard ils iront rester chez lui avec les chiens. Au cas où. Roger a un peu paniqué quand je lui ai dit, il a dit qu'il prendrait le relais au bureau.

Roger McFadden, l'ex-mari de Shannon et le procureur principal, s'inquiétait probablement d'être impliqué — la dernière fois, il était sur les lieux quand ils avaient sorti Shannon et Evie de la maison où elles avaient été retenues prisonnières. Non pas que Roger ait eu des scrupules à jouer les héros — ce narcissique enfoiré recommencerait probablement tout juste pour la gloire.

— Valentine va assurer la protection de Shannon et des enfants jusqu'à ce qu'on attrape Norton. Ordres du chef. Mais je pense que ce tueur en a fini avec notre famille.

Petrosky hocha la tête. *Notre famille.* Y compris lui ? Et Norton avait-il vraiment tourné la page ?

Probablement. Norton n'avait pas de rancune particulière contre Shannon ou qui que ce soit d'autre. Il torturait et tuait quiconque était à sa portée, ou quiconque ses complices lui disaient de cibler. Et s'il était de retour, sans complices, cela signifiait que Norton avait appris à prendre ses propres victimes. Maintenant, il avait un type. Shannon ne correspondait pas... n'est-ce pas ? S'il en avait après elle, il aurait fait une nouvelle tentative contre elle au cours des deux dernières années. Encore une fois... si c'était *vraiment* Norton. Bien qu'il valait mieux supposer que Norton était de retour pour un deuxième round et prendre les précautions appropriées plutôt que de risquer de coûter la vie à une autre innocente.

Petrosky pouvait voir la culpabilité dans les yeux de Morrison — Shannon avait été enlevée et torturée à cause de Morrison. Parce que la complice de Norton, une femme du passé de Morrison, blâmait Morrison pour la mort d'un homme qu'elle considérait comme son frère. Elle avait observé et attendu pendant des années jusqu'à ce que Morrison ait quelque chose à perdre — puis avait essayé de le lui enlever pour de bon.

Mais elle avait sous-estimé Shannon. Tout comme Adam Norton.

— J'ai aussi vérifié le numéro de sécurité sociale que Norton utilisait chez Xtreme Clean, dit Morrison. Il n'est pas utilisé. Pas de déclarations d'impôts déposées. Soit il est passé à un autre numéro, soit il a un travail qui n'en nécessite pas.

Xtreme Clean. Le dernier emploi connu de Norton — là où il travaillait pendant qu'il gardait Shannon enfermée dans un collier de fer dans son placard. Le travail qui lui avait donné accès à de nombreux bâtiments auxquels il n'aurait pas pu entrer autrement — comme le centre de réadaptation où il s'était montré à Petrosky. Norton avait-il trouvé une bonne cachette pendant ses missions de nettoyage ? Ils chercheraient, mais c'était trop évident, et ces bâtiments étaient occupés : bureaux, cliniques et autres.

Ce n'est pas comme si on pouvait simplement cacher une victime d'enlèvement dans le placard du concierge.

Petrosky tourna une autre page et fronça les sourcils devant le portrait-robot. Jeune, *bon sang*, Norton était si jeune, seulement dix-neuf ou vingt ans quand il avait enlevé Shannon, c'est pourquoi ils avaient vérifié tous les lycées de la région, toutes les universités, en vain. Il avait probablement environ vingt-deux ans maintenant, et mince — un mètre soixante-quinze environ, dégingandé. Un geek maigrichon que personne ne regarderait jamais en pensant « meurtrier ». Mais d'après les empreintes de pas, il était plus lourd maintenant. Plus gros ? Ou avait-il pris du muscle ? Il aurait pu changer d'autres aspects de son apparence aussi — des lunettes ou une barbe pouvaient faire une grande différence, tout comme laisser pousser ses cheveux. Il était chauve sur leur photo, avec des sourcils foncés, des yeux morts. Une traînée de croûtes d'acné le long de sa mâchoire. Petrosky pouvait presque l'entendre parler avec cette voix rocailleuse qu'il avait. Si ça ne tenait qu'à Petrosky, ce salopard ne parlerait plus jamais.

— Je veux aller parler à Janice, dit soudainement Morrison. La fureur aveugle qui brûlait dans ses yeux était si intense que Petrosky pouvait presque la ressentir. Le gamin n'avait pas oublié comment Janice avait conspiré pour kidnapper Shannon et Evie. Elle est à Ypsi maintenant. Je peux y être dans une heure.

Petrosky hocha la tête et ferma le dossier d'un coup sec. Il faudrait un peu de temps avant d'obtenir quoi que ce soit de l'autopsie, et à ce stade, Janice était leur meilleure piste — elle était la seule à avoir été proche de Norton dans les mois précédant l'enlèvement de leur dernière victime d'homicide. — J'irai avec toi.

— Tu n'es pas obligé.

Morrison était digne de confiance, mais quand il s'agissait de sa famille... *Si, je dois venir avec toi. Et tu sais pourquoi.* Petrosky le fixa du regard jusqu'à ce que Morrison détourne les yeux.

D'ailleurs, au lieu d'aider la Californie, cette garce essaierait probablement de trancher les couilles du gamin. Au moins, Petrosky pourrait l'étrangler en premier.

Peut-être qu'il l'étranglerait de toute façon.

CHAPITRE 14

Janice avait la même apparence que la nuit où Petrosky lui avait passé les menottes, jusqu'à ses yeux bleus pleins de rage.

Le garde déverrouilla la cage grillagée — comme une cellule de prison avec une table au lieu d'un lit — et fit entrer Petrosky et Morrison. Le regard du type s'attarda un peu trop longtemps sur la poitrine de Janice — même enchaînée à une table métallique dans une tenue de prisonnière, elle attirait l'attention avec ses cheveux d'un roux flamboyant sous les néons crus. Il avait presque oublié ce détail : les rousses. Le tueur avait un faible pour les rouquines. Adam Norton vivait avec celle-ci lorsqu'ils l'avaient arrêtée. Et Natalie Bell, sa deuxième victime, avait des mèches rousses. Leur victime actuelle correspondait aussi à ce profil. Ou du moins, c'était le cas avant qu'elle ne soit réduite à l'état de chair brutalisée, ses boucles rousses plaquées sur ce qui restait de son visage par du sang séché.

Morrison s'assit en face d'elle, mais Petrosky se tint debout au bout de la table, examinant sa posture raide, la façon dont ses articulations restaient blanches même lorsqu'elle essayait de feindre le calme en détendant sa bouche. Mais ses yeux demeuraient plissés. *Un geste, et c'est fini.* Il serait prêt au cas où elle se jetterait sur le Surfeur avec une arme de fortune.

— Je sais que tu me détestes, dit Morrison.

— Tu as tué Danny, et tu t'en es sorti. Bien sûr que je te déteste.

— Danny a trébuché. Il s'est cogné la tête.

— Tu aurais pu le sauver, et tu ne l'as pas fait.

— Je ne suis pas là pour me racheter du passé.

Le visage de Morrison se durcit, et il cacha ses poings serrés sous la table. Peut-être que Petrosky aurait dû se tenir derrière Cali à la place, prêt à l'éloigner de la femme qui avait failli tuer sa famille. Morrison ne pouvait pas être inculpé pour agression — il avait encore une famille à retrouver.

Contrairement à Petrosky.

Elle croisa les bras. — Alors, pourquoi es-tu ici ?

— C'est à propos d'Adam Norton.

Elle se lécha les lèvres, les narines frémissantes. Apparemment, elle détestait Norton aussi.

— Nous savons qu'il n'est pas venu te voir, dit Morrison, et sa bouche se serra en même temps que ses yeux. Nous pensons qu'il est responsable de l'enlèvement d'une fille. De son viol. De l'avoir forcée à avoir son enfant.

Ses mains se crispèrent en poings, et Petrosky se prépara à ce qu'elle bondisse de sa chaise. Janice était férocement jalouse — elle était devenue une harceleuse plus d'une fois. Elle avait même essayé de faire arrêter ou tuer des ex-amants pour l'avoir quittée, y compris l'ex-mari de Shannon. Petrosky aurait presque souhaité qu'elle ait réussi à faire disparaître ce crétin de Roger.

Les épaules de Morrison se détendirent, et il se pencha en avant, mais le gamin n'était pas calme — il savait juste comment faire parler les suspects. — Tu me détestes peut-être, Janice, mais je suppose que tu le détestes aussi. Il t'a trahie. Rends-lui la pareille et dis-moi où il est.

— Il te tuera. Calme, froide. Les nuages disparurent de son visage, et elle esquissa un demi-sourire. Et je ne sais pas où il est.

— C'est ce que tu as dit pendant le procès.

— J'essayais d'éviter la prison — j'avais même la possibilité d'un accord si je leur disais où il était. Elle se pencha en arrière et croisa les bras. Pourquoi aurais-je refusé à l'époque et te le dirais maintenant ?

Parce qu'elle avait voulu le protéger. Et elle l'avait fait. Elle s'était battue contre eux à chaque étape, leur avait fait perdre du temps, et ils étaient partis sans aucune nouvelle information.

— Peut-être que quelque chose a changé, dit Morrison. Il t'a envoyé des lettres ? Des colis ? Il a déjà envisagé de venir te voir ?

— Non. C'était un murmure. Ses lèvres formaient une ligne exsangue.

— Quelle est la signification du chiffre un ?

Elle regarda le dessus de la table. — Je ne sais pas. Je n'ai jamais su. Je vous l'ai déjà dit.

— Il a été gravé sur notre victime ce matin. Et il a été gravé sur le corps de Dylan Acosta et sur celui de Natalie Bell.

— Je n'ai pas fait ça à... elle. Ni à l'une ni à l'autre. Elle secoua la tête, violemment, mais cela ne cachait pas le tremblement de son menton.

— Shannon l'a entendu t'appeler sa fille numéro un quand tu l'avais enfermée. Bien qu'il ait parlé doucement, Petrosky pouvait entendre le défi dans le ton de Morrison.

— Nous étions dans une *relation*. Il n'était pas en relation avec... elles.

C'était assez vrai — probablement. Si Adam Norton était effectivement l'homme qu'ils recherchaient, il avait emprisonné leur victime jusqu'à ce qu'elle s'enfuie de lui au milieu de la nuit. Puis il l'avait assassinée. Il avait tué Natalie Bell sans la violer, tué le petit Dylan Acosta sans le violer non plus. Le plaisir de Norton venait de la douleur, peu importe qui il blessait.

— Comment sais-tu qu'il n'était pas en relation avec elles ? lui demanda Morrison, d'une voix basse et tendue. Il a violé une petite fille, Janice. Pourquoi a-t-il gravé un numéro un dans sa chair ?

— Je...

— Juste parce qu'il n'était pas en relation avec Acosta...

— Je n'avais rien à voir avec Acosta ! C'était Adam et son ami pédophile. Même alors, Janice n'avait aucun contrôle sur Norton. Peut-être que Norton n'avait pas de contrôle sur lui-même.

— On dirait qu'Adam est aussi un pédophile, Janice. Je me demande ce qu'il a vu en toi. Les mots de Morrison étaient presque murmurés, mais le défi était aussi fort que s'il l'avait crié.

Son visage s'assombrit. — Il n'est pas un...

Assez. Petrosky s'avança et frappa du poing sur la table si fort que Janice et Morrison sursautèrent tous les deux. — Arrête de le protéger, grogna-t-il.

Ses yeux s'écarquillèrent.

— Il ne se soucie pas de toi, lui siffla Petrosky. Il ne s'en est jamais soucié. Il était là pour le sang. Il t'aurait tuée aussi une fois que tu aurais cessé d'être utile. Il fit le tour de la table, derrière la chaise de Morrison. Mais tu lui as donné la maison — un endroit pour jouer.

— Il n'était pas là à cause de mon argent, lança-t-elle.

— Il n'aurait rien pu se permettre tout seul, dit Morrison.

— Il avait des fonds. Je ne sais pas d'où ils venaient, mais il avait de l'argent. C'est comme ça qu'il a acheté toutes ces choses bizarres.

Des choses bizarres. Le collier équipé de lames de rasoir qui avait failli mettre fin à la vie de Shannon. Le masque, comme ceux que portaient les médecins de la peste noire — en forme d'oiseau et horrible, peint avec les couleurs criardes d'un clown de cirque. Et maintenant cette serpe cauchemardesque, l'encadrement de porte éclaté, l'os de la côte de Salomon transperçant sa chair comme un monument à la dépravation du monde.

— Qu'est-ce qu'il a acheté d'autre ? demanda Petrosky. S'ils pouvaient suivre quelques nouveaux achats, ils auraient peut-être une chance. Ils avaient déjà exploré la piste des armes il y a des années, et n'avaient rien trouvé — juste quelques collectionneurs excentriques et quelques musées. Personne n'avait de liens avec les meurtres ou Norton.

— De vieux masques de bouffon. Des trucs comme ça.

Les masques aussi s'étaient avérés être une impasse. Mais ils signifiaient quelque chose pour Norton — ils avaient un rôle dans son jeu. — Pourquoi avait-il ces masques, Janice ? À quoi lui servaient-ils ?

— Il... Son regard passa d'un côté à l'autre de la cellule aux barreaux. — Il les portait quand il faisait du mal aux gens. Le dos de Morrison se raidit. — Ça le rendait presque... plus sûr de lui, en quelque sorte. Plus fort.

Sensible et peu sûr de lui, inquiet des atteintes à sa virilité, avait dit McCallum. Des déguisements, donc — pour être quelqu'un d'autre, quelqu'un qui ne pouvait pas être touché par le rejet.

Le rouge sur ses joues s'intensifia.

— Il les portait aussi quand vous baisiez, n'est-ce pas ? dit Petrosky.

Elle se mordit la lèvre.

Morrison s'éclaircit la gorge. — Il est toujours là, Janice. Tout près. Au lieu de s'enfuir, il est resté dans les parages, s'occupant d'autres filles, et t'a laissée pourrir dans une cellule.

Janice tourna son regard vers Petrosky, la douleur irradiant d'elle comme si elle les implorait d'arrêter d'aggraver son chagrin. Mais Petrosky revit la bouche de Shannon le jour où ils l'avaient trouvée — les lèvres cousues avec du fil de tapissier, humides et sanglantes et dégoulinantes de pus — et tout début de sympathie s'évanouit. Pourtant, Janice et lui avaient un objectif commun. Il devait l'exploiter.

— Ce n'est pas comme s'il t'avait jamais aimée, dit Petrosky. Laisse-moi le trouver. Peut-être que je le tuerai pour toi.

La douleur dans ses yeux s'enflamma de rage. — Si je savais où il était, je vous le dirais. Une seule larme coula sur sa joue. — Mais comme vous l'avez dit, il ne m'a jamais aimée. Elle renifla et s'essuya le visage, puis fixa son regard sur Morrison, du venin se glissant sous la douleur. Elle prit une profonde inspiration. — Alors, dit-elle, un sourire effleurant ses lèvres. Comment va Evie ?

CHAPITRE 15

Ils ont commencé par les deux dernières années, depuis l'enlèvement de Shannon, à la recherche de filles disparues correspondant au profil de leur victime — c'était leur seule vraie piste. Le détail des cheveux roux aidait, bien qu'il y ait encore beaucoup trop de rousses disparues à Ash Park et dans les environs, si elle venait même d'ici. Tant de filles — photo après photo après photo. Deux fois, Petrosky a pris son téléphone pour s'assurer qu'il fonctionnait au cas où la morgue essaierait d'appeler.

Janice n'avait rien qui puisse les aider. Elle n'avait pas vu Norton depuis des années — ils avaient vérifié les registres. Personne à part son avocat n'était venu lui rendre visite. Ils devaient en être sûrs, et Morrison n'aurait pas pu dormir s'ils n'y étaient pas allés en personne, mais cette impasse leur faisait toujours mal.

Et ils avaient toujours un cadavre sans nom. L'identification serait délicate — ils cherchaient une jeune femme disparue depuis un temps indéterminé, basée sur un corps sans visage. Elle ne ressemblerait certainement pas à ses photos d'école.

Deux heures plus tard, le Taco Bell qu'il avait englouti sur le chemin du retour gargouillait comme un volcan prêt à entrer en éruption, mais avec des gaz plus nocifs. Petrosky se levait pour se précipiter aux toilettes quand Morrison est arrivé en courant avec une photo : une adolescente en robe d'été, petite, mince, pleine de taches de rousseur. Des yeux souriants. Des cheveux bouclés couleur feuilles d'automne mourantes.

— Lisa Walsh. Je l'ai trouvée dans une pile de personnes disparues d'il y a deux ans, un mois après l'enlèvement de Shannon, dit Morrison en serrant la mâchoire, puis en la relâchant tout en pointant l'image. Toujours agité. Tu vois ce motif de taches de rousseur sur le devant de son épaule ? Je pense que le corps avait le même motif. Presque comme un rectangle de points à relier.

Le gamin avait de bons yeux. Petrosky commença à hocher la tête en signe d'approbation, mais son estomac fit un autre soubresaut, et il abandonna le hochement de tête pour se précipiter devant Morrison pour faire ses besoins.

Après, Morrison l'attendait devant la porte des toilettes pour hommes.

— J'ai pris le dossier Walsh pour qu'on puisse l'emmener à la morgue.

— On n'a toujours rien entendu du médecin légiste.

— Moi si. Ils sont prêts pour nous.

— Qui diable t'a appelé ? Bien que... Katrina soit assez proche du médecin légiste. Cette technicienne doit avoir le béguin pour toi, Surfer...

— J'ai pris la liberté de répondre à ton téléphone de bureau.

— Qu'est-ce que tu...

— Allons-y, vieux. Morrison se dirigea vers l'ascenseur, le dossier sous le bras.

CHAPITRE 16

Le trajet jusqu'à l'hôpital dura trente longues minutes, et le hall brillamment éclairé ne fit rien pour apaiser ses nerfs - chaque bruit semblait amplifié. Petrosky s'arrêta devant l'ascenseur, se demandant s'ils devaient monter pour s'enregistrer à l'unité néonatale de soins intensifs. Avec un peu de chance, le bébé allait bien - elle n'avait même pas encore de nom, et mourir sans en avoir un semblait soudain cent fois plus terrible. Au lieu de cela, ils se dirigèrent vers le sous-sol, où, pour l'instant, Bébé X n'était pas sur une dalle dans la pièce avec sa mère sans orteils.

Ils s'enregistrèrent à un petit comptoir et montrèrent leurs badges pour être admis dans une pièce froide et grise avec des tables en acier inoxydable et des tiroirs pleins de gens. Probablement pleins de gens, en tout cas. Quand Petrosky appelait pour demander une autopsie en urgence, le bureau du médecin légiste agissait toujours comme si les tiroirs étaient remplis de corps, mais on ne pouvait jamais savoir si la morgue était vraiment surchargée ou s'ils étaient tous juste des connards paresseux.

Un homme petit et frêle avec des lunettes épaisses et un visage de furet se tenait à la tête de la table au-dessus de la fille, son corps maintenant complètement caché sous un drap bleu. Le Dr Woolverton travaillait avec la police depuis dix ans, et il avait toujours été un con. Petrosky l'avait détesté dès le début.

— Bon, Woolverton, qu'est-ce qu'on a ?

— Docteur Woolverton, cracha-t-il, les lèvres si serrées qu'elles étaient presque aussi blanches que les gens exsangues qu'il passait ses journées à découper. Le type avait l'expression défensive d'un gamin qui avait été harcelé toute sa vie. Woolverton attendait probablement juste une excuse pour se venger maintenant qu'il était grand, méchant et adulte.

Un peu comme leur criminel.

Petrosky maintint le contact visuel, comme toujours, observant la bouche du salopard tressaillir comme s'il était mal à l'aise mais essayait de ne pas le montrer. Peut-être que Woolverton déposerait une autre plainte contre lui. S'il le faisait, Petrosky l'utiliserait comme excuse pour enfin le frapper dans sa mâchoire de verre.

Woolverton cligna des yeux en premier.

Morrison s'éclaircit la gorge. — Dr Woolverton, content de vous revoir. Je vous serrerais bien la main, mais... Il fit un geste vers les doigts gantés du médecin légiste, où des taches de sang - ou quelque chose de plus grotesque - s'accrochaient au latex. Enfin, vous savez. Il fit une pause. Avez-vous trouvé quelque chose sur la victime qui pourrait nous aider à attraper son meurtrier ?

Woolverton regarda derrière Petrosky, son visage s'adoucissant juste un peu comme si la seule raison d'être énervé dans cette pièce était le cul de salope de Petrosky et non le fait que la vie de cette fille était terminée. — Elle a eu un bébé récemment, mais vous le saviez déjà. Il jeta un coup d'œil au drap et fit un geste presque nonchalant vers le milieu, probablement son ventre. Et il y a des cicatrices, des blessures, qui sont plus anciennes.

Petrosky serra les dents. *Et c'est parti.*

— Atrophie musculaire, probablement due à un emprisonnement prolongé. Ce qu'on verrait si on avait quelqu'un dans une cellule ou une cage où il n'y avait pas beaucoup de liberté de mouvement.

Pas de surprise - les marques de ligature sur les poignets et les chevilles de la fille avaient laissé entrevoir une captivité prolongée.

— Il y a aussi beaucoup de déchirures dans la zone vaginale, poursuivit Woolverton, la voix plus forte que nécessaire pour délivrer ce genre de nouvelles - son ton semblait obscène. Des choses récentes, de l'accouchement et tout ça, mais aussi de vieilles coupures et déchirures complètement cicatrisées. Et de multiples blessures par arme blanche cicatrisées partout, beaucoup d'entre elles petites et fines comme s'il avait utilisé une aiguille, et quelques-unes qui ressemblent plus à un pieu rond - peut-être d'un chemin de fer. Encore une fois, anciennes et nouvelles. Woolverton haussa les épaules comme si ce n'était pas grand-chose, et Petrosky résista à l'envie de le frapper.

— Il est impossible de dire exactement quand la plupart des cicatrices se sont produites. Woolverton baissa enfin la voix, peut-être parce qu'il dépassait le domaine des faits vérifiables. Pareil pour les orteils. Les amputations guérissent plus lentement pour des raisons évidentes, mais je dirais qu'il lui a mutilé les pieds il y a au moins un an, probablement plus.

— Quel âge a-t-elle... avait-elle ? La voix de Morrison était tendue comme s'il luttait pour forcer chaque syllabe. Il imaginait probablement ce qui aurait pu arriver s'ils n'avaient pas trouvé Evie et Shannon.

— Je dirais qu'elle avait environ dix-huit ans, à peu près.

— Lisa Walsh aurait eu dix-sept ans cette année, dit Morrison, les yeux fixés sur le mur du fond comme s'il se parlait à lui-même. Je vais contacter ses parents, voir si on peut obtenir des dossiers dentaires, des cheveux... quelque chose.

Si Morrison avait raison sur le motif de taches de rousseur, Walsh n'aurait eu que quinze ans quand Norton l'a arrachée de la rue. Deux ans avec ce connard. Shannon n'avait été avec Norton que pendant une semaine, et elle avait été changée à jamais. *Quinze ans.*

Petrosky revit la scène dans la ruelle - la bouche tailladée de la fille, ce qui restait de son visage - et avala difficilement. Il fixa le drap bleu. — On essaiera d'éviter de faire voir... ça à ses parents. Il n'avait pas été capable de regarder le corps de sa propre fille - pas question qu'il puisse s'attendre à ce que quelqu'un d'autre le fasse.

— Vous voudrez peut-être aussi éviter de leur dire la cause du décès.

La cage thoracique de Petrosky se resserra, et il frotta un point douloureux au milieu de sa poitrine. Un de ces jours, le stress le tuerait. — Ouais, personne ne veut entendre que son enfant a été découpé en morceaux.

— Elle ne l'a pas été.

Petrosky croisa le regard de Woolverton, essayant de ne pas se rappeler les entailles sanglantes sur sa gorge, sur son visage. — Pardon ?

— Je veux dire, elle a été découpée, mais ce n'était pas la cause du décès. La plupart de ces blessures ont été faites post-mortem. Les pommettes de Woolverton prirent une teinte rosée. Je n'ai jamais rien vu de tel.

Il souleva le drap. Elle était face contre terre, son dos étonnamment exempt de blessures à l'exception d'une série de ponctures près de ses fesses - les marques auraient pu être des taches de rousseur si elles n'étaient pas si... profondes. — Ici, c'est votre cause du décès.

Près du haut d'une épaule, entre l'omoplate et son cou, un trou béant - gélatineux et encore humide. Une autre blessure par arme blanche ? On aurait dit qu'elle avait été transpercée par une lance, et leur gars avait un truc pour les armes anciennes. — Qu'est-ce que c'est que ça, bordel ?

— Encore une fois, j'ai dû faire quelques recherches parce que je n'ai jamais...

— Épargnez-nous vos conneries, Doc. On a besoin d'informations concrètes. Quelque chose pour nous aider.

Les yeux de Woolverton lancèrent des éclairs. — C'est moi qui suis là pendant mon jour de congé pour essayer d'aider.

— C'est elle qui est découpée sur ta table, Woolverton. Si c'est si triste que ça, aide-nous à trouver le type qui a fait ça ou je jure que je t'emmènerai au poste pour entrave à l'enquête.

Le visage de Woolverton était presque violet de rage. Il regarda directement Morrison et parla d'un ton monocorde. — Nous savons que votre gars a un penchant pour les armes médiévales, alors j'ai commencé par là. Elle a été tuée en utilisant une ancienne méthode de torture médiévale. Tout concorde — j'ai même trouvé des éclats de bois dans les blessures sur ses jambes et ses bras.

— Des éclats de bois ? dit Petrosky. Donc c'était une lance.

— Pas exactement. L'arme n'est pas entrée dans son corps par l'épaule. Woolverton remonta le drap, cachant la fille et ses blessures, bien que ses yeux restent brillants, presque... fascinés. Excités. *Espèce de sale enfoiré.* — L'arme du crime officielle ressemble à un pieu avec une pointe affûtée. Il l'a probablement fixé verticalement et attaché au sol. Il a lié ses mains et ses pieds, l'a inséré dans son vagin, et l'a juste... laissée tomber.

Petrosky s'étrangla. La tension émanait du corps de Morrison, les enveloppant tous les deux et aspirant l'air de la pièce.

Woolverton continuait de parler, apparemment inconscient de leur dégoût. — Au cours du jour ou deux suivants, le pieu a déchiré son utérus et ses organes, sortant finalement par l'épaule. Elle a des éclats en interne, mais aussi dans ses mollets, ses paumes et la plante de ses pieds, comme si elle s'était débattue contre le...

Petrosky leva la main. — D'accord, ça suffit, on a compris. Bordel, Doc ?

Woolverton ferma la bouche, mais ses yeux brillaient. *Qu'est-ce qui ne va pas chez ce type ?* Woolverton était presque... souriant ? Non, peut-être un tic au coin de sa bouche, mais c'était sûrement l'imagination de Petrosky. Woolverton était peut-être un connard maigrichon, mais seul un psychopathe serait excité par le meurtre d'une pauvre fille. Il était probablement juste ravi à l'idée de faire vomir Petrosky — ça faisait de lui le grand homme de la pièce.

Petrosky fixait la table, évitant les yeux brillants de Woolverton de peur de lui enfoncer le nez dans le cerveau. Une brise venant du conduit de chauffage agita le drap bleu, donnant l'impression que la fille luttait pour respirer.

L'estomac de Petrosky était comme une éponge se comprimant davantage vers sa gorge. Cette fille avait essayé d'échapper à son ravisseur. Elle avait sauvé son bébé de l'enfer dans lequel elle vivait. Et le tueur avait utilisé cela pour la punir. De manière barbare.

Il avait transformé son amour pour son enfant en une excuse pour l'empaler.

CHAPITRE 17

Morrison conduisait la voiture de Petrosky pour retourner au commissariat. Petrosky fumait comme une locomotive et essayait d'ignorer son estomac nauséeux.

— Quinze ans, marmonna Morrison. Tu imagines ? Une élève de seconde qu'on enlève sur le chemin du retour après la répétition de l'orchestre ?

Morrison s'était mis à bavarder, sûrement pour éviter de penser que cette fille aurait pu être Shannon. Et que son bébé aurait pu être sa fille.

— C'est ce qui s'est passé ? dit Petrosky. La répétition de l'orchestre ?

La moitié de sa phrase sortit comme un rot. Si Morrison le remarqua, il n'en montra rien.

— Si notre victime est Lisa Walsh, oui. Elle rentrait à pied après la répétition, on ne l'a plus jamais revue. Mais une de ses camarades de classe l'a vue avec un homme plus âgé dans le parc quelques semaines avant sa disparition.

— On a une description ?

— Elle ne l'a vu que de dos, et il portait un chapeau. À peu près la bonne corpulence, cependant - environ 1m75 et mince. C'est tout ce que le témoin a vu.

Mince. Ça ressemblait à Norton. Bien que Norton ait pu prendre du poids ces deux dernières années, il aurait été svelte quand il a enlevé Walsh - s'il a enlevé Walsh. Bien que révoltant, Petrosky espérait presque qu'ils découvriraient que Norton était le père du bébé de Walsh. Alors ils sauraient avec certitude qu'ils recherchaient Norton et non un imitateur ou un partenaire aléatoire que Norton aurait eu au fil des ans ; un partenaire qui aurait été au courant des détails des crimes passés de Norton.

Petrosky ouvrit le dossier et regarda le visage de Walsh. Il l'imagina vivante, rentrant chez elle, une clarinette ou peut-être une flûte sous le bras. *Quinze ans.* L'âge qu'avait Julie quand elle est morte. Dans une autre vie, Walsh aurait pu être l'amie de Julie - peut-être que, si le temps ne les avait pas séparées, elles seraient rentrées ensemble, et le tueur les aurait laissées tranquilles. Les aurait laissées vivre et aurait cherché une autre fille marchant seule.

Lisa. Julie. Malgré le fait que Julie aurait maintenant la vingtaine si elle avait vécu, Petrosky était soudain certain que Lisa aurait été demoiselle d'honneur au mariage de Julie. Mais Julie aurait attendu après l'obtention de son diplôme pour se marier ; elle aurait été en passe de devenir médecin, peut-être écrivain. Mais pas flic. Jamais flic.

— Chef, ça va ?

Bon sang, peut-être que si Petrosky n'était pas devenu flic, Morrison aurait un partenaire qui savait ce qu'il faisait. Peut-être que sans Petrosky, Morrison aurait retrouvé sa femme et sa fille tout de suite, avant que Norton ne les torture. Peut-être qu'ils auraient attrapé Adam Norton avant qu'il n'ait eu la chance de violer et torturer Lisa

Walsh. Il pouvait presque sentir le pieu déchirer ses entrailles, et son souffle se coupa. Il toussa, cracha, haleta.

— Chef ?

Des années d'abus. De torture. Lisa avait été assassinée pour un enfant qu'elle avait sans doute été forcée d'avoir. Il glissa la photo dans le dossier et le posa sur la console, ses dents grinçant assez fort pour faire palpiter ses tempes. Julie avait eu de la chance.

Je suis content qu'ils l'aient juste utilisée et tuée. Je suis content que ça ait été rapide.

Bon sang, qu'est-ce que je raconte ?

Morrison lui toucha le bras.

Tant de mal, et il était incapable d'y remédier. Inutile. Son travail ne serait jamais terminé - sa vie était un simulacre. Petrosky imagina le visage de Julie, le regardant depuis le tiroir de son bureau à côté des cigarettes qu'il n'était pas censé fumer mais qu'il fumait quand même tous les jours. *Désolé, ma chérie.*

Quatre mois de sobriété. Il n'atteindrait pas les cinq mois.

Petrosky essayait encore de chasser le visage de Julie de son esprit quand Morrison se gara devant le commissariat. Le ciel cramoisi du crépuscule imminent semblait de mauvais augure, comme si le monde entier pouvait sentir son échec et en était perturbé.

— Tu veux qu'on aille prendre un café ou quelque chose, Chef ? Peut-être des pâtisseries à cette boutique de fudge sur Beeker ? On peut passer chez les Walsh et...

— Sors, Morrison.

— C'est l'heure du dîner, Chef. On peut aller manger une soupe. Je sais que ce Taco Bell ne passe pas bien.

Petrosky passa une main sur son visage en sueur.

— Va les voir. Je te retrouverai demain matin.

Morrison hésita, la main sur la portière du conducteur.

— Sors, Cali. Je ne le répéterai pas.

Petrosky fixa le pare-brise et le ciel ensanglanté jusqu'à ce qu'il entende la portière s'ouvrir et claquer. Puis il contourna lentement le véhicule jusqu'au côté conducteur et s'installa, appuya doucement sur l'accélérateur et sortit du parking au ralenti, laissant au destin tout le temps d'intervenir. Mais le ciel resta rouge, sanglant comme le corps dans la ruelle, le carnage chez Salomon, et la gorge de Julie, Julie... Il appuya plus fort sur l'accélérateur.

Les routes étaient encombrées par le début des embouteillages. Une mer de feux de stop s'étendait dans le crépuscule alors que le ciel s'assombrissait et finissait par devenir noir. *Quatre mois. Quatre.* Ce n'était pas beaucoup, mais c'était un début.

Mais le début de quoi ? D'une vie où chaque jour rivalisait pour être le plus misérable ? D'une vie où il ne faisait que patienter, épuisant la patience des gens qu'il aimait jusqu'à ce qu'ils finissent par l'abandonner aussi ? Ce n'était pas comme si demain allait être le début d'un avenir radieux où son enfant ne serait pas mort. Où sa femme préparerait encore parfois le dîner et où promener le foutu chien serait le pire de ses problèmes. Il ne se réveillerait jamais dans un monde où les gens n'enlèveraient pas des enfants et ne leur couperaient pas les orteils pour s'amuser.

Il passa devant le bâtiment où se tenaient les réunions des AA, devant un restaurant où il était allé avec son ex-femme avant que tout parte en vrille, et s'arrêta devant un bâtiment en verre et en mortier avec une pancarte en ardoise criarde qui proclamait : « Bière ! Vin ! » en lettres bulles. Petrosky résista à l'envie de bondir hors de la voiture pour la fracasser. Les lumières à travers les barreaux noirs des fenêtres projetaient un motif en zigzag sur le trottoir.

Puis il était dehors, respirant l'odeur âcre de la rouille et de la neige sale. Le vent glaçait ses joues. Et quand le visage de Julie resurgi dans son esprit, son désespoir se solidifia comme de la glace entre ses omoplates. Ce n'était pas seulement l'existence de kidnappeurs, de tueurs, qui provoquait ce sentiment d'impuissance - c'était que la police était incapable de les attraper ; *lui* était impuissant à les attraper. *Adam Norton.* Petrosky ne l'avait pas empêché d'enlever Shannon et Evie, il n'avait pas pu empêcher quelqu'un d'enlever et de tuer la petite Walsh, il n'avait même pas été capable de protéger Julie de celui qui l'avait brutalisée et laissée froide dans ce champ solitaire. *Protéger et servir.* Il ne pouvait protéger personne. Pourquoi se donnait-il même la peine d'essayer ?

La clochette au-dessus de la porte de la boutique d'alcool tinta puis s'arrêta brusquement, comme un chat percuté par une voiture — un seul tintement de collier, puis le silence à jamais. Les caisses de bière étaient stockées comme il le savait, mais ça ne suffirait pas ce soir. Il songea à retourner dans sa voiture. À la réunion au bout de la rue. Son épaule le démangeait là où le visage de Julie essayait probablement de lui murmurer quelque chose sous sa manche de chemise.

—Jack, la grande bouteille.

Ses mots étaient tendus, creux comme s'ils appartenaient à quelqu'un d'autre. Petrosky garda les yeux fixés sur le comptoir tandis que la bouteille disparaissait dans un sac en papier brun. Il fit glisser l'argent sur le comptoir gris. Une vieille main noueuse le prit, sa peau papyracée presque translucide sous l'éclairage fluorescent criard. Un demi-fantôme. Un humain de plus sur le départ. L'arme au creux de ses reins lui parut soudain lourde, mais réconfortante et chaude, comme une extension de son corps.

Petrosky saisit le sac et sa monnaie et fila vers la voiture, la mort sur ses talons, puis s'arrêta pour laisser l'air glacial rafraîchir son visage brûlant.

Autant laisser la mort le rattraper.

CHAPITRE 18

Petrosky n'était pas immédiatement sûr d'où il se trouvait, il savait juste qu'il avait froid. *Sacrément froid.* Il se redressa en position assise, sa tête tournant alors que le monde reculait puis revenait en saccades colorées. Le rideau de douche. Le pommeau de douche. Son bras sur le côté de la baignoire.

Et quelqu'un lui plantait des couteaux dans les tempes. Putain de Jack. *Vous, monsieur, êtes un abruti.*

Petrosky agrippa le bord de la baignoire et se décolla de la fibre de verre glacée. Sa main glissa. Son épaule heurta le rebord. Il ajusta sa prise et hissa son corps à nouveau jusqu'à ce que ses pieds touchent le carrelage, l'un après l'autre. *Succès.* Puis le monde vacilla.

La nausée se faufila dans son estomac, et il se jeta sur les toilettes, les remplissant de grumeaux amers d'un quelconque glucide dont il ne se souvenait pas avoir mangé et de bile jaune visqueuse, teintée de rouge. Il eut un nouveau haut-le-cœur et s'affaissa sur le sol à côté des toilettes, appuyant sa tête contre le mur. La pièce tournoya et se solidifia de la manière brumeuse d'une ville piégée sous un soleil de plomb.

Il était entièrement habillé de la chemise boutonnée et du jean qu'il portait la veille, bien que la chemise portât maintenant des décolorations qui ressemblaient à de la nourriture ou peut-être de l'alcool. Ses pieds étaient nus. Et ses vêtements n'étaient pas mouillés — il n'y avait pas d'eau dans la baignoire.

Petrosky tourna la tête, et son crâne tenta d'exploser. Il colla sa joue au mur et pressa une main contre son autre tempe comme s'il essayait de remettre son cerveau en place et d'arrêter le martèlement incessant.

Bon sang, la lumière. Ses chaussures étaient dans la baignoire. D'après leur position, il avait dû les enlever et les mettre sous sa tête comme un foutu oreiller. Son arme était sur le bord de la baignoire, le petit point rouge sur le canon indiquant que la sécurité était désactivée. Il se demanda jusqu'où il était allé cette fois. Probablement assez loin.

Mais pas assez loin.

Il se leva sur des jambes flageolantes et se traîna le long du mur jusqu'à la douche. Le motif de lumière sur le sol suggérait qu'il était milieu de matinée, neuf heures au plus tôt.

La fille morte l'attendait.

Il se déshabilla, toujours appuyé contre le mur, mit la douche sur froid, et y tituba, laissant l'eau glacée le réveiller. Quand il en sortit, frissonnant, le monde était moins bancal, et sa tête presque claire.

Il lui fallut trois essais pour boutonner correctement sa chemise, et au moment où il y parvint enfin, il était prêt à l'arracher et à prendre un sweat-shirt. Mais il n'était pas tout à fait prêt à être le gars aux AA en survêtement et casquette à l'envers se plaignant que les gens de son travail ne le comprenaient pas. Il se dirigea vers la porte, atteignit le canapé et s'y effondra. Posa sa tête contre l'accoudoir. *Cinq minutes.*

Un bruit sourd retentit à la porte comme si quelqu'un la frappait avec une chaussure. Sa tête pulsait au rythme des coups.

Il ne bougea pas. — Tu vends des cookies ou Jésus ? cria-t-il, et la tension dans ses tempes s'étira jusque dans ses cordes vocales et dans les tendons de son cou.

— Je peux aller chercher des cookies, mais Jésus pourrait fuir devant ton humeur de chien.

Petrosky se hissa en position assise et tituba jusqu'à la cuisine tandis que Morrison entrait, portant deux tasses à café en acier inoxydable et une boîte de barres de céréales serrée contre sa poitrine. Le gamin ferma la porte d'un coup de pied derrière lui.

— Tu peux repartir tout de suite si tout ce que tu as apporté c'est de la nourriture pour poules, California.

Morrison soupira. — Shannon a dit que tu dirais ça. Elle a les beignets.

— Tu as amené ta femme ici ? Elle devrait rester au chaud.

Et là où Norton ne pourrait pas la trouver.

— Elle s'inquiétait pour toi.

Morrison posa les barres de céréales sur le comptoir à côté de la veilleuse de Julie. La lueur rosée était plus rouge que rose ce matin, brillant comme un œil maléfique — comme si elle était en colère contre lui. Ou peut-être juste en colère contre ce qu'il était devenu.

C'était compréhensible.

Morrison tendit un café et but une gorgée du sien, le signe de paix d'un bleu éclatant, souriant presque à Petrosky.

Il résista à l'envie de frapper la tasse pour la faire tomber. — Où est Shannon ?

— Dans la voiture avec Henry. Elle a dit qu'elle voulait changer son pantalon avant de le monter ici.

— Elle ne peut pas rester seule là-bas ! Ce type est —

— Valentine est là aussi.

— C'est la fête, hein ? Petrosky prit le café et le porta à ses lèvres, mais sa main tremblait, et il le baissa avant que Morrison ne puisse le remarquer. — Alors, raconte-moi.

— Identité de la fille confirmée comme Lisa Walsh — trois molaires intactes et quelques autres dents d'un côté nous ont donné assez pour correspondre aux dossiers dentaires. Aussi... identification par les parents. Son père est venu.

Les yeux de Morrison étaient hantés — il semblait regarder au-delà de Petrosky, comme si Petrosky était soudainement devenu si insignifiant qu'il avait complètement disparu.

Petrosky leva à nouveau la tasse, rapidement, et but une gorgée de café. Son estomac se retourna, mais le brouillard autour de sa vision se dissipa un peu.

Morrison secoua la tête, déballa une barre. — Nous avons aussi vérifié que Walsh était la mère du bébé, dit-il la bouche pleine de céréales. Bien qu'on le savait déjà. Et Adam Norton est le père du bébé. On l'a identifié grâce aux traces qu'il a laissées lors de sa dernière série de crimes.

Confirmation. Norton était définitivement leur homme. Mais ils n'avaient toujours aucune idée par où commencer, et soudain son incompétence devint une chose vivante, remontant dans sa gorge avec la bile de ses entrailles agitées.

— On a aussi obtenu autre chose de la police scientifique, disait Morrison. La poussière qu'on a trouvée sur le bébé et sur Walsh ne provient pas de la maison Salomon ni d'aucune des maisons voisines immédiates.

Petrosky posa son café sur le comptoir, espérant que Morrison n'avait pas remarqué la façon dont il avait claqué avant de le lâcher.

— Ils ont identifié les composés inconnus chez Salomon ; le mortier autour des fenêtres du sous-sol contient de l'amiante. Morrison jeta un coup d'œil au comptoir puis revint à Petrosky. — Courtney ne sera pas très contente de ça quand elle essaiera de vendre la maison.

Petrosky éructa. *Assez de conneries.* — Et la poussière trouvée dans les marques sur la pelouse et sur les victimes ? Ça nous dit quelque chose sur leur provenance ?

— Du ciment Portland, ils ont dit.

— Portland, hein ? Petrosky déplaça son poids. Sa jambe gauche était engourdie.

Morrison soupira. — Ça ne nous aidera pas beaucoup parce que ce ciment est vendu pratiquement partout. C'est le standard dans les magasins de bricolage, même utilisé par les grandes entreprises de construction maintenant. Ça aurait été plus utile si ç'avait été l'inverse : de l'amiante sur les enfants plutôt que sur cette maison, mais comme c'est le cas...

Morrison jeta l'emballage de sa barre de céréales vers la poubelle. Il atterrit sur le sol aux pieds de Petrosky. Ils le fixèrent tous les deux jusqu'à ce que Morrison se baisse et le ramasse.

— De toute façon, Decantor et moi avons passé beaucoup de temps à harceler les employés des quincailleries et à examiner les vidéos de surveillance.

— Decantor ? L'irritation dissipa les dernières brumes de son esprit. Ce bavard prétentieux était un inspecteur de la criminelle et l'un des partenaires d'entraînement de Morrison, mais depuis quand Morrison le faisait-il intervenir sur leurs affaires ? Le chef avait dû le lui imposer.

— Valentine m'a aussi aidé ces dernières dix-huit

heures — il y a tellement de quincailleries qu'il nous a fallu du temps pour vérifier les achats de ciment par carte de crédit.

Dix-huit heures ? — Quelle heure est-il ?

— L'heure du déjeuner, patron.

— Tu es debout depuis hier ? Tu n'as pas dormi ?

— Je voulais prendre de l'avance. Au cas où le type déciderait d'enlever quelqu'un d'autre — ou au cas où il aurait déjà une autre fille, ce qui est probable.

Une boule se forma dans la gorge de Petrosky. Norton avait enlevé Walsh peu après avoir perdu ses premières captives. Bien sûr, il serait à la recherche d'une autre fille. Et Morrison le savait — à en juger par le regard sombre dans ses yeux, il avait probablement passé ses heures de repos à regarder sa famille dormir, en pensant que ça aurait pu être eux à la morgue. Ou que ça pourrait encore l'être.

— Je vais maintenant vérifier les vidéos de surveillance des magasins de bricolage les plus proches, examiner les heures autour des achats en espèces de ce produit et voir si je peux distinguer des plaques d'immatriculation. Il jeta un coup d'œil à la boîte de céréales, à la veilleuse, puis de nouveau à Petrosky. — Pour l'instant, nous n'avons pas grand-chose d'autre. La police scientifique n'a trouvé aucune empreinte, juste de la poussière de ciment et des éclats de bois dans la peau de la fille. Rien d'unique concernant le bois non plus, d'ailleurs. Du chêne, disponible dans n'importe quelle quincaillerie sous forme de tringle à rideau, et ça semble être la taille qu'il a utilisée ; tout ce que Norton avait à faire était de l'aiguiser en pointe. Il frissonna presque imperceptiblement, puis but une gorgée de son propre café, clignant des yeux injectés de sang. — Il y avait cependant d'autres éclats différents. Des éclats de pin le long des flancs de Walsh, comme si elle avait été traînée sur un sol en bois.

Petrosky imagina ce qui restait de ses pieds et avala difficilement pour éviter de vomir. — Il la retenait captive. Elle a peut-être réussi à s'échapper d'une cage ou à passer à travers une porte en bois.

— Ou d'une cellule. Peut-être qu'elle a creusé un trou avec une cuillère comme dans un de ces vieux films d'évasion de prison. Si le sol était en béton et que la base ou le cadre était en bois...

— Une cuillère ?

— Elle a eu presque deux ans pour le faire.

— Il l'aurait remarqué. S'il a construit une cellule de prison dans sa maison, elle ne serait pas si grande.

La porte s'ouvrit brusquement, et Petrosky tourna vivement la tête vers le bruit, envoyant un éclair de douleur de son cou à son sternum.

— Je ne vous dérange pas, j'espère ? Shannon entra dans la maison avec Henry dans un porte-bébé sur sa poitrine, des beignets à la main. Evie suivait, sautillant, ses boucles blondes rebondissant sur ses joues de chérubin tandis qu'elle tapait des mains et criait : — Papa Eddie !

Shannon l'attrapa par le bras avant qu'elle ne puisse courir vers Petrosky. — Va aux toilettes, d'accord, ma chérie ? Je sais que tu en as besoin. Evie lui jeta un autre regard.

— Allez ! Tu as besoin d'aide ? lui demanda Shannon.

— Non ! Je le fais ! cria Evie avant de s'éloigner en courant.

Shannon jeta la boîte de beignets sur le comptoir et frappa Petrosky à l'arrière de la tête si fort qu'il dut s'agripper au comptoir pour rester debout. Dans le porte-bébé sur sa poitrine, Henry agita les bras et donna des coups de pied.

Petrosky se frotta le crâne. — Taylor, tu as...

— Arrête de nous faire peur comme ça. Je ne peux pas te courir après chaque fois que tu décides de merder.

Morrison s'avança à côté de Petrosky. — Shanny, juste...

— Non, bordel. Et toi aussi, tu devrais savoir. Ses cheveux blonds étaient en queue de cheval désordonnée, ses yeux vitreux. Elle leva le bras à nouveau, et Petrosky recula, la main devant le visage pour se protéger. Mais au lieu de le frapper à nouveau, elle passa un bras autour du cou de Petrosky — une étreinte, féroce et forte — puis le relâcha et le repoussa.

— Va te faire foutre, Petrosky. Et je suis contente que tu sois en vie. Mais si tu continues, je te dénoncerai moi-même, je te jure.

— Il a fallu que tu épouses une procureure, marmonna-t-il à Morrison, puis se retourna vers Shannon. — Tu aurais pu changer le bébé dans la maison, tu sais. Il a presque autant de contrôle sur ses fonctions corporelles que ton mari ici présent.

Son visage s'adoucit, mais ses yeux restèrent tendus. — Je voulais vous laisser une minute, dit-elle alors qu'Henry faisait des bulles de bave en direction de Petrosky. Les yeux bleus du bébé dansaient — si pleins de promesses, d'espoir, que l'estomac de Petrosky se serra. Finalement, le monde arracherait aussi cette joie à Henry, et il n'y avait rien que Petrosky puisse y faire.

Petrosky força un sourire. — Quoi de neuf, petit Californien ?

Morrison prit Henry des bras de Shannon et l'embrassa sur le front. — Ne l'écoute pas, Henry. Il est juste jaloux que ses cheveux ne soient pas aussi dorés — ou évidents — que les tiens.

Henry gazouilla, et Morrison l'embrassa sur le nez, ce qui fit plisser le visage d'Henry.

Shannon écarta une mèche de cheveux de sa joue. — Je t'ai pris au citron, à la crème bavaroise et quelques crullers.

— Merci.

— Pas de problème. Elle plissa les yeux. — Tu as une sale gueule.

Morrison mit sa main sur l'oreille d'Henry.

— Tu dois prendre soin de toi, dit-elle à Petrosky. — Nous avons besoin que tu restes dans le coin.

L'estomac de Petrosky se contracta. De la bile et du mucus restèrent coincés, épais et métalliques, au fond de sa gorge. — Je vais bien. De toute façon, je ne peux pas te conduire à l'autel deux fois. Mon travail est terminé. Il sourit.

Pas elle. — Quand as-tu mangé pour la dernière fois ?

— Hier soir. Petrosky saisit un beignet, en enfourna la moitié dans sa bouche et leva les sourcils vers elle.

Henry posa sa bouche sur le cou de Morrison et gémit.

— Ça va, Taylor.

Shannon prit le bébé et se laissa tomber dans le seul fauteuil qui n'était pas couvert de vêtements ou de boîtes à pizza vides. D'où venaient-elles d'ailleurs ? La pizza devait être moisie comme pas possible, mais au moins il n'avait pas encore de souris... du moins, il ne le pensait pas. Il examina les boîtes d'un œil suspicieux.

Elle souleva son t-shirt pour mettre Henry au sein, et le bébé se calma. — Viens dîner avec nous ce soir. Il y aura du monde chez Valentine, mais je suis sûre que ça ira. Les enfants adoreraient passer du temps avec Papa Ed.

— Pas ce soir, Shannon. Je dois finir quelques trucs sur cette affaire.

— Si tu t'inquiétais tant pour l'affaire, tu serais resté éveillé pour travailler avec Morrison toute la nuit.

Aïe. — Je ferais mieux de me rattraper auprès de ton mari ce soir. La soirée allait être difficile. Déjà, le beignet essayait de faire son retour.

— Demain, alors.

— Peut-être. Il soupira quand elle le fixa du regard. — Laisse-moi vérifier mon emploi du temps, et je préviendrai ton mari plus tar... Il sursauta quand de petites mains encerclèrent ses genoux.

— Papa Ed !

Petrosky s'agenouilla à côté d'Evie, une main au sol pour se stabiliser contre le vertige. Elle lui jeta ses bras autour du cou, puis recula soudainement, son petit nez plissé. — Tu sens bizarre.

Probablement la puanteur de cigarettes qui s'accrochait à tout autour de lui — comme le roi Midas, sauf que tout ce que Petrosky touchait se transformait en cendres. Il lui sourit, espérant qu'elle réussirait à rester indemne, sans blessure — bien que si elle y parvenait, ce serait grâce à la vigilance de son père, pas à Petrosky. *Julie, je suis tellement désolé.* — Tu m'aimes bien quand même, même si je sens drôle ?

Elle pinça les lèvres, réfléchissant. — Ouais. Je t'aime bien. T'as d'autres jouets ?

— Evie ! Morrison secoua la tête. — Laisse Papa Ed tranquille. Il vient juste de te donner...

— Regarde dans le placard de l'entrée. Petrosky lui fit un clin d'œil, et les yeux d'Evie s'illuminèrent. Elle fila, et ils écoutèrent tous le bruit de la porte du placard qui s'ouvrait brusquement, le bruissement des objets qu'on poussait.

— Tu lui as vraiment pris autre chose ? Morrison la regarda s'éloigner.

Petrosky haussa les épaules. — Tu sais que j'ai une réserve au cas où.

Evie revint en trottinant avec une poupée. — Regarde ce que Papa Ed m'a offert ! Shannon lui sourit, baissa son t-shirt et cala Henry, maintenant endormi, contre son épaule. C'était rapide — Henry n'aimait pas faire la sieste. Peut-être que les enfants avaient été debout toute la nuit aussi.

— Qu'est-ce qu'on dit, Evie ? chuchota Morrison.

— Merci !

Un autre câlin. Ses cheveux sentaient le shampooing pour bébé, et quelque chose dans cette odeur lui serra le cœur.

— N'oublie pas le dîner, Petrosky. Shannon se leva et fit un signe de tête à Morrison, qui souleva Evie et s'apprêta à la suivre. — On se retrouve au commissariat, Chef. Dans une demi-heure ?

Petrosky hocha la tête. Quand la porte se referma derrière eux, il se précipita vers l'évier et vomit.

CHAPITRE 19

La poussière de ciment était un vrai casse-tête. Ou peut-être était-ce juste... lui. Petrosky pressa ses doigts contre ses tempes, assez fort pour meurtrir sa peau, mais les battements ne diminuèrent pas. Huit aspirines n'avaient rien fait pour arrêter la douleur.

Il ferma le dossier d'un coup sec. Celui-ci se rouvrit aussitôt. Probablement parce qu'il était bourré à craquer des innombrables notes de Morrison. Tout semblait vouloir l'énerver aujourd'hui.

Morrison avait cependant fait son travail consciencieusement. Aucun des détenteurs de cartes de crédit ayant acheté une arme, des tringles de placard ou quoi que ce soit de vaguement médiéval ne vivait près de la maison des Salomon, et Petrosky ne pouvait imaginer que Lisa Walsh ait couru plus de huit kilomètres — ou même un seul — pour arriver chez Salomon au milieu de la nuit. Peut-être si on l'avait conduite, mais personne n'avait vu de voiture, ni même entendu quoi que ce soit. De plus, il n'y avait aucune trace de tissu automobile sur Walsh ou le nourrisson, ce à quoi il se serait attendu si les filles avaient été amenées sur les lieux en voiture. Ils avaient ratissé le quartier. Interrogé chaque personne dans un rayon de dix pâtés de maisons. Personne ne savait d'où venaient Walsh ou le bébé.

Mais ils n'étaient pas apparus de nulle part.

Petrosky saisit sa tasse de café et la porta à ses lèvres. Sa main trembla, et du café se renversa sur sa chemise, puis sur son entrejambe, où il brûla aussi fort qu'une cigarette en enfer.

— Merde ! s'écria-t-il en se levant d'un bond alors que le café se répandait sur son poste de travail.

— Tiens, vieux. Morrison tira rapidement le clavier et le dossier de l'autre côté du bureau et jeta une boule de serviettes en papier sur la flaque.

— Où as-tu eu toutes ces serviettes ? Tu manges la malbouffe que tu me reproches d'acheter ?

— Je les garde de tes sacs de plats à emporter. Morrison sourit. Il tendit quelques serviettes supplémentaires à Petrosky pour ses parties intimes brûlantes.

— Tu fouilles dans mes poubelles, California ?

— Réduire, réutiliser...

— Ta gueule, Surfer Boy.

Le sourire de Morrison faiblit. Il épongea le reste du café sur le bureau tandis que Petrosky essuyait son entrejambe échaudé.

Morrison jeta les serviettes dans la poubelle à ses pieds, puis récupéra les papiers et décolla la chemise en papier kraft mouillée du bureau. — Je vais chercher un autre dossier dans une minute.

Petrosky se rassit, essayant d'ignorer la pression qui menaçait de lui comprimer la cage thoracique. Le sevrage était une vraie plaie, mais ça pouvait aussi être le stress. La perte. Il avait eu le même problème après la mort de Julie, comme si un trou noir béant s'était ouvert dans son cœur, la douleur pulsant toute la nuit, le poignardant quand il se réveillait et réalisait qu'elle était toujours morte, le faisant souffrir chaque fois qu'il pensait à toutes les choses qu'elle ne ferait jamais. Chaque fois qu'il voyait l'enfant de quelqu'un d'autre, assassiné aussi horriblement que Julie l'avait été, il en ressentait la violence — un rappel de l'horreur. Peut-être que ça ne disparaîtrait jamais. — Sur quoi tu bosses là-bas, Cali ?

— Je passe en revue les enlèvements qui ressemblent à celui de Walsh, en particulier ceux avec des petits amis plus âgés comme dans le cas Walsh ; Norton est jeune, mais visiblement plus âgé que ces filles. Morrison gardait les yeux fixés sur son bureau comme s'il essayait de se rappeler des détails — ou peut-être qu'il évitait simplement le regard de Petrosky. — J'ai aussi pris le petit-déjeuner avec Freeman ce matin, pour recouper les informations. Avec le bébé et l'enlèvement et les sévices graves, l'esclavage sexuel semble une forte possibilité. On connaît ce type, on sait qu'il n'est probablement pas un trafiquant, mais avec sa peur du rejet, il pourrait ne pas être au-dessus d'obtenir ses femmes de quelqu'un d'autre, les acheter pour s'assurer qu'elles ne diront pas non. Jusqu'à présent, on a une vingtaine de cas qui semblent prometteurs.

Petrosky ouvrit la bouche pour répondre, puis pencha la tête. — Tu es sorti prendre le petit-déjeuner avec Freeman ? Je pensais que ce connard albinos se transformerait en cendres si tu le sortais dehors.

— Il a un peu fumé, mais il a survécu. En plus, je devais manger, et tu n'étais pas là.

Je devais manger ? — Je ne suis pas jaloux, connard, j'essaie juste de comprendre pourquoi Freeman pense que tu sais ce que tu fais. La douleur dans la poitrine de Petrosky s'intensifia, traversa son omoplate, puis s'atténua enfin. Il éructa une aigreur nauséabonde au fond de sa gorge et tira son clavier vers lui. Il trembla dans ses mains. Morrison le fixa du regard et fronça les sourcils, puis tourna les talons et s'éloigna, probablement pour aller chercher le dossier.

Reprends-toi, vieux. Tu as déjà perdu une demi-journée à t'apitoyer sur ton sort. Il ne pouvait pas laisser le stress le gagner. Norton pouvait être en train de torturer une autre fille pendant que Petrosky restait assis sur son cul à essayer de garder son pouls stable. Si Norton n'avait pas une autre victime maintenant, il en aurait bientôt une, et Petrosky avait déjà suffisamment de sang sur les mains.

Morrison revint avec un dossier, arracha l'ancienne couverture du dossier et glissa ses notes dans le nouveau.

— Désolé, gamin. Vraiment. Mauvais café. On dirait que je ferais mieux de m'en tenir à cette merde de hippie que tu apportes.

L'œil de Morrison tressaillit, mais il hocha la tête.

— Donc les cas d'enlèvement que tu examines... tu as trouvé des preuves que Norton a enlevé quelqu'un d'autre ? Je crains qu'il ne prenne une autre fille pour remplacer Walsh. La façon dont il avait remplacé Shannon. Qui Shannon avait-elle remplacé ?

— J'ai eu la même intuition, mais c'était juste un pressentiment. Au début. Morrison se dirigea vers son bureau et revint avec deux dossiers sous le bras. Les petites annonces. — Ensuite, j'ai trouvé *celle-ci*.

Le dossier était mince, mais tout ce dont Petrosky avait besoin était la photo. Ava Fenderson. Cheveux roux et taches de rousseur, tout comme Walsh.

— Qu'est-ce qu'il y a de si spécial dans cette affaire ?

Morrison tira une chaise. — La nuit où Ava a disparu, elle s'est enfuie de la maison après s'être disputée avec ses parents, portant des chaussettes roses duveteuses avec des semelles antidérapantes exactement comme celles trouvées sur la scène de crime chez Salomon.

— Mais elle n'était pas chez Salomon... on sait que c'était Walsh. On a trouvé son sang.

— C'est vrai. Mais si Fenderson avait les chaussettes là où ces filles étaient retenues, Walsh aurait pu les prendre si elle savait qu'elle allait s'enfuir. Il baissa les yeux. — Ça ne ressemble pas à une coïncidence, patron, et si on peut utiliser cette information pour le trouver...

Le gamin avait besoin de plus de café — ou de sommeil. Mais ce n'était pas près d'arriver pour aucun d'entre eux. — Dis-moi ce que tu as d'autre.

Morrison ferma le dossier de Fenderson et croisa le regard de Petrosky. — J'ai commencé dans un rayon de cinquante kilomètres autour de chez les Salomon, même si la maison de Walsh n'était qu'à treize kilomètres de l'endroit où on a fini par la trouver.

— Lisa Walsh a grandi à treize kilomètres de chez Salomon ? Shannon et Evie avaient aussi été retenues à quelques pâtés de maisons de là. Acosta et Natalie Bell avaient toutes deux été tuées à moins de huit kilomètres de la maison des Salomon.

— Ouais. Et Ava Fenderson vivait à moins de six kilomètres de chez Salomon et huit du lieu où Walsh a été abandonnée.

Donc Norton était du coin — et gardait les filles ici. Comme avant. Il avait été sous leur nez pendant plus de deux ans. *Fils de*—

Morrison tendit le dossier à Petrosky, le gamin se redressant en poursuivant. — Ces affaires concernent toutes des filles d'âge similaire à Walsh, d'apparence physique similaire. Et elles semblaient toutes... euh... grandir plus vite que leurs camarades de classe.

— Grandir ?

— Au niveau du développement. Certaines avaient

treize ou quatorze ans quand elles ont disparu, mais elles ressemblaient à des étudiantes.

Petrosky essaya de s'éclaircir la gorge, mais cela se transforma en quinte de toux, et il cracha du mucus dans une serviette. Il la fourra dans sa poche. — Donc il vise des filles plus jeunes, mais prend celles qui ont l'air plus âgées. Parce que même si elles ressemblaient à des adultes, les filles plus jeunes étaient plus vulnérables. Leur tueur était toujours peu sûr de lui, toujours terrifié par le rejet, et pourtant, Norton avait attaqué une femme adulte par le passé. Il avait aussi piétiné à mort un petit garçon, bien que cela semblait avoir été un crime d'opportunité. Ils devraient discuter à nouveau avec le Dr McCallum.

Petrosky leva le dossier — il semblait y avoir environ deux douzaines de victimes potentielles. — Comment tu as réduit la liste à celles-ci ?

— Je me suis concentré sur les cas où un petit ami plus âgé était mentionné dans les dossiers, comme pour Walsh, en espérant que Norton avait gardé un schéma similaire. Ensuite, j'ai sélectionné ceux où les parents ne connaissaient pas le petit ami ou lorsque le petit ami correspondait à la description du dossier de Walsh — moins d'un mètre quatre-vingt et mince, bien que j'ai aussi gardé un œil sur les gars plus costauds dans les enlèvements ultérieurs à cause du poids qu'on a obtenu des empreintes de bottes chez Salomon.

Petrosky jeta un coup d'œil à leur portrait-robot. Dégingandé. Mince. Chauve, avec d'épais sourcils noirs qui ressemblaient plus à une paire de moustaches hipster ridicules. Il essaya d'imaginer Norton plus lourd, puis plus trapu. S'était-il mis aux gâteaux ou à la musculation ? Et ces sourcils...

— On devra être prudents avec les descriptions physiques de notre gars, dit Petrosky. Pas seulement le poids. Ses cheveux sur la scène de Natalie Bell, blonds à la racine, noirs aux pointes — il changeait déjà son apparence à l'époque. Il se teignait les sourcils. Se rasait le crâne.

Ils avaient besoin d'un nouveau portrait-robot. Probablement toute une série.

Petrosky se massa les tempes.

— J'y ai pensé aussi, Chef. La différence d'apparence. Avec un peu de chance, un témoin a vu le petit ami dans l'un de ces autres cas d'enlèvement, mais pour l'instant, j'ai diffusé notre description originale et le portrait-robot, avec une déclaration indiquant qu'il pourrait être plus corpulent.

— Diffusé ? À qui ?

— À la presse. À l'instigation du chef, ajouta-t-il quand Petrosky tiqua.

— La presse ? Norton était toujours au même endroit que la dernière fois — si les médias n'avaient pas aidé avant, ils n'allaient pas aider maintenant. — Les téléphones n'arrêtent pas de sonner ?

— Ouais, mais rien de prometteur. Le chef nous a trouvé des volontaires pour gérer les appels pendant qu'on poursuit les autres pistes. Il a aussi demandé à Decantor et Valentine de nous aider.

Autant Petrosky détestait l'admettre, Decantor était vraiment bon dans son travail. Et il avait pris le relais sur l'affaire Natalie Bell il y a deux ans, alors il connaissait Adam Norton. Si seulement Decantor n'avait pas tendance à bavarder comme une écolière avec un béguin — ils ne pouvaient pas tous être comme Brandon de la criminalistique.

Petrosky fit craquer ses articulations, et son petit doigt resta coincé. De l'arthrite aussi ? — Le communiqué de presse, les nouvelles pistes, tout ça s'est passé entre hier soir et cet après-midi ?

Morrison haussa les épaules. — La vie va vite.

Si seulement le bien arrivait aussi vite que le mal. Petrosky fouilla dans le dossier, et des filles aux yeux écarquillés le fixaient depuis des photos d'école brillantes — les lèvres peintes en rose bonbon, les contours durs de l'âge adulte commençant à se dessiner sous leurs joues de bébé. L'une avait les yeux fermés comme si elle avait été photographiée en plein clignement. Une autre avait une petite tache sur sa chemise, un petit-déjeuner qui avait mal tourné. Des imperfections attachantes, dans ce qui était probablement leurs dernières photos d'école. Est-ce que certaines d'entre elles étaient encore en vie ?

— Toutes ces filles semblaient populaires de l'extérieur, dit Morrison. Clubs scolaires, fanfare, pom-pom girls — mais elles avaient aussi des problèmes, selon les dossiers. Consommation de drogue, promiscuité, suspensions scolaires, et ainsi de suite.

En marge de la popularité, donc — essayant désespérément de s'intégrer, mais ne réussissant que partiellement. — Il les a probablement choisies parce qu'elles penseraient que c'était cool d'avoir un petit ami plus âgé. Et avec leurs histoires, tout le monde saurait qu'elles avaient des problèmes et mettrait ça sur le compte d'une fugue. Les fugues ont peu de priorité dans les services de police — les agents intervenants auraient déposé un rapport, cherché pendant quelques semaines, puis seraient passés à autre chose. Pas de suivi, sauf s'il y avait une raison de penser que quelque chose de terrible leur était arrivé.

— Des fugues. Exactement. Il n'a pas choisi au hasard. Pour sortir avec un vieux type, les gamines devaient être au moins un peu perturbées, non ?

— Peut-être, mais il est encore assez jeune — assez jeune pour qu'elles ne le considèrent pas comme vieux. Et je pense que la plupart des adolescentes sont de toute façon attirées par les mecs plus âgés. Julie l'avait-elle été ? La tête de Petrosky menaçait d'exploser, le stress causant la douleur, la douleur causant plus de stress. Il devait arrêter de prendre tout si personnellement.

— Chef ? Ça va ?

Petrosky se frotta la tempe. La nausée tiraillait son estomac. — Ouais. Juste un... mal de tête.

— J'ai de l'aspirine. Attends. Morrison disparut en direction de son bureau, et Petrosky reposa sa tête dans une main et feuilleta le dossier de l'autre jusqu'à ce qu'il revienne avec du café, un beignet et un flacon de médicaments. — Ça devrait faire l'affaire. Et si ça ne suffit pas, j'ai un yaourt en plus dans le frigo.

— Un yaourt ? Bon sang, California, je commençais tout juste à t'apprécier.

Enfin, un demi-sourire. — Pareil, Chef.

Petrosky avala quelques aspirines qu'il fit passer avec du café. Il fixa le beignet d'un regard intense. Dommage que ce ne soit pas un petit verre de Jack — un peu de remède de cheval n'a jamais fait de mal à personne. Il posa sa main sur le tiroir qui contenait la photo de Julie. *Une demi-journée sobre.* Et le compte continuait, car Ava Fenderson, une autre petite fille comme Julie, avait besoin d'eux. *Avait besoin de lui.* Peut-être.

— Bon, on a un point de départ, dit Petrosky en tapotant le dossier.

— Je pensais pouvoir commencer les entretiens, dit Morrison. Ça pourrait prendre un jour ou deux pour passer cette série, mais avec un peu de chance...

— C'est quoi ces conneries de « je » ? Tu vas me laisser ici ?

— Je peux m'en occuper, patron. Mais le feu dans les yeux de Morrison brûlait plus fort que le café sur les parties intimes de Petrosky.

— Tu peux aller te faire foutre. C'est le type qui a enlevé ta femme. Ton gosse. La dernière fois, Morrison avait écorché vif un homme mort et mis le feu à la maison de l'ex-mari de Shannon pour apaiser les ravisseurs. La Californie n'était pas innocente quand on s'en prenait à sa famille. Et si les yeux injectés de sang de Morrison étaient un indice, il ne se reposerait pas avant d'avoir le cœur d'Adam Norton dans un bocal.

— Quatre yeux valent mieux que deux, dit Petrosky. Et les hommes fatigués font des erreurs, peu importe le nombre de notes qu'ils prennent. On fera aussi un peu plus de porte-à-porte. On pourrait examiner les plans des maisons, voir s'il y a des suspects potentiels à proximité, des sous-sols, des hangars, des endroits où il pourrait cacher ces filles. Un abri anti-bombes ? Un endroit où il n'a pas à s'inquiéter des évasions ou du bruit, comme une cellule ou un ensemble de pièces qui peuvent être verrouillées de façon sûre.

— Ça ne doit pas être si sûr s'il a dû lui prendre ses orteils.

— Il a probablement fait ça pour s'amuser. Petrosky tapota le dossier pour cacher le tremblement de sa main.

Deux ans auparavant, leur tueur avait enlevé Lisa Walsh juste après qu'ils avaient secouru Shannon. Si Norton n'avait pas déjà une autre de ces filles, il serait sûrement en chasse maintenant.

CHAPITRE 20

M. Walsh avait une chevelure foncée, un visage aussi émacié que celui d'un drogué à la méthamphétamine, et un nez trois fois plus large que nécessaire. Ses yeux bleus étaient cernés de rouge, lui donnant l'air aussi défoncé qu'un fan de Bob Marley. La lèvre de Walsh tremblait quand il apprit la raison de leur visite.

— Quand ils ont appelé, je... je n'arrivais pas à y croire.

Walsh les conduisit à travers un salon jonché de linge sale jusqu'à la cuisine où il leur fit signe de s'asseoir sur les tabourets de bar, puis s'attaqua au comptoir en Formica couvert de miettes avec une éponge sale. Une tache grise s'étala sur la surface. Il essuya à nouveau, et la tache s'élargit.

Morrison s'assit sur l'un des tabourets et posa son bloc-notes sur ses genoux. La lumière du soleil de l'après-midi filtrait par la fenêtre de la cuisine et éclairait le comptoir et les placards. Elle illuminait également un vieux fusil Ruger, le fût en bois éraflé et poussiéreux, monté au-dessus de la cuisinière.

Petrosky s'appuya contre le comptoir et le désigna d'un geste. — Une pièce maîtresse intéressante.

— Après la disparition de Lisa... je suppose qu'on n'est jamais trop prudent. Walsh se retourna vers l'évier, les épaules affaissées comme s'il portait un lourd fardeau sur le dos.

Le regard de Petrosky balaya les placards, le sol, le mur. Le sol collant aurait fait vomir Mme Salomon, mais ce n'était pas la cuisine la plus sale qu'il ait vue. Rien d'inhabituel. — Donc, vous avez toujours soupçonné un acte criminel ?

Les épaules de Walsh se voûtèrent, mais il ne se détourna pas de l'évier. — Bien sûr que je soupçonnais un acte criminel. Elle avait un fort caractère, mais c'était une bonne fille. Elle était dans l'orchestre, avait de bonnes notes.

Ses notes avaient été des A et des B — ils avaient vérifié. Mais elles étaient tombées à des B et des C le semestre avant sa disparition. Cette baisse des notes avait été jugée comme une preuve suffisante d'une adolescente en difficulté : une fugueuse, pas une victime d'enlèvement. — Que s'est-il passé avec ses notes cette dernière année ?

Walsh se raidit. — Il y avait juste quelque chose de... bizarre, je suppose. Elle ne voulait jamais rentrer à la maison le soir. Elle s'énervait contre moi quand j'essayais de la garder à la maison pour étudier. Elle est devenue plus en colère... presque nerveuse.

Ça ressemblait à des conneries normales d'adolescents, bien qu'ici c'était probablement une réponse aux tentatives de Norton de la manipuler. Mais quand même, qu'est-ce qui avait éloigné Walsh des devoirs et des répétitions de l'orchestre et l'avait conduite dans les bras d'un psychopathe ?

Petrosky fixait le dos de Walsh tandis que celui-ci

ouvrait le robinet et plongeait ses mains dans l'évier plein de mousse.

— Que pensez-vous qu'il se soit passé, M. Walsh ? Avec ses notes ?

— Je pensais que c'était le changement d'environnement. Il renifla. — Une fois le collège commencé, elle est devenue une personne différente : heureuse une minute, hurlant la suivante. Je me suis dit que c'était à cause des hormones, vous savez ? Des trucs de filles.

Le stylo de Morrison grattant le papier se mêlait au bruit des assiettes qui s'entrechoquaient et au clapotis de l'eau savonneuse. Goutte, grattement, clang — une comédie musicale presque aussi horrible que *Cats*, celle où Julie l'avait traîné l'année avant qu'elle ne-

Stop. — Qu'en disait sa mère ? demanda Petrosky. Parfois les mères avaient plus de perspicacité sur les situations amoureuses de leurs filles — les petits amis. Son ex-femme avait-elle su quelque chose qu'il ignorait à propos de Julie ?

— Sa mère était... en colère. À cause de son comportement rebelle. Walsh prit un bol et l'attaqua avec une brosse, bien qu'il semblât déjà propre. — Elle me blâmait, je pense, d'être trop dur avec Lisa. Sa voix se brisa. Du regret ? De l'agitation ? Probablement les deux.

— Où est votre femme maintenant ?

— Ex-femme. Il soupira. — Elle est partie l'année après la disparition de Lisa. Elle a dit qu'elle avait besoin de s'éloigner. Comme si on pouvait un jour s'éloigner de la perte d'un enfant. Sa voix se brisa.

Petrosky refoula la douleur dans sa poitrine au plus profond de son ventre. Walsh n'avait toujours pas répondu à la question. — Nous aurons besoin de lui parler, M. Walsh. Où vit-elle maintenant ?

— À Sterling Heights. Mais je l'ai appelée quand j'ai eu

des nouvelles de votre... morgue. Il s'étrangla, déglutit, et se tourna finalement vers Petrosky, les yeux aussi humides que la vaisselle. — Elle sera bientôt là pour qu'on puisse organiser les funérailles.

Petrosky laissa à Walsh un moment pour se ressaisir. Puis : — Vous avez mentionné que l'humeur de Lisa était imprévisible ?

— Oui. Mais elle restait une bonne fille. Elle est juste devenue un peu folle des garçons.

Folle des garçons. Donc il savait *quelque chose* même s'il n'était pas au courant de Norton en particulier. — Pourriez-vous être plus précis ?

— Je l'ai entendue dire à une de ses petites amies qu'elle avait un petit ami. Je n'y ai pas trop pensé, je me suis dit que c'était un béguin de cour d'école — je veux dire, elle n'avait que *quatorze ans*. Je ne pensais pas que c'était sérieux. Il jeta un coup d'œil au comptoir devant Morrison et reprit l'éponge. De l'eau sale s'accumula, se déversant sur le linoléum aux pieds de Walsh avec un bruit de goutte-à-goutte semblable à quelqu'un urinant sur un sac en plastique. — Mais j'ai vraiment commencé à m'inquiéter après avoir entendu la mère de Becky.

— C'est elle qui vous a dit que Lisa était peut-être impliquée avec un homme plus âgé ?

— Oui. Becky était une des amies de Lisa. Elle l'a vue au parc avec un type plus âgé, et ça l'a effrayée parce qu'elle ne le connaissait pas. Elle a dit qu'il avait son bras autour de Lisa. L'angoisse marqua ses traits. Il fixait l'eau qui gouttait mais ne fit aucun geste pour l'éponger.

— Becky vous a-t-elle dit à quoi il ressemblait ?

— Elle ne l'a pas bien vu. Elle a juste dit qu'il était plus âgé. Je crois qu'elle a mentionné une barbichette ?

Cette partie ne figurait pas dans le dossier. Une barbichette était un excellent moyen de déguiser son apparence rapidement, et savoir que Norton l'avait utilisée dans le passé pourrait les aider à créer le portrait-robot mis à jour.

— De quelle couleur était sa pilosité faciale ?

Walsh fronça les sourcils, secoua la tête. — Aucune idée. Je ne suis pas sûr qu'elle l'ait jamais dit.

— En avez-vous parlé à Lisa ?

— Bien sûr que je l'ai fait ! s'exclama-t-il en levant les mains, ses doigts encore mouillés projetant des gouttelettes d'eau sur les placards supérieurs. Ça n'a servi à rien. D'abord, elle a dit que la mère de Becky mentait, puis qu'elle se trompait, et enfin, elle m'a dit qu'elle avait presque quinze ans, que ça ne me regardait pas, avant de claquer la porte de sa chambre.

Un faible sourire effleura ses lèvres.

— J'aurais pensé que ce tempérament de feu aurait pu l'aider, mais peut-être que ça n'a fait qu'aggraver les choses.

Ses yeux se remplirent de larmes.

— Je me disais que c'était pour ça qu'il... avait abîmé ses pieds. Elle lui aurait mené la vie dure.

L'estomac de Petrosky se noua. Woolverton avait dû parler des orteils à Walsh, et il avait probablement adoré chaque seconde, ce salaud malade et ringard. Avec un peu de chance, leur médecin légiste incompétent n'avait pas montré au père le trou béant dans l'épaule de Lisa — ni ne lui avait dit ce qui l'avait causé. Petrosky savait mieux que quiconque à quel point ces détails vous rongeaient le cœur.

— Combien de temps après l'appel de la mère de Becky Lisa a-t-elle disparu ?

— Quelques jours. La police pensait qu'elle s'était enfuie, mais je savais que ce n'était pas le cas. Elle n'aurait jamais quitté ses amis ou l'école, pour personne.

Sa voix monta sur les derniers mots, comme si sa rage et son chagrin s'accumulaient en une tempête qui pouvait à tout moment exploser de son corps.

— Mais si j'avais su alors ce que je sais maintenant, je l'aurais enfermée jusqu'à ses trente ans.

— Savez-vous où est Becky maintenant ?

— Elle est morte l'année dernière, dit-il d'une voix adoucie. Leucémie.

Adieu notre nouveau portrait-robot. — Vous souvenez-vous de quelque chose d'inhabituel autour de la période de la disparition de Lisa ?

Walsh secoua la tête.

— J'aimerais pouvoir. J'aimerais pouvoir me souvenir de tout. Je repasse constamment chaque détail, je rejoue nos conversations, je cherche quelque chose que j'aurais pu faire différemment. Mais... je ne surveillais manifestement pas d'assez près.

Le claquement de la porte d'entrée fit sursauter Walsh si violemment que le bol propre sur le comptoir derrière lui heurta son coude, tomba dans l'évier et se brisa contre un autre plat.

Petrosky se retourna brusquement pour voir une grande femme, un mètre soixante-quinze sans talons, débouler dans la cuisine, le visage rose vif et luisant de sueur ou de larmes, ou les deux. Elle pila net en voyant Morrison et Petrosky. Petrosky montra rapidement son badge, et ses yeux s'écarquillèrent davantage.

— Je ne savais pas qu'il y aurait des flics ici. Pourquoi êtes-

— Voyons, Stacey... commença M. Walsh.

La femme pointa un doigt vers Petrosky comme s'il s'agissait d'une arme.

— Vous n'êtes pas censés être dehors à essayer de trouver celui qui a fait ça ?

— Nous sommes ici pour essayer de trouver celui qui a fait ça, dit Petrosky avec un calme plus prononcé qu'il ne le ressentait. Peut-être pouvez-vous nous aider.

Elle croisa les bras, tremblant si fort que Petrosky craignit qu'elle ne s'effondre.

— Pourquoi ne vous asseyez-vous pas, madame.

— Je n'ai pas besoin de m'asseoir.

Mais elle se dirigea vers la table de la cuisine derrière elle et s'affaissa sur une chaise.

— C'est juste horrible. Et dire qu'il... qu'elle... Je veux dire, je pense que je savais d'une certaine façon qu'elle était peut-être morte, mais j'ai l'impression qu'il me manque une partie de moi-même, que quelque chose ne va pas du tout et...

Les mots sortaient rapidement, presque de manière maniaque, comme si elle avait fumé du crack. Intensément. Ses pieds vibraient avec assez d'énergie pour botter les fesses d'un lutteur de sumo, et sa bouche ne cessait de bouger : se mordant les lèvres, mâchant sa joue. Anxiété, traumatisme dû à la nouvelle concernant sa fille, ou simplement du chagrin ? Mais au vu du tic au coin de son œil, Petrosky pouvait presque croire qu'elle se sentait coupable. Avait-elle su davantage sur le petit ami de sa fille, peut-être été compréhensive envers Lisa qui sortait avec quelqu'un ? Peut-être avait-elle même soupçonné que le petit ami était plus âgé et l'avait-elle caché à son mari.

Petrosky fit un pas vers elle.

— Savez-vous pourquoi votre fille a commencé à agir étrangement au cours de ces derniers mois ?

— Lui.

Elle pointa du doigt M. Walsh.

Lui. Derrière Petrosky, M. Walsh poussa un cri stupéfait, mais Petrosky ne se retourna pas. Walsh avait-il... fait du mal à sa propre fille ? Était-ce pour cela qu'elle pensait normal qu'une enfant de son âge soit impliquée avec un homme plus âgé ? Peut-être que Lisa cherchait quelqu'un pour la protéger, pour l'aimer.

— Qu'a-t-il fait à Lisa ? lança Petrosky, beaucoup plus durement qu'il ne l'avait voulu. Il serra le poing contre sa cuisse pour éviter de frapper le salaud.

— Il lui criait dessus tout le temps. Il essayait de la faire rester à la maison après l'école.

— Elle avait des devoirs, intervint M. Walsh. Elle était en train d'échouer...

— C'était une *enfant*.

La femme bondit si vite que Petrosky dut reculer d'un bond pour éviter d'être frappé par ses mains agitées.

— Elle avait besoin d'être une enfant. Tu l'as repoussée.

— Et concernant des abus ? demanda Petrosky, presque en chuchotant, pour que M. Walsh n'entende pas. La question ne resterait pas secrète longtemps, mais au moins il pouvait observer leurs réactions séparément.

— Des abus ? Ses sourcils se froncèrent. Comme la frapper ?

— Ou sexuels.

Sa mâchoire tomba. Pur choc.

M. Walsh souffla depuis la cuisine.

— Maintenant, attendez une minute...

— Ne bougez pas, monsieur, dit Morrison, et le type cessa de remuer.

Petrosky recula et se retourna pour pouvoir les voir tous les deux. Et l'arme sur le mur. Petrosky étudia M. Walsh, la bouche de l'homme ouverte d'horreur, les yeux moins sur la défensive et plus surpris.

— Ce n'est pas une attaque. Mais nous devons couvrir toutes les pistes si nous voulons trouver le meurtrier de votre fille.

Au mot *meurtrier*, l'ex-Mme Walsh s'effondra presque sur sa chaise et enfouit sa tête dans ses mains. M. Walsh traversa la cuisine et posa une main sur son dos, maladroitement, son visage un masque de douleur.

— J'apprécie que vous fassiez simplement votre travail, dit-il finalement. Mais je ne pense pas avoir autre chose qui puisse vous aider.

Il fit un geste vers le couloir.

— Vous avez demandé ses affaires ; sa chambre est la dernière à droite. Tout est resté comme le jour de son départ. S'il vous plaît, essayez de garder les choses en l'état.

Petrosky et Morrison laissèrent le couple dans la cuisine et se dirigèrent vers la chambre de Lisa. Des murs à motifs cachemire, une couette à volants. Trop girly au goût de Julie. La pièce elle-même dégageait cette ambiance rance de préadolescente, mais il y avait un courant sous-jacent qui était terriblement... vacant. Dans les pièces habitées, le potentiel semblait émaner des objets eux-mêmes, chaque élément reflétant la vie et de nouvelles découvertes. Ici, comme dans la chambre de Julie, le vide lui hurlait depuis les coins les plus profonds : un potentiel volé, des découvertes jamais faites. Peut-être qu'un jour, le père de Lisa en ferait un bureau, ou peut-être qu'il dormirait ici sous ses affiches en essayant de se rappeler à quoi ça ressemblait quand elle était encore en vie. Peut-être qu'éventuellement, le cher papa apporterait aussi le fusil au lit.

Petrosky et Morrison fouillèrent rapidement, sous le lit, autour de la bouche d'aération, dans les tiroirs. Dans les poches du manteau de Lisa, ils trouvèrent deux sucettes et un numéro de téléphone, bien qu'il se soit avéré être déconnecté. Morrison dit qu'il vérifierait plus tard. Au fond du placard, quelques feuilles de papier de cahier, pliées en hexagones ou en Pac-Man en papier — des bavardages de filles dans une écriture assez brouillonne pour avoir été faits des années avant sa disparition. Des devoirs qui auraient pu dater de l'école primaire. Rien d'utile pour eux.

Petrosky tendit une carte de visite à M. Walsh en partant. — Si vous pensez à autre chose, appelez-nous s'il vous plaît.

— Vous pensez que vous l'attraperez ?

— C'est le plan, dit Petrosky.

Mais les plans échouaient.

— Si vous le faites, laissez-moi cinq minutes seul avec lui. La voix de Walsh était étrange. Probablement de l'impuissance ; il savait sûrement qu'il n'aurait jamais cette chance.

— Je vous le laisserais si je le pouvais, monsieur, dit Petrosky. *Peut-être que je le tuerai moi-même.*

Leur prochain arrêt était la maison d'Harriet Smith, une des filles sur la liste de Morrison des possibles victimes d'enlèvement. Son père ouvrit la porte — cheveux noirs et yeux enfoncés qui s'assombrirent quand il vit Petrosky.

— Monsieur Smith ?

Il le fusilla du regard.

— Je suis le détective Petrosky, et voici le détective Morrison. Nous devons vous poser quelques questions sur votre fille. La poitrine de Petrosky vibrait avec trop de café hippie. Il enfonça ses mains dans ses poches pour se stabiliser.

— Harriet ? Ou Monique ?

— Harriet.

— Qu'est-ce que cette fille a encore fait ?

Petrosky et Morrison échangèrent un regard. — Il s'agit de sa disparition. Nous devons vous interroger sur l'homme qu'elle fréquentait.

Smith croisa les bras et eut un sourire narquois. — J'ai fait fuir ce petit con. C'était plus un homme quand il s'est pissé dessus tout le chemin jusqu'à chez sa maman.

— C'était un garçon ?

— Tu peux parier ton cul. Un petit con de l'école d'à côté. Je lui ai dit qu'elle ne sortait plus avec lui.

— Vous avez eu cette conversation avant qu'elle ne parte ?

— Ouais. Et encore une fois, quand elle est revenue.

Le dos de Petrosky se crispa. — Vous n'avez jamais appelé la police pour signaler son retour ?

— Ils ont dit de ne pas les appeler, qu'ils m'appelleraient. Il sourit. — J'ai pensé leur rendre la pareille.

— Il me semble que vous essayez de faire perdre du temps à la ville. Peut-être aimeriez-vous venir au poste pour un faux rapport de police.

— Je n'ai pas déposé...

Une chaleur brûlante envahit la poitrine de Petrosky comme des fers chauds. — Vous avez signalé la disparition de votre fille. Elle n'est pas disparue, enfoiré.

Morrison saisit le bras de Petrosky.

Le visage de M. Smith se tordit de rage et d'appréhension — ils étaient flics après tout.

— Dites bonjour à votre fille de notre part. Petrosky cracha du porche. Smith n'en valait pas la peine.

Morrison passa des coups de fil pendant que Petrosky les conduisait à un fast-food pour un déjeuner tardif — ou un dîner précoce. Il était toujours au téléphone quand Petrosky se gara.

— Je vais nous trouver une table. Petrosky le laissa dans la voiture et entra à grands pas dans le restaurant où il fut accueilli par une femme beaucoup trop souriante aux dents brillamment blanches, à la peau d'ébène et au rouge à lèvres couleur sang frais. — Une personne ?

— Deux.

— Par ici.

Le vacarme des couples, des enfants et des couverts les suivit à travers le restaurant. Ils s'arrêtèrent à un box d'angle tapissé de vinyle orange grinçant — d'apparence collante, mais au moins les box adjacents étaient vides. Petrosky laissa les menus sur la table et alla aux toilettes pour s'asperger le visage d'eau, son cœur frémissant dans sa poitrine. Sa peau semblait aussi un peu verte, mais c'était peut-être dû aux néons au-dessus du lavabo. Le sevrage. Ce serait bientôt fini. Il se frappa le sternum du poing, comme un gorille, et fixa son reflet d'un air renfrogné.

La serveuse était à la table quand il revint. — Un café ?

Pourquoi sourit-elle autant, bordel ? — Bien sûr. Petrosky prit une dose individuelle de crème, se ravisa et la rejeta dans le bol.

Heureusement, Morrison ne le fit pas attendre. — Le numéro de téléphone est une impasse. Juste une autre petite fille de l'école de Lisa à l'époque, depuis déménagée dans un autre État. Avec quelques autres appels, j'ai rayé quatre autres arrêts de la liste : deux fugueuses décédées — une overdose, une fusillade en voiture — pas notre gars. Les deux décès ont eu lieu dans d'autres États, c'est pourquoi ils n'apparaissaient pas dans nos dossiers. J'ai eu deux autres retours réussis qui n'ont pas été signalés. Quelques autres parents n'ont rien d'autre à nous dire, bien que nous irons quand même fouiller ce qu'il reste des affaires des filles. On peut rencontrer quelques autres familles aujourd'hui, y compris les parents d'Ava Fenderson — la fille aux chaussettes roses. Il prit son menu.

— Que puis-je vous apporter, les gars ? Le rouge à lèvres de la serveuse avait bavé sur une canine comme si elle venait de déchirer la gorge de quelqu'un.

L'estomac de Petrosky se retourna.

— Du pain grillé complet, nature, dit Morrison.

Petrosky fronça les sourcils. — Du pain grillé ? Quoi, t'es devenu végétarien maintenant ? Mais du pain grillé semblait plutôt bien en fait.

— J'ai juste besoin de quelques grains pour tenir l'après-midi. Je ne suis pas sûr de pouvoir supporter un burger gras. Morrison leva les yeux vers leur serveuse. — Sans offense.

Son sourire n'atteignait pas ses yeux — comme s'il était plâtré. Ses muscles faciaux devaient probablement lui faire un mal de chien à la fin de la journée.

— Je prendrai la même chose, dit Petrosky.

Quand elle fut partie, Petrosky se tourna vers Morrison. — Tu t'es bien débrouillé, petit.

— C'était un compliment ? Morrison porta la main à sa poitrine d'un geste théâtral. — Mon cœur va s'arrêter !

— Ne t'y habitue pas, ma petite Nancy.

— Vraiment, tu vas continuer avec tous ces Nancy-

— Ce n'est pas comme si tu avais besoin de ta virilité. Petrosky but une gorgée de café, qui lui brûla l'estomac comme de l'huile bouillante. — Soyons honnêtes, fiston : ta femme a assez de couilles pour vous deux.

CHAPITRE 21

La maison des Fenderson se trouvait dans un quartier en voie d'embourgeoisement. Les parents d'Ava se tenaient debout à côté de canapés en cuir beige, usés mais propres, face à un téléviseur à écran plat. La pièce sentait le produit au citron pour meubles, mêlé à l'odeur de hot-dogs bouillis que quelqu'un avait probablement préparés pour le déjeuner. Sur la cheminée d'un blanc immaculé, les cheveux orange flamboyant d'Ava semblaient presque crier « Regardez-moi ! » au-dessus de l'enfant aux cheveux bruns, probablement un frère ou une sœur, assis sur ses genoux. Le plus jeune avait quatre ans tout au plus. Trop jeune pour savoir quoi que ce soit d'utile. Petrosky détourna son regard de la photo lorsque les iris bleu vif d'Ava se transformèrent en yeux laiteux d'un cadavre. Les chaussettes. Norton l'avait, n'est-ce pas ? Elle, et combien d'autres ? Combien de filles mourraient avant qu'ils ne l'attrapent enfin ?

Mme Fenderson avait les mêmes cheveux roux que sa fille. Elle était assise en face de Petrosky sur la causeuse, les mains jointes entre ses genoux comme si ses doigts risquaient de s'enfuir si elle ne les serrait pas assez fort. Son mari était perché sur l'accoudoir du canapé, un bras musclé autour des épaules de sa femme. Stoïque. Protecteur.

— Merci de nous recevoir si rapidement, dit Morrison.

Les Fenderson hochèrent la tête comme une paire de nageurs synchronisés. Mais là où M. Fenderson portait un masque de chagrin, le visage de Mme Fenderson était pincé comme si elle venait de goûter quelque chose d'amer.

— Alors, commença-t-elle, vous avez du nouveau concernant Ava ? Peut-être ?

Petrosky jeta un coup d'œil au visage impassible de Morrison avant de revenir aux Fenderson.

— Nous n'en sommes pas sûrs, madame. Je suis certain que mon partenaire ne voulait pas vous donner l'impression que nous...

— Non, non, il ne l'a pas fait. J'espérais juste.

Elle renifla. Ses yeux restèrent secs.

Le toast gargouilla dans l'estomac de Petrosky.

— Nous avons besoin d'informations sur l'homme que fréquentait votre fille quand elle...

— Fréquentait ! tonna M. Fenderson, son chagrin se transformant en rage, son visage s'assombrissant jusqu'à en devenir presque violet. Ce n'était pas fréquenter. C'était... c'était...

Explosif. Il ne s'attendait à rien de moins de la part d'un père endeuillé.

— Monsieur Fenderson, je suis d'accord que celui que votre fille fréquentait était une ordure. Ce que je ne sais pas, c'est s'il était suffisamment une ordure pour l'enlever.

Mme Fenderson pâlit. Le visage de M. Fenderson reprit une teinte plus normale, bien que le rose restât haut sur ses pommettes.

— Que pouvez-vous me dire sur cet homme ? demanda Petrosky.

M. Fenderson regarda sa femme.

— Je ne l'ai vu qu'une fois, environ un mois avant la disparition d'Ava, dit-elle doucement, avec hésitation, comme si elle essayait d'éviter d'exprimer ses pires craintes. J'étais allée la chercher à la bibliothèque, et elle marchait devant avec lui. Ils se tenaient la main.

Elle grimaça.

— Ils m'ont vue, et il est parti en courant.

— Il faudra que vous veniez au commissariat. Pour nous faire un portrait-robot.

Mme Fenderson renifla à nouveau.

— J'irai aujourd'hui. J'aurais aimé que tout cela soit fait plus tôt.

Elle baissa les yeux sur ses mains.

— Je veux dire, je suppose qu'ils ont pris sa description et en ont parlé aux informations. Je pense qu'ils l'ont vraiment cherchée, mais elle avait tout simplement disparu. Pourtant... je ne peux pas m'empêcher de penser que si nous avions fait plus, si la police avait fait plus à l'époque, nous l'aurions ramenée à la maison.

Petrosky ignora le reproche. Il souhaitait la même chose.

— Vous a-t-elle donné un nom ?

Elle pinça les lèvres.

— Pas au début. Mais j'ai trouvé un mot dans sa poche une fois en faisant la lessive. D'un certain Andy. J'aurais aimé l'avoir gardé.

Andy. Pas Adam. *Merde*. Mais bien que ce ne soit pas le même, Andy était proche d'Adam, le nom que Norton utilisait lorsqu'il vivait avec Janice et kidnappait la femme d'un flic.

— Son nom de famille ?

Nouveau hochement de tête synchronisé.

— Ava a dit qu'elle ne le connaissait pas, répondit Mme Fenderson.

— A-t-il déjà appelé ici ?

La plupart des adolescents utilisaient leur propre portable pour ce genre de choses, mais la police avait sûrement déjà vérifié ça.

— Jamais, ce salaud sournois, intervint cette fois M. Fenderson. Rien non plus sur son téléphone.

Norton devait avoir un autre moyen de la contacter. Peut-être lui avait-il donné un téléphone prépayé.

— À quoi ressemblait-il ?

Mme Fenderson plissa les yeux.

— Vingt ans, peut-être. Il avait son chapeau enfoncé, alors c'était difficile de voir son visage. Mais je me souviens qu'il avait une barbichette.

Exactement comme l'avait dit l'ami de Lisa Walsh.

— La couleur ?

— Blonde.

Donc il était revenu à sa couleur naturelle.

— Taille et poids ?

— Dans la moyenne. Peut-être 1 mètre 78 ? Il portait un manteau aussi, mais il semblait... costaud. Pas gros, mais trapu, comme s'il faisait de la musculation.

L'enlèvement d'Ava Fenderson avait eu lieu plus de huit mois après la disparition de Lisa Walsh. Largement le temps de se muscler. Et d'après le profil de poids de la police scientifique, il semblait que Norton avait gardé ce poids. De bonnes informations, mais Petrosky aurait préféré un criminel qui fréquentait les drive-in plutôt qu'un qui s'était mis à la musculation. Cette détermination n'augurait rien de bon pour les victimes. Si Norton avait encore d'autres filles cachées, il pouvait utiliser cette même force motrice pour élaborer des plans plus sinistres et les mettre à exécution. Et prendre du muscle prenait du temps ; non seulement il était déterminé, mais il était aussi patient. Méthodique. *Pas de chance.* Les hommes impulsifs étaient plus faciles à attraper – ils faisaient plus d'erreurs.

— Des marques distinctives ? Des tatouages, des cicatrices ? De l'acné ?

— Euh... il portait des manches longues, donc je ne suis pas sûre pour les tatouages, dit Mme Fenderson. Mais je crois qu'il avait de l'acné le long de la mâchoire sous cette capuche – sa pilosité faciale était plus fine là, en tout cas. Pas que quelques boutons vous aideraient maintenant.

Les boutons ne les aideraient peut-être pas, certes. Mais Petrosky avait rencontré Adam Norton, et le type avait eu les mêmes marques à l'époque aussi. Et ce n'étaient pas des boutons – c'étaient des cicatrices.

Il attendit qu'elle détourne les yeux avant de parler à nouveau.

— Ava le voyait-elle souvent ?

Mme Fenderson baissa la tête tandis que M. Fenderson relevait la sienne.

— Pas que je sache, dit-il. Mais elle avait quelques... problèmes. Ses notes ont un peu baissé. Elle fumait de l'herbe et buvait. Elle a même séché les cours quelques fois et a commencé à partir sans nous dire où elle allait. Nous avions appelé la police deux fois avant cette dernière fois, mais elle rentrait toujours avant même que nous ayons fini la paperasse. Je suis sûr que c'était à cause de lui. Si nous avions su...

Norton n'était peut-être pas le seul responsable des problèmes d'Ava, mais il n'avait sûrement pas aidé. Préparer une victime prenait du temps et de la patience. S'il pouvait la convaincre de sécher les cours, peut-être pouvait-il la convaincre de venir chez lui. Et une fois qu'il aurait fait ça...

— C'est pour ça qu'ils ont pensé qu'elle s'était enfuie, n'est-ce pas ? La voix de Morrison était douce.

— Oui, dit M. Fenderson, tout aussi doucement. Et elle est bien partie cette nuit-là, elle s'est enfuie d'ici en chaussettes et sandales malgré la neige. J'ai essayé de la suivre, mais le temps que j'enfile mes bottes, elle avait disparu. Elle a dû passer derrière la maison d'un des voisins, et je suis parti dans la mauvaise direction. Je pensais vraiment qu'elle aurait froid et reviendrait. (Il grimaça.) Nous n'avons jamais cru qu'elle avait l'intention de partir pour de bon. N'est-ce pas, Nora ? Nous ne l'avons jamais cru. Elle n'aurait pas fait ça. (Il fixa sa femme d'un regard dur. Elle baissa les yeux vers ses genoux.)

— Nous aimerions jeter un coup d'œil à ses affaires, dit Petrosky.

M. Fenderson se leva. — Je me demandais pourquoi ils ne l'avaient jamais fait avant. Ils ont juste vérifié si son sac avait disparu, même si je leur ai dit qu'il était près de la porte d'entrée — qu'elle l'avait attrapé en partant. (Il fronça les sourcils.) Les officiers ont pris son ordinateur. Ils nous l'ont rendu quand ils n'ont rien trouvé d'incriminant, aucune preuve qu'elle discutait avec un petit ami en ligne. Et elle s'est enfuie au milieu d'une dispute — ça ne ressemblait pas à quelque chose de planifié à l'avance.

Donc Norton n'avait pas séduit Ava via un chat en ligne ou par e-mail. Et sans rien sur son téléphone, les SMS et les appels étaient exclus, et il n'y avait probablement pas de cabine téléphonique à moins de huit kilomètres. *Enfoiré sournois.* Ça devait être un téléphone jetable. Et ceux-là étaient presque impossibles à tracer. — Sa chambre, monsieur ?

— Au bout du couloir, dernière porte à droite.

Encore une chambre de petite fille laissée exactement comme elle était, bien que les traces d'aspirateur racontaient une histoire différente de celle des Walsh — quelqu'un venait ici régulièrement, faisant le ménage pour un improbable retour. Cela rendait la pièce d'autant plus déchirante.

Morrison saisit la poignée de la porte du placard tandis que Petrosky ouvrait le tiroir supérieur de la commode. Il poussa de côté les chaussettes et les sous-vêtements. Rien d'autre que des vêtements. *Faites qu'elle soit juste une fugueuse.* Il ne pouvait qu'espérer qu'Ava Fenderson n'était pas avec l'homme qui avait empalé Lisa Walsh. L'homme qui avait regardé Lisa mourir, qui l'avait écoutée hurler alors qu'un pieu déchirait lentement ses entrailles. *Bon Dieu.* Petrosky toussa pour masquer un haut-le-cœur.

Morrison secoua un manteau et le remit en place. En sortit un autre.

Petrosky s'agenouilla et regarda sous le lit. *Trop facile. Pense comme une adolescente.* Il écarta la couette et souleva le matelas. Rien. Il laissa retomber le lit et grimpa dessus, passant sa main entre le matelas et la tête de lit.

— Jackpot, marmonna Morrison, et Petrosky se releva si vite que la pièce se mit à tourner, et il dut s'agripper à la table de chevet pour ne pas tomber.

— Patron ?

Petrosky chassa son vertige. — Je me suis levé trop vite, c'est tout. *J'ai besoin d'un verre.* — Qu'est-ce que tu as ?

— Une boîte de CD. (Morrison souleva le conteneur d'une main.) Quel gamin écoute encore des CD ?

Petrosky le fixa du regard. Que diable faisaient les gamins au lieu d'écouter de la musique ?

Morrison était déjà à genoux devant la boîte, vérifiant un CD à la fois. Trois boîtiers étaient vides. Cinq autres contenaient les disques intacts. Un contenait un sachet de weed. Morrison les empila sur le sol.

Petrosky regarda autour de la pièce. Aucun lecteur de

disques en vue. Et elle aurait été trop jeune pour avoir une voiture qui aurait rendu les CD nécessaires.

Morrison ouvrit un autre boîtier. — De l'argent.

Merde. Si elle avait laissé son argent, elle avait prévu de rentrer. Petrosky examina le CD des Squirrel Nut Zippers et la liasse de billets de vingt dollars à l'intérieur. — Ça doit faire dans les deux cents dollars. *Et quel gamin écoute ces conneries ?*

— C'est beaucoup d'argent pour une gamine de quatorze ans à cacher.

Petrosky acquiesça. — Pas de boulot, et je doute que papa et maman soient au courant. (Il plongea la main dans la boîte et sortit sa propre pile de CD, en ouvrant un, puis un autre. Juste de la musique.)

Puis —

Son cœur se raidit, se serra, et reprit vie en tremblant. Du papier blanc de cahier. Et dire qu'il pensait que ces gamins ne faisaient qu'envoyer des SMS.

Mais ce n'était pas l'écriture d'un enfant. Des lettres majuscules : *AVA*. Il aurait pensé qu'elles étaient tapées s'il n'y avait pas eu les marques, le léger épaississement de l'encre à chaque point de départ et d'arrêt. Un stylo. Peut-être qui coulait, mais certainement pas une imprimante laser.

Petrosky plissa les yeux sur les mots, puis retourna la page. — Merde, murmura-t-il. Sa poitrine était en feu.

Au dos, le gars avait signé *Andy* d'une écriture bouclée. Et il avait écrit une autre ligne en lettres majuscules :

Profite de la musique. N'oublie jamais, tu es ma fille n°1.

CHAPITRE 22

Le lundi matin se leva froid, gris et misérable. Petrosky était assis au bord de son lit et fixait la bouteille de Jack à moitié pleine. Sa tête tournait, pas aussi violemment que la veille au matin, mais suffisamment pour lui faire souhaiter une heure ou trente de sommeil supplémentaire.

Ressaisis-toi, Petrosky. Mais il n'y arrivait pas. Il serait la même merde qu'hier, à patauger et poser des questions pendant que Morrison écrirait parce qu'ils savaient tous les deux qu'il n'était pas assez stable pour écrire lisiblement.

Ils avaient visité quatre autres maisons la veille au soir mais n'avaient rien trouvé — pas de notes, personne d'autre qui avait vu le petit ami. Avec un peu de chance, la note trouvée dans la chambre d'Ava Fenderson avait déjà été analysée par la police scientifique.

Ils avaient besoin de quelque chose sur quoi travailler.

Le cerveau de Petrosky essayait de percer son crâne. Il se leva, mais un vertige le força à se rasseoir.

Pourquoi n'avait-il pas remarqué que les CD étaient un indice important ? Ava n'avait même pas de lecteur CD dans sa chambre ; Norton avait probablement récupéré toute la boîte chez Goodwill pour cinq dollars. Au moins, leur tueur était aussi nul en technologie que Petrosky.

Mais quand même — il aurait dû le remarquer. Il devait faire mieux. Morrison et Shannon et Evie et Henry... Sans eux, il aurait peut-être complètement abandonné à ce stade.

La bouteille lui fit un clin d'œil, criant pratiquement : « Bois-moi ». Il ne croyait pas aux signes ; c'était pour les hippies new age et les types comme Morrison.

Mais ce petit éclat sur son Jack — c'était définitivement un signe.

Petrosky saisit la bouteille par le goulot, l'étranglant comme il voulait étrangler le salaud qui enlevait des petites filles et les transformait en son harem personnel, ou peut-être comme il voulait s'étrangler lui-même. La culpabilité, le chagrin — ils ne finissaient jamais. Ne finiraient jamais.

Petrosky dévissa le bouchon et porta la bouteille à ses lèvres. Le feu brûla son chemin jusqu'à son estomac, et ses entrailles se crispèrent, essayant de refuser l'alcool, puis cédèrent. *Bien.* L'alcool se déposerait sûrement mieux que du granola. Et aujourd'hui, il avait du travail à faire — il devait essayer, peu importe à quel point il pouvait être incompétent.

Morrison l'évalua du regard quand il sauta dans la voiture de Petrosky au poste, mais le gamin ne dit rien. Petrosky sortit un autre bonbon à la menthe du paquet dans le tableau de bord et le mit dans sa bouche. Morrison fixa ça aussi, puis ouvrit son dossier manille. — J'ai le portrait-robot de Fenderson, dit-il.

— Toujours pas fatigué de tes petites annonces, hein, Cali ?

Morrison sortit l'image et sourit. — Non. Ça me garde organisé. Contrairement à toi, qui ne sait probablement même pas qui on va voir en ce moment.

— C'est pour ça que je t'ai, Surfer Boy. Petrosky jeta un coup d'œil au nouveau portrait-robot de Norton. Un chapeau couvrait sa tête, mais des cheveux blonds dépassaient à la base. Une fine barbichette blonde, clairsemée, comme si les cicatrices le long de sa mâchoire avaient endommagé ses follicules pileux. Les cicatrices étaient probablement ce que Norton essayait de cacher avec la barbe au départ. Et en dessous du cou, de larges épaules, bien plus imposantes que ce dont Petrosky se souvenait. Cette fois, Norton serait plus difficile à maîtriser.

— Alors, qui allons-nous voir ? demanda Petrosky tandis que Morrison rangeait le croquis.

— Kim Nace, la mère de Margot Nace, qui a disparu il y a un peu plus d'un an — la potentielle victime d'enlèvement la plus récente que j'ai trouvée. Elle avait treize ans. Vue pour la dernière fois par sa mère lors d'une dispute au sujet d'un petit ami plus âgé. Margot s'est enfuie cette nuit-là, n'est jamais rentrée.

— La mère sait qu'on vient ?

— Oui, je l'ai appelée hier soir. J'ai aussi suivi quelques autres pistes — j'ai rayé quelques autres victimes potentielles d'enlèvement de la liste. J'ai également rendu visite à la famille de Casey Hearn en rentrant, mais il n'y avait rien là-bas. Ils avaient déménagé dans une maison plus petite, et toutes ses affaires avaient été jetées sauf quelques boîtes de jouets et de vêtements. Et ses parents n'ont pas rencontré son petit ami, bien qu'ils soupçonnaient que c'était un garçon plus âgé d'une autre école.

— Tu y es allé seul au milieu de...

— M. Hearn travaille pendant la journée. Il a dit que c'était le meilleur moment. Et les autres familles, on peut les voir aujourd'hui.

— Ne joue pas au malin avec moi, California.

— Pas question, Chef. J'essaye juste d'être efficace.

Petrosky saisit le café du porte-gobelet et en prit une grande gorgée. Sa main était stable pour une fois. — Je pensais que tu rentrais chez Shannon quand je t'ai déposé hier soir.

— C'est le cas, juste plus tard. Morrison regarda la tasse tandis que Petrosky reposait le café. — Elle a compris ; elle veut voir ce type derrière les barreaux autant que nous.

Le whisky et le café tournoyaient dans l'estomac de Petrosky, un liquide épais et bouillonnant, mais sa tête était claire. — Je sais qu'elle le veut, mais elle doit aussi être importante. Tout comme Evie. Et Henry. Puis Julie le suppliait de venir la voir au spectacle de talents — *S'il te plaît, Papa, s'il te plaît ?* — et il avait l'impression de se noyer dans un vide profond et sombre. Contre le bas de son dos, son arme était lourde et froide et contenait plus de promesses à ce moment-là qu'il ne voulait l'admettre. Il repoussa cette pensée. Elle le repoussa en retour.

Concentre-toi. Il retrouverait Ava. Il mettrait Adam Norton derrière les barreaux. Alors peut-être qu'il pourrait s'endormir dans le grand sommeil plus paisiblement en sachant que Shannon et les enfants seraient à l'abri de ce maniaque.

Nace vivait dans un parc de mobile homes, à seize kilomètres de chez les Salomon. Des poches de neige et des ruisselets de glace durcie sillonnaient la terre sur le chemin.

Un rideau claqua et ondula dans une fenêtre ouverte comme si Nace essayait de se débarrasser de l'odeur d'herbe — ou de quelque chose de plus fort — avant l'arrivée des flics.

Une femme ouvrit la porte, arborant des boucles orange si vives qu'elles ressemblaient à une perruque de clown frisée même avec les mèches blanches aux tempes. Mais son visage était blafard, gris comme de l'eau de vaisselle sale, et ses yeux étaient troubles, ternes et stupides. La drogue ? L'alcool ?

Est-ce que j'ai l'air de ça ?

— Mme Nace ? dit Morrison.

Elle hocha la tête, la bouche pendante.

— Je suis le Détective Morrison, et voici le Détective Petrosky. Nous nous sommes parlé hier soir.

Elle les fixa du regard.

— À propos de Margot ?

Elle recula. Petrosky pensa qu'elle allait leur claquer la porte au nez, mais alors la porte moustiquaire grinça en s'ouvrant, et elle leur fit signe d'entrer.

À l'intérieur de la caravane, les surfaces brillaient. Des torchons dans la cuisine pendaient soigneusement sur la poignée de la porte du four. Pas de fumée de marijuana persistante comme il s'y attendait, ni l'odeur âcre de plastique brûlé du crack — juste la brise de l'extérieur, fouettant contre les murs bleus. On ne connaît jamais vraiment une personne.

Une photo d'école de Margot avait été punaisée au-dessus du canapé. Elle avait un visage ingrat, du genre qui restera toujours quelconque même sous une couche de maquillage. Peut-être compensait-elle cela avec son débardeur décolleté et un soutien-gorge qui lui faisait une poitrine de star du porno. Morrison avait-il bien dit... *treize ans* ? Il avait envie de donner une veste à la fille, de lui dire de se couvrir, de lui dire que son propre visage était un désastre, mais que ce n'était pas une raison pour montrer ses parties intimes à tout le monde. Mais alors le vent tourbillonna à nouveau dans la pièce, et la photo soupira dans la brise comme si elle était vivante.

Petrosky grimaça.

— Vous voulez vous asseoir ? demanda Nace.

Petrosky regarda le canapé, puis la table. Pas d'autres chaises.

— Nous resterons debout, madame, dit Petrosky.

— Vous voulez boire quelque chose ?

— Non merci, dirent-ils à l'unisson. Il espérait qu'ils ne commenceraient pas à bouger la tête en synchronisation comme les Fenderson, bien qu'il supposât que cela arrivait parfois dans les familles. Ou... entre partenaires.

Morrison sortit son carnet, mais Petrosky lui fit signe. *Donne-le-moi.* Pour une fois, sa main était stable, et il ne faisait pas confiance à sa voix — ses poumons et sa gorge semblaient soudain plus serrés comme s'il attrapait un rhume. Ou la peste.

Morrison haussa un sourcil mais lui tendit le bloc-notes et se tourna vers Nace.

— Comme je l'ai mentionné hier, nous recherchons l'homme qui a été vu avec votre fille l'année dernière.

Mme Nace ne dit rien ; elle s'enfonça juste un peu plus dans le canapé.

Allez, madame.

— Nous savons que vous étiez au courant que votre fille fréquentait un garçon plus âgé.

Lent hochement de tête.

— Vous vous êtes disputées la nuit où elle s'est enfuie ?

Nouveau hochement de tête.

Morrison jeta un coup d'œil à Petrosky.

Petrosky frappa le dossier contre sa paume.

— Réveillez-vous, madame. On se fiche de ce que vous prenez, mais vous devez coopérer avec nous pour qu'on puisse trouver ce connard. Si vous ne pouvez pas le faire ici, on vous emmènera au poste jusqu'à ce que vous dessaouliez et qu'on puisse obtenir ce dont on a besoin.

Ses yeux vides s'éclaircirent progressivement comme si elle prenait enfin conscience de l'endroit où elle se trouvait. Elle déglutit avec difficulté.

— Je ne suis pas... sous l'emprise de quoi que ce soit. C'est juste que... je n'arrive jamais à dormir. Je ne peux pas sortir. Elle frissonna. Je n'arrête pas de penser que je vais passer devant une rue et qu'elle sera allongée là et... désolée. Elle inspira brusquement, puis expira. Je ne l'ai jamais rencontré — je n'ai même jamais vu cet homme, mais je savais qu'il était plus âgé qu'elle à la façon dont elle en parlait. Elle disait qu'il n'allait pas à l'école, alors j'ai pensé qu'il avait déjà obtenu son diplôme. Je lui ai dit que c'était une mauvaise idée, mais...

Bien sûr que c'était une mauvaise idée. Mais les prédateurs savaient quelles filles cibler. Ce n'était même pas les vêtements : les soutiens-gorge push-up et les jupes courtes. C'était dans les yeux — une vulnérabilité tacite.

— Des appels téléphoniques à la maison ? demanda Morrison.

— Nous n'avons jamais eu de téléphone. Elle était toujours en colère à cause de ça, mais c'était un luxe que je ne pouvais pas me permettre.

Morrison sortit la photo et la lui montra.

— Cet homme vous dit-il quelque chose ?

Elle plissa les yeux, secoua la tête. Puis ses yeux s'écarquillèrent, s'illuminèrent, enfin vivants — et furieux.

— C'est lui ? Le type que vous pensez l'avoir enlevée ? dit-elle, chaque mot plus fort que le précédent.

Rien de tel que la rage pour réveiller un enfoiré.

Morrison rangea la photo.

— Nous n'en sommes pas encore sûrs. Que vous a dit Margot à propos de l'homme qu'elle fréquentait ?

— Pas grand-chose ; j'ai découvert la plupart des choses la nuit où elle est partie. Elle voulait aller au cinéma, et j'ai demandé avec qui elle y allait. Elle n'avait que treize ans, ce n'était pas comme si elle était prête à sortir quoi qu'elle en pense avec tous ses shorts courts et... Elle souffla sur une mèche de cheveux orange sur sa joue. Elle se souleva et se reposa sur son visage. Bref, elle a dit qu'il était gentil mais qu'il n'allait pas à son école, qu'il n'allait dans aucune école, ce qui m'a fait me poser des questions. Et elle avait ce collier, une sorte de cœur ? Au début, j'ai pensé que c'était de son école, peut-être pour avoir gagné un concours. Ça semblait trop beau pour ça, mais elle avait séché des cours, raté des examens, et je suppose que j'espérais... que c'était de l'école, espérant que les choses changeaient pour elle.

Les colliers étaient-ils des prix normaux dans les écoles de nos jours ? Les sourcils de Morrison étaient froncés au-dessus de ses yeux plissés.

— Pourquoi pensez-vous que son collier était pour un concours scolaire ?

— Eh bien, elle a toujours bien réussi à l'école. Sa poitrine se gonfla, puis se dégonfla tout aussi rapidement. Je veux dire, avant. C'était plutôt la gravure : Première Place.

Le cœur de Petrosky fit un bond, envoyant un éclair de douleur électrique dans sa mâchoire. Génial. Tout son putain de corps était en train de tomber en morceaux.

— Est-ce que c'était écrit première place, ou était-ce juste un numéro un ? dit Morrison, doucement, lentement.

— Le numéro, mais avec le signe numéro.

Donc Margot Nace *avait* reçu le collier de Norton.

Petrosky repensa au profil psychologique du Dr McCallum — le docteur s'inquiétait que leur suspect soit en train de franchir des paliers, qu'il ait appris des prédateurs qu'il avait fréquentés.

Et Norton l'avait fait. Maintenant, il préparait ses victimes, les amadouait jusqu'à ce qu'elles viennent à lui volontairement. Pas besoin d'enlèvement si elles l'appelaient après une dispute avec leur mère. Pas de grabuge dans la rue. Et quelle sensation pour son amour-propre, d'avoir enfin des femmes — *non, des filles* — qui ne rejetteraient pas son pauvre cul. Norton était devenu arrogant, aussi, montrant son visage en public — comme à la bibliothèque.

Puis rentrant chez lui dans une chambre de torture que Petrosky n'avait pas trouvée.

Pas encore.

— Avez-vous le collier ici ? disait Morrison.

Petrosky serra les dents contre la pression dans sa poitrine.

— Non, elle l'a pris quand elle... Elle frissonna, bien que le vent ait cessé de souffler. La photo de Margot était immobile.

— Pouvez-vous le décrire ? Couleur, taille ?

Elle fit un signe "ok" avec ses doigts, le trou de la taille d'une pièce de 25 cents.

— À peu près de cette taille, en argent. Sur une chaîne en argent. Il pendait jusqu'ici. Elle toucha le centre de sa clavicule.

— Le reconnaîtriez-vous si vous le voyiez à nouveau ? demanda Petrosky. Ils vérifieraient chez les bijoutiers locaux. Combien de personnes faisaient graver le numéro un sur un pendentif ? Et bien que les pendentifs ne fussent probablement pas chers, acheter des bijoux pour chaque fille nécessitait un peu d'argent — on dirait que Janice disait la vérité quand elle affirmait qu'il avait son propre argent, à moins qu'il n'ait trouvé une autre femme à parasiter.

— Oui, je pense. Elle fixa son regard sur Morrison. Vous pensez que vous allez... la retrouver ? Je veux dire... vivante ?

Morrison détourna le regard, probablement en train de visualiser la ruelle et le corps de Lisa Walsh. Peut-être en voyant la bouche suturée de Shannon.

— Je ne suis pas sûr, madame, mais nous l'espérons.

Elle soupira.

— Maintenant, je regrette de ne pas avoir gardé ses affaires. Pas qu'elle rentrerait encore dans ses vêtements, mais... Ses yeux se remplirent de larmes. Peut-être qu'elle rentrera à la maison. Peut-être qu'alors je pourrai enfin dormir.

C'était un rêve irréalisable, mais si leur homme détenait Margot et la gardait dans un but précis... peut-être était-elle encore en vie. *Pour l'instant.* Norton avait gardé Lisa Walsh en vie pendant des années avant qu'elle ne fasse quelque chose qui l'avait mis en colère. Probablement la même chose pour Ava Fenderson. Mais si la démonstration flagrante de Norton avec Salomon et Walsh était un indice, ils sauraient quand il tuerait à nouveau.

Petrosky se frotta la mâchoire douloureuse et ferma le carnet tandis que Morrison tendait une carte à Nace. — Si vous pensez à autre chose, madame, n'hésitez pas à nous appeler.

— Ça va, vieux ? demanda Morrison sur le chemin de la voiture. Tu as l'air un peu pâle.

— Ça va. Il n'allait pas bien. Il avait besoin de plus de Jack. — Conduis, California.

Le reste de l'après-midi fut un fiasco, sans aucune autre piste. Un père les regardait d'un air méfiant par-dessus la tête de sa fille en bas âge, comme s'ils étaient venus évoquer un passé qu'il avait essayé d'oublier. L'homme n'avait rien à offrir, si ce n'est insister sur le fait que sa fille se droguait et qu'il l'avait mise en garde contre les ennuis. Il ne semblait pas particulièrement surpris ou bouleversé qu'elle soit toujours portée disparue.

Le père en Petrosky voulait le frapper. Le flic en lui pensait que l'homme avait probablement raison de supposer que sa fille était morte d'une overdose quelque part et que couper court à la douleur était le meilleur choix. Il avait certainement souhaité l'engourdissement après la mort de Julie, et quand il n'était pas venu, il l'avait trouvé au fond d'une bouteille.

Pas grand-chose n'avait changé.

Morrison s'arrêta dans un restaurant thaïlandais à quatorze heures. Leur table était au milieu du restaurant, à côté d'un long aquarium recouvert d'algues où un énorme poisson rouge les fixait avec les yeux exorbités d'un drogué.

Petrosky se demanda si les poissons rouges étaient comme les homards dans un bac d'épicerie ; si quelqu'un allait bientôt passer pour transformer ce bâtard aux yeux loufoques en sushi.

Il fronça les sourcils en regardant le poisson. — Tu es sûr de cet endroit ?

— Tu parles à moi ou au poisson ?

Petrosky se retourna à temps pour voir Morrison hausser un sourcil devant sa main tremblante. Il la mit sous la table où elle pouvait trembler sur son genou en toute intimité. Stupide poisson débile — il avait juste faim, c'est tout.

Ils commandèrent à un gamin asiatique qui semblait avoir douze ans mais probablement pas, avec des cheveux noirs et raides coupés en bol au-dessus de pommettes et d'un menton assez tranchants pour couper du verre. Après trois minutes de confusion entre Petrosky et le gamin sur quelle soupe serait la plus proche d'un bouillon de poulet, Morrison commanda pour eux deux. Le gamin fila.

Petrosky coinça ses mains encore tremblantes entre ses genoux, évitant le regard de Morrison et les bâtards dans l'aquarium. Il avait besoin de réfléchir. L'implication de la presse n'avait rien donné — quelle perte de temps. Et du temps qu'ils n'avaient pas. Finalement, il dit : — Après le déjeuner, allons voir les bijouteries. Il a bien dû faire graver ce collier quelque part.

Morrison hocha la tête alors que le gamin asiatique revenait avec une théière. Quand le gamin repartit, Morrison sortit son téléphone. — Je vais faire une liste maintenant. Il prit une gorgée de quelque chose qui était censé être du thé vert mais ressemblait beaucoup à de l'urine.

Petrosky fit la grimace. — On peut imprimer une liste au poste.

— C'est beaucoup plus rapide comme ça. Il tapait déjà sur son téléphone. — Et on n'a pas à gaspiller le trajet.

Petrosky but une gorgée d'eau. Un connard y avait mis du citron. Il la reposa.

— Bon sang, il y a des tonnes de bijoutiers. Morrison tapait frénétiquement sur l'écran du téléphone avec son index — comment diable la frappe à un doigt pouvait-elle être plus efficace qu'un clavier ? — Attends, laisse-moi voir si je peux trouver l'info sur la gravure. Les plus chics le feront, mais certains magasins pourraient ne pas le faire. De plus, il semble que certains soient des prêteurs sur gages qui pourraient ne pas avoir le même équipement.

Petrosky fixait le poisson rouge jusqu'à ce que son serveur de collège pose un bol devant lui. Des morceaux verts flottaient dans un bouillon à peu près clair. Il en prit une cuillérée. Ça avait un goût de citron vert... et de quelque chose qui ressemblait vaguement à du poulet. Plutôt bon, en fait, mais son estomac se serra. Il avala une autre bouchée avec difficulté.

— Combien de kilomètres tu veux couvrir pour commencer ? Si on fait seize, on pourra toujours élargir.

— D'accord.

Morrison appuya encore sur quelques boutons, mit son téléphone de côté et prit sa fourchette. Il fit un geste vers le plat de Petrosky. — Bon, hein ?

— Tout simplement délicieux. Le téléphone de Petrosky sonna. Il le sortit de sa veste. — Tu m'as envoyé un message ?

— Au cas où tu voudrais la liste des endroits où on va.

— Je viens avec toi dans dix minutes, California...

— Je suis juste minutieux.

Petrosky secoua la tête, prit le bol et avala le reste de la soupe avant de pouvoir changer d'avis.

CHAPITRE 23

Leur premier arrêt fut un centre commercial à cinq kilomètres de la maison des Salomon. Petrosky se gara devant un autre restaurant asiatique, celui-ci vantant les meilleurs rouleaux de printemps de la ville. Peut-être auraient-ils dû manger là à la place — au moins, il n'y aurait sûrement pas eu autant de poissons pour les regarder manger. La banderole flottait au-dessus de leurs têtes tandis qu'ils entraient dans la bijouterie Tiger's Eye juste à côté.

Un homme âgé avec trois mentons et des yeux de faucon les observa entrer. Il sourit.

— Bonjour, dit Petrosky. Il montra son badge, et le sourire de l'homme s'effaça. Êtes-vous le propriétaire ?

— Je le suis. Horowitz, c'est mon nom. Il redressa les épaules.

— Monsieur Horowitz, nous recherchons un homme qui aurait peut-être acheté un collier ici. Morrison lui montra le nouveau portrait-robot d'Adam Norton, mais Horowitz secoua la tête.

— Peut-être vous rappellerez-vous du collier, dit Morrison. En argent, un cœur sur une fine chaîne. Gravé avec le chiffre un.

Horowitz pinça les lèvres en hochant la tête. — Quelques-uns comme ça, je suppose, mais je ne me souviens d'aucune gravure de chiffre.

Petrosky et Morrison suivirent à l'extérieur des vitrines tandis qu'Horowitz se dirigeait vers la vitrine centrale, fit glisser la porte et retira un coussin de velours portant un médaillon en forme de cœur plus petit que l'ongle du petit doigt de Petrosky. Un minuscule diamant scintillait sous les lumières du plafond.

— Or blanc et or rose, un quart de carat. S'ouvre sur la charnière là. Une de mes propres créations. Il rayonnait.

— Plutôt petit pour graver, non ?

Horowitz haussa les épaules. — Ça peut se faire. Je grave l'intérieur des alliances tout le temps.

— Quelque chose d'un peu plus grand ?

Horowitz reposa amoureusement le charme sur le coussin de velours.

— Et celui-ci ? dit Morrison près de la taille de Petrosky. Le nez du gamin touchait presque la vitre.

Horowitz remit le plateau en place et sortit un autre pendentif en forme de cœur de la vitrine — plus grand, en argent, sans diamants.

— Celui-là ?

— Oui. Morrison se redressa et prit une photo avec son téléphone.

Horowitz leva un sourcil mais ne dit rien.

— C'est une autre de vos créations, monsieur ? Petrosky désigna la pièce.

Il secoua la tête. — Celles-là, je les obtiens d'un distributeur. Shriner, c'est le nom, une entreprise du Texas. J'appelle simplement et je leur dis ce que je veux dans le catalogue. Je n'en ai pas sous la main, mais je suis sûr que vous pourriez en recevoir un par courrier — peut-être l'ont-ils aussi en ligne.

— À quel point ces pièces sont-elles courantes ?

Horowitz ferma la vitrine. — Elles sont populaires partout, dans tout le pays — disponibles en or, argent, or blanc, ce que vous voulez. Vous pouvez même avoir le charme sur un bracelet si vous le souhaitez. La qualité est médiocre, mais c'est bon marché.

— Avez-vous déjà gravé un chiffre un sur l'un d'entre eux ?

Horowitz fronça les sourcils. Il secoua la tête. — Pas que je me souvienne, et je ne garde pas de trace de ça. Habituellement, je vends ceux-ci à des amoureux du lycée, parfois de parents à leurs filles pour leurs seize ans. Si je grave quelque chose, ce sont des initiales ou un prénom, peut-être. Mais pas des chiffres.

Pas de registres de gravure, et même si le gars avait des bons de commande de son distributeur, savoir quand il avait acheté les pièces ne les aiderait pas. Petrosky jeta un coup d'œil à Morrison, dont le stylo volait sur le bloc-notes.

— Pourquoi la police recherche-t-elle ce collier de toute façon ? dit Horowitz. Il a été volé par ce type sur la photo ?

— Non, monsieur. Mais si vous le voyez, ne l'approchez pas. Et appelez-nous immédiatement. Pareil si quelqu'un vient pour une gravure du chiffre un.

Horowitz hocha la tête d'un air entendu. — J'ai un vieux chien à la maison, j'avais l'habitude de le laisser ici la nuit. Il n'a pas fière allure, mais il fera le travail même si quelqu'un désactive l'alarme.

— Ce ne sera pas nécessaire, monsieur. Nous n'avons aucune raison de penser qu'il s'agit d'une situation de cambriolage.

Horowitz acquiesça à nouveau, mais ses yeux étaient méfiants.

Il aurait son vieux chien là-haut avant la tombée de la nuit.

Trois autres bijoutiers donnèrent des résultats similaires. Chacun des magasins avait au moins un collier ou un bracelet qui pouvait correspondre à la description donnée par la mère de Margot. Personne ne se souvenait d'avoir gravé un chiffre sur quoi que ce soit, bien qu'un propriétaire conservât des registres de gravures et acceptât de les examiner ce soir-là. Personne ne reconnut Adam Norton.

Le cinquième magasin était nettement plus chic que les autres, avec des appliques en cristal accrochées le long du mur du fond. Derrière les vitrines étaient suspendues des œuvres d'art abstrait qui semblaient avoir été réalisées par un enfant de trois ans et coûtaient probablement plus cher que la maison de Petrosky.

Petrosky fronça les sourcils devant le mannequin de sous-vêtements d'une vingtaine d'années qui leur sourit d'un air suffisant à leur entrée. Son costume gris sur mesure combiné à l'ombre moins raffinée d'une barbe de trois jours sur sa mâchoire faisait sûrement s'évanouir ses clientes — les dames aimaient ce truc du « je suis bon mais mauvais ». Il se présenta comme Reginald Beckwith III, mais son sourire prétentieux s'effaça dès qu'il vit le badge, et il parut carrément confus quand il entendit ce qu'ils voulaient.

— Vous cherchez un cœur sans pierres ?

— Oui. Petrosky tapota du doigt sur la vitre.

Beckwith fronça les sourcils devant le tapotement du

doigt de Petrosky, ou peut-être devant les traces grasses qu'il laissait sur la vitrine. — Si vous cherchez quelque chose comme ça, vous pouvez le trouver n'importe où. Je vous conseille d'essayer le centre commercial. Il prononça le mot *centre commercial* avec le même niveau de dégoût qu'il aurait utilisé pour leur dire où ils pourraient acheter une boîte de merde fraîche.

Connard prétentieux. — Quel magasin ?

— Essayez Forever Memories. Sur Hoover.

Le centre commercial sur Hoover, à six kilomètres de chez Salomon. Petrosky lui tendit une carte. La main de Beckwith était aussi lisse que les fesses d'un bébé. Même sa respiration — lente et assurée — était privilégiée. Arrogant.

Arrogant. Audacieux. Comme l'homme qui avait enlevé des filles dans la rue comme si elles lui appartenaient. Les avait cachées comme si elles étaient ses jouets personnels.

Mais Walsh s'était frayé un chemin hors de la cachette de Norton. Une autre fille essayait-elle de s'échapper pendant qu'ils parlaient ? Ava Fenderson ? Margot Nace ? Même Casey Hearn, la fille dont Morrison avait rencontré la famille seul.

Ou peut-être était-il trop tard. Petrosky se dirigea vers la porte et noya la respiration égocentrique de Beckwith dans le hurlement du vent.

CHAPITRE 24

Il était bien après l'heure du dîner lorsqu'ils arrivèrent au centre commercial. Morrison avait voulu venir immédiatement, mais Petrosky avait résisté — il ne voulait pas que ce connard de Beckwith ait raison. Il avait cédé après que trois autres bijouteries n'aient rien donné.

Ils entrèrent par les portes vitrées, le sol en linoléum blanc résonnant sous leurs pas tandis qu'ils s'approchaient du plan du bâtiment. De l'autre côté, la musique hurlait depuis un magasin pour adolescents avec des mannequins portant des jeans déchirés, mais neufs.

Petrosky fit un signe de tête vers les mannequins. — C'est ça la mode maintenant, California ?

— En effet.

— Je devrais vendre mes vieux jeans de travail. Je ferai fortune.

Morrison repéra le point indiquant Forever Memories sur le plan du centre commercial, et ils prirent les escalators jusqu'au deuxième étage, évitant des groupes d'adolescents tapant frénétiquement sur leurs téléphones. — Regarde, California, voilà tes semblables !

Morrison les regarda brièvement, puis se retourna vers Petrosky. — Non, je préfère te regarder quand tu parles.

— Fais gaffe, California. Je ne suis pas ton genre, grommela Petrosky.

Forever Memories exposait des T-shirts et des porte-clés fantaisie à l'avant. À l'arrière, c'était aménagé comme une bijouterie, avec des vitrines de colliers, de piercings pour la langue en argent et de piercings pour le nombril le long du mur du fond. Au milieu de la pièce, devant les vitrines, se trouvaient des présentoirs à plusieurs niveaux ornés de cadres photo en argent, de flasques en argent et de montres de poche bon marché n'attendant que quelqu'un vienne y graver des initiales. La moitié d'entre elles portaient déjà des conneries romantiques mielleuses comme « Toujours » ou « Je t'aime » ou des initiales d'exemple nulles comme si quelqu'un pouvait oublier quel imbécile avait apporté une montre de poche à une fête.

Une vendeuse s'approcha — cheveux blond décoloré et piercing au nez — portant un de ces jeans neufs mais déchirés et un débardeur neuf mais délavé. On dirait que Petrosky pourrait aussi vendre ses vieux maillots de corps usés.

— Je peux vous aider ? Un piercing métallique à la langue brillait dans sa bouche comme si elle mâchait une balle.

Petrosky montra son badge. — Nous devons voir le responsable.

Ses yeux s'écarquillèrent. — Euh... d'accord. Attendez. Elle se dirigea vers l'arrière du magasin, où une porte proclamait « Réservé au personnel » en lettres rouges.

Morrison donna un coup de coude à Petrosky. — Je crois que tu lui as fait peur.

— Elle s'en remettra. Contrairement à Walsh ou Julie ou —

La porte s'ouvrit à nouveau, et un homme élancé en sortit, à peine plus âgé que la fille, mais avec beaucoup moins de métal attaché au visage. Il remonta d'énormes lunettes à monture verte sur un nez en bec d'aigle, ses yeux bruns passant de Morrison à Petrosky comme s'il ne savait pas à qui s'adresser.

Petrosky s'éclaircit la gorge, et le type se tourna vers lui.

— Comment puis-je vous aider, monsieur ?

— Votre nom ? dit Petrosky.

— Euh, c'est Gerald.

— Nom de famille ?

— Nom de famille ?

Sa tête palpitait. — Ouais, génie, fais comme si tes parents n'étaient pas les seuls sur la planète à utiliser le prénom « Gerald ».

— Oh, euh, Kent. Gerald Kent.

Gerald Kent. Prétentieux mais pas aussi pompeux que Reginald Beckwith III. — Très bien, M. Kent, nous recherchons un homme qui a acheté des bijoux à faire graver il y a environ deux ans. Ce type.

Morrison lui montra le croquis.

Kent examina l'image, plissant le nez, puis finit par secouer la tête. — Ça ne me dit rien, mais on voit des tas de gens ici et il y a deux ans... je veux dire... c'est long.

— Vous vendez des pendentifs en forme de cœur en argent ?

Kent hocha la tête beaucoup trop vigoureusement — comme un chihuahua nerveux. — Beaucoup. Par ici.

Ils le suivirent jusqu'au coin arrière droit du magasin, où il ouvrit une vitrine et sortit deux planches qui semblaient être en plastique noir ou en carton brillant. Quatre cœurs de différentes tailles, tous sur des chaînes, étaient disposés au milieu d'une planche. Sur l'autre, de plus petits cœurs étaient attachés à des bracelets. Tous étaient en argent. N'importe lequel aurait pu être celui que Mme Nace avait décrit.

— Ce sont nos meilleures ventes, mais nous avons un catalogue à l'arrière où les gens peuvent commander des articles spécifiques de l'entrepôt pour la gravure.

Petrosky plissa les yeux vers les pendentifs. — À quelle fréquence changez-vous les types de cœurs que vous proposez ?

— Pas souvent. Il désigna ceux de gauche. — Nous avons ceux-ci depuis que j'ai commencé ici il y a trois ans.

— Vous gardez des registres des achats ?

— Bien sûr.

— J'aurai besoin de les voir. Nous recherchons une gravure spécifique — le chiffre un, soit seul, soit précédé du symbole dièse.

Kent pencha la tête, et ses lunettes glissèrent à nouveau. — Le symbole dièse ?

— Hashtag, dit Morrison.

Les yeux de Kent s'illuminèrent. — Oh, *ça*. Oui, on peut regarder sur l'ordinateur. Il fila devant eux vers l'autre coin du magasin, où une caisse était installée à côté d'un écran plat.

— Hashtag ? chuchota Petrosky.

Morrison haussa une épaule.

— Il faut qu'on ait une conversation sérieuse, Surfer Boy.

Kent tapait frénétiquement sur le clavier, les épaules voûtées comme si son rêve était de devenir le prochain Quasimodo. — D'accord, il semble que j'ai sept colliers avec cette inscription particulière. Tous achetés au cours des — il fit défiler, cliqua sur quelques touches — deux dernières années environ.

Jackpot. Mais...*sept*. Bon dieu. Il jeta un coup d'œil à

Morrison. La mâchoire du gamin était serrée, son stylo figé au-dessus du bloc-notes.

Le cœur de Petrosky s'emballa. — Ont-ils été payés par carte de crédit ?

— Désolé, je ne peux pas le dire.

Son bras picotait, palpitait. — Nous devrons rencontrer les employés qui ont vendu la marchandise.

Kent secoua la tête si vite que Petrosky crut qu'elle allait se détacher. — Impossible de savoir qui l'a fait. Voici ce que j'ai. Il tourna l'écran vers eux, pointant la colonne de gauche. — Ici, c'est la date tout à gauche. Ensuite, cette colonne-ci est le code pour l'article lui-même, la suivante est le prix, et la dernière est la gravure.

Petrosky plissa les yeux vers les petits caractères. — Donc, vous gardez une trace de l'article et de la gravure elle-même, mais rien sur les personnes qui l'ont acheté ?

— C'est une affaire de marketing, on cherche des tendances, expliqua Kent en replaçant l'écran dans sa position initiale. On a en stock un tas de pièces déjà gravées. Certains clients sont vraiment impatients, ils veulent juste prendre quelque chose qui dit « Je t'aime » ou « De tout mon cœur » ou peu importe, au lieu d'attendre une personnalisation. Si on sait ce que les gens font graver, on peut anticiper ce que d'autres voudront et le proposer directement.

Comme c'est romantique. Quelle femme ne voudrait pas d'un bijou de pacotille avec les mots d'un inconnu griffonnés dessus ? — Il va falloir qu'on parle à tous les employés qui étaient présents au moment de ces achats.

Kent grimaça. — Eh bien, le turnover est assez élevé. Ce sera presque impossible de...

— On aura aussi besoin des registres de vente. Tous les colliers et les breloques. Un endroit comme celui-ci doit bien avoir un moyen de suivre les achats de ses bijoux, même si ce n'est pas dans votre petit tableau sophistiqué.

— Mais...

Petrosky sortit une carte de sa poche et la plaqua sur la vitrine à côté de Kent. Le clavier cliqueta lorsque Kent sursauta.

— Des vies peuvent dépendre de votre coopération, Gerald. Il faut que ça se fasse aujourd'hui.

— Je-je vais appeler le siège demain matin. Dès l'ouverture.

— Vous travaillez demain après-midi, Gerald ?

— Oui... oui, monsieur.

— Vous m'appelez demain matin, ou je reviendrai demain après-midi pour vous emmener au poste, c'est compris ?

Petrosky tourna les talons et sortit d'un pas décidé par la porte d'entrée. De l'autre côté du linoleum, un magasin de chaussures abaissait des grilles sur sa vitrine.

Morrison se mit à marcher à ses côtés. — Si seulement ils tenaient des registres aussi minutieux que les miens, patron. On serait bien mieux lotis.

Mieux lotis, mais pas assez pour sauver Lisa Walsh. Et aucune prise de notes n'aurait pu sauver Julie. Une douleur irradiait dans le bras de Petrosky au rythme de ses pas, et il se frotta la poitrine. Sa main tremblait à nouveau. — Si seulement.

CHAPITRE 25

Le lendemain matin, il n'avait même pas encore atteint son bureau quand la voix alto de la chef retentit dans l'open space.

— Petrosky ! Dans mon bureau.

Pris en embuscade avant même d'avoir eu son beignet à la confiture. Le mardi s'annonçait pire que le lundi — il ne lui manquait plus qu'un chien mort et il aurait une sacrée chanson country... si on aimait ce genre de conneries. Ce qui n'était pas son cas.

Petrosky suivit la tresse noire de la chef Carroll dans le couloir menant à son bureau, heureux d'avoir pris un shot avant le travail pour ne pas être un paquet de nerfs. Encore plus heureux d'avoir suivi ce shot de quatre gorgées de bain de bouche. Il souffla vers son nez, juste au cas où. *Menthe fraîche.*

Au moins, Stephanie Carroll était un progrès par rapport au chef Castleman ; cet enfoiré acceptait des pots-de-vin du bureau du maire. Castleman avait fini par être inculpé, les dominos étaient tombés, et le département s'était retrouvé sans chef jusqu'à la nomination de Carroll.

Bien que quelques membres du club des garçons aient été agacés quand elle avait pris le poste, leur dépit n'avait pas duré longtemps — Carroll avait autant de couilles que n'importe lequel des hommes, et comme elle aimait à le leur rappeler : les vagins étaient plus coriaces. Petrosky s'en fichait tant qu'elle ne foutait pas le bordel. Il était déjà assez foutu pour tout le monde.

Il s'installa dans le fauteuil devant son bureau, mais elle resta debout derrière le sien, mesurant un mètre soixante-sept dans ses meilleurs jours, et le fixa avec des yeux couleur de liqueur de malt. — J'essaie de vous joindre depuis un moment.

— J'ai été occupé.

Elle soutint son regard, les yeux légèrement plissés comme si elle pensait qu'il se foutait d'elle. — Bien sûr. Parlez-moi de l'affaire Walsh.

— J'y travaille toujours.

Ses lèvres pulpeuses formèrent une ligne tendue. — C'est une affaire très médiatisée, Petrosky. Nous avons une grand-mère morte, une adolescente assassinée et un nouveau-né dans un état critique. Les gens veulent des réponses... de la justice.

— Nous allons aussi vite que possible. Sa voix était calme, mais la peau de Petrosky frémissait comme si elle voulait se détacher. Il jeta un coup d'œil à son bras. Il avait l'air parfaitement normal.

Elle soupira et s'assit enfin dans son fauteuil, croisant les bras sur sa poitrine. — Qu'avez-vous trouvé ?

— J'ai trouvé quelques autres affaires, peut-être liées. Une fille qui a disparu en portant des chaussettes qui pourraient correspondre aux fibres trouvées sur la scène de crime de Salomon. Quelques autres adolescentes à problèmes qui pourraient correspondre au profil — enlevées. J'ai trouvé une note dans la chambre de l'une d'elles disant qu'elle était sa fille numéro un. La chair tailladée de Walsh apparut dans son esprit, puis son crâne fracassé — sang et os et viscères. Il inspira brusquement par le nez. — Une autre a reçu un cadeau d'un petit ami plus âgé avant sa disparition — un collier avec le numéro un gravé.

— Le numéro gravé sur Lisa Walsh, dit-elle doucement.

Il hocha la tête. — Et celui gravé sur Natalie Bell. C'est sa signature depuis Dylan Acosta.

Il attendit que son visage exprime du dégoût, mais il resta impassible.

— Nous avons aussi une piste potentielle sur les bijoux, dit-il. Le siège social va nous envoyer des informations ce matin — nous allons essayer de retrouver les gamins qui ont vendu les breloques à notre gars, et avec un peu de chance, on pourra obtenir une carte de crédit des achats. Il se frotta le front, et ses doigts en ressortirent humides. — C'est le meilleur scénario possible. Je parie qu'il a payé en liquide. Et il est peu probable que les bandes de vidéosurveillance aient été conservées si longtemps, mais nous vérifierons.

— Je vois. Elle ajusta le col de sa veste de tailleur comme s'il essayait de l'étrangler. — Quoi d'autre ?

— C'est ce que nous suivons. Je vais aussi rendre visite au Dr McCallum ce matin pour une petite révision du profil.

Elle hocha la tête. — Mettez-vous-y. Je veux des mises à jour. Demandez à Morrison de me les envoyer — il est meilleur que vous pour la paperasse. Même si vous ne devriez vraiment pas le laisser faire le sale boulot à votre place. Il demandera son transfert avant que vous ne vous en rendiez compte.

Petrosky se leva et se dirigea vers la porte, lançant par-dessus son épaule : — Il adore ça.

Sur le chemin du retour à travers l'open space, il attira quelques regards interrogateurs de ceux qui avaient entendu la convocation de la chef. Ils se demandaient probablement s'il avait été suspendu — il avait été proche de l'être bien trop souvent.

Petrosky exhiba son arme. *Je l'ai toujours, bande d'enfoirés. Personne n'a pris mon badge aujourd'hui.*

Mais le Surfeur semblait vraiment penser qu'il était parti — le gamin était assis sur la chaise de Petrosky, le téléphone à l'oreille, griffonnant avec son stylo. Petrosky posa sa main sur le dossier de la chaise alors que Morrison raccrochait le téléphone et faisait reculer la chaise dans le genou de Petrosky.

— Oh... désolé. Mauvaises nouvelles, Chef...

— Tu réponds encore à mon téléphone de bureau ? On ne t'a pas appris les bonnes manières en Californie ?

Morrison l'ignora. — C'est mort pour Forever Memories. On a les dates, mais les achats ont tous été faits en espèces, donc pas de trace de carte. Ils n'ont pas non plus de vidéos de surveillance remontant aussi loin — les plus anciennes datent d'il y a un an. Le gars a dit qu'ils vont sortir les cartes de pointage des employés pour savoir qui travaillait ces jours-là, mais pour chaque équipe, on parle de six ou sept employés. Il saisit le dossier sur le bureau. — Même avec des doublons, on va se retrouver avec au moins trente gamins à interroger sur ce qu'ils se souviennent d'une gravure qu'ils ont faite dans un job à temps partiel il y a jusqu'à deux ans. À moins qu'il n'ait été vraiment extravagant — ce que nous savons déjà qu'il n'est pas, d'après son portrait-robot — je ne pense pas qu'on obtiendra grand-chose.

— Probablement pas. On va essayer quand même. Ils ne pouvaient pas ignorer cette piste, même s'ils pensaient que c'était une perte de temps ; ils n'avaient pas le luxe de se tromper.

— Comment était Carroll ? demanda Morrison.

— Chiante.

— Toi aussi.

— C'est vrai. Peut-être plus qu'elle. Petrosky tapota ses doigts sur le dossier de la chaise. — Quand Forever Memories a dit que les noms des employés seraient prêts ?

— Ils vont me les envoyer par e-mail dès qu'ils les auront. Je les recevrai sur mon téléphone.

Petrosky plissa les yeux vers le portable. Hocha la tête. — Bon truc.

Morrison resta silencieux jusqu'à ce que Petrosky dise : — Okay, M. High-Tech, allons passer cinq minutes en bas avec McCallum.

— Tu l'as appelé pour prendre rendez-vous ? La dernière fois, tu as oublié.

Il n'avait pas oublié — il était ivre. Comme cette fois-ci. — Je lui ai envoyé un texto, dit Petrosky.

— Vraiment ?

Non.

Le bureau du psychiatre était situé à côté du commissariat au rez-de-chaussée du bureau du procureur, où Shannon et son ex-mari insupportable travaillaient. L'endroit lui-même était plus laid que le péché — carré et trapu, peint d'un brun irrégulier, comme un bloc rectangulaire de merde. Même l'unique fenêtre de McCallum semblait furieuse de faire partie de cet horrible bâtiment.

Mais avoir McCallum si près était pratique pour les flics qui étaient assignés à une thérapie après avoir enterré un partenaire, ou pour les sensibles qui se sentaient coupables d'avoir abattu un connard pendant un braquage. Plus facile, aussi, pour les chefs de vérifier ces flics forcés à suivre une thérapie — il avait été le psy imposé à Petrosky après le meurtre de Julie.

Petrosky tira fort sur la poignée contre le vent violent. À l'intérieur, trois vieilles chaises de salle à manger étaient alignées le long d'un mur lambrissé peint d'une couleur bleu-vert qui rappelait à Petrosky de la moisissure poussant sur une orange. Pourriture et décomposition — tellement relaxant.

Le vent hurlait contre la vitre extérieure tandis que Petrosky écoutait à la porte du bureau, guettant le murmure de voix, le froissement d'une boîte de mouchoirs, quelqu'un se mouchant. Il n'entendait que le vent — rien de l'autre côté de la porte n'indiquait que le docteur était avec un patient. Il frappa du poing contre le cadre.

McCallum pesait près de cent cinquante kilos, l'incarnation d'un câlin si on lui donnait vie et qu'on l'habillait d'une veste en tweed vert. Il ouvrit la porte, et son visage charnu s'étira en un sourire. — Ed. Et Curt aussi. À quoi dois-je ce plaisir ?

Petrosky sentait le regard de Morrison sur lui. — Comment allez-vous, Doc ?

— Je vais très bien, très bien. McCallum contourna son bureau et s'assit doucement dans son fauteuil, probablement pour éviter de le casser. Morrison suivit Petrosky dans la pièce, et ils prirent place en face du docteur, les pieds du fauteuil à oreilles de Petrosky grinçant lorsqu'il s'y installa.

McCallum regarda Morrison. — J'entends dire que votre petit bout de chou grandit vite.

Probablement de Shannon. Elle venait toujours voir McCallum chaque semaine, Petrosky le savait — la dépression post-partum était une saloperie, et son épreuve d'enlèvement n'avait certainement pas aidé ses nerfs. Mais au moins cette fois, elle ne faisait pas face à ces choses enfermée dans le placard de Norton.

Parce que c'était Lisa Walsh qui avait été enfermée. Et Ava Fenderson. Et Margot Nace.

Ça aurait pu être Shannon.

Ça aurait pu être Julie.

Petrosky s'éclaircit la gorge. Le son était sirupeux et avait un goût de rouille.

Le visage de McCallum devint solennel. — J'ai entendu qu'Adam Norton était de retour. Un double homicide cette fois, n'est-ce pas ? Il examina Morrison, les yeux plissés. Shannon avait dû déjà venir ici, sans doute revivant son propre traumatisme avec la réapparition de Norton. McCallum l'aidait sûrement à se sentir mieux face à la situation, même s'il ne pouvait pas lui promettre que tout irait bien. Ils avaient fait tout ce qu'ils pouvaient — elle était entourée de flics et le serait jusqu'à ce qu'ils trouvent Norton, mais il n'y avait jamais de garanties entre la vie et la mort. Il l'avait appris à ses dépens.

— Mettez-moi au courant, dit McCallum.

Petrosky fit de son mieux, commençant par la scène de crime de Salomon et passant en revue le rapport dégoûtant du médecin légiste sur la mort de Lisa Walsh, et leurs pistes sur les bijoux. Toutes ces impasses qui n'aidaient en rien.

McCallum se cala dans son siège et tapota le bureau de ses doigts boudinés. — Donc il a pris la petite Walsh immédiatement après l'évasion de Shannon. Et Fenderson et Nace l'année suivante. Il se pencha en avant avec effort. — Je pense qu'il est clair que son mode opératoire a changé depuis notre dernière conversation. Et ses victimes — il y en a plus. Et elles sont de plus en plus jeunes, bien qu'il n'ait jamais été difficile quant à qui il blesse. Pendant quelques secondes, on n'entendit que la respiration laborieuse de McCallum par-dessus les battements erratiques du cœur de Petrosky. Petrosky se frotta la poitrine tandis que des souvenirs brûlaient son cerveau — Evie enfermée dans la cage pour chien de Norton, Shannon, ses lèvres suturées, un collier en fer autour de la gorge. Morrison ne semblait pas respirer du tout.

— Vous voulez savoir quel genre de personne fait ça, dit le docteur.

Le silence s'étira. McCallum avait vraiment l'air d'attendre une réponse. Pourquoi d'autre seraient-ils là ? Ce type n'était pas simple — pas un proxénète à la Romeo, amadouant les filles avec des bijoux pour les préparer à baiser un client. — Ouais. On a besoin de savoir qui est Norton. Ils avaient besoin de savoir comment l'attraper.

McCallum s'éclaircit la gorge, apparemment satisfait. — Pendant la dernière affaire, Norton a été exposé à des choses qu'il n'aurait peut-être pas eu le cran de faire seul. Viol. Meurtre. Enlèvement. En regardant Janice à l'œuvre, il a compris ce qui l'excitait. Il avait observé. Appris. Maintenant, Norton savait ce qu'il aimait — et exactement comment l'obtenir.

— Votre gars est peut-être insensible à l'empathie, mais il ressent la rage et la douleur du rejet plus profondément que vous ne pouvez l'imaginer. Ça l'a consumé. Il s'est donné pour mission de se venger contre un sexe qu'il voit comme menaçant — leur rejet est la cause ultime de tout ce qui ne va pas dans sa vie.

— Il ne connaît même pas ces filles avant de commencer à les conditionner. La voix de Morrison tremblait, presque imperceptiblement, mais assez pour que le cœur de Petrosky se serre comme dans un étau.

— Ah, mais ne voyez-vous pas ? Il n'en a pas besoin. Elles représentent quelque chose pour lui. Et parce que ses victimes sont toutes des filles, de jeunes adolescentes... c'est peut-être l'époque de sa vie où il a été blessé. Peut-être qu'il se sent en droit d'avoir leur affection — courant dans une culture comme la nôtre.

Petrosky toussa, sa gorge irritée par l'air chaud et vicié qui soufflait maintenant du conduit. McCallum avait raison. Avec la façon dont les femmes occidentales étaient sexualisées de nos jours, les jeunes hommes étaient conditionnés à les voir d'une certaine manière — et à attendre une certaine réponse. Quand les femmes ne retournaient pas leurs affections, ce n'était pas seulement un coup à leur estime de soi. Ils avaient l'impression d'être maltraités. Petrosky le voyait chaque semaine, un connard prétendant qu'il avait le droit de violer une femme derrière une benne à ordures parce qu'elle était habillée de façon provocante, ou une étudiante battue pour avoir refusé les avances de son petit ami. Norton n'était pas différent ou nouveau, même s'il pensait l'être ; cet enfoiré était le produit de leur société foutue en l'air.

— D'accord, alors en quoi ça nous aide ? dit Petrosky. On cherche un misogyne. Un gars qui pense que les femmes devraient être soumises.

— D'où son retour aux dispositifs de torture du Moyen Âge, où l'on aurait attendu des femmes qu'elles répondent à ses exigences.

— Mais on ne parle pas de femmes là. Ce sont des petites filles. Je sais qu'on supposait qu'il n'était pas pédophile par le passé, mais le bébé qu'on a trouvé est définitivement son enfant — il a violé Lisa Walsh.

— Lisa Walsh n'était pas si petite.

La chaleur monta au visage de Petrosky. — Elle n'avait même pas quinze ans quand il l'a enlevée.

— Les adolescentes auraient été parfaitement acceptables comme épouses à l'époque médiévale. Souvenez-vous-en. Et sans dire qu'il n'est pas pédophile, il choisit des filles qui ressemblent à des femmes — il s'agit davantage de vulnérabilité et de peur. N'oublions pas que sa première victime en solo, Natalie Bell, avait vingt-neuf ans, mais était de petite stature — frêle. Enfantine. Une femme plus âgée pourrait le rejeter ou être plus capable de se défendre. Ces filles ne le peuvent pas. C'est peut-être même pour ça qu'il vous a dit comment trouver Janice. Il voulait la punir parce qu'il se sentait offensé par elle, même menacé par elle parce qu'elle était plus forte qu'il ne le préférait.

Les hommes faibles détestaient les femmes fortes. Ça avait du sens. — Il a affiné ses goûts depuis, dit lentement Petrosky.

McCallum hocha la tête. — Norton a peut-être trouvé un poste qui lui donne un accès illimité au type de filles qu'il recherche : moniteur de camp, chauffeur de bus, ou même professeur d'école du dimanche. Il choisit une fille et la prépare. Lui offre des cadeaux. Puis il attend qu'elle vienne à lui — moins de risque de rejet.

Et une fois qu'il les avait, il prenait tout ce qu'il voulait. Parce qu'il pensait qu'elles lui devaient ça.

— Il reste dans le coin — ou du moins chasse localement, dit Petrosky.

— Il pourrait aussi chasser localement et les emmener dans un endroit sûr ailleurs ; il s'est avéré plutôt intelligent, et il sait que vous avez vu son visage. McCallum examina le plafond, et lorsqu'il baissa les yeux, son visage était solennel. — Si ces filles lui font confiance, il lui serait facile de les faire monter dans sa voiture et de les emmener faire un tour.

C'était peut-être comme ça que Lisa Walsh s'était échappée avec son enfant. L'avait-il emmenée avec lui comme appât pour quelqu'un dont il n'était pas sûr qu'elle partirait sans combattre ? Une fille pouvait en attirer une autre simplement en étant une femme — c'était pour ça que les réseaux d'enlèvement de bébés incluaient toujours des femmes. Rien de tout cela ne correspondait vraiment au mode opératoire de Norton, mais après tout, avoir des enfants, offrir des cadeaux ou préparer ses victimes non plus — Norton avait enlevé Shannon et Evie dans la rue. Petrosky ne savait rien avec certitude, à part le fait que Norton était un connard sadique qui prendrait autant de petites filles qu'il le pourrait. *Des filles. Des filles.* Petrosky se frotta l'épaule où une douleur sourde pulsait à chaque battement de son cœur — faible mais persistante.

McCallum s'éclaircit la gorge, un aboiement rauque et saccadé. — Bien qu'il se nourrisse de l'énergie des autres, il est difficile de dire s'il vit seul. Il pourrait désirer un soutien émotionnel comme lorsqu'il travaillait avec Janice, mais je soupçonne qu'il préférerait éviter la complication d'un partenaire après la dernière fois. Les sourcils de McCallum se froncèrent. — Il garde ces filles chez lui ou dans un autre endroit où il peut y accéder — il pourrait mener une vie plutôt normale qui lui permet d'obtenir un soutien émotionnel d'autres manières.

Une vie normale, à part le fait d'enlever des enfants de temps en temps et de les transpercer avec une hache. Le papier crissa à sa droite. Petrosky jeta un coup d'œil à Morrison, qui griffonnait des notes aussi vite que McCallum parlait.

— On va commencer par les écoles, dit Petrosky. Il a dû avoir un moyen de rencontrer ces filles. Dans l'affaire Dylan Acosta, Norton avait su exactement comment se positionner pour éviter d'être vu. Il connaissait probablement aussi bien ces autres écoles.

Morrison hocha la tête mais ne leva pas les yeux de son écriture.

Petrosky se leva, assez instable pour devoir s'appuyer sur le bureau pour rester debout. Il avait besoin de sommeil... et d'un autre verre. — Je reviendrai pour en discuter une fois qu'on aura un peu plus d'informations.

— Revenez dans tous les cas, Ed, dit McCallum, examinant la main de Petrosky. — Vous et moi devrions avoir une bonne conversation un de ces jours.

Petrosky arracha une cigarette du paquet dans la poche de sa chemise. — Je reviendrai.

— J'y compte bien, lança McCallum après lui.

Petrosky passa sa langue sur son palais. Ça avait un goût de menthe poivrée.

CHAPITRE 26

L'ancien collège de Lisa Walsh était coincé entre une bibliothèque délabrée et une toute nouvelle liquorerie. Une dichotomie, comme dirait Morrison. Également un témoignage de l'endroit où les habitants de la ville mettaient leur argent.

Petrosky et Morrison entrèrent par une double porte grinçante et s'arrêtèrent devant le détecteur de métaux ; un agent de sécurité grassouillet au visage aplati comme une crêpe et arborant une moustache à la Tom Selleck leva les yeux de sa place derrière une table pliante laminée pour ressembler à du bois.

— Le bureau du principal ? demanda Morrison.

Petrosky montra son badge. Le type leur fit signe de passer d'un coup d'œil à peine et retourna à ses mots croisés.

— Troisième couloir à gauche, tout au bout.

Petrosky et Morrison échangèrent un regard. — Vous n'êtes pas censé surveiller attentivement pour vous assurer qu'aucun individu louche n'entre ici ? dit Petrosky.

— Vous êtes les flics, marmonna le garde sans quitter sa page des yeux. On peut pas faire plus prudent que ça.

Les couloirs jaunes résonnaient de leurs pas et du claquement métallique occasionnel d'un casier quelque part aux alentours. Derrière les portes closes, des voix montaient et descendaient par vagues, élèves et professeurs vaquant à leurs occupations scolaires. En passant devant les toilettes, Petrosky sentit la plus légère odeur de nicotine dans l'air, et il inspira profondément — puis posa son doigt sur le paquet de cigarettes dans sa poche et sortit un chewing-gum. Pas pareil. C'était comme boire de la limonade au lieu de la vodka ; ça vous donnait quelque chose à faire avec votre bouche, mais autant sucer du cul pour tout le plaisir que vous en tiriez.

L'odeur de cigarettes fit place à une légère senteur de moutons de poussière lorsqu'ils entrèrent dans le bureau principal. L'endroit était propre, cependant, avec une moquette verte aplatie et un comptoir en contreplaqué aussi haut que les côtes de Petrosky. À leur gauche se trouvait une porte solitaire avec une plaque dorée qui indiquait « Principal E.G. Cummings ». Bien au-delà du comptoir, dans le coin arrière de la pièce, une femme portant un turban orange vif leva la tête. La plaque sur son bureau indiquait « Mme Nwosu ». Elle se leva.

— Je suis le détective Petrosky, et voici le détective Morrison. Nous enquêtons sur l'enlèvement d'une ancienne élève...

Ses mains volèrent à son visage. — Oh, vous êtes là pour cette pauvre fille à la télévision. Sa voix était rauque et profonde comme celle d'une chanteuse de cabaret, avec un accent mélodieux qui aurait pu être sud-africain bien qu'il puisse à peine identifier les accents régionaux en Amérique, et encore moins dans d'autres pays. Mais il reconnaissait toujours Boston — une ville entière prononçant chaque putain de voyelle de travers l'énervait. Bien que ce soit toujours mieux qu'appeler tout le monde « mec » comme ils le faisaient dans le pays des surfeurs.

— Je me souviens quand c'est arrivé, monsieur. Une chose terrible, terrible. Elle contourna son bureau et s'approcha du comptoir.

Petrosky attendit que Morrison prépare son carnet. — Étiez-vous ici quand Lisa Walsh a disparu, madame ?

— Oui, j'étais là.

— Que vous rappelez-vous des jours précédant sa disparition ? La plus petite information pouvait se transformer en piste. Y avait-il quelque chose qu'elle n'avait pas dit à la police auparavant, quoi que ce soit qu'elle n'avait pas jugé pertinent ?

— Pas grand-chose. La police est venue à l'époque aussi, nous a posé des questions, mais ils ont dit qu'elle s'était enfuie. Nous avons beaucoup d'enfants qui fugent. Elle se pencha en avant. Ce n'était pas normal, cependant. Cette fille essayait de s'améliorer. Elle travaillait plus dur sur ses devoirs. Elle venait même ici de temps en temps après que le reste du personnel partait déjeuner. Je la laissais manger avec moi. Je l'aidais. Ses yeux se voilèrent.

Ce n'était pas dans le dossier. — Avez-vous mentionné cela à la police ?

Elle ferma la bouche, la mâchoire suffisamment serrée pour qu'il puisse distinguer les muscles tendus dans le bas de son visage. Le dos de Petrosky se raidit. Mentait-elle maintenant ? Ou avait-elle délibérément retenu cette information auparavant ?

— Non, répondit-elle finalement. Je ne leur ai pas dit.

— Pourquoi pas ?

— Cela ne semblait pas important, et la fille méritait un peu d'intimité. La police m'a interrogée sur ses petits amis une douzaine de fois. Elle redressa les épaules. Elle ne parlait jamais de sa vie, elle faisait juste son travail scolaire. Je pense qu'elle avait besoin que quelqu'un croie en elle. Sa bouche trembla, mais sans le tic révélateur de culpabilité de la lèvre. Seulement de la tristesse.

Morrison sortit la photo d'Adam Norton. — L'avez-vous déjà vue avec quelqu'un ? Un homme plus âgé ?

Elle secoua la tête. — Jamais.

— Adisa ? Une femme aux cheveux poivre et sel coiffés en un chignon serré se tenait dans l'embrasure de la porte du bureau du principal. Tailleur noir, pas de maquillage, mais la même mâchoire serrée que la femme devant lui, et un dos plus raide que celui de Petrosky lui-même. Elle plissa les yeux, visiblement mécontente de l'interruption.

— Mme Cummings ? Petrosky lui montra son badge. Je suis le détective Petrosky. Nous sommes ici pour enquêter sur la mort d'une ancienne élève.

Ses yeux s'adoucirent. — Vous êtes ici pour Lisa. Elle recula à travers la porte de son bureau et leur fit signe d'entrer.

Le bureau de Cummings avait la même moquette verte que le hall, avec un bureau en bois sculpté au centre. Une odeur de citron et d'eau de pluie flottait depuis une bougie dans le coin. Petrosky s'éclaircit la gorge pour éviter de s'étouffer et s'assit à côté de Morrison dans les fauteuils en cuir face au bureau.

— Comment puis-je vous aider ? Elle croisa les mains sur le bureau, tout comme McCallum le faisait quand il était sur le point de vous analyser à fond.

— Étiez-vous la principale quand Walsh a disparu ? demanda Petrosky.

— Oui. Je suis ici depuis presque dix ans maintenant.

— Que pouvez-vous me dire sur elle ?

Ses jointures blanchirent. — Pour être honnête, je ne

savais pas grand-chose d'elle jusqu'à sa disparition. Elle n'était pas souvent envoyée au bureau ; quand elle avait des ennuis, c'était assez mineur pour être géré par ses professeurs. Elle était brillante, une bonne élève, dans l'ensemble. Calme.

— Qu'en est-il des personnes qu'elle fréquentait ?

— La bande qu'elle fréquentait n'était pas la meilleure — un peu de drogue, sécher les cours et tout ça, mais elle était appréciée. Jolie. (Elle haussa les épaules.) La police a posé ces questions, parlé à ses amis. Après sa disparition, j'ai aussi parlé aux professeurs, mais personne n'avait rien d'utile à dire, et je ne me souviens de rien qui pourrait être utile.

— Et des étrangers qui rôdaient autour de l'école ? Un garçon plus âgé, peut-être vingt ans ?

Cummings balaya la question d'un geste de la main. — Voyons, Détective, vous savez qu'ils ont déjà posé cette question. Et non, nous n'avions personne qui rôdait autour de notre école. La seule chose étrange était un concierge qui est parti à peu près au même moment. (Elle haussa une épaule comme si la disparition d'un membre du personnel en même temps qu'une élève ne pouvait pas avoir d'importance.) Il n'est pas venu travailler le lendemain de sa disparition. Normalement, ça n'aurait soulevé aucune question — ces gens-là partent tout le temps, sans préavis. Mais comme il a disparu juste quand elle s'est enfuie, eh bien...

Un concierge. C'était le travail que Norton faisait quand il avait enlevé Shannon. Était-il assez effronté pour garder la même occupation ? S'il était concierge dans le système scolaire, il aurait eu un accès illimité aux victimes, bien que... il aurait été fiché. Et alors ils l'auraient déjà attrapé.

— Avez-vous contacté la police à ce sujet ?

— Oui. Ils ont dit qu'ils enquêteraient.

Petrosky avait lu le dossier — aucune mention d'un concierge dont il puisse se souvenir. Il jeta un coup d'œil à Morrison, se demandant s'il avait manqué quelque chose, et Morrison secoua la tête. Si le gamin n'était pas au courant, ce n'était pas du tout dans le dossier.

Petrosky se pencha en avant sur sa chaise, les mains sur les genoux. — Dites-moi tout ce que vous pouvez sur le concierge.

Elle s'adossa et croisa les bras — mettant de la distance entre eux. Cachait-elle quelque chose ? Ou juste... du regret ? — Il s'appelait Carlos Reyes. Il était discret. Il restait dans son coin, mais ils ne sont généralement pas les types les plus bavards.

— Ils ? *Ces gens-là*, avait-elle dit. *Ces gens-là partent tout le temps.* Il avait supposé qu'elle parlait du personnel d'entretien, mais—

— Les Mexicains. (Elle leva les yeux au plafond.) Je me souviens avoir pensé qu'il ne parlait peut-être pas beaucoup anglais, mais il comprenait toujours parfaitement les instructions.

Le cœur de Petrosky se serra. Norton ne pouvait pas passer pour un Mexicain — même avec des cheveux foncés, le gars était aussi pâle que les fesses de Petrosky privées de soleil. Cela dit, Norton était passé de cheveux naturellement blonds à chauve avec des sourcils noirs quand Petrosky l'avait rencontré, puis était redevenu blond au moment où il courait dans la bibliothèque avec Ava Fenderson. Peut-être que porter du maquillage n'était pas exclu, même si c'était très peu probable.

— Reyes semblait-il particulièrement intéressé par les enfants ? Les filles ?

— Si c'était le cas, personne ne l'a remarqué. Il venait juste, faisait son travail et rentrait chez lui.

Réservé. Craignant le rejet. Souriant timidement jusqu'à ce que quelqu'un semble réceptif ? La fille calme et inoffensive lui aurait peut-être souri. Puis *bam*, Lisa disparaissait. Mais ça ne semblait pas juste. Quelqu'un aurait appelé après que Morrison ait fait circuler le portrait-robot même si ses couleurs étaient différentes — Norton n'aurait pas pu cacher les cicatrices sur son visage. À moins que... il ait aussi déguisé cela.

— Reyes avait-il de la barbe ?

Cummings examina à nouveau le plafond, puis secoua la tête. — Rasé de près.

Ça éliminait cette possibilité. — Taille ? Poids ? demanda-t-il.

— Peut-être... 1m70, 1m73 ? Je dirais 100 kilos.

La taille et le poids ne correspondaient pas non plus, à moins que Norton ne porte une combinaison rembourrée — pas le style de leur gars. Mais Reyes avait peut-être accidentellement vu quelque chose, ou peut-être qu'il observait les filles pour Norton, choisissant des cibles potentielles. McCallum pensait que Norton avait un complice. Était-ce pour cela que Reyes ne s'était pas présenté au travail le lendemain de la disparition de Lisa ? Il se sentait coupable ? Mais Norton avait l'habitude de choisir des partenaires qui ne se faisaient pas remarquer ; sûrement il aurait vérifié le passé de Reyes et découvert que le concierge travaillait avec des connards qui l'auraient soupçonné juste parce qu'il était l'un de "ces gens-là".

— La police a dit qu'ils étaient passés chez lui, disait Cummings, mais il n'était pas là. Mme Walsh a piqué une crise à ce sujet, ici et à la police, j'ai entendu dire, bien qu'elle se soit plainte avant, je suppose.

— Plainte à quel sujet ? Le gars avait-il fait des avances à sa fille ou...

— Qu'il soit un immigrant, même s'il était en situation

régulière — on vérifie toujours. Mais elle est venue ici en marmonnant que les gens qui vivent ici devraient parler anglais ou retourner d'où ils viennent.

Si cet argument tenait, ils parleraient tous amérindien. Mme Walsh avait l'air d'un vrai bijou. Son babillage nerveux à la maison s'installa désagréablement dans le ventre de Petrosky comme du poisson avarié. — Je comprends que vous ayez un taux de rotation élevé, mais M. Reyes était-il spécifiquement enclin aux absences avant cela ?

Elle se mordit la lèvre. — Vous savez, je ne pense pas qu'il ait jamais été en retard un seul jour. Pas jusqu'à la disparition de Lisa.

Donc ce que Cummings venait de dire sur Reyes n'était que des stéréotypes qui ne lui correspondaient pas du tout. Génial. — Nous aurons besoin de ce dossier, madame. Avec un peu de chance, il y aurait moins de conneries sur papier... mais il en doutait.

Elle se leva. — Je reviens tout de suite.

Dès qu'elle eut fermé la porte derrière elle, Morrison sortit son portable et scruta l'écran.

— J'ai la liste de Forever Memories. Trente-six employés. Je vais récupérer leurs numéros de téléphone après qu'on ait suivi la piste de Reyes. À moins qu'on ne trouve par hasard le concierge avec un sous-sol plein de petites filles, ce qui est peu probable. (Morrison rangea le téléphone.) On dirait que Mme Walsh est un peu xénophobe.

— Arrête avec les grands mots, Cali.

— Bigote.

— Compris. C'était leur travail d'être suspicieux envers tout le monde, mais la race et la nationalité étaient de mauvaises raisons. Petrosky se leva péniblement et marcha vers le coin. Il souffla la bougie et se rassit.

— Pourquoi as-tu fait ça ? demanda Morrison.
— Quoi, tu es triste de ne plus pouvoir sentir bon ?
— Je sens toujours bon.
— Qu'est-ce que Shannon en pense, Nancy ?
— Elle se sentirait mieux que si je sentais comme vous.

La porte s'ouvrit avec un déclic. Cummings lança un regard noir à sa bougie et au filet de fumée noire qui s'élevait maintenant vers le plafond. — Adisa est en train de faire des copies pour vous.

Des copies qui ne les mèneraient probablement nulle part, à moins que ce salaud ne soit devenu un maître du déguisement — ou que Reyes ne soit réellement impliqué. Avec un peu de chance, Forever Memories leur donnerait quelque chose de mieux. Chaque heure qui passait était une heure de torture de plus pour ces filles.

Si elles n'étaient pas déjà mortes.

CHAPITRE 27

Carlos Reyes n'avait pas de permis de conduire du Michigan, juste un numéro de sécurité sociale. Sa dernière adresse connue — ou celle que Cummings avait dans ses dossiers — était un immeuble d'appartements de la section huit à deux pâtés de maisons derrière l'école.

— Tu veux qu'on y aille à pied, Chef ?

Petrosky le fusilla du regard jusqu'à ce que Morrison se dirige vers la voiture.

— Je demandais juste.

Petrosky sortit du parking et prit la direction de l'est, tandis que le genou de Morrison rebondissait en un rythme régulier contre la portière.

— Qu'est-ce qui ne va pas avec ta jambe, Cali ?

— Tu sais, je peux m'occuper de ça, et tu peux commencer avec Forever Memories. Ou vice versa.

— J'ai besoin de tes yeux.

— Tu as besoin de mes notes.

— Ça aussi. Carroll veut que tu fasses les rapports. Et si on arrive vraiment à trouver Norton...

Il n'avait pas besoin de dire qu'ils auraient besoin de renforts. Que si l'un d'eux y allait seul, ce type serait prêt avec une lance pour leur arracher le cœur. Et Norton n'était pas la seule préoccupation. Petrosky jeta un coup d'œil. La dernière fois que Morrison avait poursuivi Norton seul, le gamin avait mis le feu à la maison de Roger et avait découpé un pédophile avec un couteau de pêche. Pas que Petrosky s'en plaignait, mais quand même.

L'immeuble de cinq étages se dressait, aussi gris cendre que le ciel abattu. Le long de la rue, des graffitis rose et bleu encourageaient Grace à aller se faire foutre tandis que la neige sale laissée par un chasse-neige transformait les bordures en montagnes de boue glacée.

Ils se garèrent sur le parking à côté d'une Pinto, avec un demi-pare-chocs et une bâche couvrant la vitre arrière, et se frayèrent un chemin à travers le parking glacé et une porte-moustiquaire battante. Un morceau de ruban jaune de mise en garde pendait du coin supérieur de l'ascenseur, flottant dans la brise glaciale.

Morrison y jeta un coup d'œil, ouvrit la porte de la cage d'escalier et y pénétra.

La gorge de Petrosky semblait épaisse. Lourde. Même sa langue était fatiguée, et il était sûr qu'il ne se sentirait pas mieux après cette montée des escaliers. — Hé, Surfer Boy.

Morrison se retourna, mâchonnant l'intérieur de sa joue.

— Tu peux parler à Reyes et écrire en même temps ?

Les yeux de Morrison s'illuminèrent, bien que ses lèvres restassent serrées. — Je peux, Chef.

— Bien.

Le téléphone de Morrison sonna. Il le sortit rapidement, puis se détendit. — Valentine. Il le remit dans sa poche.

Petrosky leva un sourcil vers lui.

— J'ai demandé des mises à jour toutes les quelques heures. Il a dit qu'il enverrait un texto si c'était critique. La tension s'était installée aux coins de ses yeux — même si Valentine avait simplement appelé pour organiser un rendez-vous pour leurs mioches, Morrison était hanté par ce qui se passait dans sa tête. Probablement en train de se rappeler les lèvres de Shannon le jour où ils l'avaient trouvée — les points de suture, le fil noir, croûtés de pus. Sa fille nouveau-née enfermée dans une cage pour chien.

Petrosky saisit la rampe et haleta en montant une autre marche.

— On dirait que tu es en pleine forme, Chef, dit Morrison, assez rapidement pour qu'il ait peut-être aussi essayé de se distraire. Tu devrais vraiment venir à la salle de sport avec Decantor et moi.

— Va te faire foutre. Ce dont il avait vraiment besoin, c'était de la petite bouteille de Jack qu'il avait cachée sous son siège passager.

En haut des escaliers, Morrison ouvrit la porte du couloir. L'air sentait le Spam. Petrosky prit quelques respirations douloureuses, maudissant les escaliers et son cul hors de forme tout le long du couloir jusqu'à une porte profondément marquée. À un moment dans le passé, quelqu'un l'avait défoncée. Peut-être même la police, quand ils cherchaient Lisa Walsh.

L'appartement 303 fut ouvert par un homme âgé à la peau couleur de neige pissée. Une canule pendait d'une narine aux veines bleues, le tube menant à une bouteille d'oxygène sur roues à sa gauche. S'il était vif, il pourrait la leur lancer dessus... mais il ne l'était pas. L'homme s'appuyait lourdement sur le cadre de la porte et regardait Petrosky, attendant probablement qu'il parle, mais les poumons de Petrosky étaient encore en feu à cause des escaliers.

Morrison s'éclaircit la gorge et brandit le stylo comme une arme. — Bonjour, monsieur. Je suis le détective Morrison, et voici le détective Petrosky. Nous recherchons un certain Carlos Reyes.

— Je ne le connais pas. Sa voix avait le râle sifflant de l'emphysème. Petrosky sortit un chewing-gum.

— Votre nom, monsieur ? demanda Morrison.

— Martin. Martin Ellsworth.

— Depuis combien de temps vivez-vous ici, M. Ellsworth ?

Ellsworth prit une respiration à la Dark Vador. — Environ un an, je dirais.

— Connaissiez-vous le locataire précédent ?

Il secoua la tête.

— Avez-vous entendu parler de Carlos Reyes dans l'immeuble ?

Ellsworth secoua à nouveau la tête, les poches sous ses yeux s'assombrissant.

— Y a-t-il un gestionnaire d'immeuble ici ?

— Il y en avait un. Je pense que nous avons été rachetés par la banque ou quelque chose comme ça. J'ai dû changer l'adresse où j'envoie le loyer.

— Pouvez-vous nous donner cette adresse ?

— Bien sûr. Ellsworth tendit la main derrière la porte, probablement vers une table d'entrée débordante de factures d'hôpital en retard, mais Petrosky se raidit, et Morrison lui jeta un coup d'œil. Il se détendit quand la main d'Ellsworth réapparut avec une enveloppe. *Ressaisis-toi, vieux.*

— J'ai déjà payé celui-ci, dit Ellsworth. Vous pouvez le prendre.

Morrison échangea l'enveloppe contre sa carte de visite. — Merci, M. Ellsworth. Désolé de vous avoir dérangé.

— Pas de problème.

La porte se referma avec un clic.

— Qu'en penses-tu ? demanda Morrison alors qu'ils descendaient les escaliers.

— On va appeler la banque et essayer de trouver le gestionnaire d'il y a quelques années. Mais ça n'aidera probablement pas beaucoup. Le gestionnaire d'un endroit comme celui-ci se fiche de qui y vit tant qu'il reçoit un chèque.

— Si Reyes a disparu, dit Morrison, tu penses que la police de l'époque n'a tout simplement pas suivi l'affaire ?

— Je pense qu'ils l'ont probablement fait, mais n'ont pas écrit de roman à ce sujet. Un concierge est parti, certes, mais ils avaient peut-être déjà conclu que Lisa s'était enfuie et n'ont pas beaucoup enquêté.

— Il n'y a qu'une seule façon de le savoir.

Petrosky soupira.

Le trajet de retour au commissariat était chargé de l'agitation de Petrosky et de l'inquiétude silencieuse de Morrison. Petrosky conduisait, inhalant sa cigarette comme un homme affamé jusqu'à ce qu'il sente le regard du gamin le transpercer.

— Un problème ?

Morrison pointa la fenêtre du doigt.

Petrosky lui lança un regard noir mais baissa la vitre, puis tira sur sa cigarette et expira la fumée d'un coup, fort et violent. Violent, comme Norton.

Le malaise qu'il combattait toute la journée se transforma en un pressentiment plus intense alors qu'il regardait l'autoroute défiler, chaque buisson, chaque bâtiment lui rappelant que certaines choses continuaient, et d'autres non. Les briques, le mortier et le ciment restaient, mais le sang, la chair et les os se décomposaient comme les souvenirs de la personne qui avait jadis possédé cette enveloppe extérieure. C'était arrivé à Dylan Acosta et Lisa Walsh. C'était arrivé à Julie.

Et Norton se délectait de cette décomposition, et pas seulement pendant la mort - oh non, ce serait trop facile, trop gentil. Il savourait l'anéantissement de l'individu, abusant de l'amour, de la joie et de l'espoir jusqu'à ce que ces filles se demandent probablement si ces choses avaient jamais existé. Si seulement ils avaient attrapé Norton plus tôt. Si seulement ils n'avaient pas arrêté de chercher. C'était leur faute - *sa* faute. L'estomac de Petrosky se contracta. Toutes ces petites filles pensaient probablement que c'était leur faute aussi. Elles s'étaient enfuies, avaient désobéi à leurs parents. Elles avaient souri et encouragé Norton et l'avaient rencontré quelque part en secret parce qu'elles croyaient être en sécurité. Combien de fois Norton leur avait-il dit que c'était leur faute si elles étaient enfermées dans une cellule ? Les avait-il conditionnées, leur avait-il fait croire que sans leur propre stupidité, il ne leur ferait pas de mal ? Et quelque part au fond de sa tête, Petrosky entendit *sa* voix : *Désolée, Papa. Je ne voulais pas qu'ils m'attrapent.* Julie connaissait-elle aussi ses agresseurs ? Avait-elle ressenti cette même culpabilité irrationnelle qu'il avait vue maintes et maintes fois au cours de sa carrière - des victimes d'agression disant : « C'était ma faute » alors qu'elles étaient assises là, en larmes et le regard vide, du sang coulant le long de leurs jambes ?

— Tu viens ?

Petrosky sursauta et regarda par la fenêtre le commissariat. Il n'avait même pas remarqué qu'ils étaient arrivés. — Va à l'intérieur et commence. Je monterai. Il jeta son mégot par la fenêtre et alluma une autre cigarette.

Morrison hésita, puis sortit. L'estomac de Petrosky se tordit comme s'il avait un couteau dans le ventre alors qu'il le regardait traverser le parking. *Désolé, Surfer Boy. Je n'ai jamais été du genre fiable.* La voiture se rétrécit autour de lui. *Demande à Julie.*

Quand la porte du commissariat se referma derrière Morrison, Petrosky mit la voiture en marche arrière, se déplaça à l'arrière du parking et mit sa main libre de cigarette dans la console. Un briquet supplémentaire et quelques sachets de ketchup. Sa poitrine s'emballa comme celle d'un suspect juste avant un aveu.

Il ouvrit brusquement la boîte à gants. Carte grise. Six contraventions de stationnement, vieilles de plusieurs mois. Petrosky se jeta par-dessus le siège et glissa sa main sous le côté passager. Rien. Mais... attendez.

Froid, petit.

Il tâtonna à la recherche de la bouteille, essaya de la faire glisser, mais sa main se coinça sur la barre de réglage du siège. Il tira plus fort, grimaçant alors que le dessous du siège lui écorchait les articulations. Mais cela n'avait pas d'importance, pas maintenant qu'il tenait la bouteille serrée dans son poing.

Petrosky se rejeta contre l'appui-tête. Le ciel l'observait à travers le pare-brise comme un parent en colère, capable de transmettre sa désapprobation sans prononcer un mot. Il dévissa la petite bouteille et la pencha, ignorant sa main ensanglantée.

L'alcool lui brûla le ventre. Peut-être que ce serait sa dernière affaire. Peut-être qu'il ne verrait pas demain. Il y avait un réconfort dans cette idée, mais il était encore trop lâche pour faire quoi que ce soit à ce sujet - tant qu'il était sobre, en tout cas. Et tant qu'il y avait une chance qu'il puisse aider Ava, aider Margot... il essaierait. Mais il ne pouvait pas faire cette merde sobre ; la douleur était trop difficile à supporter.

Petrosky écrasa le mégot de la cigarette dans le cendrier, jeta la bouteille vide sur le sol et frappa son poing contre son sternum - son cœur essayait de se frayer un chemin à travers ses côtes. Le vent lui soufflait au visage alors qu'il se dirigeait vers le commissariat, mais le temps qu'il arrive au bureau, le Jack avait apaisé les battements erratiques dans sa poitrine.

Morrison n'était pas à son bureau, mais le dossier de l'affaire y était.

Je vais m'occuper moi-même du concierge. Petrosky attrapa le dossier, puis se dirigea vers son propre poste de travail et se laissa tomber sur le siège. Le battement régulier de son talon sur le sol et les bips et bourdonnements de l'ordinateur qui démarrait étaient animés, chaotiques. Mais l'écran noir lui rappelait que peu importe le bruit que l'on faisait, les efforts que l'on déployait, on était toujours à la merci de l'obscurité.

L'écran s'alluma. *Enfin.*

Petrosky tapa le numéro de sécurité sociale de Carlos Reyes que Cummings lui avait donné. Trente secondes plus tard, il avait un permis de conduire de l'Arizona et une adresse actuelle en Arizona. Mais la photo ne ressemblait en rien à ce que Cummings avait décrit - ni à Norton, d'ailleurs. Le Reyes à l'écran était grand, mince et décidément blanc. Sa taille était indiquée à un mètre quatre-vingt-dix. Qu'avait dit Cummings ? Un mètre soixante-douze ? Impossible qu'elle se soit trompée à ce point. Et le permis indiquait que Reyes était né il y a dix-huit ans. Il y a deux ans, quand Walsh a été enlevée, Reyes aurait eu... quinze ? Seize ans ?

Petrosky se pencha en arrière dans sa chaise. Un faux numéro de sécurité sociale. Pas inhabituel chez les immigrants illégaux si c'est ce qu'était Reyes. Il ouvrit son tiroir, poussa de côté un vieux chewing-gum et une serviette, et passa son doigt sur la feuille d'annuaire plastifiée que Morrison avait collée au fond du tiroir. Peut-être que quelqu'un de l'immigration pourrait-

— Qu'est-ce que tu as trouvé, Chef ? Morrison regarda par-dessus son épaule.

Petrosky claqua le tiroir. — Regarde ça.

Le visage de Morrison était peiné. Petrosky pointa l'écran où Reyes les fixait, maussade. — J'ai Reyes ici, adresse à-

— L'Arizona, ouais, je sais. Je l'ai appelé cinq minutes après être arrivé. Pas que j'en avais vraiment besoin, je suppose. C'était un faux évident. Mais voici le plus intéressant.

Morrison déposa une demi-douzaine de feuilles sur le bureau devant Petrosky.

— J'ai appelé Hernandez-

— Qui ?

— L'officier qui a mené l'enquête initiale sur l'enlèvement de Lisa Walsh, celui qui l'a considérée comme une fugueuse. Il est à la retraite mais fait toujours du conseil à Warren. Il s'avère qu'ils n'ont pas donné suite à l'affaire du concierge parce qu'ils ont retrouvé le corps de Reyes quelques jours plus tard, probablement tué le jour de sa disparition.

Morrison ouvrit le dossier et tourna quelques pages.

— Blessure par balle de fusil à la poitrine, classé

comme un vol parce que son portefeuille avait disparu. Sans véritable numéro de sécurité sociale, il serait resté un John Doe s'ils n'avaient pas déjà été en train de le rechercher dans la région.

Norton avait-il tué Reyes parce qu'il le soupçonnait, parce qu'il avait vu quelque chose qu'il n'aurait pas dû voir dans cette école ? Peut-être que Norton l'avait tué parce qu'il craignait que Reyes le dénonce, qu'ils aient travaillé ensemble à l'origine ou non. Mais... une blessure par balle ? Ce n'était même pas proche du mode opératoire de Norton, surtout pas il y a deux ans.

— Ils ont coincé quelqu'un pour le meurtre ?

Morrison secoua la tête.

— Je ne suis pas sûr qu'ils aient beaucoup insisté là-dessus non plus. Mais écoute ça : il a été abattu avec une carabine Ruger 10-22.

Une carabine. L'éclat dans les yeux de Morrison en disait long.

— Comme celle au-dessus de la cuisinière de M. Walsh, dit Petrosky.

Pendant qu'il était dans la voiture à noyer son chagrin dans l'alcool comme un imbécile, Morrison avait résolu une affaire non élucidée. Le gamin n'avait pas du tout besoin de lui.

— Tu as fait tout ça en dix minutes ?

Morrison ferma le dossier.

— Vous êtes resté absent presque une heure, Chef, dit-il doucement, sa voix teintée d'une subtile déception qui fit mal au cœur de Petrosky.

Petrosky fouilla dans le tiroir du bureau à la recherche d'un stylo. Ils iraient chercher Walsh dans cinq minutes — il n'allait nulle part. Mais d'abord... Il feuilleta le dossier, s'arrêtant pour marquer l'une des cartes que

Morrison imprimait toujours quand ils commençaient une affaire.

— Je n'aime pas à quel point tout ça est proche.

Il ignora le tremblement de ses doigts et pointa la page.

— L'école, les enlèvements, les filles. Acosta et Bell étaient plus éloignées de cette zone, mais-

— Norton travaillait avec quelqu'un d'autre à l'époque.

— Exact.

Petrosky tapota la carte.

— Voici la maison des Salomon. Voici où vivait Margot Nace.

Il marqua chaque endroit d'un coup déterminé, essayant de dissimuler les tremblements.

— Celui-ci est l'endroit où habitent les Walsh. On a aussi le lieu où le corps de Walsh a été abandonné. Et voici le dernier endroit où Casey Hearn a été vue puisque tu t'es permis de parler à ses parents sans moi.

Il fronça les sourcils à Morrison pour montrer son mécontentement, bien qu'il s'en fiche pas mal d'avoir manqué cet entretien.

— Chef, les parents de Hearn ne savaient rien. Je sais qu'on ne peut pas l'écarter définitivement, mais-

— On a aussi la bibliothèque, où Mme Fenderson a vu notre gars, et voici chacune des écoles des filles et le centre commercial où il a acheté les colliers.

Morrison plissa les yeux sur la page.

— Ça fait un cercle assez serré autour de chez les Salomon.

Un mal de tête commençait à se faire sentir derrière les yeux de Petrosky. Il se fichait de ce que McCallum disait sur l'intelligence de Norton, sur le fait que leur suspect saurait qu'ils le reconnaîtraient — il restait dans les environs. Il chassait dans les environs.

— On a ratissé le quartier, dit Morrison, on est même

entré dans la plupart de ces maisons avec la permission des propriétaires. Et rien. Decantor y est retourné avec le nouveau portrait-robot, a montré la photo de Norton. Il n'a rien obtenu.

— Je sais, je sais. Mais ce type n'aime pas le changement.

Norton revivait encore les torts subis au lycée, n'est-ce pas ? Punissant les filles qui lui rappelaient celles qui l'avaient blessé dans ses années de formation. Ou celles qu'il imaginait l'avoir blessé — *sale petit con prétentieux*.

— Je parie que son repaire se trouve dans un rayon de seize kilomètres autour de la maison des Salomon, mais c'est une zone densément peuplée. Si on se base sur la distance qu'une fille aux pieds mutilés pourrait parcourir avant que quelqu'un ne la rattrape, je dirais... trois kilomètres ? Cinq ? En supposant qu'elle ait une longueur d'avance ; c'est sûr qu'elle ne l'a pas distancé à la course.

— C'est vrai. Mais on a cherché.

La voix de Morrison avait toujours cette pointe d'inquiétude.

— Et... je veux dire, McCallum pense qu'il pourrait juste chasser là-bas. Peut-être que Norton emmène ses victimes ailleurs pour-

— Qu'il aille se faire foutre, McCallum.

Morrison refusa de croiser le regard de Petrosky. Petrosky essaya de faire comme si c'était parce que le gamin avait aussi mal à la tête — la douleur lancinante derrière ses propres yeux empirait de minute en minute.

— Il faut qu'on reparte de zéro — qu'on retourne chez les Salomon, dit Petrosky.

Il était dans le quartier, Petrosky pouvait presque goûter la vérité de cette affirmation, la sentir couler dans ses veines avec le Jack.

— On devrait peut-être juste s'asseoir au coin de la rue jusqu'à ce qu'on le voie.

Morrison jeta un coup d'œil vers le bureau de Decantor puis revint à Petrosky, la bouche à moitié ouverte.

— T'as autre chose à dire, Surfer Boy ?

Morrison secoua la tête et ferma la bouche.

— Allons récupérer l'arme de Walsh.

CHAPITRE 28

— Où est-elle, Monsieur Walsh ?

Walsh n'avait pas semblé particulièrement ravi de voir Petrosky ou Morrison une fois qu'il avait appris qu'ils n'étaient pas là pour lui accorder ses « cinq minutes » avec l'homme qui avait tué sa fille. Cependant, sachant maintenant que le gars avait déjà rendu une justice expéditive au kidnappeur de sa fille — ou à l'homme qu'il pensait être le kidnappeur — peut-être que Petrosky aurait dû prendre cette histoire de « cinq minutes » plus au sérieux.

— Où est quoi ? dit Walsh.

Petrosky fit un geste vers l'espace vide au-dessus de la cuisinière, le contour de l'arme presque visible si on plissait les yeux. — Votre fusil.

Walsh regarda la cuisinière puis les deux hommes. — Stacey l'a. Elle disait qu'elle ne se sentait pas en sécurité, alors je l'ai laissée le prendre. Pourquoi ?

Son ex. Petrosky et Morrison échangèrent un regard. — Où est-elle maintenant, Monsieur Walsh ?

— Chez elle, je suppose. De quoi s'agit-il ?

— Saviez-vous qu'un concierge de l'école de Lisa, un certain Carlos Reyes, a disparu le lendemain de la disparition de Lisa ?

— Quoi ? Les sourcils de Walsh se froncèrent. Je ne pense pas avoir jamais entendu ce nom. Vous pensez qu'il... a fait du mal à Lisa ? Est-ce qu'il... Sa voix se brisa, et il s'essuya les yeux. Désolé, ça... vient par vagues, vous savez ?

Petrosky le savait. Ce qu'il ne savait pas, c'était pourquoi la posture de ce type restait affaissée, vaincue. Pas une once d'anxiété, même quand ils avaient demandé pour l'arme. Cependant...

Cummings avait dit que *Madame* Walsh était bouleversée à propos du concierge. Elle n'avait rien dit du tout concernant Monsieur Walsh.

Bon sang. Petrosky s'appuya contre le comptoir, ses bras soudain lourds comme du plomb. — Votre ex-femme a-t-elle déjà mentionné Reyes ?

Walsh fit une pause. Sa mâchoire tomba. Il referma la bouche.

— Monsieur Walsh ?

— Stacey... juste après la disparition de Lisa, elle a dit quelque chose à propos de quelqu'un à l'école qui l'aurait enlevée, mais elle... Je veux dire, elle ne m'a rien dit d'une personne en particulier. Elle disait qu'il y avait des gens là-bas, qui enlevaient des filles, les transformaient en mules pour la drogue. Les emmenaient au Mexique. Walsh secoua la tête. Je lui ai dit que c'était fou, mais...

— Vous n'avez pas cru son histoire ? Peut-être avez-vous envisagé de vous en prendre à un homme que vous pensiez avoir fait du mal à Lisa ?

Walsh recula comme si on l'avait giflé. — M'en prendre... à qui ? Pour quoi ? Je veux dire, si j'avais su qui avait Lisa, j'aurais essayé de la récupérer, mais ce que

Stacey disait n'avait aucun sens. Puis quelques semaines plus tard, elle a été hospitalisée — ils ont dit que le stress dû à la disparition de Lisa avait provoqué une sorte de crise psychotique, et... eh bien, elle n'a plus été la même depuis. Je suppose que j'ai pensé que ces accusations faisaient... partie du même genre de folie. Il soupira lourdement. Je ne suis pas sûr de ce que vous me demandez.

Petrosky se redressa du comptoir et se pencha suffisamment près pour sentir le savon de Walsh. — Laissez-moi être plus clair, alors : Avez-vous tué Carlos Reyes ?

Walsh se dirigea vers la table de la cuisine et s'assit lentement, progressivement, sur la chaise. — Oh mon Dieu. Qu'est-ce qu'elle a fait ? Il mit sa tête dans ses mains. Soit c'était un psychopathe, soit il était vraiment ignorant. Petrosky pariait sur la seconde option.

Pas étonnant que son ex ait été si nerveuse la dernière fois qu'ils étaient venus ici. Son cul raciste s'en était pris à Reyes dès qu'elle avait appris la disparition de Lisa. Elle avait probablement décidé de le menacer pour qu'il lui rende sa fille. Bon sang, peut-être même qu'elle l'avait abattu accidentellement.

Et maintenant elle était en fuite. Parce qu'elle savait qu'elle avait tué le mauvais homme.

— Nous aurons besoin de son adresse, Monsieur Walsh. Maintenant.

Stacey n'était pas chez elle. Bien sûr qu'elle n'y était pas. Elle était probablement dehors en train de tirer sur un autre innocent travailleur à la peau brune pour avoir été à proximité de son enfant à un moment ou un autre.

Comme s'ils n'avaient pas assez à gérer. Maintenant, ils

avaient une folle raciste qui se baladait, armée jusqu'aux dents.

— On ne peut pas refiler cette merde à Hernandez ?

— Peut-être s'il n'avait pas pris sa retraite, patron.

Morrison le regardait étrangement. Petrosky s'en fichait. L'épuisement dans ses membres s'était intensifié depuis qu'ils avaient quitté la maison Walsh ; chaque pas était maladroit comme s'il essayait de patauger dans de la colle. Demain, il se remettrait sur les rails et essaierait de dormir un peu plus avant de s'évanouir réellement au travail.

— Je pensais commencer par son travail, ses amis, dit Morrison. Si je ne la trouve pas d'ici demain matin, je passerai le relais à Decantor pour le suivi. Il fixait toujours Petrosky, les sourcils froncés. Je t'enverrai un texto demain matin pour te dire comment ça s'est passé ?

— Tu essaies de te débarrasser de moi, Cali ? Petrosky visait le sarcasme, mais les mots sortirent tendus. Faibles. Vaincus.

Morrison secoua la tête. — Pas nécessairement. Mais tu n'as pas l'air bien, vieux.

Il ne se sentait pas bien. C'était peut-être l'alcool, peut-être le stress. — Je me reposerai plus tard. Mais la terre essayait de l'aspirer comme si le sol était fait de sables mouvants.

— Je peux gérer ça, patron. C'est du boulot facile — juste localiser le téléphone portable, lancer des avis de recherche et tout ça. Et si je la trouve, je prendrai Decantor en renfort. Je n'irai pas seul.

— Shannon va te passer un savon, à rester dehors toute la nuit encore.

— Je n'arrive pas à dormir. Je reste juste allongé, à fixer le plafond, inquiet pour Shannon, les enfants. Peut-être que si je restais avec eux... mais j'ai peur de mener Norton jusqu'à elle. Et après mûre réflexion, on a décidé de les déplacer à nouveau. La femme de Valentine aussi, juste au cas où.

Mûre réflexion. Morrison ne sentait pas sa famille en sécurité — il ne le serait pas tant que Norton ne serait pas sous les verrous pour de bon. Pas étonnant que le gamin ait l'air d'avoir dormi les yeux grands ouverts.

— Elle est chez la belle-mère de Decantor ; la maison est au nom de son nouveau mari, dit Morrison. Valentine est toujours sur eux toute la journée, plus elle a nos trois bergers allemands et le rottweiler de Valentine. Plus vite je boucle cette affaire, plus vite ils pourront rentrer à la maison.

Morrison posa une main sur l'épaule de Petrosky, paraissant soudain aussi fatigué que Petrosky se sentait. — Rentre chez toi. On ne peut pas être tous les deux épuisés. Envoie-moi un texto quand tu te réveilles. Avec un peu de chance, d'ici là, on aura arrêté le meurtrier de Reyes et on sera de retour sur les traces du kidnappeur de Lisa Walsh.

Petrosky fronça les sourcils, et les muscles de son visage tressaillirent. Mais le gamin avait raison. — Tu sais que je déteste ces conneries de texto.

— C'est plus efficace. Morrison sourit — seuls ses yeux cernés de rouge trahissaient son inquiétude. Et je peux te dire où je suis, même t'envoyer une carte avec un petit point GPS à suivre.

— Tu crois que je ne connais pas mon chemin, Surfer Boy ?

Morrison haussa les épaules. — Je dis ça comme ça.

Petrosky soupira. — D'accord. Mais si cette voix GPS de merde dans le téléphone me fait atterrir dans la rivière, je te tiens pour responsable.

Morrison fixait la main de Petrosky, et ce dernier suivit son regard jusqu'à l'entaille sur le dos de ses phalanges où il s'était accroché sous le siège de la voiture. La bouteille en avait valu la peine.

Il cacha sa main derrière son dos. — Je me suis cogné contre la portière de la voiture, dit-il, bien que Morrison n'ait pas posé de question. Il se leva. — Tu rentres chez toi quand tu auras fini avec Stacey et son fusil ?

— Pas tout de suite. J'ai encore une chose à vérifier.

— Pour l'enquête ?

— Je ne suis pas sûr.

Le corps de Petrosky vibrait. Sa bouche était un désert. Il suça ses dents pour cacher un bâillement, goûtant le sel, le sable et quelque chose d'aigre. — Tiens-moi au courant demain. Et le matin, on ira dans le quartier de Salomon pour repérer les lieux.

— Ça marche. Repose-toi bien, Chef.

Le sommeil ne guérirait pas ce qui le tourmentait, mais il ne fonctionnait plus sans. Même la pièce commençait à s'estomper par intermittence, floue. Un verre et puis au lit. Peut-être une balle si ses couilles se transformaient miraculeusement en melons d'ici l'aube. Dans tous les cas, le gamin s'en sortirait.

CHAPITRE 29

Quand Petrosky se réveilla, ses couilles avaient exactement la même taille. Peut-être même plus petites — le whisky n'était pas connu pour ses propriétés réparatrices quand il s'agissait de ses attributs.

Il envoya trois SMS à Morrison, mais le gamin ne répondait pas. Il avait probablement travaillé trop tard et s'était finalement endormi. Petrosky prit une gorgée de la bouteille à côté du lit — juste une, pour se remettre d'aplomb — et se traîna dans la maison pour se préparer au travail. Il envoya un autre SMS à Morrison, au cas où le téléphone aurait perdu les premiers messages. Dans la cuisine, il examina la cafetière, appuya sur les boutons et la regarda crachoter. Il partit avant que le café ne soit prêt.

Il se gara au commissariat, scrutant le parking à la recherche de la voiture du gamin. Pas là. Il fixa son téléphone d'un air menaçant, envisagea d'appeler à nouveau, puis le fourra dans sa poche. Certaines choses étaient mieux faites en personne. À l'ancienne, comme de bonnes chaussures ou des jouets en bois avant qu'ils ne commencent à produire de la camelote en masse. Pas que ça l'empêchait d'acheter des jouets chinois bon marché pour Evie et Henry. Il avait des principes, mais n'était pas stupide.

L'horloge du tableau de bord indiquait 7h44. Morrison n'arrivait jamais après sept heures — il avait probablement fait le trajet avec Valentine ou cet enfoiré de Decantor, dont la stupide Jeep Wrangler était déjà sur le parking. Sans doute étaient-ils là-haut en train de bavarder des Kardashian, faisant perdre le temps de tout le monde.

Petrosky monta les marches d'un pas lourd et entra dans le bâtiment. Le bureau de Morrison était vide. Des yeux le suivirent tandis qu'il traversait l'open space, cherchant ce faux-cul de Decantor, irrité comme pas possible de devoir chercher son partenaire comme un chat perdu. *Je vais leur donner de quoi commérer.*

Decantor leva les yeux à son approche.

— Hé ! T'as parlé à Morrison ?

— Pas de nouvelles de lui.

Decantor sourit, mais ses yeux restèrent sur leurs gardes.

— J'ai entendu dire que des félicitations étaient de mise. Il est arrivé hier soir avec cette femme, Walsh.

Il l'a eue ? Encore une fois, sans lui — apparemment sans personne puisque Decantor ne lui avait pas fait ses félicitations hier soir. *N'ira pas sans renfort, mon cul.*

— Il a récupéré l'arme de Walsh ?

— Nan, il paraît qu'elle l'a jetée dans la rivière.

— Il paraît ? Il l'a interrogée ?

— Ouais. Le bruit court qu'elle a fait des aveux complets. Elle est en cellule maintenant.

Decantor sourit.

— Ton gars est bon.

Carroll avait raison à propos du gamin qui avançait sans lui. Et Morrison méritait un meilleur partenaire — ou du moins un qui ne soit pas aussi perturbé. Peut-être qu'il était vraiment temps pour Petrosky de quitter la police.

Petrosky acquiesça.

— Il est bon.

Mais il n'était toujours pas *là*.

Petrosky retourna d'un pas nonchalant à son bureau, les yeux fixés sur sa chaise. Après avoir arrêté Mme Walsh, Morrison était probablement rentré chez lui pour dormir. Peut-être avait-il besoin d'un réveil. Rien ne disait mieux bonjour que d'être tiré du lit par quelqu'un tambourinant à votre porte.

Petrosky lui apporterait même du café.

La maison de Morrison était vide. Valentine ne l'avait pas vu depuis la veille. Et quand Shannon, les yeux embrumés, ouvrit la porte chez la belle-mère de Decantor, l'inquiétude commença à se tordre dans l'estomac de Petrosky comme un nid de rats, grimpant dans sa poitrine et le long de ses bras.

— Quand l'as-tu vu pour la dernière fois ?

— Hier avant le travail, répliqua Shannon. J'ai supposé qu'il passait la nuit au boulot. Avec toi.

— Détends-toi, Shannon, c'est peut-être encore le cas.

— Me détendre ? Le malade qui m'a enlevée et enfermé Evie est toujours dans la nature. Je ne travaille pas — je suis dans une putain de *planque*. Et maintenant tu me dis que mon mari est quelque part dehors et que tu n'as aucune idée d'où il est ?

Sa voix était perçante. De l'autre pièce, l'un des enfants

commença à pleurer, et elle regarda en arrière, puis à nouveau vers la porte d'entrée, comme si elle essayait de décider si elle devait consoler l'enfant ou enfiler ses chaussures et partir avec Petrosky.

— Je vais le retrouver, Shannon.

Il lui serra le bras.

— S'il avait été blessé, on le saurait déjà.

Mais il n'y croyait pas. Et à en juger par l'expression de son visage, le tremblement de sa lèvre, elle n'y croyait pas non plus.

Elle savait ce que c'était d'être cachée ; on pouvait être mort, et personne n'en aurait la moindre idée.

Le café était froid depuis longtemps quand Petrosky traversa en voiture le quartier de Salomon, à la recherche de la Fusion de Morrison, ou de l'homme lui-même. Hier soir, Morrison avait réussi à trouver la mère de Lisa Walsh, ce qui laissait les plans de ce matin pour vérifier le quartier de Salomon. Peut-être que le gamin avait décidé de prendre de l'avance. Mais où ? Ils n'avaient localisé aucun abri anti-bombes ni aucune remise qui aurait pu faire un bon donjon, et chaque maison ici avait un sous-sol. *Merde.* La poitrine de Petrosky se serra alors qu'il faisait le tour du pâté de maisons de Salomon. Tout était calme. Certaines maisons semblaient abandonnées, et d'autres avaient des lumières allumées à l'intérieur, bien que nulle part il ne vit la voiture de Morrison dans l'allée.

Mais le gamin n'était sûrement pas venu à pied.

Le pâté de maisons suivant était semblable, et le suivant, et celui d'après. Petrosky alluma cigarette sur cigarette et essaya de se concentrer sur ce qu'il savait — ce qui était que dalle, bien que sa confusion puisse venir de l'anxiété qui faisait rage dans sa poitrine au point qu'il pouvait à peine respirer, et encore moins réfléchir. Morrison était-il venu ici sans lui dès le début ? Avait-il vu quelque chose ? Avait-il suivi quelqu'un hors du quartier ? Mais Norton ne montrait pas son visage — il ne le pouvait pas, pas dans le coin. Le secteur avait été ratissé deux fois, une fois avec un portrait-robot. Ces gens savaient qui les flics recherchaient.

Il était presque neuf heures maintenant, et chaque respiration enfonçait des stalactites d'air glacial dans les poumons de Petrosky. La fenêtre était toujours ouverte comme s'il pensait qu'il entendrait le rire de Morrison porté par la brise s'il écoutait assez attentivement. Mais il n'y avait que les bruits du quartier qui s'éveillait — des portes d'entrée qui claquaient, des voitures qui démarraient alors que les gens partaient au travail.

Morrison avait vu quelque chose. Était allé quelque part.

Mais il aurait appelé. Envoyé un putain de SMS. Et même s'il était dans l'une de ces maisons, enfermé comme Shannon l'avait été — comme Lisa Walsh l'avait été avant d'être...

Jetée. Dans la ruelle. Et Norton, si rien d'autre, était un être d'habitudes. S'il avait fait du mal à Morrison—

Non. Petrosky ne voulait pas aller par là, littéralement ou au figuré. Il ne voulait pas voir la ruelle. Ne voulait pas sentir le sang gelé de Walsh sur le sol.

Ne voulait pas avoir raison.

Il se dirigea dans cette direction, chaque nid-de-poule envoyant une secousse à travers son squelette, lui hurlant de faire demi-tour. Decantor appela quand il était à mi-chemin, et le cœur de Petrosky fit un bond — ou peut-être juste... frissonna. *S'il te plaît, fais que j'aie tort*. Parce que s'il avait raison...

— Petrosky.

— Hé, t'as du nouveau ?

La voix tendue de Decantor faisait écho à la peur froide que Petrosky essayait de réprimer toute la matinée.

— J'ai déjà lancé un avis de recherche sur la voiture de Morrison. Rien pour l'instant.

— Rien ici non plus, dit Petrosky. Je me dirige vers la ruelle où on a trouvé Walsh.

Silence au bout du fil. Puis : — Tu penses qu'il-

Petrosky raccrocha avant que Decantor ne puisse finir sa pensée. Il ne pouvait pas le formuler avec des mots. Et il ne voulait certainement pas l'entendre de quelqu'un d'autre.

Aucune des entreprises autour de la ruelle n'était encore ouverte. Elles relèveraient probablement leurs rideaux vers dix heures ; si tant est qu'elles se donnaient encore la peine d'ouvrir.

Cette fois-ci, aucune barrière de police ni ruban ne gênait son passage, et Petrosky s'engagea en crissant sur la rue pavée, le châssis claquant sur les nids-de-poule, l'eau glacée et nauséabonde de la route éclaboussant sa vitre ouverte. Il cracha sa cigarette en même temps que la boue malodorante et engagea brutalement la voiture en stationnement à l'entrée de la ruelle. Le vent soufflait autour de lui, mordant ses joues alors qu'il sortait de la voiture. Il le sentait à peine.

La ruelle était mortellement silencieuse, hormis le vent — le vent et l'eau qui gouttait d'un tuyau d'évacuation sur le sol gelé avec un régulier *tic, tic, tic*. *Remonte dans la voiture.* Il resta là, écoutant l'eau, agrippant la poignée de la portière comme si elle pouvait l'amarrer à une autre vie, une vie où il ne faisait pas ça. *Remonte simplement dans la voiture*. Où il était au travail, à plaisanter avec son partenaire et non dans une ruelle à chercher son partenaire-

Il lâcha la portière et laissa retomber son bras. Il était ridicule. Il allait descendre là-bas pour satisfaire sa curiosité, puis retournerait au commissariat pour trouver Morrison à son bureau. Il passerait un savon au gamin pour avoir inquiété tout le monde. Morrison était trop bon pour se faire avoir par un connard comme Norton, trop vigilant. Le gamin avait probablement passé une nuit blanche à faire la paperasse sur la mère homicide de Lisa Walsh et était finalement parti quelque part pour dormir un peu — peut-être même dans un motel puisqu'il n'y avait pas beaucoup de place pour dormir chez la belle-mère de Decantor, et chez lui... *Je reste juste éveillé toute la nuit, à fixer le plafond.*

Avec un dernier regard à sa voiture, Petrosky se ressaisit et s'engagea dans la ruelle, le gémissement subtil du vent derrière lui. Ici et là, un rongeur détalait à ses pas. Mais aucun bruit humain — pas d'agitation de techniciens de scène de crime, pas de soupir irrité d'un médecin légiste surmené. Juste la brise tumultueuse et le bruit sourd de ses chaussures sur le béton.

Les bennes à ordures semblaient encore plus imposantes que la première fois qu'il était venu ici. *Avec Morrison.* Le souffle de Petrosky sortait par à-coups. Il accéléra le pas, le bruit amplifié dix fois par les hauts murs qui lui renvoyaient l'écho. Puis il se mit à courir, les pieds volants, chaque respiration glacée qu'il aspirait teintée d'une panique électrique.

Il trébucha en contournant la benne, et le monde s'arrêta. Collée juste derrière, au même endroit où ils avaient trouvé Walsh, se trouvait la voiture de Morrison, la peinture bleu-gris se reflétant sur les bâtiments couverts de glace. Le tic-tac de l'eau était soudain insupportablement fort. Petrosky trébucha et donna un coup de pied dans un sac poubelle rempli de Dieu sait quoi, et le plastique craqua dans l'air comme une décharge de chevrotine.

Il ne voulait pas toucher la voiture, mais il n'avait pas le choix, et quelque part derrière lui, une autre portière de voiture claqua au moment même où il posait sa main sur la poignée. Morrison était-il là, alors ? Juste en train de se promener, d'enquêter ?

Son cœur battant étouffait tous les autres sons alors qu'il ouvrait brusquement la portière. Les images lui parvinrent au ralenti : La bâche en plastique — du Visqueen, enroulée comme un tapis. Une des chaussures hippies de Morrison dépassant du bas. Et le visage de Morrison, sous le plastique, la bouche béante.

Bon Dieu. Non, non, non.
Il ne peut pas respirer, putain, il ne peut pas respirer !

Il bondit à l'intérieur de la voiture, déchira le plastique, échoua à le dégager, et sortit son couteau, chaque entaille de la lame contre l'épais revêtement résonnant depuis les murs au-dessus. Son cœur brûlait, cognant contre son sternum, essayant d'exploser hors de sa poitrine.

Le plastique se déchira du visage de Morrison, puis du reste de son corps, et Petrosky le tira aveuglément, en jetant une partie hors de la voiture et une partie sur le plancher. Petrosky chercha frénétiquement la main de Morrison, la paume du gamin tournée vers le ciel.

Immobile. Il était si immobile.

Petrosky posa sa tête sur la poitrine de Morrison. Rien. Aucun mouvement, aucun pouls, aucune chaleur. Il toucha le visage de Morrison. Pressa ses doigts contre le cou de Morrison et ne toucha pas de la peau mais quelque chose de plus humide, plus gélatineux — le cou du gamin était tranché, les tissus autour de la blessure si froids. Mais les lèvres du gamin étaient encore rouges.

Du sang.

Non, s'il te plaît, non.

— Hé, gamin, réveille-toi, dit Petrosky assez fort pour que Morrison aurait dû l'entendre. Mais il ne réagit pas.

Les battements du cœur de Petrosky étaient assourdissants, mais sa respiration l'était encore plus. Sa vision vacillait et revenait par vagues tremblantes : les yeux bleus de Morrison, ouverts, sans vie. La plaie béante traversant le cou du gamin. De profondes lacérations sur sa poitrine, tout comme les blessures de Salomon, des morceaux d'os visibles à travers la peau tranchée. Des marques de coupure jusqu'à l'os sur ses avant-bras comme si Cali avait essayé de se protéger d'une lame de machette.

Morrison. Le gamin était froid. Il était si froid. Comme le bébé dans la cave, mais le bébé allait s'en sortir. Peut-être que Morrison pouvait s'en sortir aussi — il y avait toujours un bon côté, pas vrai ? Le gamin lui répétait sans cesse qu'il y avait toujours un bon côté.

Pas encore, s'il te plaît, pas encore. Petrosky aurait dû être là la nuit dernière. Il aurait dû être avec lui. *Je suis tellement désolé, Cali. Je suis tellement désolé, fiston. Je suis tellement...* Petrosky prépara ses poings, l'un sur l'autre, pour le massage cardiaque, chaque poussée de ses mains frénétique et plus pleine d'espoir qu'il ne le ressentait.

Quelqu'un lui attrapa la jambe depuis l'extérieur de la voiture. Norton était là pour finir ce qu'il avait commencé. En ce moment, Morrison avait peut-être encore une chance de s'en sortir, mais si Norton était revenu... Petrosky se retourna brusquement, le couteau suisse dégainé, prêt à trancher ce salopard à mort.

Decantor le lâcha, les yeux écarquillés en s'écartant de la trajectoire du couteau. — Petrosky ! tenta-t-il à nouveau, en attrapant le bras de Petrosky. Attends-

Petrosky donna un coup de coude, heurta de l'os. La

hanche de Decantor heurta la portière de la voiture alors qu'il tombait sur le sol gelé.

Petrosky posa une main sur la gorge de Morrison. Il pouvait au moins arrêter le saignement. Mais il y avait tellement de sang, des taches écarlates sur la chemise du gamin, sur la bâche en plastique, le sang poisseux sur les mains de Petrosky-

— Petrosky ! Quelqu'un lui criait dessus, débitant des conneries sur les preuves et les empreintes digitales.

— Appelez une ambulance ! cria Petrosky. Il avait besoin d'une serviette. D'une chemise. De n'importe quoi. Il relâcha la pression sur le cou de Morrison, et ses mains en ressortirent... collantes. Pas mouillées. Il s'immobilisa, plissa les yeux vers les blessures. Morrison ne saignait pas.

Plus maintenant.

Petrosky tendit la main vers lui, son bras se déplaçant trop lentement dans l'espace comme si l'air s'était transformé en mélasse. Ses muscles du bras brûlaient alors qu'il s'étirait, de plus en plus près... il toucha le front de Morrison. Froid. Moite. *Je suis tellement désolé, gamin. Je suis tellement, tellement désolé, fiston.*

Puis sa vision devint rouge, sanglante — le sang de Morrison, puis celui de Julie, la douleur se mélangeant et s'étalant à la surface de son cerveau, les images de leurs corps se tordant comme un reflet macabre dans un miroir déformant. Sa poitrine était en proie à une agonie si vive qu'il était certain qu'elle pourrait trancher quiconque s'approcherait. Il retira sa main du visage de Morrison, atteignit son étui et en sortit brusquement son arme. La sécurité se désenclencha facilement, presque d'elle-même. *À bientôt, gamin*. Il enfonça l'arme entre ses dents.

Quelqu'un l'agrippa à nouveau par derrière, tira sur sa jambe, et cette fois, il perdit l'équilibre, l'arme rebondissant sur le plancher avec le bruit sourd et lourd du métal sur le caoutchouc. Il donna des coups de pied, essaya de récupérer l'arme, mais fut à nouveau tiré en arrière. Il chercha son couteau.

Puis Decantor lui saisit les bras, et ses genoux heurtèrent le pavé. — Arrête de me faire chier ! Petrosky se jeta en arrière sur Decantor, et l'homme le lâcha alors qu'ils basculaient.

— Va te faire foutre, Decantor ! Va te faire foutre ! Petrosky le hurlait encore et encore, la salive volant de ses lèvres. Et puis il y eut d'autres personnes à ses coudes, juste debout, ne tirant pas, se contentant de tenir ses bras contre la voiture. Des agents en uniforme peut-être, pas des inspecteurs.

— Je suis désolé ! criait Decantor. Je n'aurais pas dû...

— Lâchez-moi ! La voix de Petrosky résonnait comme le hurlement d'un animal blessé contre les briques de la ruelle. Il agitait ses bras, ses jambes, se débattant de toutes ses forces, mais les hommes de chaque côté tenaient bon.

La douleur dans la poitrine de Petrosky irradiait le long de ses bras, le ramenant à la réalité. Du noir apparaissait et disparaissait aux bords de sa vision. Il arrêta de tirer. Ils desserrèrent leur prise, et il libéra ses bras d'un coup sec.

Les yeux de Decantor étaient fixés sur la voiture, une unique larme sur sa joue. — Laisse-moi te ramener, Petrosky.

Petrosky se retourna et repartit en haletant par où il était venu, passant devant les bennes à ordures graisseuses et tachées, devant le bruit de l'eau qui gouttait, devant les rats qui détalaient.

Il lui fallut quatre essais pour insérer sa clé dans la portière de la voiture. Puis il se retrouva assis sur le siège avant, le moteur en marche et ronronnant, bien qu'il ne se souvienne pas être monté dans la voiture ni de l'avoir démarrée. Il ne se souvenait pas non plus d'avoir vomi sur le siège avant, pourtant c'était là, le vomi partout.

Il passa la voiture en marche avant et s'éloigna en trombe de la ruelle, de son partenaire, de son garçon.

Chez moi. Chez moi. Chez moi. Il avait besoin d'être seul avec son arme.

CHAPITRE 30

Decantor le suivait — à chaque virage, à chaque colline, cet imbécile était là derrière, phares éteints mais reflétant le ciel gris terne comme une paire de lunes sales. Petrosky zigzaguait entre les voitures et changeait constamment de voie, mais il n'y avait aucune chance qu'il puisse battre la voiture plus récente de Decantor avec sa vieille Caprice. Pas que ça aurait vraiment d'importance au final.

Tout son corps était engourdi. Picotant. Ses sens lui revenaient occasionnellement, juste assez longtemps pour qu'il réalise que la voiture sentait comme si quelqu'un y avait vomi. Que sa cage thoracique était prise dans un étau. Qu'il ne pouvait pas respirer.

Il voulait arrêter de respirer. Il avait juste besoin d'un moment de calme. D'un endroit tranquille. Il jeta un coup d'œil dans le rétroviseur. S'il le fallait, il emmènerait ce fouineur de Decantor avec lui, ce fils de pute.

Mais il ne le ferait pas. Il ne le pouvait pas. Pas encore.
Je dois le dire à Shannon.
Elle avait besoin de lui. Sauf que... ce n'était pas le cas.

Elle avait Lillian avec elle, Valentine, les enfants. Et sûrement quelqu'un le lui avait déjà dit — que pouvait-il lui offrir qu'ils ne pouvaient pas ?

La réponse se révéla comme un brouillard qui se dissipe d'une montagne à l'aube, exposant la roche, illuminant sa surface ravagée et meurtrie. Il manqua le virage menant chez la belle-mère de Decantor. Passa devant des restaurants où lui et Morrison avaient mangé. La brise soupira sur sa voiture, et il sentit le froid même avec la fenêtre fermée. Il savait ce qu'il devait donner.

Petrosky se dirigea vers le commissariat, Decantor toujours sur ses talons.

Putain de sangsue. Mais l'engourdissement s'insinuait en lui, étouffant le feu dans sa poitrine, dilatant ses poumons alors qu'il souhaitait que son corps brisé abandonne enfin et cesse de fonctionner une bonne fois pour toutes.

Rien de tout cela n'avait d'importance. Rien n'importait — rien à part Shannon et les enfants. Et il pourrait mieux s'occuper d'eux s'il était mort.

Petrosky marcha vers le bureau des ressources humaines au milieu des piaillements de vieilles commères qui jasaient sur sa présence, ou peut-être essayaient de deviner qui il allait frapper. S'ils continuaient comme ça, ce serait eux tous.

Il fourra un chewing-gum dans sa bouche, espérant que ça masquerait le verre qu'il avait bu dans la voiture, mais ne se souciant pas vraiment si ce n'était pas le cas. Au fond du bureau des RH, un petit con aux yeux perçants tapait sur son clavier. Greg Teeple. Le gars ressemblait à un rat.

Teeple se leva quand il vit Petrosky arriver. — Que puis-je faire pour toi, Petrosky ?

— J'ai besoin de changer les bénéficiaires de ma police d'assurance et de ma pension.

— Ah, d'accord. Teeple fit un geste vers la chaise, s'assit, tapa.

Petrosky tambourina des doigts sur le bureau, encore et encore jusqu'à ce que Teeple interrompe sa frappe et le regarde. *Allez, connard.*

— Je vois que tu n'as pas de bénéficiaires éligibles pour ta pension. Teeple annonça la nouvelle comme s'il commandait un sandwich — comme si ce n'était pas la chose la plus triste qu'il ait jamais entendue. — C'est toujours exact ?

Petrosky hocha la tête, ses doigts tapant plus vite maintenant, son pied s'agitant sous le bureau.

— Donc tu cherches à faire un versement unique de tes prestations à une autre personne que — il plissa les yeux vers l'écran — Curtis Morrison ? Il leva un sourcil. — Ou tu voulais juste ajouter une autre personne ?

— Morrison est mort. Cela sortit de sa bouche trop naturellement, comme si c'était arrivé il y a des années au lieu de quelques instants auparavant.

La mâchoire de Teeple tomba. — Morrison ? Mon Dieu, quand...

— Ce matin.

Teeple devint blanc comme un linge. Blanc comme le brouillard. Blanc comme un cadavre enveloppé de plastique.

— Je... je suis tellement désolé pour ta perte. C'était un homme si bon, un homme si, si bon.

Teeple continuait à balbutier alors que l'engourdissement était percé par un chagrin vif et poignant, aussi réel et dur que si quelqu'un poignardait réellement la poitrine de Petrosky de l'intérieur. Il perdit son souffle. *Tiens bon encore un peu, Petrosky. C'est presque fini.* Car il n'y avait plus aucun intérêt à essayer, pas maintenant. Il avait échoué, de manière catastrophique. Peu importe ce qu'il faisait, peu importe à quel point il essayait, il était incapable de protéger ceux qu'il aimait. Il était incapable d'aider... qui que ce soit, du moins pas tant qu'il était encore en vie. Il retrouva sa voix, bien qu'elle sonnât plate et creuse. — Je veux transférer tous mes avantages à Shannon Morrison.

Teeple l'évalua, les doigts au-dessus des touches.

— Un problème ?

— Je... Teeple déglutit difficilement et secoua la tête. — Devrions-nous attendre pour faire cela ? Peut-être plus tard cette semaine ou après les funérailles ?

— On peut s'en occuper maintenant.

— Mais...

— Qu'est-ce que je dois signer, Teeple ?

— Euh... Je vais imprimer quelques documents. Pendant que tu es là... tu vas prendre un congé ? On peut s'en occuper maintenant aussi.

— Je ne prends pas de congé. *Je pars, c'est tout.*

Teeple le fixa, les lèvres pincées.

— On peut se dépêcher ? aboya Petrosky.

Teeple prit une profonde inspiration et détourna les yeux. Tapa. — Tu as le numéro de sécurité sociale de Shannon ?

— Je ne l'ai pas.

Teeple fit une pause, mordant et relâchant sa lèvre inférieure. — Vraiment, peut-être devrions-nous attendre que tu aies tous les...

— Tu as tout ce dont tu as besoin dans ce foutu ordinateur. Les informations de Shannon seront sur la police de Curtis Morrison, et tu devras de toute façon la consulter aujourd'hui.

Teeple mordilla sa lèvre plus fort.

— Quand ce changement prendra-t-il effet ?

— Je... dois tout entrer, évidemment. Ça prendra un peu de temps. Ensuite, nous devons faire les trucs de notaire, et...

— Combien de temps ?

Teeple hésita. — Demain ?

Petrosky se leva. — Je reviendrai demain.

Un jour de plus.

CHAPITRE 31

Le téléphone sur le bureau de Petrosky sonnait lorsqu'il s'en approcha. Il ignora la sonnerie et fouilla dans le tiroir à la recherche d'antiacides. Le reste du bureau était si silencieux qu'on aurait pu entendre un rat péter.

Petrosky tourna brusquement la tête, défiant l'un de ces salauds de dire quelque chose, n'importe quoi pour le faire exploser, mais personne ne le regardait dans les yeux. Quand il jeta un coup d'œil au coin, Decantor n'était pas à son bureau - probablement assis sur le parking en attendant de le suivre chez lui. Peut-être que Petrosky pourrait le semer. Au pire, il irait trop vite et s'enroulerait autour d'un putain d'arbre.

Son portable sonna, jouant "Hail to the Chief", et le cœur de Petrosky tenta de s'arracher de sa cage thoracique. Il pouvait presque voir le visage de Morrison le jour où le gamin avait réglé cette sonnerie. Il mit le téléphone en mode vibreur et laissa le chef Carroll aller sur la messagerie vocale alors qu'il se dirigeait vers les escaliers.

— Pas de manteau ? demanda le Dr McCallum en lui

bloquant le passage, trois cents livres de regards apaisants et de platitudes qui ne servaient à rien. Le psychiatre était rouge d'effort après avoir marché de son bureau d'à côté et monté les escaliers jusqu'au bureau.

Qui diable l'avait appelé ? Decantor ? Mais si Decantor avait appelé une fois qu'il avait réalisé où ils se dirigeaient, le docteur l'aurait attendu sur le parking à son arrivée.

Petrosky jeta un coup d'œil derrière lui vers le bureau, où une douzaine de paires d'yeux se remirent brusquement à des tâches imaginaires alors qu'une douzaine d'idiots essayaient de prétendre qu'ils ne regardaient pas. — Pas de manteau, dit Petrosky. Mais il ne se souvenait pas de l'avoir enlevé - ni d'avoir eu froid. Peut-être qu'il ne pouvait rien ressentir.

— Tu n'as pas trouvé qu'il faisait frais dehors ce matin ?

— Quoi, t'es ma grand-mère ?

— Tu ne prends pas de congé ?

— Non. *Dégage de mon chemin, bordel.* Le silence les enveloppait comme un chiffon humide.

— J'ai entendu dire que tu t'es fourré ton arme de service dans la bouche.

Une fois de plus, Petrosky jeta un coup d'œil derrière lui - le bureau était-il plus silencieux maintenant qu'il y a un instant ? Le silence faisait probablement partie d'une tactique que McCallum utilisait, essayant de le pousser à réagir - à réagir à quelque chose que le doc ne devrait même pas savoir. *Putain de Decantor.*

— Tu veux en parler ? dit McCallum.

— Non, je ne veux pas en parler. Maintenant, bouge.

McCallum se retourna et descendit les escaliers, et Petrosky n'eut d'autre choix que de le suivre au rythme du docteur. Quand ils émergèrent dans le parking, le froid piqua ses joues mais pas le reste de son corps, et même sur son visage, ce n'était ni agréable ni désagréable ; c'était juste là. Tout le reste - ses mains, ses bras, sa poitrine - était un vide. Un trou béant et saignant.

— Viens dans mon bureau et assieds-toi avec moi une minute, Petrosky.

— Va te faire foutre.

McCallum redressa les épaules. — On peut faire ça ici, ou je peux te faire hospitaliser involontairement comme un danger pour toi-même.

Ils ne le garderaient pas - et McCallum le savait. — Tout ce que j'ai à faire, c'est dire que les pensées sont passées. Je ne peux pas être le premier à péter les plombs après avoir trouvé... trouvé... Le souffle de Petrosky le quitta à nouveau, ses poumons implosant dans une douleur blanche et brûlante. Et sa poitrine... *putain*. Peut-être que son cœur s'était vraiment arrêté et que le reste de son corps essayait de rattraper. Quelque chose se passait, il pouvait le sentir instinctivement - quelque part à l'intérieur de lui, un barrage se fissurait, se préparant à éclater. Et quand ça arriverait, il aurait besoin d'une arme. Il en avait laissé tomber une dans la voiture de Morrison. Il en avait une autre chez lui - deux en fait. Et grâce à Decantor, il avait maintenant besoin de ces armes de secours pour éclabousser ses propres cerveaux contre le mur.

Maison, maison, maison. Mais il devait attendre jusqu'à demain de toute façon, après que la police d'assurance-vie soit finalisée. Alors maintenant quoi ?

Petrosky fixait le parking gris. Des gens passaient en direction du tribunal, mais il ne pouvait pas distinguer leurs traits - c'étaient des extraterrestres dans un paysage étranger.

McCallum s'éclaircit la gorge et essaya à nouveau. — Pourquoi étais-tu aux ressources humaines ?

— Je faisais quelques changements.

— À quoi ?

Un gobelet en papier tournoyait dans le parking sous la brise glacée. Petrosky le regardait. Stupide. Muet.

— S'agirait-il de ta pension ? Peut-être des bénéficiaires de ta police d'assurance ?

Teeple. Ce sale rat avait appelé, et McCallum avait probablement croisé Decantor dans le parking - ou le doc avait appelé pour obtenir les détails. Petrosky croisa enfin son regard et haussa les épaules. — Ça devait être fait.

— Pas aujourd'hui. Pas une heure après avoir trouvé l'homme qui était aussi proche d'une famille que tu en aies jamais eu.

— Ce n'est pas tes...

— C'est là que tu te trompes. McCallum changea de position et plissa les yeux. — Tu as des antécédents d'abus de substances et de dépression, et tu viens de perdre l'une des seules personnes que tu aimais. C'est un signal d'alarme. Quand je te vois régler tes affaires, c'est encore plus inquiétant. Et après ce matin...

Petrosky le fixa du regard en serrant les dents.

McCallum secoua la tête. — Arrêtons de nous raconter des conneries, d'accord ? J'étais là après Julie. Je te connais mieux que tu ne le penses. Et tu ne trompes personne en ce moment, à te promener en sentant la menthe verte par-dessus un bar.

Petrosky enfonça ses mains tremblantes dans ses poches. — J'ai juste pris une petite gorgée ce matin. Pas que j'aie à me justifier auprès de toi.

— Tu as pris cette gorgée avant ou après avoir trouvé le corps de ton partenaire ? Les mots percèrent un trou dans son poumon. Le visage de McCallum s'adoucit alors que Petrosky haletait.

— Tu as pris une petite gorgée pour éviter le sevrage alcoolique, voilà ce que tu as fait. Tu ne peux pas être en service comme ça, et tu ne peux certainement pas être en service après avoir trouvé ton partenaire assassiné.

— Alors quoi, tu vas me dire de rester à la maison ? Tu penses que ça va aider, Doc ? Rester assis avec mon flingue ? Regarder l'éclat du rasoir droit dans la salle de bain ? Ça n'aiderait pas, mais ça ne pourrait pas faire de mal de s'immerger dans l'acte de mourir - il était proche depuis des années, mais n'avait simplement pas eu le courage de le faire. Mais maintenant, il l'avait. Il sortirait d'abord les cadeaux supplémentaires qu'il avait cachés pour Evie et Henry, les poserait sur la table de la salle à manger. Peut-être même qu'il les emballerait.

McCallum secoua la tête, et ses bajoues tremblèrent comme de la gélatine. — Tu n'as jamais été sensible à la raison, Petrosky.

— Ah oui ? Et qu'est-ce que je-

— La justice. La vengeance. Quand Julie est morte-

— C'était il y a longtemps.

McCallum leva la main. — Quand Julie est morte, la seule chose qui t'a fait tenir, pendant les funérailles, pendant le deuil, pendant ton divorce, c'était de trouver le type qui lui avait fait du mal.

— Ce que je n'ai jamais fait, cracha-t-il. J'ai arrêté de chercher parce que tu disais que j'étais dans une spirale descen-

— Tu n'as pas trouvé son meurtrier, mais tu as mis beaucoup d'autres malfaiteurs derrière les barreaux. McCallum changea de position, et ses chaussures couinèrent comme un cochon qu'on égorge.

— Peu importe combien. Je n'ai pas trouvé le meurtrier de *Julie*. Et je n'ai certainement pas attrapé Adam Norton avant qu'il ne tue mon fils.

— Tu veux dire ton partenaire.

— C'est ce que j'ai dit.

McCallum baissa la voix. — Mettre en prison les types que tu *as* attrapés, ça compte. Ça compte pour les gens que tu as aidés. Ça compte pour ces victimes, ces parents. Et empêcher ces criminels de faire du mal à quelqu'un d'autre, chercher la justice... ça t'a maintenu en vie.

— Ce n'est pas une grande consolation.

— Tu veux mourir, Ed ?

Le silence s'étira entre eux, un océan de non-dits.

— Tu penses que tu vas le faire ?

— Je ne sais pas.

Le visage de McCallum se durcit. — Tu es un lâche, Petrosky.

Petrosky serra les poings, mais McCallum continua.

— Tu es un lâche, mais pas parce que tu veux mourir. Tu es un lâche parce que tu ne vois pas au-delà de ta propre misère pour faire ton boulot et attraper l'enfoiré qui a fait ça. Tu laisses tes conneries personnelles interférer - tellement préoccupé par les morts que les vivants n'ont plus aucune importance.

Petrosky se redressa, les tendons de son cou tendus. — Attends un peu, bordel de-

— Morrison t'aimait comme un père. La voix douce de McCallum était à peine audible par-dessus le vent qui hurlait dans le parking comme un esprit agité. — Shannon t'aime comme un père. Tu es Papa Ed pour leurs enfants. Elle a plus que jamais besoin de toi, et tu l'abandonnes en te vautrant dans l'alcool et l'apitoiement sur toi-même.

— Je ne-

— Tu traites les autres comme des imbéciles quand ils ne travaillent pas assez vite - les techniciens de la police scientifique, le personnel hospitalier. Mais quand de la merde t'arrive, c'est parfaitement acceptable pour toi de te défiler, de picoler et d'oublier.

Son cœur. Bon sang, son cœur. Quelqu'un tirait dessus,

l'étirant comme un élastique jusqu'à ce qu'il semble sur le point de se briser en deux. — J'ai besoin d'oublier.

— Tu as besoin de te souvenir. Tu as besoin de faire face à ce qui est arrivé à Morrison. Tu as besoin de ressentir la culpabilité et le blâme, et finalement, tu devras passer à autre chose. McCallum se pencha vers lui et pointa la poitrine de Petrosky.

McCallum secoua la tête. — Ça suffit. Tu n'es jamais venu me voir pour que quelqu'un te ménage. Tu es venu parce que tu avais besoin que quelqu'un te dise les choses comme elles sont. Morrison t'idolâtrait - il ne te remettait pas en question. Et les conneries auxquelles tu penses en ce moment... tu vas le décevoir, décevoir sa famille quand ils ont le plus besoin de toi, tout ça parce que tu as envie d'être un égoïste-

Petrosky redressa les épaules, la poitrine gonflée d'une nouvelle fureur. — Je n'ai pas à supporter ces conneries.

— Non, en effet. Mais si tu meurs demain dans des circonstances suspectes, ils sauront que tu l'as fait toi-même. Et je m'assurerai que la compagnie d'assurance le sache aussi. Ils annuleront ta police.

— Espèce de gros-

— Insulte-moi autant que tu veux, Ed, mais ne me teste pas. Je ne vais pas panser tes plaies et te dire que ça n'a pas d'importance. Ça en a. Aide quelqu'un d'autre. Sauve un autre enfant au lieu de te sentir mal pour ceux que tu n'as pas pu aider. Fais en sorte que la mort de Morrison ait un sens. Rends le monde plus sûr pour Shannon. Pour Evie et Henry.

— Va te faire foutre, Doc. Il descendit du trottoir, l'adrénaline courant dans son corps, chaque nerf tremblant.

— Et, Ed ?

Petrosky s'arrêta mais ne se retourna pas, jetant simplement un coup d'œil à l'endroit où Decantor avait garé sa voiture. Decantor n'était pas à l'intérieur. On dirait que quelqu'un avait finalement réalisé qu'ils ne pouvaient pas le suivre toute la sainte journée.

— Reste en vie, et reprends-toi, dit McCallum. Shannon n'aura pas ta pension s'ils te virent pour abus d'alcool non plus.

Enfoiré. Petrosky arracha une cigarette du paquet et fuma en traversant le parking. Sa poitrine palpitait au même rythme que sa tête. Il tira la fumée dans ses poumons, et la brûlure caustique le recentra, mais pas assez pour l'empêcher de trembler.

Il devait passer quelques coups de fil. Il laisserait sa maison à Shannon, donc même s'il se faisait virer, elle aurait au moins quelque chose. Mais ce gros bâtard avait raison sur un point : s'il se faisait sauter la cervelle, son assurance-vie personnelle ne paierait pas. Et bien que Shannon et les enfants se porteraient mieux sans son cul d'ivrogne et de raté, c'était la plus grosse somme d'argent qu'il pouvait leur donner. C'était le moins qu'il puisse faire. Pour Morrison.

Mais s'il parvenait à tenir le coup et mourait dans l'exercice de ses fonctions...

La pression dans sa poitrine s'allégea, et il n'y avait plus de peur.

Il sourit, écrasa la cigarette sous son talon, et monta dans sa voiture.

Bientôt. Et s'il pouvait descendre le type qui avait eu Morrison d'abord, ce serait encore mieux.

CHAPITRE 32

Shannon était assise sur son porche, son beau visage déformé par le chagrin, ses yeux rouges et gonflés comme si quelqu'un l'avait frappée.

Petrosky se gara derrière sa voiture encore en marche et sortit. Elle se leva, s'approcha de lui et s'effondra dans ses bras.

Il la tint pendant qu'elle sanglotait contre sa poitrine, mais il n'avait pas de mots, pas de gestes de gentillesse, rien. Il était aussi gelé que la neige qui tourbillonnait autour de leurs jambes.

— Où sont les enfants ? Sa voix était tendue. En surface, c'était une question raisonnable, une question qui semblait importante, mais qui ne paraissait pas raisonnable à ce moment-là. Rien n'était raisonnable. Peut-être que rien ne serait plus jamais raisonnable.

— Evie est à la maison avec Lillian. Decantor est là aussi. Et les chiens. Et je... je ne pouvais pas... Elle haletait, et il posa une main sur le bas de son dos, mais il ne sentait pas ses doigts. Ni le tissu de son manteau.

— Je reste ici. Avec toi, dit-elle.

— Tu as les enfants...

— Henry est encore tout petit, alors je l'ai amené. Et Valentine est en route pour monter la garde. Mais Evie est en sécurité là où elle est, il y a toute une armée de flics là-bas, et elle n'a pas besoin de me voir dans cet état. Elle est bien avec Lillian, et le fils de Lillian, Mason, est le meilleur ami d'Evie. Evie n'a même pas protesté quand je suis partie. Elle essuya ses yeux. — Je ne lui ai pas encore dit, ajouta-t-elle, la voix épaisse de larmes. Elle a besoin d'un jour de plus de... bonheur. De jeu. De ne pas savoir que Papa est parti. Il pouvait entendre le message implicite dans ces mots : ce n'était pas seulement les enfants. Son monde ne serait plus jamais le même. Un enterrement foutait tout en l'air.

Un enterrement. Petrosky voyait encore le visage de Morrison, ses yeux laiteux, le sang autour de sa bouche. Il ne voulait pas vivre pour voir les funérailles. Ne voulait pas voir le maquillage couvrant les blessures de son partenaire, essayant de cacher les horreurs sans y parvenir.

Non, ils fermeraient le cercueil. Ou ils brûleraient le corps.

Le corps.

Il attendit la douleur dans son abdomen mais ne ressentit rien. Il regarda sa main, les flocons de neige fondant sur sa peau. Ses doigts nus ne ressentaient ni froid ni humidité — il ne se souvenait pas de ça quand il avait perdu Julie. Avait-il été aussi engourdi ? Ou avait-il oublié ? — Ton beau-frère vient ?

— Demain.

Morrison ne pouvait pas être mort. Mais le visage affligé de Shannon était une preuve suffisante qu'il l'était.

Il la suivit jusqu'au coffre et prit son sac, l'apporta à l'intérieur dans la chambre de Julie. Son téléphone sonna, et son souffle se coupa lorsqu'il le sortit de sa poche, souhaitant qu'il joue "Surfin' U.S.A." une dernière fois. C'était le commissariat — le chef. Il éteignit le téléphone.

Shannon était derrière lui quand il se retourna, Henry endormi sur son épaule.

— Je vais devoir laver les draps, dit Petrosky.

— Plus tard. Elle posa Henry sur le lit, près du mur. Il semblait si petit. Petrosky eut un flash de Morrison berçant son fils contre sa carrure robuste — le doux géant que Petrosky n'avait jamais été, même avec sa propre fille. La douleur traversa à nouveau son cœur, et il grimaça.

— Tu vas m'offrir un verre ou quoi ?

La bouche de Petrosky s'ouvrit.

— Un seul shot pour calmer les nerfs, dit-elle. Ensuite, tu vas me dire pourquoi mon mari est mort.

Ils s'assirent à la table de la cuisine. Petrosky versa l'alcool, un gobelet en papier de salle de bain chacun.

Elle sirota le sien et grimaça. Il avala le sien d'un coup.

— Il était dans la ruelle où nous avons trouvé la dernière victime, dit finalement Petrosky. Sur la banquette arrière de sa voiture. Enveloppé dans du plastique. Il ne reconnaissait pas sa propre voix.

Une larme coula sur sa joue. Elle le regarda dans les yeux. — Pourquoi était-il là-bas hier soir ?

Il aurait dû avoir cette réponse. Il aurait dû être là. *Ça aurait dû être moi.* — Je ne sais pas.

— Mais tu sais sur quoi vous travailliez. Alors que faisait-il ? Je veux dire, était-il...

Tant de pression. Tant de douleur. Il força l'air dans ses poumons. — Hier soir, il a arrêté une femme dans une affaire non résolue liée — elle a tué un concierge quand sa fille a disparu. Chaque mot était laborieux comme s'il les vomissait sur la table un par un. — Je lui ai envoyé un texto ce matin pour qu'on se retrouve, mais il n'a jamais répondu.

— Il a dû faire autre chose après avoir arrêté cette femme. Tu dois savoir sur quoi il travaillait.

Qu'est-ce que Morrison lui avait dit ? Qu'il allait chercher la mère de Lisa Walsh et puis... — Il a dit qu'il allait vérifier quelque chose, dit-il lentement. Mais il n'a pas dit quoi.

— Tu ne lui as pas demandé ?

J'étais épuisé. Malade. J'avais besoin d'un verre. — Non.

Elle fixa le gobelet en papier et tapota le bord du doigt. — Morrison a trouvé Norton. Ce n'était pas une question. Sa bouche se tordit d'une fureur qu'il n'avait jamais vue, même après son propre enlèvement. Elle haletait par les narines dilatées.

— Ouais. Morrison avait trouvé Norton, ou du moins s'en était suffisamment approché pour effrayer le gars au point de le tuer. Morrison avait eu raison d'éloigner Shannon — d'éloigner ses enfants. Peut-être que Norton en avait après eux tous. Mais pourquoi ?

Viens me chercher aussi, espèce d'enfoiré.

Shannon passa son doigt autour et autour du bord de son gobelet. Les larmes coulaient librement sur son visage. — A-t-il souffert ?

Petrosky ne pouvait pas respirer. Le sang étalé dans sa mémoire — les trous béants dans le cou de Morrison, les plaies sur sa poitrine. Ses avant-bras et l'os exposé. Ses lèvres peintes en cramoisi.

— A-t-il souffert ? Plus tranchant maintenant — désespéré.

Petrosky tendit le bras à travers la table, prit son gobelet et finit le reste. Quand Julie était morte, McCallum lui avait dit d'oublier ce qu'on lui avait fait. D'ignorer le viol. De prétendre que ses parties génitales n'avaient pas été brûlées. Mais Brian Thompson, le médecin légiste, avait été honnête — et peu importe à quel point cela faisait mal, il y avait un réconfort là-dedans, à savoir qu'il avait l'information, qu'il y avait quelqu'un en qui il pouvait avoir confiance pour la lui donner. Et après avoir su... Il avait suivi le conseil de McCallum et mis de côté les détails horribles, les ignorant chaque jour jusqu'à ce que sa petite fille soit réduite à une photographie dans le tiroir de son bureau et une veilleuse sur le mur. L'oubli l'avait gardé sain d'esprit, bien qu'il n'ait plus jamais fait confiance à McCallum de la même manière.

Et Shannon — les yeux vitreux, détruite mais déterminée. Il n'y avait aucun moyen de la protéger de cela. Elle obtiendrait la vérité de quelqu'un. Ou peut-être qu'il ne voulait tout simplement pas que leurs dernières conversations soient entachées par ses mensonges. — Oui, murmura Petrosky. Oui, il a souffert.

Elle se leva et contourna la table jusqu'à sa chaise.

Une brique dans sa poitrine grandissait, lourde et malade de choses non dites, d'erreurs, de chagrin. — Shannon, j'aimerais savoir... J'aurais aimé être là. J'aurais souhaité...

Elle passa son bras autour de ses épaules.

La lourdeur atteignit sa gorge.

— Il t'aimait tellement, murmura-t-elle. Il n'avait pas de père. Tu étais tout pour lui. Et il m'a fait t'aimer aussi.

Sa voix se brisa. Elle hoqueta, étouffée.

Petrosky enroula ses bras autour de sa taille, enfouit son visage contre son ventre et pleura.

Elle lui laissa le reste du Jack, quelque chose à propos de pomper et jeter, mais il ne se souciait pas vraiment du pourquoi. Il but tout d'un trait et essaya de laisser l'ivresse apaiser la douleur dans son cœur — mais même avec l'alcool, il y avait ce terrible trou aux bords déchiquetés dans sa poitrine, rendant chaque battement de cœur vif et brillant d'une nouvelle agonie. Cette blessure ne guérirait jamais. Pas qu'il ait à s'en soucier encore longtemps.

Petrosky fixait son arme de rechange sur la table de chevet. Il avait besoin que son assurance paie. Mais en avait-il vraiment besoin ? Oui, c'était le cas. De plus, Shannon ne pouvait pas être celle qui le trouverait — il ne souhaitait cela à personne, et il avait toujours pensé que c'était un coup de salaud quand il interrogeait une veuve après que son mari ait repeint leur chambre avec sa cervelle. Pourtant... il caressa le canon du doigt comme s'il caressait la joue d'un amant, et ce geste déclencha une nouvelle vague de souvenirs.

Le visage de Morrison. Il pouvait presque sentir la peau blafarde du garçon, froide et humide de la rosée du petit matin. Il toussa, cracha du mucus dans une chaussette. Toucha à nouveau l'arme.

Il laissa retomber son bras quand elle frappa à la porte. — Ouais ?

Shannon poussa la porte, les cheveux crépus et sauvages dans la lumière orange du réverbère dehors. Elle se glissa à l'intérieur alors qu'il se redressait sur son coude.

— Shannon, ça va ? Question stupide. Elle n'irait plus jamais bien.

— Pousse-toi, dit-elle, un oreiller à la main. Elle resta immobile près du lit, puis s'assit sur le bord. — S'il te plaît.

Il se traîna contre le mur, et elle se glissa dans le lit à côté de lui, calant son oreiller près du sien.

— Je ne veux pas être seule. Je veux dire, je sais que Henry est là mais... j'ai juste besoin de ne pas être la forte.

Mais même maintenant, il n'était pas sûr qu'elle soit la faible. Elle ne voulait probablement pas qu'il soit seul avec son arme.

Il glissa sur le dos jusqu'à ce que sa tête touche l'oreiller, et elle posa sa joue contre son épaule. — Il me manque déjà tellement.

Il posa maladroitement sa main libre sur son épaule, mais cela n'avait pas d'importance, pas maintenant. — Il me manque aussi.

Ils restèrent là, Petrosky écoutant leurs souffles se mêler et disparaître dans la nuit. Après un moment, Shannon ferma les yeux, sa tête toujours sur son épaule, pleurant doucement une fois qu'elle le crut endormi. Toute la nuit, il regarda l'horloge et l'arme sur la table de chevet et essaya de décider de rester plus longtemps.

— Pourquoi est-ce arrivé ? murmura-t-elle alors que l'aube s'infiltrait dans la pièce. De tous les... Ce sont toujours les bons qui partent.

Une douleur vive et brûlante irradiait de son cœur. Shannon aurait préféré que Petrosky meure. Pas qu'il puisse l'en blâmer.

Il aurait préféré mourir à la place de Morrison aussi.

Shannon était dans la cuisine quand il se leva. Il ouvrit placard après placard, cherchant plus d'alcool, mais il n'y en avait plus. Sur le mur, la veilleuse de Julie le narguait. Il se demanda ce que Shannon avait de Morrison qui lui déchirerait le cœur chaque fois qu'elle le verrait.

Petrosky ne mangerait plus jamais de granola.

—Je veux passer à l'église à côté du commissariat, dit-elle, et Petrosky hocha la tête — il avait assisté à plus que sa part d'enterrements de flics dans cet endroit.

— Tu ne veux pas attendre un jour ? Je peux y aller avec toi ou...

— Non, je peux le faire. Après la façon dont mon frère est mort, avec tout qui a traîné à cause du cancer et puis les arrangements... J'ai juste besoin que ce soit super rapide et simple. Et terminé.

Il jeta un coup d'œil aux comptoirs sales, aux bouteilles dans l'évier. *Arrangements.* Une vie réduite à de la paperasse et une boîte en bois.

— Qu'est-ce que tu prévois pour la journée ? Sa voix était douce, tendue comme si elle réapprenait à parler après une laryngite. — Je peux nous prendre le déjeuner après avoir fini avec les plans, et...

— Je vais au commissariat.

— Aujourd'hui ? Ses yeux se remplirent de larmes.

— Tu viens de perdre ton mari. Tu n'as pas besoin de rester assise ici avec moi.

— Tu l'aimais aussi. Autant que moi, que tu le dises ou non.

— Bien sûr que je l'aimais, Shannon. Mais Morrison le savait-il ? *J'aurais dû le lui dire. Juste une fois, j'aurais dû le dire.*

— Tu as besoin de prendre un congé, Petrosky. Tu ne peux pas travailler comme ça.

— Qui a dit que j'allais travailler ?

Elle soupira. — D'accord. Mais je viens pour le dîner. Tu seras rentré d'ici là ?

— Je ne sais pas.

— Alors Henry et moi attendrons dehors du commissariat jusqu'à ce que tu...

— D'accord, d'accord. Je serai rentré d'ici là.

— Bien. J'apporterai des trucs de la maison. Lillian a dit que des gens passaient déposer de la nourriture.

— Tu es sûre que tu ne veux pas simplement rester là-bas ? dit Petrosky.

— Je ne te laisse pas seul.

Parce qu'il pourrait se tirer une balle dans la tête. — Ne t'inquiète pas pour moi. C'est le...

— Si Morrison était là, il veillerait aussi sur ton cul têtu. Puisqu'il n'est pas là...

— Je n'ai pas besoin qu'on veille sur moi. Il était un raté, mais il savait ce qu'il faisait.

Elle fixa le mur derrière lui comme si les toiles d'araignée dans le coin étaient une putain d'œuvre d'art, puis baissa les yeux au sol. — Ce n'est pas toi, d'accord ? C'est... Chez la belle-mère de Decantor, Lillian et Isaac n'arrêtent pas de me lancer ces *regards*. Toute cette chaleur et cette pitié qui dégoulinent sur moi jusqu'à ce que je ne puisse plus respirer.

Decantor. Le nom de l'homme fit picoter sa nuque — la façon dont il avait plaqué Petrosky hors de la voiture. *Je ne pardonnerai jamais à cet enfoiré*. Decantor lui avait volé son parfait moment de courage. Son parfait moment pour partir, pour mourir dans les bras de son gars.

Shannon renifla. — Comment suis-je censée comprendre cette nouvelle... *vie*... avec eux qui me regardent comme si j'allais me briser ? Ses lèvres se pincèrent, et les cicatrices autour de sa bouche semblèrent s'illuminer. Si Norton n'avait pas pu la briser, personne ne le pourrait.

Mais peut-être que Norton avait finalement frappé là où ça faisait le plus mal. Peut-être qu'il les avait tous les deux touchés à l'endroit qui finirait par les achever.

Les yeux de Shannon se remplirent. — Tout semble si... vide. Creux, tu sais ?

Petrosky comprenait. Au fil des ans, il avait passé d'innombrables heures assis dans la chambre vide de Julie, sentant que tout ce qui était elle avait été aspiré, malgré ce poster sur le mur. Il ressentait maintenant cette même douleur, mais elle était plus acérée, plus poignante, ne serait-ce que par son immédiateté. Il hocha la tête. — Je serai là pour le dîner.

Elle l'évalua de ses yeux injectés de sang. Henry poussa un cri depuis l'autre pièce, et elle se tourna vers le bruit, mais s'arrêta sur le seuil. — Tu seras complètement bourré quand je reviendrai avec le dîner ?

Il ouvrit la bouche pour lui mentir, puis la referma.

— Essaie de ne pas l'être, d'accord ?

Petrosky croisa les bras et fixa la veilleuse jusqu'à ce qu'elle quitte la cuisine. Quelque chose le tracassait, quelque chose d'autre que le chagrin et la douleur aiguë dans son ventre. Quelque chose à propos de-

Decantor. Le nom était toujours dans sa tête, tournant en boucle alors que Shannon marmonnait autre chose à propos du dîner, ou peut-être de l'alcool, ou peut-être de la Petite Souris, il ne pouvait pas vraiment dire, pas avec son cœur qui s'emballait soudainement comme un train fou. Decantor avait crié qu'il était désolé quand il traînait Petrosky hors de la voiture de Morrison. Qu'il n'aurait pas dû faire... quelque chose. Mais de quoi Decantor avait-il à s'excuser ? Ce n'était pas les mots murmurés lors d'un enterrement, le *désolé pour votre perte* qui ne faisait rien pour apaiser l'amertume du chagrin. C'était quelque chose de spécifique. Et Decantor avait parlé à Morrison la nuit où il était parti — la nuit où le gamin s'était retrouvé dans cette ruelle.

Decantor savait pourquoi Morrison était là-bas.

Decantor savait pourquoi Morrison était mort.

CHAPITRE 33

Le bureau devint silencieux quand il entra. Un officier se tenait près de la fontaine à eau, essayant ostensiblement d'être discret. Petrosky lui lança un regard noir, marcha jusqu'à son bureau et saisit le dossier de l'affaire.

Morrison avait enquêté sur quelque chose la nuit dernière. La traite des êtres humains ? D'autres enlèvements ? Petrosky feuilleta les documents. Sur la troisième page, l'écriture minuscule et précise de Morrison lui sauta aux yeux et lui serra la gorge. Datant de plusieurs jours. Il ferma le dossier. Ce sur quoi Morrison était ne s'y trouvait pas. Il devait l'avoir emporté avec lui. Les petites annonces.

Il jeta le dossier sur son bureau et se dirigea à nouveau vers l'open space, évitant même de jeter un coup d'œil au poste de travail de Morrison. Il craignait que la simple vue de cette chaise vide ne fasse exploser sa poitrine.

Decantor bondit de son siège en voyant Petrosky, la chaise s'écrasant au sol derrière lui. Il ne la redressa pas, se contentant de carrer les épaules comme s'il se préparait à un combat.

— Je ne suis pas là pour te frapper, Decantor.
— Je sais. — Ses épaules ne se détendirent pas.
— J'ai besoin de savoir ce que tu as dit à Morrison hier soir. Il a dit qu'il allait enquêter là-dessus.

Decantor le regarda avec méfiance. — Je lui ai parlé de... bon sang, laisse-moi te montrer. — Il sortit un dossier du tiroir supérieur et le lui tendit.

Petrosky ouvrit le dossier. Une fille à la peau d'ébène dans un débardeur blanc le fixait : des yeux plissés, des pommettes hautes et un nez retroussé, une mannequin si l'on pouvait ignorer la cicatrice qui lui barrait le front. Un rappel brutal de tout ce qui n'allait pas partout.

— Elle s'appelle Alicia Hart. Je l'ai arrêtée sur Baldwin, elle faisait le trottoir avec une autre fille.

Le nom ne lui était pas familier. Elle n'était pas sur leur courte liste de victimes potentielles d'enlèvement, et en apparence, elle ne semblait pas être le type d'Adam Norton — la férocité dans ses yeux à elle seule aurait envoyé ce petit connard pleurer dans les jupes de sa mère. — Quel rapport avec notre affaire ?

— Quand je lui ai parlé lors de son arrestation, elle a dit qu'elle avait peur parce qu'elle connaissait Lisa Walsh, qu'elles étaient amies avant que Walsh ne disparaisse. L'amie d'un petit ami ou quelque chose comme ça. Ça semblait être une sacrée coïncidence ; j'ai pensé qu'elle essayait d'échapper à ses propres charges, mais elle insistait. Alors j'en ai informé Morrison.

— Et ?
— C'est tout.
— Elle a un proxénète ?
— Ouais, Lance, a-t-elle dit, mais tout ce qu'elle nous a donné était le prénom, et c'est probablement un faux. — Il leva une main avant que Petrosky ne puisse demander en quoi cela aiderait. — Je dois te dire, je... Ils ont reçu les

résultats de l'analyse médico-légale de la voiture de Morrison. — Les yeux de Decantor étaient vitreux. — Aucune empreinte utilisable, à part les tiennes.

Petrosky avait probablement effacé tout ce qui était utilisable en essayant de réanimer un mort. Il plissa les yeux vers Decantor, tentant de se concentrer, mais son cerveau semblait soudain embrumé. Pas que la concentration changerait quoi que ce soit de toute façon. Il avait déjà foiré la chose la plus importante. Petrosky attendit que cette vieille douleur familière monte dans sa poitrine, mais ne ressentit qu'un vide lancinant là où son cœur aurait dû être. — Qu'ont-ils trouvé d'autre ?

— De l'huile, dans une rayure fraîche sur un côté du coffre. Ils l'ont identifiée comme un composé spécifiquement conçu pour les chaînes de vélo, donc le gars a dû cacher son vélo dans le coffre du mieux qu'il pouvait, puis s'enfuir à vélo après avoir abandonné la... voiture.

Chaînes de vélo. Norton avait probablement toujours le même vélo qu'il avait utilisé sur la scène de crime d'Acosta. Mais il ne l'utiliserait pas régulièrement, pas maintenant ; on attirerait beaucoup l'attention en essayant de pédaler dans un mètre de neige. — Quoi d'autre ?

—J'ai parlé au médecin légiste. Et il a dit... eh bien...

— Crache le morceau, Decantor. — Mais il avait envie d'agrafer la putain de bouche de l'homme.

Decantor prit une profonde inspiration. — L'arme de service de Morrison a disparu, mais elle n'a pas été utilisée contre lui. Pour les blessures au bras et à la poitrine, c'était la même arme que celle utilisée sur Salomon et Walsh. Mais... Morrison a résisté un peu. S'est battu. — Decantor avait l'air pâle, presque vert comme s'il allait vomir. — Il a d'abord été touché aux bras — des blessures défensives — et une fois qu'il a baissé les bras, Norton l'a eu à la poitrine. Mais c'est la blessure à la jugulaire qui l'a tué. Et ça ressemble à une arme complètement différente, une sorte de couteau.

Norton avait donc arrêté de frapper Morrison, puis... était allé chercher une autre arme. Pendant que Morrison se vidait de son sang sur le sol, peut-être en suppliant pour sa vie. En hurlant. Les lèvres béantes, couvertes de sang. *California*. Plus de café, plus de blagues. Les poumons de Petrosky se contractèrent. Il inspira avec difficulté et tapota la photo d'Alicia Hart d'un doigt tremblant. — Tu as dit que tu l'avais arrêtée. — Sa voix... comme s'il essayait de parler après avoir couru un marathon. — Elle a déjà payé sa caution ?

Les sourcils de Decantor se froncèrent d'inquiétude. — Ouais, elle l'a payée hier. J'ai sa dernière adresse connue, mais elle pourrait être fausse — tu sais comment c'est.

Petrosky agita le dossier dans sa main. — Je garde ça. — Sans attendre de réponse, il se tourna pour partir, mais jeta un coup d'œil en arrière comme une autre pensée lui venait. — Ils ont trouvé les dossiers de Morrison dans la voiture ? — N'importe quel criminel adorerait jeter un œil à ce que les flics avaient sur eux.

Decantor secoua la tête, puis baissa les yeux. — Hé, si tu découvres que Morrison a été tué à cause de moi... À cause de ce que je lui ai dit... Tu me le diras, n'est-ce pas ?

— Si c'est ta faute, tu seras le premier à le savoir.

Petrosky laissa Decantor le regarder partir et emporta le dossier à son bureau, se demandant s'il devait aller chercher une petite gorgée dans sa voiture pour soulager la douleur dans ses tempes ou essayer d'abord quelques aspirines. Mais la simple pensée d'affronter les escaliers faisait déjà souffrir ses muscles des jambes en plus de sa tête.

Il se laissa tomber dans sa chaise et fouilla dans le tiroir du haut. Cigarettes. Punaises. Un demi-crayon. Un rouleau de pastilles à la menthe, collant et humide d'une manière ou d'une autre. Un contenant en carton de galettes de pommes de terre dures comme de la pierre provenant d'un restaurant fast-food.

Ça va, Chef ? Besoin d'aspirine ? Petrosky n'était jamais celui qui avait les pilules. Il claqua le tiroir, prit une inspiration tremblante et s'approcha du bureau de Morrison. La chaise était vide, bien sûr, mais le choc de cette vision le frappa dans un endroit tendre et caché au fond de son ventre. Sur le bureau se trouvait une photo d'Evie sur les épaules de Shannon, Henry dans un porte-bébé sur la poitrine de Morrison. Dans le tiroir, de l'ibuprofène, de l'aspirine et du Pepto Bismol étaient alignés de manière ordonnée derrière un panier de stylos et une boîte de barres de céréales. Petrosky prit l'aspirine et en avala quatre à sec. Il effleura les barres de céréales, remarqua que la pièce était redevenue silencieuse et s'empara de la boîte. Il prit aussi la photo de Shannon et des enfants, pour faire bonne mesure.

Un dernier arrêt. Il fit glisser la photo hors du cadre et la fourra dans sa poche.

Teeple se leva quand Petrosky entra et attendit que celui-ci s'assoie pour se réinstaller dans son propre fauteuil. Il lui tendit un stylo. — J'ai tout préparé. J'aurai besoin de votre signature ici — il tapota les documents sur son bureau — et ici.

Petrosky s'empara du stylo, chaque gribouillis illisible de son nom plus brouillon que le précédent. Une fois les signatures apposées, Teeple appliqua son sceau de notaire. — Eh bien, c'est vraiment tout. Je vous enverrai une copie et je classerai le reste.

— Parfait. Petrosky se leva et posa ses mains sur le bureau. — Au fait, si jamais tu appelles encore McCallum pour me dénoncer, je te ferai la peau, c'est compris ?

— Je pensais juste...

— Personne ne t'a demandé ce que tu pensais, espèce d'ordure. Fais ton boulot et laisse-moi faire le mien.

Petrosky passa devant l'adresse inscrite dans le dossier d'Alicia Hart, examinant le quartier environnant. Le long de sa rue, des maisons aux fenêtres condamnées alternaient avec des carcasses calcinées. L'adresse de Hart appartenait à la première catégorie, avec une vieille guimbarde, mi-grise, mi-rouillée, garée dans l'allée. Il se demanda si elle squattait. Petrosky fit le tour du pâté de maisons, puis se gara de l'autre côté de la rue devant la borne d'incendie, avala quatre autres aspirines et sortit, le dossier sous le bras. Un chien galeux apparut derrière une poubelle et s'approcha de Petrosky avec hésitation, en gémissant.

Petrosky tapa du pied et le chien détala sur les feuilles de la saison passée. Il contempla le chemin emprunté par l'animal, les feuilles écarlates figées sur le sol sous une couche de glace qui rappelait trop le Visqueen ensanglanté. Pas d'échappatoire pour ces feuilles avant le changement de saison, à moins qu'une âme compatissante ne les achève au chalumeau. Piégées dans le froid. Comme eux tous.

Il scruta le reste de la rue à la recherche d'un mouvement. Aucun signe du proxénète. Peut-être était-il déjà à l'intérieur ou parti chercher un autre client. Ou peut-être qu'il n'y avait personne, et que la voiture était un élément permanent, inutile, mais pas assez importante pour être remorquée.

Petrosky vérifia l'arme dans son dos et monta les marches deux par deux. La sonnette pendait au bout d'un fil, il appuya dessus, puis recommença pour faire bonne mesure, laissant ses doigts effleurer les extrémités effilochées. Distraitement, il se demanda si cela l'électrocuterait alors qu'un faible bourdonnement retentissait à l'intérieur de la maison. Il laissa retomber sa main. *Pas encore.*

Un bruit de pas légers approcha, et son dos se raidit lorsqu'une jeune femme ouvrit la porte et le fixa de ses yeux lourdement maquillés qui saillaient comme ceux d'une grenouille-taureau. Ce n'était pas Alicia Hart — cette fille était plus mince, osseuse, noyée dans un sweat-shirt qui pendait sur ses épaules. Pas de cicatrice sur le front.

— Lance m'envoie, dit-il, utilisant le nom du proxénète d'Alicia figurant dans le dossier, et la fille hocha la tête. Donc Alicia avait dit la vérité à Decantor concernant son adresse. Peut-être avait-elle aussi été honnête quant à son lien avec Lisa Walsh.

Petrosky la suivit dans un couloir faiblement éclairé jusqu'à une porte ouverte sur la droite. Une sorte de chambre — un mur extérieur n'avait pas de plaque de plâtre, juste le contreplaqué extérieur visible derrière des poutres en bois squelettiques. Un radiateur électrique en plastique trônait dans le coin, la prise raccordée à un cordon qui remontait le long d'un des murs. L'endroit allait brûler jusqu'aux fondations, tout comme les maisons voisines l'avaient fait.

La fille se tenait au centre de la pièce, fixant le mur comme si elle évitait délibérément de le regarder. — Mets l'argent sur le lit. Je vais aux toilettes. Sa voix était atone. Déjà à moitié morte.

Petrosky s'assit sur le couvre-lit miteux avec le dossier à côté de lui, évitant une tache sombre sur le matelas près du pied du lit, et sortit son paquet de cigarettes. Il en alluma une d'une flamme tremblante, souhaitant que la vibration vienne du briquet et non de sa main, bien qu'il n'eût personne devant qui cacher ses tremblements, pas ici. Plus maintenant.

— Tu es prêt ? Elle était de retour, portant une brassière de sport bleue bon marché et une culotte blanche. Un tatouage de serpent s'enroulait autour de sa cage thoracique au-dessus d'ondulations de vergetures semblables à celles sur le ventre de Walsh. Des marques comme des cratères d'acné démesurés parsemaient ses avant-bras.

Il lui tendit le paquet de cigarettes.

La fille secoua la tête et s'agenouilla entre ses jambes. Elle glissa sa main dans le devant de son pantalon et soupira en réalisant qu'il n'était pas dur. — T'inquiète pas, chéri, on va le faire monter en un rien de temps.

Il tint la cigarette entre ses dents et dégagea ses mains de son jean. — Pas ce genre de visite.

Elle fixa ses mains, le regard vitreux.

— Lève-toi. Assieds-toi.

Elle s'installa sur le lit, fronçant les sourcils, mais son regard était passé de terne à méfiant. — T'es flic ?

— J'ai besoin de te poser quelques questions. Il exhala de la fumée vers l'unique ampoule nue au-dessus d'eux.

Elle bondit à nouveau, les yeux écarquillés, anxieuse. — Hé ! protesta-t-elle quand il lui saisit le bras d'une main moite.

— Je ne vais pas t'arrêter, dit-il autour de la cigarette. J'ai besoin d'informations sur une autre affaire. Une affaire de meurtre. Une fille qui aurait pu être toi. Qui pourrait encore être toi si je ne trouve pas son tueur.

Elle frappa son avant-bras, mais c'était la faible protestation d'un oisillon picotant un chat sauvage. Impuissante. Sans espoir. Tiède au mieux. — Je ne vais pas te faire de mal non plus, dit-il. Mais elle ne le croyait visiblement pas ; elle avait probablement enduré assez de douleur pour causer de la méfiance pour dix vies.

Petrosky saisit l'arme à sa ceinture, la tint sur son genou, et enfin, elle s'immobilisa. — Tu vas rester tranquille si je te lâche ? S'il elle s'enfuyait, il n'obtiendrait jamais ce dont il avait besoin — il décevrait Morrison, encore une fois. Quelle note pour partir.

Elle hocha la tête, les yeux rivés sur l'arme.

Il relâcha son bras, et elle s'affaissa sur le lit. — Lance va revenir ici ? demanda-t-il.

Elle regarda la porte.

— Il va revenir ?

Elle secoua la tête.

— Comment tu t'appelles ?

Son regard se porta vers le plafond. — Laura.

Menteuse. Il retira la cigarette de sa bouche et la secoua sur le sol, espérant à moitié qu'elle s'enflamme. — Je cherche Alicia Hart. Tu sais où je peux la trouver ?

Sa lèvre trembla.

— Tu sais qu'on l'a arrêtée, n'est-ce pas ? Il remit son arme dans son pantalon.

Elle hocha la tête, observant ses mouvements comme si elle essayait de discerner si le fait qu'il range son arme était une ruse. — Lance a dit qu'on devait travailler encore plus dur pour compenser ce qu'elle nous a fait perdre. Elle grimaça et se frotta la gorge. De petites zones sombres qu'il n'avait pas remarquées plus tôt ressortaient sur les côtés de son cou sous ses cheveux. *Quel enfoiré.*

— Je dois la trouver. Elle connaît la fille qui est morte.

Si Alicia avait vu Lisa Walsh, elle pourrait peut-être conduire Petrosky à Norton. Et alors... Une sensation électrique parcourut son corps de l'estomac jusqu'au cou, tendant ses tendons et ses muscles. Petrosky fit pivoter sa tête pour soulager la crampe, mais la douleur s'intensifia, s'enfonçant dans sa colonne vertébrale comme un tisonnier brûlant.

— Les gens meurent tout le temps, dit-elle.

Il croisa son regard.

— Pas comme ça, Laura. Cette fille a été retenue pendant des années comme esclave sexuelle. Il lui a gravé la peau, coupé les orteils, l'a forcée à avoir son bébé. Et quand elle a essayé de sauver son enfant, il l'a empalée sur un pieu en bois et l'a laissée mourir.

Elle ferma les yeux avec force.

— Où puis-je trouver Alicia ?

— Je... ne suis pas sûre. Elle mâchouilla sa joue, ouvrit les yeux, fixa le plafond. Elle est ici parfois, mais on n'est jamais ensemble sauf si quelqu'un... paie un supplément. Lance la fait travailler double maintenant à cause de l'argent de la caution qu'elle lui a fait perdre.

— Où est Lance ?

Pas de réponse.

Petrosky sortit son portefeuille, tira trois cents dollars du pli.

— Où est Lance ? Il posa l'argent sur le lit.

— Il... Elle fixa l'argent. Ce n'est pas vraiment son nom, mais je ne sais pas ce que c'e-

— J'ai besoin de savoir où le trouver.

— Cinquième et Dexter. Derrière le magasin d'occasion. Il y a une ruelle, où les sans-abri... Elle plissa le nez. Il nous fait travailler là-bas si on merde. Comme punition. Même ces types-là peuvent trouver un billet de cinq. Elle frissonna et fixa sa cigarette. Il la tapota à nouveau et la lui tendit.

— Tu connaissais Lisa Walsh ?

Elle tira sur la cigarette, les lèvres pincées, puis exhala un nuage de fumée dans son visage.

— Non.

— Tu as vu quelqu'un d'inhabituel traîner par ici ou dans la rue ? Un jeune gars blond, trapu ?

— Je... ne crois pas. Elle tira à nouveau sur la cigarette, haussa les épaules. Mais il y a beaucoup de gars.

Il sortit le portrait-robot d'Adam Norton. Elle secoua la tête et baissa de nouveau les yeux vers l'argent comme pour s'assurer qu'il était toujours là.

— Prends-le, dit-il en remettant l'image dans le dossier. Et n'en parle à personne.

— Mais Lance-

— Si j'apprends que tu l'as donné à Lance, je reviendrai le chercher.

Elle se frotta le creux du bras.

— Tu vas le dépenser en came ?

Elle haussa les épaules.

— Essaie de ne pas te tuer, d'accord ?

Il était un sacré hypocrite.

CHAPITRE 34

L'allée était déserte à l'exception de deux jeunes hommes, qui se pavanaient avec une démarche de pingouin comique car leurs pantalons leur tombaient aux genoux. Le plus pudique n'avait que les fesses à l'air, une ceinture serrée juste sous son trou de balle, une bosse dans la poche arrière flottante qui aurait pu être une arme mais était probablement un sandwich. Dans tous les cas, se faire tirer dessus ne serait pas une mort aussi horrible que de se faire découper à la machette. Petrosky fit un signe de tête au plus grand alors qu'il se garait en créneau devant la friperie. Le gars lui rendit son signe et disparut au coin de la rue. Le temps que Petrosky arrive sur le trottoir, les hommes seraient trop loin pour qu'il puisse les rattraper et les interroger sur la fille — mais il ferait le tour du pâté de maisons pour leur couper la route si l'enfoiré à l'intérieur n'avait rien pour lui.

La devanture juste à côté de l'allée était jaunie par le temps et l'eau couleur rouille qui dégoulinait de quelque part au-dessus — la neige fondante emportant la crasse de l'année dernière du toit. Sur une pancarte en carton blanc à l'intérieur de la fenêtre grillagée, quelqu'un avait écrit "Prêteur sur gages de Roscoe" au marqueur rouge. Il sortit la photo d'Alicia de son dossier et descendit de sa voiture dans l'après-midi grise, plissant les yeux face au vent glacial.

À l'intérieur, l'endroit ne faisait pas plus de 90 mètres carrés, ses murs étaient tapissés de vitrines remplies de vieux pistolets, de photos, de quelques médailles occasionnelles et de battes de baseball signées par des joueurs dont personne ne se souvenait ou n'en avait rien à foutre. Un homme maigre se tenait derrière la vitrine la plus proche, le regardant de sous une chevelure et des sourcils à la Einstein. Méfiant. Prudent. Probablement Roscoe.

— Je peux vous aider ? demanda Roscoe, son front tanné se plissant alors qu'il évaluait Petrosky de ses yeux perçants d'aigle. Une mèche de cheveux blancs glissa devant son oreille, mais il ne fit aucun effort pour la remettre en place.

— Je cherche quelques personnes. Ce gars... Il fit glisser le portrait-robot de Norton sur le comptoir.

— Non.

— Et elle ?

L'homme jeta un coup d'œil à la photo de Hart puis revint à Petrosky. — T'es flic ?

Petrosky sortit son portefeuille de sa poche et exhiba son badge. — J'ai entendu dire qu'elle était dans le coin aujourd'hui. Probablement dans l'allée derrière ici.

L'homme repoussa la photo de l'autre côté du comptoir. Un long ongle claqua contre le verre.

— Alors ?

Roscoe regarda vers les barreaux de la fenêtre de devant, se demandant peut-être comment il avait fini par posséder un endroit qui ressemblait à s'y méprendre à une cellule de prison. — Je ne l'ai pas vue.

— Tu l'as vue.

L'homme soutint le regard de Petrosky. Les coins de ses yeux tressaillirent.

— Elle t'a sucé derrière ? Ou tu l'as laissée entrer dans le magasin pour te baiser dans l'arrière-boutique ?

Son visage vira au rose maladif. — Je n'ai pas...

— J'en suis sûr que si, puisque tu essaies de les protéger.

Roscoe avait peur, et pas de la fille. Le proxénète. Peut-être que Lance était la clé ici. Est-ce qu'Alicia connaissait Lisa Walsh parce qu'elles avaient toutes les deux été prises par Lance au début ? Lance avait-il vendu Lisa Walsh à Norton ? Mais non... ils savaient que Norton choisissait lui-même ses victimes, et M. Fenderson avait vu sa fille avec Norton. Cela dit, Petrosky ne savait pas à quoi ressemblait Lance. Même le nom qu'Alicia leur avait donné était probablement faux. — Écoute, je sais que c'est le territoire de Lance. Peut-être qu'il te paie, te laisse profiter gratuitement de ses filles de temps en temps, j'ai raison ? Petrosky se pencha par-dessus la vitrine jusqu'à ce qu'il puisse sentir l'haleine fétide du type. — Je peux t'arrêter pour sollicitation de prostitution, ou tu peux me dire où elle est.

L'homme mit ses mains derrière son dos et secoua la tête.

— Mets tes mains où je peux les voir, monsieur, ou je te fais sauter la cervelle et je leur dirai que tu as tiré le premier.

Roscoe remit ses mains sur le comptoir.

— Quand as-tu vu Lance et la fille pour la dernière fois ?

Il haussa les épaules.

Petrosky l'attrapa par le col de sa chemise tachée et le tira contre le comptoir si fort que la vitrine gémit comme si elle allait se briser.

Roscoe pâlit, la bouche béante. — Plus tôt aujourd'hui ! Elle travaillait derrière. J'ai rien fait, mec. J'étais ici, et elle était dehors.

— Combien de temps est-elle restée dehors ?

— La plupart de la matinée et du début d'après-midi, je suppose. Je suis allé sortir les poubelles il y a une heure, et elle était partie.

Petrosky le relâcha. — Lance était là aussi ?

L'homme hocha la tête. — Je veux dire, pas maintenant. Il était là à ce moment-là — dehors devant. Il surveillait, je suppose. Pour... des clients.

Une douleur dansa sur les tempes de Petrosky avec des talons aiguilles. — Tu sais où ils vont habituellement après être partis ? Tu as vu dans quelle direction ils se dirigent. Une voiture, quelque chose.

— Je ne suis pas...

Petrosky frappa ses mains sur le verre assez fort pour faire trembler tout le comptoir. Le petit homme bondit en arrière contre le mur derrière lui, et sa tête heurta une étagère branlante remplie d'horribles aquarelles. Elle vacilla et s'écrasa au sol, les tableaux s'éparpillant à ses pieds. Roscoe jura dans sa barbe, se frottant la tête.

— Putain de merde, cria Petrosky, dis-moi où ces enfoirés...

— En bas de la rue, d'accord ? Les yeux de Roscoe étaient grands ouverts et terrifiés.

— Ça m'avance vachement. En bas de quelle rue ?

— Je... je crois que je l'ai vu aller vers cet immeuble une fois. Le seul appartement dans la rue.

Petrosky redressa les épaules et se pencha à nouveau. — Si tu te fous de ma gueule...

L'homme se recroquevilla contre l'étagère brisée comme si Petrosky l'avait frappé. — Je le jure, c'est tout ce que je sais ! Je le jure !

— Je reviendrai plus tard. Petrosky attrapa la photo d'Alicia Hart et jeta un coup d'œil au mur du fond. — Tu devrais peut-être réparer cette étagère.

Il était à mi-chemin de sa voiture quand il réalisa qu'il n'aurait jamais dû s'en tirer après avoir agrippé ce type.

Morrison aurait dû être là pour l'arrêter.

CHAPITRE 35

Il laissa sa voiture à côté de celle de Roscoe et se dirigea à pied vers l'immeuble. Le ciel était orange, l'air humide et froid, tandis que Petrosky empruntait le trottoir en passant devant un café où les chaises étaient attachées aux tables en fer forgé par des chaînes de vélo. Il scruta les alentours à la recherche d'un vrai vélo, peut-être celui de Norton — comme s'il allait avoir cette chance — et aperçut un endroit avec une enseigne verte et blanche proclamant : « Argent gratuit jusqu'au jour de paie ! »

Il jeta un coup d'œil à l'intérieur. Un rat traversa le sol en trottinant. Pas de vélo.

L'immeuble était petit — une vieille maison, probablement convertie en appartements séparés pour faire du profit. Ce qui le trahissait, c'étaient les escaliers extérieurs qui serpentaient de chaque côté du bâtiment. Trois, quatre appartements tout au plus. Il grimaça à l'odeur fétide d'urine sur le perron et se glissa dans le vestibule. À l'intérieur, la puanteur était plus forte et accompagnée d'un musc et de quelque chose d'autre qui aurait pu être de la fumée de cigare mais qui ne l'était probablement pas. Il s'approcha des boîtes aux lettres sur le mur du fond. Pas de noms, juste des numéros dans l'ordre : *100, 200, 300, 400.*

À côté des boîtes aux lettres se trouvait une porte solitaire avec *100* peint au-dessus du judas. Petrosky frappa. Une voix masculine cria quelque chose. Petrosky tendit la main vers l'arme dans son dos, mais un spasme dans son épaule droite lui envoya une douleur dans les doigts — il baissa la main avant qu'un tremblement de son index ne lui fasse un deuxième trou du cul. *Nerveux.* Il voulait quitter les lieux, mais pas en se vidant lentement de son sang par l'arrière.

— Qui est-ce ? demanda une voix féminine tremblante.

— Police, madame.

Un verrou cliqua. La femme avait au moins quatre-vingts ans, chancelant contre une canne, ses jambes tremblantes à peine assez solides pour la maintenir debout. Mais ses iris étaient vifs derrière les plis de peau sombre autour de ses yeux.

— M'man, c'est qui ? Un homme grand et costaud, dans ce qui ressemblait à un uniforme de fast-food, surgit du couloir du fond, regarda Petrosky avec méfiance et battit en retraite vers la cuisine quand Petrosky lui montra son badge. Soit il n'avait rien à cacher et défiait Petrosky de venir le chercher, soit il grimpait par la fenêtre de derrière. Petrosky s'en fichait royalement.

— Avez-vous vu cette fille, madame ?

Elle regarda la photo et ne dit rien, sa tête tremblant d'une telle manière que Petrosky se demanda si elle avait hoché la tête, et s'il avait été incapable de le dire à cause de son tremblement incessant.

Petrosky ouvrait la bouche pour demander à nouveau quand elle dit :

— Je pense que je l'ai vue. Peut-être dans le hall, près des boîtes aux lettres.

— Était-elle avec quelqu'un ?

— Un homme. Elle hocha la tête comme un bobblehead alors qu'une chasse d'eau se faisait entendre quelque part dans l'appartement.

La douleur dans la tempe de Petrosky s'intensifia au rythme de ses hochements de tête.

— Vous vous souvenez de quelle boîte ils utilisaient ?

— Je pense que c'était celle du bout, mais ma mémoire n'est pas si bonne.

— Votre fils saurait-il ?

— Zeek ! Le vibrato dans sa voix était plus prononcé quand elle criait.

Zeek émergea de la cuisine, la bouche si serrée qu'il en avait presque vidé ses lèvres de leur sang. De la drogue, peut-être. Probablement énervé d'avoir dû la jeter dans les toilettes.

Petrosky lui tendit la photo.

— Tu connais cette fille ?

Il secoua la tête.

— Tu es sûr ?

Zeek le regarda dans les yeux.

— Je veux dire, elle me dit quelque chose, mais je ne l'ai jamais rencontrée. Je l'ai juste croisée, c'est tout.

— Où ça ?

— Ici. J'apportais des courses pour ma mère.

— Tu sais où elle habite ?

Zeek secoua la tête.

— Merci pour votre temps. Il recula alors que Zeek lui claquait la porte au nez. Adieu le gentil flic.

L'appartement 200 était de l'autre côté du vestibule — pas un bruit à l'intérieur. Il frappa, attendit, frappa à nouveau. L'avaient-ils entendu de l'autre côté du couloir ? Mais à moins que Zeek et sa mère ne mentent... la fille ne vivait pas en bas. Bien que, comme Roscoe, ils aient pu être payés pour garder le silence.

À l'étage, alors. Ses chaussures collaient aux marches de l'escalier extérieur, chaque pas martelant son cerveau. Il évita de toucher la rampe.

L'homme qui répondit au numéro 400 avait le visage rond et le nez d'un carlin, et les lèvres gonflées d'une starlette de Jersey Shore. Sous sa chemise à col, son ventre était aussi gros que celui de Petrosky, mais il avait l'air plus lourd. Plus lent. Bien qu'il ne l'était sûrement pas — Petrosky pouvait à peine reprendre son souffle après avoir grimpé un seul étage.

— Quoi ?

— Êtes-vous Lance ? Les poumons de Petrosky semblaient sur le point d'éclater à tout moment.

Les yeux de l'homme se plissèrent.

— Qui veut savoir ?

Les poils sur la nuque de Petrosky se hérissèrent comme si Morrison était là, juste à côté de lui, lui soufflant dans l'oreille : *Ce connard va tomber.*

— Je suis le détective Petrosky, et je cherche...

Lance lui jeta la porte dessus. Petrosky la prit dans l'épaule et se fraya un chemin dans la pièce, renversant Lance par-dessus une table basse. Ils atterrirent sur le sol, Petrosky au-dessus. De la poudre blanche vola. Cocaïne. Des sachets. Des poids.

— Oh, merde. Lance essaya de frapper Petrosky avec son coude, et Petrosky abattit son poing contre le nez de Lance, éclaboussant ses articulations de sang. *Je vais me faire arrêter.* Peut-être qu'il devrait être arrêté. Mais ce type se tenait entre lui et le meurtrier de son partenaire, et même maintenant, il s'attendait à moitié à ce que Morrison arrive et le tire de force loin du gars, menotte le salaud, et convainque Lance de parler — calme, diplomatique. Mais Morrison n'était pas là pour le tempérer. Morrison ne serait plus jamais là. Et chaque terminaison nerveuse dans la poitrine de Petrosky brûlait de douleur — et de culpabilité. *J'aurais dû être là.* Il ne perdrait pas une autre piste, une autre fille. Il ne le ferait pas.

— Descends de moi, mec ! J'ai pas à répondre à...

Petrosky le frappa à la mâchoire assez fort pour lui claquer les dents, et le type cracha et ouvrit la bouche si grand que Petrosky put voir l'éclat d'une couronne en or sur sa molaire.

— À l'aide ! Quelqu'un ! Brutalité polici...

— J'ai pas le temps pour ces conneries, Lance ! Le corps de Lisa Walsh traversa l'esprit de Petrosky — le crâne fracassé, la peau fendue, l'odeur de fer. Et Morrison. Le visage de Morrison. Si froid. Ses lèvres cramoisies qui semblaient chaudes et vivantes mais n'étaient que couvertes de sang.

— Je. N'ai. Pas. Le. Temps. Petrosky secoua l'homme violemment, trop violemment, faisant cogner l'arrière de la tête de Lance contre le sol avec un horrible *boum*.

Lance cessa de se débattre. Mais avec un peu de chance, il n'avait pas tué ce salaud — il avait besoin de réponses. Petrosky souleva une paupière. Les iris de l'homme s'étaient révulsés, mais le pouls de Lance était fort et régulier. Le proxénète était dans les vapes, mais il survivrait.

Enfoiré.

Petrosky s'approcha de la porte et jeta un coup d'œil dans la rue en contrebas. Personne. Il ferma la porte, la verrouilla et retourna vers le salaud étendu sur le sol, sentant l'adrénaline dans ses veines, son sang aussi brûlant que de l'acide bouillant. Morrison aurait appelé une ambulance. Il aurait dit qu'ils devaient garder ce type en vie pour pouvoir lui poser des questions. C'était vrai. Ils — *il* — devaient garder Lance en vie. Mais le doigt de Petrosky sur la gâchette le démangeait d'une manière différente que devant l'appartement en bas. Norton devait payer, mais ce salaud, qui exploitait les femmes, les blessait, les humiliait... Lance ne méritait pas non plus de vivre.

Lance gémit, et Petrosky lui donna un coup de pied dans le ventre. Lance leva les bras devant sa tête.

— Arrête tes conneries, abruti, aboya Petrosky. Je ne te frapperai que si tu ne me donnes pas ce dont j'ai besoin. Il mentait peut-être, mais il s'en fichait royalement.

Lance regarda par-dessus ses coudes, grimaçant. — Qu'est-ce que tu veux ? Ses mots étaient étouffés par ses bras.

— Lisa Walsh.

Lance baissa les bras. — Qui ? Il secoua la tête, grimaçant à ce mouvement. — Je connais pas de Lisa Walsh. Il disait probablement la vérité. Si Norton avait enlevé Walsh lui-même, il n'aurait pas eu de raison de la présenter à ce type.

— Et Alicia Hart ?

Il fronça les sourcils. — Ah, putain, cette salope, mec ! Elle m'a déjà bais-

Petrosky lui donna un autre coup de pied, cette fois dans l'épaule. — Où est-elle, bordel ?

— J'en sais rien, mec ! C'est son jour de repos, d'accord ? Il n'y avait pas de tic révélateur de culpabilité dans son œil, juste les sourcils levés, les paupières écarquillées de mille sociopathes menteurs. — T'es vraiment flic ?

Petrosky sortit son arme de sa ceinture. Lance essaya de reculer, mais Petrosky le cloua au sol avec son genou sur la poitrine de l'ordure.

— Putain, mec, je jure, je-

Petrosky pointa l'arme sur le front de Lance. — Plus de temps. Où est-elle ?

— Putain de merde, mec, t'as pas besoin de t'énerver comme ça ! Elle est sur Finn, au motel avec une autre pute. Sa voix était un gémissement aigu.

Petrosky pressa le canon contre la tête de Lance assez fort pour laisser un bleu. — Numéro de chambre.

— Attends... vingt-trois. Je crois.

— Sois plus sûr. Petrosky arma le pistolet.

— J'en suis sûr ! J'en suis sûr ! Putain de merde !

Petrosky le relâcha, désarma l'arme et la remit dans sa ceinture. — Si tu poses la main sur elle, Lance, je reviendrai te chercher.

— T'es pas flic. Je reconnais un flic quand j'en vois un. Lance se traîna jusqu'au mur et se frotta la tête, la véhémence revenant sur son visage. — Pourquoi tu t'intéresses tant à une pute de rue de toute façon ? Ces salopes, y en a à la pelle.

La douleur dans la tête de Petrosky s'intensifia et s'enfonça dans sa poitrine, un abcès profond et lancinant. — Elles sont remplaçables, c'est ça ?

Les lèvres de Lance formaient une ligne droite et serrée.

— Et celles qui se font tabasser ? Tant d'affaires, tant de filles blessées. — Les gamines qu'on abandonne dans une ruelle comme des ordures ? Walsh. Morrison. — Et les filles qu'on laisse mortes dans un champ, abandonnées après que quelqu'un les a utilisées et jetées ? Tu crois qu'elles ne comptaient pour personne ? *Dis-moi que tu aurais pu tuer Julie. Dis-moi que ça n'a pas d'importance.*

— C'est juste des affaires.

Petrosky sortit son arme de sa ceinture d'un coup sec. Avant que Lance ne puisse lever les mains, il abattit violemment la crosse du pistolet contre le crâne du salaud.

Les yeux de Lance se révulsèrent tandis qu'il s'effondrait au sol et restait immobile.

S'il ne pouvait pas attraper le meurtrier de Julie, cette ordure ferait l'affaire. Petrosky donna un coup de pied dans les côtes de Lance pour faire bonne mesure, puis un autre. Puis encore un. Côtes. Ventre. Aine. Lance cracha un filet de quelque chose de rose sur le sol. *Putain d'enfoiré.* Il le frappa encore et encore, les pieds volant, le bruit sourd des impacts résonnant dans l'air jusqu'à ce que la sueur coule de son visage et trempe le col de sa chemise, et qu'il n'entende plus que son cœur martelant dans ses oreilles, ne sente plus que la douleur brûlante dans sa poitrine comme si ses côtes étaient en feu. Et puis la voix de Morrison : *Ça suffit, Chef. Ça suffit.*

Haletant, il s'agenouilla et chercha un pouls. Faible, mais présent. Il était modérément déçu. Peut-être très déçu.

— Papa ?

Petrosky se retourna.

Un garçon de six ou sept ans se tenait juste à l'entrée du couloir, un T-shirt trop grand pendant sur son corps maigre. Un de ses pieds nus était pâle, couvert d'une poudre blanche.

Petrosky se redressa, et le gamin sursauta contre le mur. — Je ne vais pas te faire de mal.

Le garçon gardait les yeux fixés sur Lance.

— Où est ta mère ?

— Elle travaille.

— Comment elle s'appelle ?

Il détourna lentement les yeux de Lance, puis fit un pas vers Petrosky.

— Hé, ne bouge pas, d'accord ? Il y a du verre, tu vas te blesser les pieds. La table basse était brisée — des éclaboussures de sang couvraient le sol, tachaient ses phalanges.

Le garçon se figea, comme s'il ne savait pas s'il devait écouter ou fuir à toutes jambes.

— Viens. Petrosky enjamba le verre brisé, la poudre et une lame de rasoir égarée. Les sachets frémirent autour de ses chaussures tandis qu'il soulevait le garçon et le déposait sur le canapé pour lui essuyer les pieds.

— Comment t'appelles-tu ?

— Peter.

— Comme dans *Peter Pan* ?

— C'est un homme dans la Bible.

On dirait que toute cette lecture biblique aidait vraiment beaucoup sa mère. — Quand ta mère rentrera-t-elle à la maison ?

La respiration superficielle de Peter fut sa seule réponse. Le garçon semblait avoir fini de parler.

— Je vais appeler quelqu'un pour te faire sortir d'ici, d'accord, Peter ? Je vais t'emmener en bas pour attendre.

Peter hocha la tête. Il se leva et se pencha vers l'oreille de Petrosky. — Je suis content que vous lui ayez fait mal, chuchota-t-il.

CHAPITRE 36

Petrosky emprunta les rues secondaires sur quatre pâtés de maisons jusqu'à Finn, les mains douloureuses — au moins son cœur avait ralenti. Zeek, du rez-de-chaussée, avait jeté un coup d'œil au petit Peter et l'avait serré contre sa poitrine massive, promettant de s'occuper de lui jusqu'à l'arrivée des services de protection de l'enfance et d'une ambulance. Avec un peu de chance, Lance resterait inconscient jusqu'à l'arrivée des renforts.

Petrosky se gara devant le motel, un bâtiment en forme de L à deux étages, et attrapa un sac de restauration rapide sur la banquette arrière. Le sang de Lance luisait sur ses phalanges. Il tira une serviette, cracha sur ses mains et les essuya, fronçant les sourcils devant sa peau craquelée. L'homme était probablement un nid de maladies. Au moins, Petrosky serait parti avant que cela n'ait d'importance.

La chambre vingt-trois se trouvait au deuxième étage, la troisième à gauche en haut d'un escalier branlant qui gémit sous le poids de Petrosky. Ses jambes épuisées gémirent en retour. Il devenait beaucoup trop vieux pour ça — et beaucoup trop fatigué. Mais l'idée de faire tomber Norton le stimulait.

La chambre vingt-trois avait une porte métallique abîmée et une tache qui aurait pu être de l'urine sur le béton à côté de l'entrée. Petrosky colla son oreille à la porte. Silence. *Ils ont intérêt à être encore là.*

Il frappa.

Un bruit de pas, puis une voix, haute et légère, de l'autre côté de la porte. — Oui ?

— Police. Ouvrez.

Le bruit de pas se transforma en agitation, comme des rats dans une cage. Une voix d'homme cria quelque chose d'inintelligible. Une voix féminine répondit, hésitante, entrecoupée. Nerveuse.

L'homme ouvrit la porte en grand. Son pantalon pendait ouvert sous une chemise boutonnée non rentrée. Une alliance brillait dans la faible lumière de la pièce. — Je les ai rencontrées au bar ! Elles m'ont dit que—

Petrosky l'attrapa par la gorge et le plaqua contre le mur — tout comme il l'avait fait avec l'exterminateur fumeur de weed chez Salomon — et pendant un instant, il crut sentir la main de Morrison sur son bras. Il inspira brusquement, puis expira. — Vous les avez déjà payées ?

— Payer ? râla-t-il sous les phalanges de Petrosky. Mais—

Petrosky jeta un coup d'œil dans la pièce. Alicia Hart se tenait juste à l'intérieur de la porte, portant un haut dos-nu avec l'image d'une mouffette de dessin animé et un legging qui semblait trop fin pour la saison. Une autre fille était assise sur le lit derrière elle, s'enveloppant hâtivement dans un drap.

Petrosky s'adressa à Hart. — Il vous a payée ?

Elle regarda le sol et hocha la tête.

— Oh, merde, je n'ai pas—

Petrosky le relâcha, et l'homme tituba en arrière. — Rentrez chez vous auprès de votre femme, connard. L'homme trébuchait encore dans les escaliers quand Petrosky poussa la porte et la referma. — Alicia Hart ?

Elle hocha à nouveau la tête, les yeux rivés au sol.

— J'ai besoin de quelques informations.

— Vous allez nous arrêter ? demanda l'autre fille depuis le lit. Même avec le drap autour de ses épaules, il pouvait voir des bourrelets de graisse dépassant d'un short trois tailles trop petit. Deux cercles parfaits de blush brillaient sur ses joues pâles. Son rouge à lèvres s'était étalé sur sa mâchoire inférieure.

— Non. J'ai juste besoin de vous poser quelques questions. Il se retourna vers Hart. — À propos de Lisa Walsh.

— Lisa ?

Petrosky posa sa main sur le mur. Ses genoux étaient mous, comme de la gelée. Peut-être y avait-il un bar à proximité pour le requinquer. Mais le lit semblait encore plus tentant.

Il se traîna jusqu'à un fauteuil à oreilles élimé et s'y laissa tomber. Le fauteuil protesta en lui enfonçant un ressort rebelle dans les fesses. *Évidemment.* — Parlez-moi de Lisa.

— Je la connais depuis longtemps. Elle allait à Harris. Moi, j'allais à Notre-Dame, juste à côté.

— Comment la connaissiez-vous si vous alliez dans des lycées différents ?

— Oh, eh bien, il y avait cette soirée dansante ? Et j'ai été invitée par un gars qui connaissait mon cousin. Alors j'y suis allée, et elle était là. Elle a dit qu'elle aimait ma robe. Hart sourit avec nostalgie. C'était une jolie robe. Je l'avais reçue de ma grand-mère pour Noël.

— D'accord. Que s'est-il passé après qu'elle ait complimenté votre robe ?

— Oh, désolée. Eh bien, on a juste parlé, vous voyez ? Des trucs de filles. Elle était un peu plus jeune. Impressionnée que je sois venue en tant que cavalière de quelqu'un. Mais je ne connaissais personne d'autre là-bas, et le crétin avec qui j'étais venue était dehors à fumer avec ses amis, alors j'ai juste parlé avec elle. Et je lui ai demandé pourquoi elle n'était pas venue avec quelqu'un, et elle est devenue toute silencieuse avec ce regard sournois sur le visage, vous savez ? Comme quand on sait que quelqu'un a une sorte de secret juteux ? Et elle a chuchoté qu'elle avait rencontré ce... type. Et qu'il était *plus âgé*.

— Pourquoi vous aurait-elle dit ça si vous veniez juste de vous rencontrer ?

Hart haussa les épaules. — Je veux dire, j'ai toujours pensé qu'elle essayait de m'impressionner — le sourire narquois d'une fille se souvenant de ses beaux jours — mais peut-être qu'elle mourait juste d'envie de le dire à *quelqu'un*. Le visage de Hart s'assombrit. — Je suppose qu'elle était un peu bizarre à ce sujet. Après me l'avoir finalement dit, elle s'est fermée comme une huître, me suppliant de n'en parler à personne d'autre.

Lisa Walsh avait voulu être spéciale. Mais Norton lui avait probablement dit que le secret faisait partie de ce qui la rendait ainsi. Bien sûr qu'elle s'était refermée. Typique des conneries de manipulation. *Salaud manipulateur.*

— Avez-vous eu des contacts avec elle après cela ?

— Je l'ai vue de temps en temps. Elle était au laser game un soir avec une autre fille, mais j'étais avec mes amies, alors on n'a pas vraiment parlé.

Toute une journée pour ça. Merde. Petrosky grinça des dents. — Donc, vous la connaissiez d'une seule soirée ?

Son estomac était rance. — Vous avez dit à un officier que vous la connaissiez à cause d'une interaction isolée ?

— Je pensais juste—

— Vous pensiez que vous vous en sortiriez plus facilement en balançant le nom d'une fille morte comme si vous étiez copines ? Vous avez d'autres amies comme ça ? Des filles qui ont disparu et que vous avez sous le coude pour la prochaine fois ?

Sa lèvre tremblait. L'autre fille essaya de s'enfoncer plus profondément dans le drap.

Au diable. Il allait les arrêter toutes les deux.

— J'en ai, dit la grassouillette.

Il se tourna brusquement vers elle. — Vous avez quoi ?

— Je connais d'autres filles qui ont disparu.

Il se massa les tempes. — J'imagine bien que oui. La police ne voyait qu'une fraction des crimes commis contre ces filles. Certaines disparaissaient simplement, anonymes, sans personne pour même signaler leur disparition.

— Les gens ne savent pas, vous voyez ? À quel point c'est dangereux. Mieux que tout le reste, mais quand même… Je ne sais pas ce qu'on ferait sans Lance.

— Ouais, c'est un vrai héros. Le talon de Petrosky tapotait contre la moquette usée. Il prit une profonde inspiration.

Morrison était mort en poursuivant cette piste. Comment cela l'avait-il mené à un tueur ?

— L'une de vous a-t-elle parlé à un autre flic hier ? Un détective Morrison ?

Regards vides. Hochements de tête négatifs.

— Comment t'appelles-tu ? demanda-t-il à l'amie de Hart.

— Francine.

— Francine, qui d'autre connais-tu qui a disparu ?

Elle se redressa. — Eh bien, il y a eu cette fille il y a quelques années. Un jour, elle a simplement disparu... tu t'en souviens, Alicia ? Elle travaillait sur Emery Street.

— Tequila, dit Hart.

Comme la boisson ? Tequila n'était pas sur leur liste de personnes possiblement enlevées, mais cela ne signifiait pas qu'ils n'en avaient pas manqué une. Et un nom comme ça - probablement un alias de toute façon. — Et des filles plus jeunes, Francine ? Le type que je recherche les aime plus jeunes.

— Il y avait la fille d'Antoine. Elle ne devait pas avoir plus de quinze ans. C'était il y a environ un an, peut-être plus.

— Son nom ?

— Casey.

Un frisson électrique traversa la poitrine de Petrosky et descendit le long de son bras. — Casey Hearn ? La fille dont Morrison avait visité les parents sans lui.

Hart haussa les épaules, et l'autre fille baissa les yeux. — Je la connaissais aussi, dit doucement Hart, mais je n'ai jamais su son nom de famille.

Petrosky repensa aux dossiers qui gardaient le givre loin de son siège avant, regrettant de ne pas avoir les petites annonces de Morrison, regrettant de ne plus avoir le gamin pour prendre des notes. — Longs cheveux roux ? Yeux verts ? Mince ?

Elles hochèrent toutes les deux la tête.

Il se pencha en avant sur sa chaise, et le ressort tira sur le fond de son pantalon. Il allait enfoncer ce foutu truc avant de partir. — Quelqu'un d'étrange traînait dans le coin avant sa disparition ?

Hart jeta un coup d'œil à Francine. — Non, je ne crois pas. Pas plus bizarre que d'habitude.

— Et quelqu'un qui distribuait des médaillons ? Des petits cœurs ?

Encore des regards vides. Des hochements de tête négatifs partout.

Que ferait Morrison ? — Peut-être un gars qui essayait d'être un beau parleur, quelqu'un qui vous appelait sa fille numéro un ?

Les yeux de Francine s'illuminèrent. Le drap glissa de ses épaules, révélant un soutien-gorge push-up rose, ses seins débordant du haut. Un téton brun était déjà visible. Il détourna le regard. — J'ai entendu parler de ce type par Whitney, dit-elle.

— Whitney comment ?

— Je... je ne sais pas, mais elle parlait souvent de ce gars qui disait des trucs comme ça ; qu'elle était sa fille numéro un. Les gars disent toujours que tu es leur préférée ou je ne sais quoi, mais la façon dont il le disait était... bizarre.

Son cœur battait frénétiquement contre son sternum. — Où est Whitney maintenant ?

Il attendait que Francine dise *morte de leucémie* comme l'amie de Walsh, Becky, ou quelque chose d'également inopportun. Inopportun pour lui. Encore plus pour elle.

— Elle est sur Clayborne maintenant au... Elle plissa les yeux vers Petrosky. — Vous êtes sûr que vous n'allez pas l'arrêter ?

— Tout ce qui m'intéresse, c'est de trouver la personne qui a fait du mal à Lisa. *Et qui a tué Morrison.* Whitney est en danger si elle connaît ce type.

Francine rassembla le drap autour d'elle, couvrant son téton exposé. — Le salon de massage. Juste au coin de Clayborne et de la Septième. Je crois que ça s'appelle Purple Lotus.

Hart hocha la tête.

Petrosky se leva. — Je vais chercher une photo dans la voiture, pour que vous puissiez me dire si c'est Casey. Il jeta un coup d'œil autour de la pièce. — Ensuite, vous fermez à clé et vous allez dormir.

Francine secoua la tête. — On ne peut pas. On doit...

Hart lui donna un coup de coude.

— Vous avez un quota ? dit Petrosky.

Hart étudia ses mains.

Petrosky sortit son portefeuille et lui tendit quatre billets de cent dollars. — Suffisant ?

Elle hocha la tête. Ses yeux étaient grands ouverts.

— Commandez une pizza ou quelque chose aussi, d'accord ? Il fit une pause. — Et demandez une livreuse.

Son estomac se retourna à l'idée de manger. Il récupéra le dossier dans la voiture, et les deux filles confirmèrent que Hearn était bien la fille qu'elles avaient rencontrée dans la rue, celle qui avait disparu sans laisser de trace dix-huit mois auparavant. Il leur montra aussi la photo d'Adam Norton - rien. C'était un coup de chance improbable.

Alors qu'il s'apprêtait à partir, Hart utilisa le drap pour essuyer son rouge à lèvres criard. Sans lui, elle avait l'air plus jeune. Innocente.

Mais les apparences sont trompeuses.

Petrosky tira la porte derrière lui.

Il venait à peine de s'effondrer sur le siège du conducteur quand Shannon lui envoya un texto.

« Où es-tu ? J'ai pris mexicain pour nous. »

Petrosky retourna le téléphone dans sa main, jeta un coup d'œil à l'arrière où un abruti avait jeté sa veste sur le siège. Shannon avait besoin de lui. Mais avait-elle besoin de lui là-bas, ou ici ?

Il répondit par texto :

« J'ai une piste. »

Sa réponse arriva immédiatement.

« Cloue ce salaud. »

CHAPITRE 37

Le Purple Lotus était coincé entre un petit resto graisseux qui servait probablement plus d'asticots que de café et l'un de ces magasins de proximité coréens avec des pattes de poulet et des queues de taureau ou je ne sais quoi d'autre. Il pouvait presque entendre Morrison dire : — Essayez les pattes, Chef, vous allez adorer, et pendant un instant, il jura entendre le rire du gamin résonner dans la brise. Il enfouit plus profondément cette pensée et cette douleur au creux de son ventre.

Une image d'un Bouddha souriant était collée à la vitrine du Purple Lotus. L'intérieur était sombre, mais il pouvait distinguer la peinture qui s'écaillait des avant-toits comme de fines bandes de peau cloquée — telle une mauvaise brûlure du soleil que quelqu'un aurait grattée avec un râteau de jardin. Comme la chair d'une jeune fille innocente déchiquetée par une machette. Puis il revit cette ruelle, Walsh, puis Morrison, puis Walsh à nouveau. Sa respiration se bloqua. *Reprends-toi, crétin.*

La porte grinça lorsqu'il entra d'un pas décidé, son dossier sous le bras. Quatre bougies sur une table basse éclairaient une femme blanche mince au visage sévère d'une directrice d'école. Les ombres s'étiraient derrière elle, se dissolvant dans l'obscurité totale dans les coins inférieurs de la pièce. Au-dessus d'elle, la lumière des bougies vacillait contre le plafond et les murs comme si le feu tentait de réduire l'endroit en cendres et de les sortir tous de leur misère. Petrosky se demanda si le courant était coupé ou s'ils cachaient les varices et les corps vieillissants de leurs travailleurs.

— Moi pouvoir aider vous ? Les mots de la femme étaient hésitants, mais ressemblaient plus à une terrible imitation d'un accent asiatique qu'à un véritable accent. Faisait-elle semblant ? Il n'était pas tout à fait sûr qu'il aurait pu reconnaître le vrai.

— Je cherche Whitney.

— Ah, elle avec client. Vous attendre.

Petrosky hocha la tête et regarda autour de lui. Pas de chaises dans la pièce ni dans le couloir solitaire qui s'estompait dans le noir sur sa droite.

— Vous payer d'abord.

— Combien ?

— Dépendre.

— Juste le forfait normal entrée-sortie.

Elle sourit. — Entrée-sortie, hein ? Vous drôle.

— Combien, madame ?

Elle plissa les yeux vers lui, regarda ses chaussures. — Soixante.

— Je ne vais pas vous donner le prix arnaque. Je vous donne quarante.

Sa bouche se serra — ce n'était plus si drôle. — Quarante. Vous sortir vingt minutes.

Petrosky lui tendit l'argent. Elle l'empocha, ses yeux s'attardant sur son portefeuille jusqu'à ce qu'il le range. La pièce était silencieuse comme si l'endroit était rempli de petites filles gardant des secrets, et cette pensée lui donna la chair de poule. La femme l'observait. Il lui lança un regard noir en retour.

Ils se tournèrent tous les deux vers le mur du fond lorsqu'un homme squelettique sortit de la porte du milieu. Il baissa le menton vers sa poitrine et essaya de les dépasser, mais trébucha sur la jambe tendue de Petrosky et s'étala de tout son long. *Quel dommage.* Le type se releva en trébuchant et cette fois s'échappa dans la nuit.

Quand Petrosky se retourna, la femme fronçait les sourcils. — Vous aller maintenant. Vingt minutes, ou vous payer plus.

Petrosky passa par la porte ouverte et la ferma derrière lui. Pas de verrou.

Ça sentait le sexe : le musc de la sueur sous la légère odeur de chlore du sperme. Whitney lissait un drap sur une table de massage au milieu de la pièce. Elle portait un déshabillé de couleur sombre. Des boucles en tire-bouchon encadraient son visage — elle était belle, mais c'était peut-être un effet des bougies dans le coin.

Elle sourit. — Première fois ?

— Oui.

— Allez, asseyez-vous.

— Je préfère pas, m'dame. Il fit briller son badge dans la lumière tamisée et mit un doigt sur ses lèvres quand elle ouvrit la bouche. — Je ne suis pas là pour vous arrêter, dit-il, d'une voix basse et douce. Je cherche un type. J'ai entendu dire que vous pourriez le connaître. Il essuya la sueur sur son cou. C'est un très mauvais gars. Un tueur. Quelqu'un qui vous appelait sa fille numéro un.

Elle s'entoura de ses bras. — Oh Jésus, *lui* ? Je n'ai pas pensé à lui depuis une éternité.

Ainsi, Morrison n'était pas venu ici non plus. Petrosky arracha le drap du lit et le lui tendit.

Elle le drapa sur ses épaules, frissonnant toujours. — On ne peut pas oublier des types comme ça. Il était... Quelque chose n'allait pas, vous savez ? Il n'agissait même pas si bizarrement, mais je... savais juste qu'il n'était pas net. Il me donnait la chair de poule.

— Vous connaissez son nom ? Peut-être que Norton utilisait un alias qu'ils pourraient retracer.

— Je ne crois pas qu'il l'ait jamais donné.

— Où l'avez-vous rencontré ?

Elle s'assit sur la table, voûtée comme si le poids du monde s'abattait sur son dos. — Il avait l'habitude de traîner dans la rue. Il m'a abordée quelques fois, m'a demandé de monter dans sa voiture, mais j'ai dit non, que j'avais rendez-vous avec quelqu'un. Elle leva les yeux. Même si ce n'était jamais le cas.

— Est-il revenu ?

— Ouais. Je veux dire... il faut être gentille, alors peut-être que je l'ai un peu encouragé. La troisième fois, j'étais avec une autre fille, et il m'a donné cette boîte. Avec un collier.

L'électricité remonta le long de sa colonne vertébrale. — Il y avait un cœur dessus ?

Elle le regarda bouche bée. — Ouais. Avec un numéro un gravé au milieu.

— Vous l'avez toujours ?

Elle secoua la tête. — Je l'ai vendu juste après. C'était tellement flippant. Quand j'ai dit merci, il m'a dit qu'il y en avait d'autres comme ça.

— À quoi ressemblait-il ? *Donnez-moi quelque chose que je peux utiliser. Aidez-moi à attraper cet enfoiré.* Il inspira brusquement en réalisant qu'il retenait son souffle.

— Plutôt petit pour un homme, juste quelques centimètres de plus que moi.

Petrosky l'évalua — un mètre soixante-cinq, peut-être

un mètre soixante-huit. Le profil de Norton indiquait un mètre soixante-quinze.

— Était-il mince ?

— Non. Il était plutôt trapu. L'air fort. Pas comme — elle regarda le ventre de Petrosky — énorme ou quoi que ce soit. Juste plus costaud.

Petrosky ravala sa bile — l'odeur fraîche de sperme le rendait malade. — Quel âge avait-il ?

— La vingtaine ? Pas beaucoup plus vieux que moi.

Norton. Ça devait être lui. — Des tatouages ? Des cicatrices ?

— Je ne crois pas. Mais il avait des marques sur le visage. Comme les boursouflures qu'on a quand on est allergique à quelque chose. Mon frère en avait à cause des œufs. Quelque chose de presque nostalgique traversa son visage et disparut.

Tout le monde manquait à quelqu'un. — De l'urticaire, dit Petrosky.

— Ouais, mais c'était bizarre parce qu'elles étaient toujours là, à chaque fois. Et elles bougeaient aussi, sur différentes parties de son visage.

Alors, était-ce de l'urticaire ? Ou simplement de l'acné ? Petrosky réfléchit. Norton avait-il eu des démangeaisons lorsqu'ils s'étaient rencontrés ? *Oui.* Comment avait-il pu oublier ? Il avait des cicatrices le long de la mâchoire, mais quand ils avaient commencé à parler, des papules étaient apparues sur le cou et le visage de Norton — subtiles, mais bien présentes. Et le type n'avait rien mangé, à sa connaissance. Il sortit le dossier et le feuilleta jusqu'aux portraits-robots.

Whitney approcha l'image de son nez et grimaça. — Oui... Je crois que c'est lui.

Elle se mordit la lèvre et regarda vers la porte comme si elle s'attendait à le voir surgir à tout moment.

Norton avait dû être plus qu'un peu flippant si elle le cherchait encore du regard des années plus tard.

— Quand l'as-tu vu pour la dernière fois, Whitney ?

— Il y a peut-être un an ou plus. Après le collier, il n'est venu qu'une fois de plus, et je me suis cachée quand je l'ai vu arriver. Il avait l'air... en colère. Elle déglutit péniblement. — J'ai commencé à travailler dans une autre rue après ça. Mais je l'ai vu là aussi. C'est une des raisons pour lesquelles j'ai fini ici. À l'intérieur, où n'importe qui ne peut pas vous voir. Et où je n'ai jamais à être seule. Elle lui tendit la photo comme si elle ne voulait rien de plus que de s'en débarrasser.

— Alors il t'a suivie ? Il t'a traquée ? Bien sûr qu'il l'avait suivie. S'il avait senti qu'elle le rejetait, il aurait voulu l'éventrer.

— Oui. Elle hocha la tête. — Oui, c'est ce qu'il a fait. Je suppose qu'il était contrarié que je ne sois pas allée le voir après qu'il m'ait offert le bijou.

Petrosky se figea, le portrait-robot toujours suspendu dans l'air entre eux. — Il t'a dit de venir le voir ? T'a-t-il dit où aller ?

— Ce n'était pas une adresse, juste un coin de rue. Mais il a dit que je ne pouvais pas le manquer.

— Whitney, c'est vraiment important. Elle savait où se trouvait Norton. Serait-il toujours là, dans la même maison ? Le type avait été un être d'habitudes jusqu'à présent. — À quel coin de rue habitait-il ?

— Je ne me souviens pas exactement. Mais une des rues s'appelait Beech parce que je me rappelle avoir pensé que ça sonnait bien, comme des vacances à la mer.

Beech. Un pâté de maisons derrière chez Salomon.

— Que t'a-t-il dit d'autre sur la maison ? La couleur ? En briques ? Deux étages ? Quoi que ce soit ?

— Il n'a rien dit. Seulement que c'était au coin. Elle fronça les sourcils. — Le coin de Beech et... quelque chose.

La petite pièce crépitait d'énergie. Aucun de ces coins n'avait qu'une seule maison. Comment diable était-elle censée la trouver sans autre information ? Petrosky devait partir. Il se tourna vers la porte, et elle lui agrippa le bras.

— Attendez... Vous pensez qu'il va... Je veux dire, est-ce qu'il est dans le coin maintenant ?

— Je ne suis pas sûr, madame. En attendant, — il lui tendit sa carte — faites-moi savoir si vous entendez quoi que ce soit d'autre. Et si vous le voyez... fuyez. Ne prenez aucun risque.

Elle lui rendit la carte. — Je ne peux pas la garder. Ils fouillent mes poches.

Il la froissa dans sa paume. — Je m'appelle Détective Petrosky. Appelez le 56e commissariat et demandez-moi si vous le voyez ou si vous entendez quelque chose.

Elle hocha la tête. — Je sais où c'est. J'y suis allée assez souvent.

La femme au comptoir regarda sa montre et hocha la tête d'un air approbateur lorsque Petrosky sortit.

Il sortit deux billets de cent dollars et les jeta sur le comptoir. — Pour son temps. Elle a intérêt à voir chaque centime.

Les yeux de la femme s'écarquillèrent. — Wow. Merci beaucoup.

— Qu'est-il arrivé à votre accent ?

Elle haussa les épaules.

Menteuse. Il aurait dû faire trébucher son cul menteur aussi.

De retour à sa voiture, Petrosky vomit un mince filet de bile et d'aspirine à moitié digérée sur l'asphalte qui s'effritait et s'enferma à l'intérieur. Un vertige le submergea. La voiture semblait rétrécir. Le sevrage était une vraie salope. Il prit une inspiration lente et tremblante, fouilla sur le siège passager, sortit la boîte de barres de céréales et en déchira une. Son estomac protesta avant même qu'il n'avale.

Il avait besoin de trouver un bar.

Non, il devait trouver ce salaud, tirer une balle fatale dans le ventre de Norton, puis laisser le type le fumer. *Même un con comme toi peut gérer ça, Petrosky.*

Mais il ne pouvait pas. Chacune de ces filles dévissait quelque chose caché dans un coin sombre et profond de son cerveau. Il ne pouvait pas les aider, pas vraiment. Il n'avait jamais pu aider personne — surtout pas ceux qui comptaient.

Je ne peux pas faire ça.

Mais il devait essayer. Pour Morrison. Pour Shannon et l'assurance en cas de décès en service. Pour Julie, pour qu'une autre petite fille ne meure pas comme elle était morte — du moins pas entre les mains de Norton.

McCallum avait raison : il était un lâche. Se vautrant comme un connard.

Mais juste un verre devrait le remettre sur les rails. Juste un.

CHAPITRE 38

La maison des Salomon était silencieuse, non pas de cette façon dont une maison est silencieuse quand personne n'est là, mais de celle d'un abandon silencieux. L'allée et le chemin d'accès étaient recouverts de la même neige intacte que la pelouse, qui ne portait plus aucune trace de corps mutilés ou de pieds frénétiques sans orteils. Du plastique Visqueen recouvrait les encadrements vides des fenêtres du sous-sol, et le verre avait été enlevé, les encadrements dépouillés entre ce qui ressemblait à de nouvelles briques. Probablement pour s'occuper de l'amiante que l'équipe médico-légale avait trouvée ; Courtney devrait arranger ça pour qu'un acheteur hippie ne lui intente pas un procès dans dix ans quand il aurait un cancer.

Il se gara dans l'allée enneigée de Salomon et verrouilla la voiture. Le vent fouettait des éclats de glace piquants sur ses joues — il n'était même pas huit heures et aucune trace de chaleur, juste des vents mordants comme si quelqu'un lui passait le visage au nettoyeur haute pression. Il vérifia la sécurité de l'arme dans sa veste, étrangement satisfait des éclaboussures de sang de Lance qui lui souriaient depuis la manchette de sa chemise. Rien de cette semaine ne pourrait jamais s'effacer.

Petrosky releva le col de son manteau contre le vent et marcha d'un pas décidé sur le trottoir, essayant d'imaginer la nuit de l'évasion de Walsh. Sombre comme maintenant, les lampadaires se reflétant sur la neige et teintant tout de jaune. Il aurait fait froid, mais pas tout à fait autant. Par où était-elle passée ? Lisa Walsh avait été retrouvée nue dans la ruelle, mais cela ne signifiait pas qu'elle était nue quand elle avait fui Norton, portant son nouveau-né torturé. Elle avait au moins porté des chaussettes — et était tombée parce qu'elle ne pouvait pas garder l'équilibre sur ses pieds mutilés ou peut-être parce que ses muscles s'étaient atrophiés pendant des années dans une chambre de torture.

Il marchait, scrutait, essayant d'ignorer à quel point son cœur se sentait malade et douloureux dans sa poitrine, bien que la douleur aurait pu être le granola prêt à faire son retour. Il plissa les yeux vers les barreaux qui striaient les fenêtres de l'autre côté de Pearlman. Vers quelques allées déneigées. Vers une autre maison recouverte de bardage en aluminium. Walsh aurait-elle pu sortir par un morceau de bardage mal fixé ? Il imagina le lieu de travail de Lance — le matelas miteux, le radiateur, la charpente brute avec seulement du contreplaqué comme protection contre les éléments. Walsh aurait pu se faufiler par là, selon l'intérieur.

La rue de Salomon se terminait en impasse sur Pike Street. Petrosky s'approcha du coin et jeta un coup d'œil en arrière vers la maison des Salomon. Walsh aurait passé beaucoup de temps à découvert, sous les lampadaires, si elle était venue de Pike. Il était tard, mais quelqu'un l'aurait sûrement vue si elle était passée par là.

Les autres rues étaient-elles plus discrètes ? Pas vraiment. Elle était probablement restée à l'écart de l'allée principale, se cachant de Norton. La plupart des jardins n'avaient même pas de clôtures pour la ralentir, et dans les ombres derrière les maisons, beaucoup de choses passeraient inaperçues, même une fille courant pour sa vie pendant une tempête de grésil.

Il tourna à gauche dans Pike devant une maison aux fenêtres condamnées. À côté de la maison du coin, une autre demeure était aux premiers stades de l'abandon — un panneau de saisie pendait à la porte, mais les fenêtres restaient intactes. Ses bottes crissaient sur le trottoir glacé, puis dans le sel d'une allée déneigée, puis à nouveau sur le trottoir. De l'ouest, le vent rugissait encore plus fort. Il balayait son regard de droite à gauche, notant les maisons occupées avec des perrons propres au rez-de-chaussée et des endroits pour les plantes en pot au printemps. Comme chez Salomon. Elle ne mettrait sûrement pas de plantes cette année. Et ici, il semblait que la glace ne fondrait jamais — c'était un hiver perpétuel, à jamais accablé de neige et de chagrin, un no man's land sous les deux lampadaires cassés le long de cette portion. Il plissa les yeux à travers l'obscurité, qui semblait soudain plus rude que le vent tempétueux.

Norton observait-il ? Petrosky regarda derrière lui, scruta les maisons de chaque côté. Rien. Il mit quand même sa main sur son arme, le noir autour de lui trop chargé de menace invisible pour qu'il lâche complètement l'arme. Norton avait tué Morrison. Comment Morrison était-il arrivé ici ? Et pourquoi ? À moins que... était-il venu en voiture pour repérer les lieux et était-il tombé sur quelque chose par hasard ? Norton l'avait-il simplement vu et éliminé ?

Coin de Beech et quelque chose. Il était presque à

Beech. Petrosky traversa une allée couverte de glace quand quelque chose bondit sur lui de derrière une fenêtre barreaudée, s'écrasant contre la vitre. Des aboiements.

Oh mon Dieu, son cœur. *Stupide chien de merde.* Il laissa le crétin aboyeur et continua, retirant enfin sa main de son arme en s'approchant du prochain coin. Beech et Pike. Si la maison de Norton était au coin de Beech... Petrosky plissa les yeux contre le vent, cherchant le tressaillement d'un rideau, des signes d'un homme surveillant ses voisins, l'éclat d'une caméra extérieure. Norton voudrait savoir si quelqu'un soupçonnait les horreurs qu'il cachait. Mais il n'y avait pas de connards grêlés courant les rues ce soir. Juste le film de givre et de neige reflétant le jaune dans l'éclat des lampadaires.

Il serra les dents et tourna à gauche dans Beech vers la maison des Salomon, essayant de ne pas être trop évident. La maison du coin de l'autre côté de la rue semblait abandonnée — pas moyen de garder une fille prisonnière quand la moitié de vos fenêtres ont disparu. La maison à côté de Petrosky était bien entretenue : pas de barreaux ni de volets, juste une table avec une nappe en dentelle visible à travers la fenêtre. Mais des rideaux en dentelle grands ouverts, un gros non-non pour quelqu'un qui a quelque chose à cacher. Pas de sous-sol non plus, juste des briques rouges, celles près du sol humides de la neige fondante de l'allée salée.

— Il y a quelqu'un ?

Cela venait de cette maison. De l'obscurité du porche.

Il entendit le déclic du loquet de la porte et saisit son arme.

— Il y a quelqu'un ? La voix était étouffée, à peine assez forte pour être entendue au-dessus du vent. Essayait-elle de l'attirer plus près ? Petrosky garda sa main sur son arme. Une lumière s'alluma à l'intérieur de la maison, et comme la porte s'ouvrait plus grand, Petrosky leva son arme.

Une femme, ratatinée mais musclée, apparut, s'appuyant sur un déambulateur. Pas de tremblements comme la femme de l'immeuble ; malgré sa canne, elle semblait stable, forte. Sa touffe de cheveux blancs était presque fluorescente sous les lumières du porche. Robe de chambre orange vif, pantoufles jaune fluo.

Ses yeux s'illuminèrent alors qu'il rangeait son arme et s'approchait de la maison. Elle mit un doigt dans son oreille et commença à tapoter. — Attendez un instant, laissez-moi monter le son de mes oreilles.

Appareil auditif. Si quoi que ce soit s'était passé sur sa pelouse, cette femme n'en aurait rien su.

— Je suis le détective Petrosky de la police d'Ash Park. Désolé de vous déranger, madame...

— Allons, allons, ne commence pas avec ces histoires de madame. C'est ma mère, ça. Pour toi, c'est juste Gertrude...*monsieur*.

Elle lui fit un clin d'œil.

Petrosky marqua une pause.

— J'enquête sur un crime qui a eu lieu dans la rue. L'agression de Mme Salomon.

Elle le regarda d'un air perplexe.

— Qui ?

— Mme Salomon. Elle a été tuée tôt jeudi matin, juste au coin de la rue.

Comment pouvait-elle ne pas être au courant ?

Elle secoua sa tête ridée.

— Ah oui, pauvre, pauvre femme. Mais je suis sûre que vous pouvez tous nous protéger.

Elle lui fit un autre clin d'œil, et Petrosky dut résister à l'envie de resserrer sa veste autour de lui tandis que son regard le détaillait de haut en bas.

— Votre nom complet ? lui demanda-t-il.

— Gertrude Hanover. Si tu veux m'inviter à dîner, je te dirai aussi mon deuxième prénom.

C'était donc la femme que Morrison avait rencontrée lors de son premier jour de porte-à-porte dans le quartier — celle qui l'avait dragué. Qui l'avait forcé à manger des biscuits dans sa cuisine. Au moins, Petrosky savait que la maison avait déjà été fouillée.

Au lieu de répondre, il sortit le portrait-robot de Norton de sa veste et le lui tendit.

— Connaissez-vous cet homme ?

Elle plissa le visage.

— Bien sûr, oui.

— Oui ?

Le cœur de Petrosky battait la chamade.

— Quand l'avez-vous vu pour la dernière fois ?

— Oh, ça fait un bon moment maintenant. Il ressemble comme deux gouttes d'eau à mon neveu, Richard. Il venait m'aider à la maison — à construire des choses, pour que je ne tombe pas dans les escaliers et tout ça.

Mais Gertrude Hanover avait une lueur dans les yeux — le genre de femme qui renverserait n'importe quelle barrière juste parce qu'elle le pouvait. Et Morrison avait dit qu'elle allait chercher le courrier quand il l'avait vue. Elle n'avait pas peur de tomber dans les escaliers ni de quoi que ce soit d'autre.

— Quand Richard est-il venu faire des travaux ? Cette semaine ? Ce mois-ci ?

Adam Norton était-il l'alias d'un certain Richard ? Ou l'inverse ? Et si Richard était venu récemment, il pourrait se trouver dans les parages — peut-être même qu'il avait séjourné dans cette maison.

— Non, non, ça fait longtemps qu'il ne m'a pas aidée.

Elle fronça les sourcils.

— Des mois.

L'excitation dans la poitrine de Petrosky se dissipa en une douleur sourde de déception. *Des mois.*

— Tu sais comment c'est, disait-elle. Les gens sont occupés par leur vie, et l'armée — disons simplement qu'il est très discret. J'ai toute la maison pour moi toute seule, si tu vois ce que je veux dire.

Elle haussa un sourcil.

Petrosky avait peut-être compris ce qu'elle voulait dire, mais il n'en voulait aucune part. Il soupira. À quoi pensait-il de toute façon ? Pour cacher ces filles, Norton aurait besoin d'un endroit à long terme, quelque part où il pourrait les garder cachées, pas sous le nez de sa tante. Et Norton avait vingt-deux ans — jeune. Le neveu de cette femme serait bien plus âgé. Mais il devait quand même vérifier, s'il y avait ne serait-ce qu'une chance...

— Pouvez-vous me dire comment contacter Richard ?

— Qui ?

— Richard ? Votre neveu ? Ou est-ce votre petit-neveu ?

Quel était le problème de cette dame ?

— Oh, non, juste neveu. Je ne suis pas si vieille, *Détective*.

Il attendit qu'elle réponde à sa question, et comme elle ne le faisait pas, il dit :

— Où puis-je le trouver ?

Elle secoua la tête.

— Il appelle parfois. Mais je ne l'appelle pas. Trop de numéros à retenir, tu sais.

Petrosky pourrait obtenir le numéro de Richard à

partir de la facture téléphonique et le localiser de cette façon.

— Tu me rappelles un peu mon Richard, bien que tu aies plus de muscles, dit Hanover.

Elle rit.

Pas lui. Apparemment, tout le monde ressemblait à son neveu. Mais son cœur avait ralenti, et Dieu merci pour ça.

— Avez-vous vu quelqu'un ou quelque chose d'inhabituel ? Quelqu'un que vous ne reconnaissiez pas en train de se promener ou —

— Juste toi.

Elle eut un sourire narquois.

— Je suis généralement au lit tôt, cependant. Ce soir, j'ai entendu dire que Justin Bieber passait à la télé, alors je suis restée debout pour ça. On ne plaisante pas avec le sex-appeal de cet homme, non monsieur.

Elle tapota le bras de Petrosky, sa prise s'attardant sur son biceps, puis elle serra assez fort pour le faire sursauter.

— De toute façon, si tu veux voir de l'inhabituel, attends le printemps. C'est là qu'ils ressortent tous, ne t'inquiète pas.

De quoi parle-t-elle ?

— Que se passe-t-il au printemps ?

— Oh, tu sais. Les gens qui sortent d'hibernation. Ils arrêtent de porter ces grosses vestes.

Elle jeta un coup d'œil à son manteau et s'appuya lourdement sur son déambulateur.

Petrosky recula avant qu'elle ne puisse le malmener.

— Merci pour votre temps, madame.

— Et si tu croises mon Richard, dis-lui que je fais une tarte. Je lui dis toujours qu'il mérite tout ce qu'il y a de mieux dans ce monde, et la tarte est en tête de liste.

Elle fit un nouveau clin d'œil.

— Et tu es le bienvenu pour en avoir aussi. C'est aux cerises.

Petrosky hocha la tête.

— Je n'y manquerai pas. *Vieille folle.* Et si vous voyez quelqu'un d'autre qui ressemble à Richard, appelez-moi.

Il lui tendit sa carte.

— L'homme que je recherche est un homme dangereux. Vous devrez faire attention à lui.

Gertrude Hanover prit sa carte et sourit, un sourcil levé.

— Fiston, tous les hommes dangereux là-dehors feraient mieux de faire attention à moi.

Petrosky continua le long de Beech, le vent s'attaquant à son manteau, mais moins agressivement que Gertrude Hanover. Ici, moins de maisons étaient abandonnées que sur Pike ; certaines allées avaient même été déneigées avec soin, tandis que d'autres avaient la neige écrasée par les pneus des voitures. Les lampadaires étaient prêts à l'emploi. Pas de gens. Bien que si l'on en croyait Gertrude Hanover, plus de gens sortiraient au printemps. Peut-être que Norton serait parmi eux cette année.

Mais où était-il maintenant ? Par ici, il y avait beaucoup plus de barreaux aux fenêtres, et beaucoup plus de revêtements en aluminium. Beaucoup de maisons avaient leurs fenêtres de sous-sol traitées, certaines avec des blocs de verre, d'autres avec des trous autour de la fenêtre dans un rectangle profond, entourés de murs de briques et remblayés de pierre pour faciliter le drainage avant que l'eau stagnante ne puisse pénétrer dans le sous-sol. Quelques maisons avaient même la fenêtre bloquée d'une autre manière — brique et mortier, bâche en plastique, l'une arborant même un véritable tuyau de drainage avec un bassin de réception près de la maison.

De la pente des allées, il semblait que l'eau pourrait s'accumuler ici près de la maison et inonder les sous-sols si on laissait les encadrements de fenêtres tels qu'ils étaient construits. C'était probablement la raison pour laquelle Salomon avait gardé ses boîtes si éloignées du mur sous les fenêtres. Mais... si quelqu'un essayait de bloquer un sous-sol, il aurait pu simplement utiliser les briques du reste de la maison — ça se fondrait parfaitement, et personne ne pourrait dire que le niveau inférieur existait. Il pourrait récupérer les plans des bâtiments, comparer chaque maison, peut-être. Voir si l'une d'elles était censée avoir un sous-sol mais n'en avait apparemment pas. Mais même s'il ne regardait que les maisons avec des fenêtres de sous-sol modifiées, il y en avait trop pour obtenir des mandats de perquisition ; son seul espoir était de faire du porte-à-porte, suppliant de vérifier sous-sol après sous-sol. Et ses jambes le lâchaient déjà. Chaque muscle lui faisait mal. Ses cuisses. Ses mollets. Ils allaient probablement l'abandonner avant qu'il ne retourne à la voiture. Pensant avec envie à la canne de Gertrude Hanover, il passa devant une maison en briques rouges, un tuyau de drainage visible près de la fenêtre du sous-sol orientée vers l'est. Éclairé par une lampe intérieure, un petit garçon le regardait derrière une vitre barreaudée — ses oreilles étaient cachées par la capuche d'un manteau duveteux. Un manteau, à l'intérieur. Petrosky détourna le regard.

Réfléchis, abruti. Pourquoi Lisa Walsh avait-elle choisi la maison des Salomon ? Il y avait plein d'endroits pour cacher un enfant tout le long de Beech si Walsh s'était enfuie dans cette direction — plein de fenêtres pour y pousser un gamin. Il passa devant une autre maison condamnée avec un panneau de saisie scotché à la porte d'entrée et un cadenas d'agent immobilier bien visible sur la poignée. En réalité, la maison devait-elle être au coin de la rue ? Norton ne donnerait certainement pas son adresse comme ça. Et chacune de ces intersections avait au moins trois maisons au coin, donc même si Whitney était venue frapper, elle n'aurait aucune idée de quelle maison approcher. Si Norton ne lui avait pas donné une adresse exacte, il avait... observé. Attendu.

Petrosky scruta de l'autre côté de la rue une autre maison en briques rouges au coin de Beech et Whitmore. L'endroit avait des barreaux métalliques et des volets en bois fermant toutes les fenêtres sauf celle qui attirait maintenant son attention. Le rideau s'agita à nouveau dans la fenêtre de devant. Quelqu'un l'observait.

Petrosky posa sa main sur son arme et traversa la rue, jetant un coup d'œil sur le côté de la maison en approchant. Des blocs de verre aux fenêtres. Un cadenas en acier sur le garage non attenant. L'endroit ressemblait à une forteresse conçue pour empêcher quelqu'un d'entrer.

Ou quelqu'un de sortir.

Il glissa sur une marche glacée, se redressa contre la rampe, et marcha prudemment jusqu'à la porte. Pas de paillasson, juste le béton gris laid sous une couche de glace tachée par la crasse hivernale. Il souleva et laissa retomber le heurtoir en laiton.

— Qui est-ce ?

Petrosky montra son badge au trou de la serrure. — Police.

La porte s'ouvrit à la volée. — Vous n'avez pas encore fini de me harceler ? Le gars avait des dents de travers tachées et des yeux noisette plissés qui allaient de Petrosky à la rue et revenaient. — J'ai déjà tout dit à l'autre. Ce qui n'était pas grand-chose.

Petrosky resta immobile, la main sur son arme. Il

déglutit difficilement. — À qui avez-vous parlé avant, monsieur ?

— Ce grand détective. Morrison, comme le chanteur ? Il croisa les bras, et Petrosky résista à l'envie de le secouer. *Le gamin était ici.* — Mais ça n'a pas d'importance — je ne sais rien. Et les gens dans ce quartier ne savent rien de ce qui s'est passé avant, d'accord ? Je n'ai pas besoin de ces conneries. J'ai déjà déménagé deux fois. Je ne laisse même pas les gens venir — merde, j'ai eu des amis qui sont venus pour mon anniversaire une année, ils ont amené leurs familles. Je les ai tous mis dehors en leur criant dessus. Je n'en ai plus jamais revu un seul. Son regard revint sur la route. — Je fais ce que je suis censé faire. Et j'ai appelé mon avocat, juste pour que vous le sachiez.

Petrosky examina les vêtements du gars : T-shirt, pantalon pendant sur un corps trop maigre, pieds nus. Un tatouage d'une danseuse hawaïenne tremblotant sur un avant-bras, son visage laid et loin d'être symétrique. Ce gars n'avait pas les moyens d'appeler un avocat juste parce que quelqu'un lui posait une question.

— Votre nom, monsieur ?

— Ernest Lockhart. Il pencha la tête. — Mais vous ne le savez pas dé-

— Votre avocat vous a-t-il dit de ne pas répondre aux questions dans une enquête pour meurtre ?

La bouche de Lockhart s'activait frénétiquement derrière une mâchoire mal rasée. Des cicatrices d'acné ressortaient, rouges entre les poils. *De l'acné.* Mais ce connard n'était pas leur gars. Leur tueur était plus petit, avec une carrure trapue et les yeux profonds et morts d'un fou — Petrosky s'était retrouvé face à face avec le salaud lui-même. Alors qui diable était ce type, et pourquoi Morrison était-il venu ici ?

— Pourquoi ne m'invitez-vous pas à entrer avant que

vos voisins ne commencent à poser des questions et que vous deviez déménager à nouveau ?

Lockhart regarda par-dessus l'épaule de Petrosky dans la rue, grogna, et recula.

Petrosky le bouscula pour entrer dans la maison. Petite. Une cuisine sur sa gauche contenait un frigo gris taché de nourriture, constellé d'aimants de restaurants à emporter. Un petit canapé couvert de ce qui ressemblait à de la toile de jute trônait au centre du salon juste devant. Autour d'eux, les murs étaient nus.

Lockhart fit signe à Petrosky de s'asseoir sur le petit canapé, et s'assit sur une chaise pliante, poussant du pied une boîte de nourriture à emporter entre eux. Petrosky essaya de ne pas penser aux boîtes de pizza qui traînaient dans sa propre maison tandis qu'il observait les mains de Lockhart, qui se tordaient l'une l'autre avec assez de force pour blanchir ses jointures.

Le gars était nerveux comme pas possible. Petrosky força sa voix à rester basse, égale. — Quand le détective Morrison est-il venu ici ?

— Mardi soir.

Morrison était venu ici la nuit de sa mort. *Pourquoi ?* Petrosky se frotta l'épaule alors que la douleur irradiait jusqu'à son cou. La blessure au cou de Morrison traversa son esprit et disparut. — À quelle heure est-il arrivé ?

— Il était presque 22 heures. Il avait arrêté de se tordre les mains, mais le talon nu de Lockhart faisait *tap, tap, tap* contre le sol, et Petrosky avait envie de lui donner un coup de pied dans le tibia. — J'étais contrarié parce que je devais aller travailler le lendemain.

— Que voulait-il savoir ?

— Ce n'était pas un vrai flic ? Les yeux de Lockhart se rétrécirent, et ses pieds s'immobilisèrent enfin.

— Non, c'était un vrai flic. Mais maintenant il est

mort. *C'est toi qui l'as tué, enfoiré ?* — Vous êtes la dernière personne à l'avoir vu vivant. Alors que diriez-vous d'arrêter de me faire perdre mon temps ?

Lockhart pâlit et leva à moitié les mains comme s'il allait faire la fête mais était trop paresseux pour aller jusqu'au bout. — Attendez, attendez, mort ? Il m'a juste demandé... *putain.*

— Que t'a-t-il demandé ? La voix de Petrosky résonna contre les murs vides. Morrison n'était pas venu ici par hasard. Alors qu'est-ce qui lui avait fait suspecter ce type ? Les volets ? La forteresse à l'arrière ? Le fait que Lockhart ait probablement refusé l'accès à son domicile la première fois que les flics étaient passés ?

— Il voulait juste... Il voulait savoir si j'allais parfois du côté ouest là-bas. Pour voir les... les... filles. Lockhart haletait. Il avait l'air sur le point de s'évanouir.

— Les filles ? Les prostituées ?

Lockhart acquiesça, haletant plus fort.

— Tu connaissais Lisa Walsh ?

— Non ! Je le lui ai dit. Il a dit qu'il avait rencontré une fille qui m'avait décrit. Elle m'aurait vu traîner là-bas avec les...

— Prostituées. Les filles à qui il avait parlé n'avaient pas mentionné ce crétin. Avait-il posé les mauvaises questions ? Les filles ne lui avaient-elles pas tout dit ? Ou... Morrison avait-il mené ce type en bateau pour le faire parler ? *Bien joué, Cali.* Il avait envie de lui taper dans la main. Sa respiration se bloqua. Il donnerait n'importe quoi pour une seule tape dans la main. Juste une.

— Écoutez. Lockhart balbutiait maintenant. — Il a dit qu'il cherchait des gens qui connaissaient une fille, mais je ne la connais pas, mec, je le jure. Juste parce que je suis sur la liste...

— Quelle liste ?

— Le registre, dit-il plus lentement. Ce n'est pas pour ça que vous êtes là ?

Le registre des délinquants sexuels. Une piste que Petrosky avait abandonnée quand il avait réalisé qu'ils avaient affaire à Adam Norton. Petrosky évalua l'homme en face de lui : blafard, faible, débraillé... et pédophile, non ? Très semblable au dernier partenaire d'Adam Norton, Stephen Hayes. Norton était-il à ce point une poule mouillée, si effrayé par le rejet, qu'il ne pouvait tout simplement pas faire ces choses seul ?

— Que lui as-tu dit, Lockhart ?

— Rien ! Et je l'ai même laissé regarder partout, je le jure. Ses talons bougeaient à nouveau, les mains serrées entre ses genoux tremblants. — Il a dit qu'il se fichait des... euh... trucs pornos ou autre, il voulait juste voir la disposition... au cas où.

Au cas où tu cacherais quelques filles dans ta cave.

— Et j'ai juste dit d'accord parce que... il était sympa à ce sujet. Pas comme certains des... Il lança un regard noir à Petrosky et regarda le bras du canapé.

— Que dirais-tu de me faire faire le grand tour ?

— Quoi ? Vous ne pouvez pas continuer à venir ici, à me harceler. J'ai payé ma dette envers la société.

— J'en suis sûr. Peut-être que tu as aussi tué une petite fille — une fille qui portait ton enfant. Petrosky savait que ce n'était pas lui. Mais si Morrison pouvait bluffer pour obtenir un peu d'informations, il le pouvait aussi.

— Je n'ai pas tué...

— Viens donner un échantillon d'ADN.

— D'accord.

— D'accord ?

— Je veux dire, je vais appeler mon avocat. Mais je n'ai rien fait, et mon ADN est déjà dans le système, alors si vous me cherchiez, vous le sauriez déjà. Si ça peut vous faire me laisser tranquille...

— Je vais aussi devoir fouiller cet endroit.

Le gars secoua la tête. — Que cherchez-vous ?

— Des victimes.

— Laissez-moi appeler mon avocat.

Rien. Absolument rien.

L'avocat était arrivé en survêtement, pas très content d'avoir été tiré du lit dans le froid. Mais une fois que Petrosky eut passé en revue les preuves — dont beaucoup étaient entièrement fabriquées — l'avocat dut penser qu'ils en avaient assez pour le ramener quelques heures plus tard avec un mandat. Lockhart consentit à la fouille à condition que tout ce qui dépasserait le cadre soit ignoré. Petrosky serra les dents, essayant de ne pas penser à la quantité de pornographie infantile que Lockhart cachait.

Cela prit trois heures, bien qu'il découvrît rapidement que Lockhart ne cachait personne. Pas de pistes supplémentaires sur Norton non plus. Juste une vieille voiture classique dans le garage — d'où le cadenas — et un sous-sol rempli de vieux flippers. Aucun signe d'acte criminel, aucun endroit pour garder une fille prisonnière pendant deux ans ou même deux jours, et aucune arme à part un ensemble de couteaux de cuisine qui ne pourraient pas trancher une tomate sans l'écraser. Petrosky trouva bien un abonnement d'un an à un magazine pour adolescents sous le matelas — glauque, mais pas illégal.

Il n'avait rien contre Lockhart. Il n'y avait rien ici. Mais cet homme était le dernier à avoir vu Morrison vivant, et ce n'était pas une coïncidence.

Petrosky faillit encore glisser en descendant les escaliers, les jambes si flageolantes qu'il jura qu'il n'arriverait jamais à retourner à sa voiture. Il n'y avait qu'un pâté de maisons et demi entre chez Lockhart et chez Salomon, et il pouvait à peine respirer quand il atteignit sa Caprice.

Il regarda sa montre. Minuit. Avec un peu de chance, il arriverait à comprendre ce que tout cela signifiait le matin. Ce n'est pas comme s'il avançait maintenant.

Il rentra chez lui retrouver Shannon et des plats mexicains froids à emporter.

CHAPITRE 39

Le bureau semblait plus calme que d'habitude le lendemain matin, bien que cela puisse être dû au fait que tout le monde l'évitait. Ou peut-être que le monde entier semblait ralenti - la nuit précédente l'avait mis K.O. Il lui avait fallu trois essais pour s'extirper du lit, et il avait dû s'arrêter sur le bord de la route en allant au travail à cause de la fatigue résiduelle. Même maintenant, le monde devenait flou par moments.

Petrosky avalait du café infect comme si c'était son boulot et rechercha dans le système les parents de Gertrude Hanover, en particulier l'insaisissable Richard. Qui vivait dans le Maine, apparemment. Selon Facebook, Richard avait passé la veille avec sa famille, à pêcher sous la glace. Et sa photo de profil Facebook montrait un type beaucoup trop grand, beaucoup trop vieux, avec une mâchoire beaucoup trop carrée. Beaucoup trop pas-leur-putain-de-gars.

Ensuite, il fit apparaître une liste de délinquants sexuels, en les recoupant sur la carte que Morrison et lui avaient utilisée pour répertorier les enlèvements. C'est ce qu'aurait fait Morrison, non ? Lockhart était le premier ; arrêté pour attentat à la pudeur. L'idiot s'était tripoté le sexe devant une vieille dame à un arrêt de bus. Pas de viol, pas d'agression, bien que regarder ce paquet blafard fût sûrement une agression pour les yeux. Petrosky se mit au travail avec un stylo bleu, marquant les adresses de tous les délinquants sexuels dans un rayon de huit kilomètres autour des sites de dépôt déjà marqués, des lieux d'enlèvement et des maisons des filles. Si Norton avait choisi un partenaire comme Stephen Hayes, c'était probablement l'un de ces types. Il n'aurait pas accepté de travailler avec une femme, pas après que Janice se soit avérée trop forte pour lui. Et Norton ne voyait pas les femmes comme des complices. C'étaient des objets à utiliser. Des possessions dont on pouvait se débarrasser à volonté.

Il éloigna la carte de son visage et plissa les yeux. Les marques rouges pour chaque enlèvement de fille ressemblaient toujours à une cible... mais ça aurait pu être la maison de Lockhart au milieu, entourée en bleu. Aucun autre domicile de pédophile n'était assez proche pour que Lisa Walsh ait pu s'enfuir de là.

Mais il n'avait rien trouvé chez Lockhart. Et Norton n'aurait pas eu besoin d'un partenaire de toute façon, pas une fois qu'il avait enlevé les filles et les avait emprisonnées pour ses jeux pervers.

Le téléphone sur son bureau sonna.

— Petrosky.

— Où étiez-vous ?

— Je...

— Ramenez vos fesses ici, aboya le chef Carroll. Tout de suite.

— C'était de la légitime défense.

Carroll haussa un sourcil.

— C'est exact, dit Petrosky. J'ai approché le suspect pour obtenir des informations sur une certaine Alicia Hart, une femme qui prétendait connaître Lisa Walsh, la victime de la semaine dernière et la mère du nourrisson que nous avons trouvé à la maison des Salomon. Il m'a claqué la porte au nez et a essayé de s'enfuir. J'ai tenté de le retenir, et il a riposté. C'était peut-être à cause de la cocaïne - il y en avait partout sur la table de son appartement, comme je l'ai signalé quand j'ai appelé des renforts.

— Ah oui, vous avez appelé des renforts et puis vous avez quitté les lieux.

Petrosky haussa les épaules. — Si je n'étais pas allé à l'hôtel, Hart aurait pu disparaître. Je devais la trouver pendant que je savais où elle se trouvait.

— À quel moment vous êtes-vous senti suffisamment menacé pour sortir votre arme ?

— Il s'est jeté sur l'une des lames de rasoir sur la table.

— Alors vous lui avez dit de la lâcher ?

— J'essayais de le maîtriser. Il a riposté.

— Ça ressemble à des conneries. Carroll se leva. — J'aurai besoin de votre badge.

— Mais...

— Vous êtes en congé. Avec effet immédiat. Peu importe que vous le vouliez ou non. Vous pourrez discuter d'une date de retour avec les Affaires internes.

Petrosky bondit sur ses pieds. S'il était en congé, son assurance continuerait-elle à le couvrir ? Sa retraite ?

Carroll le fit taire d'un geste de la main. — J'ai pris la liberté d'organiser une séance avec le Dr McCallum demain après-midi. Je sais que Morrison et vous étiez proches. Et vous êtes *trop* proche de cette affaire, Petrosky. C'était déjà une mauvaise idée de vous laisser travailler sur celle-ci en sachant que le coupable était le même type qui avait enlevé Shannon.

— Nous ne le savions pas au début...

— Et une fois que nous l'avons découvert, je pensais toujours que vous deux pourriez être assez impartiaux pour travailler dessus. Mais je ne peux pas vous envoyer enquêter sur la mort de votre partenaire.

— J'enquête sur la mort de Lisa Walsh.

— Le tueur est la même personne, Petrosky.

— Je connais cette affaire. Nous avons besoin de mandats de perquisition pour chaque maison dans un rayon de cinq pâtés de maisons de...

— Vous savez que ce n'est pas possible. Vous avez besoin de motifs raisonnables pour chaque maison que vous voulez fouiller.

— D'accord, juste celles aux coins des rues, alors. La déclaration de Whitney pourrait justifier cette recherche. Mais rester assis là, sachant que Norton était toujours dehors, sachant qu'ils avaient une piste et ne pas pouvoir la suivre... Cette merde allait lui donner un anévrisme. — Et j'ai des motifs raisonnables : l'endroit où Norton a acheté les bijoux a dit que Norton avait pris sept colliers. Il y a d'autres victimes qui sont torturées en ce moment...

— Vous ne pouvez pas prouver que ces colliers sont allés aux filles ou qu'il en a avec lui.

— Bon sang, vous savez qu'il les a, tout comme moi.

— Si nous ne pouvons pas convaincre un juge de nous donner un mandat...

— J'ai un témoin qui a dit que Norton lui avait demandé de le rencontrer dans une maison au coin de Beech.

Ses sourcils atteignirent la racine de ses cheveux. — Beech et quoi ?

— Je... Elle ne s'en souvenait pas.

Le visage de Carroll s'aigrit.

— Mais ça ne peut pas être trop loin de chez les Salomon, dit Petrosky. Rappelez-vous que la fille s'est enfuie jusque-là. J'ai juste besoin... Même sans mandat, on peut encore poser des questions, faire du porte-à-porte dans la rue, juste essayer avec ceux qui ont initialement refusé une fouille de domicile. Peut-être...

— Ce n'est pas suffisant. Et sans motif raisonnable ou permission, tout ce que nous trouverons sera irrecevable. Vous le savez. Vous pourriez trouver tout le garage rempli de filles, et il s'en sortirait pour recommencer ailleurs. C'est ce que vous voulez ?

— Non, mais...

— Vous allez faire un compte-rendu à un autre détective et rentrer chez vous.

— Mais...

— Ce n'est pas négociable. J'aurai besoin de tous les dossiers que vous avez. Maintenant sortez de mon bureau et allez vous reposer. Et gardez votre rendez-vous avec McCallum demain si vous voulez un jour revenir ici.

Petrosky déglutit avec difficulté. Il remit son badge. — Vous avez déjà mon arme de service. Il se dirigea vers la porte.

— Petrosky ?

Il se retourna.

— Je suis désolée pour Morrison. Nous tenions tous à lui.

Petrosky chercha son souffle, mais quelqu'un avait aspiré tout l'air de la pièce. Quelque chose — son cœur ? — se contracta contre sa cage thoracique, se tordit et frémit. Ses côtes se resserrèrent. Les os de ses épaules étaient sur le point de se briser, et —

— Détective ?

Il agrippa sa poitrine, et une douleur fulgurante

traversa son épaule jusqu'à son bras gauche. Ses poumons s'étaient transformés en pierre inutile, expulsant chaque molécule d'oxygène de son corps. Le monde vacilla, puis se brouilla comme s'il essayait de voir à travers une vitre sale.

— Détective ! Carroll le cria dans son oreille. Son bras était sur son coude.

Sa poitrine se souleva à nouveau, et il trébucha. Il imagina Shannon portant un de ces T-shirts qui disent : « Mes amis sont allés à Key West et tout ce que j'ai eu, c'est ce fichu T-shirt », mais au lieu de palmiers, il y avait une photo d'un cercueil. « Toute ma famille est morte, et c'est tout ce que j'ai eu. » Et puis il vit Morrison, ses yeux bleus souriants, son bras musclé autour de Julie alors que ses cheveux bruns virevoltaient autour de leurs visages dans un vent qu'il ne pouvait pas sentir.

À bientôt, les enfants. Le monde devint noir.

CHAPITRE 40

Tout sentait l'antiseptique. Des chuchotements étouffés tourbillonnaient autour de lui comme des grouillements de cafards dans les murs, les mots eux-mêmes n'étant qu'un charabia sifflant. Et ses paupières étaient lourdes... si lourdes.

Petrosky plissa les yeux face aux néons agressifs. Une silhouette sombre se tenait au-dessus de lui, une silhouette trouble, mais sans traits qu'il puisse distinguer.

— Monsieur Petrosky ?

— Ouais.

Était-ce vraiment sorti de sa bouche ?

Une douleur traversa son bas du dos quand il essaya de bouger. Ses jambes. Il ne pouvait pas bouger ses jambes. Était-il mort ? Quel médecin légiste serait chargé de l'autopsie ? Peut-être Woolverton — ce connard de psychopathe lui ouvrirait le sternum pour le plaisir, histoire de voir si son cœur était vraiment aussi noir qu'il le soupçonnait. Si seulement son cœur était noir et froid — il se sentirait sûrement mieux qu'en ce moment.

La pièce se mit au point par morceaux. Au début, il ne

pouvait pas voir à travers les lignes dentelées qui vibraient dans son champ de vision comme une vieille télévision mal réglée, mais ensuite elles s'adoucirent en lignes comme des fils ou... des cheveux ? Y avait-il quelqu'un debout au-dessus de son lit ? Un éclair d'yeux verts derrière la distorsion, puis elle sourit. Un ange ? Rêvait-il ? Si c'était ça la mort, c'était vraiment tordu. Il avait froid — faim. Il essaya de s'entourer de ses bras, mais une vive douleur au creux de son bras droit le fit changer d'avis. Une perfusion ?

Une voix floue marmonna quelque chose. Quelque part, un moniteur bipait, régulier et incroyablement agaçant.

— Monsieur Petrosky ?

La pièce devint soudain lumineuse — violemment lumineuse. L'énorme tête de quelqu'un bloqua la lumière comme un alien dans un de ces vieux films d'OVNI. Il plissa les yeux, essayant de forcer ses yeux à s'adapter, pour revoir la fille. Mais elle avait disparu.

— Monsieur Petrosky, savez-vous où vous êtes ?

L'homme avait un visage mince mais un menton si large qu'il faisait ressembler sa tête à une putain d'aubergine.

— Où est la femme qui était là ?

— Une femme ? Il n'y avait pas de femme.

Mais il l'avait vue. N'est-ce pas ?

— Monsieur, savez-vous où vous êtes ?

— Bien sûr que je sais où je suis, bordel.

Il cligna fort des yeux, essayant de chasser le flou de sa vision. L'hôpital. Comme s'il n'avait pas remarqué le lit d'hôpital et le médecin avec son bloc-notes et ses bras, parsemés de perfusions.

— Je ne suis pas un idiot, juste... fatigué.

— Eh bien, après l'opération, vous aviez vraiment besoin de repos, alors je vous ai aussi donné un sédatif, ce qui pourrait expliquer en partie votre épuisement. Sa voix était nasillarde, irritante comme le bourdonnement d'un énorme moustique. Ça vous a gardé calme pendant que nous faisions des tests, et ça vous a probablement aidé à vous reposer toute la nuit.

Toute la nuit ? Petrosky se redressa brusquement, et la pièce et le médecin à tête d'aubergine se brouillèrent avant de redevenir nets, plus précis qu'avant. Son cœur se tordait, vibrait comme s'il voulait se déchirer. Il posa une main au centre de sa poitrine, et...

Bandé. Quelque chose de dur et gonflé sous la peau de sa poitrine. Il s'effondra contre l'oreiller.

— Quand vous êtes arrivé, votre cœur battait de façon irrégulière. À en juger par le niveau des dégâts, c'est probablement le cas depuis un certain temps. J'ai dû installer un stimulateur cardiaque pour contrôler l'arythmie.

Petrosky laissa retomber sa main.

— Je dois sortir d'ici.

— Monsieur Petrosky, vous devez vous reposer.

Il devait retrouver Norton. Il devait le retrouver et le démolir avant qu'il ne tue quelqu'un d'autre.

— Je n'ai pas besoin d'être à l'hôpital.

— Vous venez de subir une chirurgie cardiaque.

— Beaucoup de gens ont des stimulateurs cardiaques, doc. Le frère de mon ex-femme en a eu un aussi — rentré chez lui le lendemain.

— Écoutez, Monsieur Petrosky, vous souffrez d'une condition appelée cardiomyopathie dilatée. Le ventricule gauche de votre cœur, la principale chambre de pompage, est élargi et a du mal à pomper le sang hors du cœur.

— Ça n'a pas l'air si grave.

— Ça peut être fatal, surtout si vous avez certains facteurs de risque. Avez-vous des antécédents familiaux de cette condition ?

Petrosky essaya d'avaler, mais sa bouche était pleine de coton.

— Je ne suis pas sûr, dit-il. Mon père a eu une crise cardiaque jeune.

— Des antécédents de consommation de drogue ? D'alcoolisme ?

Des antécédents ? Petrosky haussa les épaules. *Merde, si j'étais chez moi, je serais bourré maintenant.*

— On en boit tous quelques-uns en regardant le match, non ?

Le médecin leva un sourcil effilé et prit une note sur son bloc.

— Nous devrons surveiller cela de près pour nous assurer que ça ne s'aggrave pas. Il regarda ostensiblement le ventre de Petrosky. Je vais vous prescrire des bêtabloquants et des diurétiques pour aider à réduire la pression et la rétention de liquide autour de votre cœur, mais vous devrez changer votre mode de vie. Plus de tabac, pour commencer. Plus d'alcool. De meilleurs choix alimentaires.

— Qu'est-ce qui se passe si je ne le fais pas ?

Le médecin fronça les sourcils, ne comprenant pas.

— Pardon ?

— Qu'est-ce qui se passe si je ne change pas mon alimentation. Combien de temps il me reste ?

— C'est... difficile à dire. Le médecin fronça les sourcils, les yeux toujours plissés. Si vous prenez juste les bêtabloquants, vous pourriez aller bien pendant un moment, mais vous devez faire des changements si vous voulez vivre une vie normale. Si vous continuez comme ça, votre état peut se détériorer au point où vous serez trop fatigué pour sortir du lit.

Il était déjà trop fatigué pour se lever maintenant, mais il réussissait quand même à se traîner au boulot.

— Et sans les médicaments ?

— Monsieur Petrosky, vous avez besoin de ces médicaments pour survivre.

Survivre. *Bien sûr.* Petrosky le fixa jusqu'à ce que le médecin baisse à nouveau les yeux sur son bloc-notes.

— Je vais vous laisser quelques brochures sur votre condition pour que vous puissiez les lire, dit-il. Avez-vous des questions ?

—Je ne veux pas lire. Je dois retourner au travail.

— Vous vous êtes évanoui au travail, Monsieur Petrosky. Vous n'y retournez pas. J'aimerais vous garder un jour de plus en observation, mais au minimum, vous resterez ici encore quelques heures. Nous verrons comment ça se passe.

Je vais te montrer comment ça se passe, connard. Petrosky se hissa en position assise, dégoûté par le grognement qui lui échappa.

Le médecin lui tapota l'épaule. Petrosky l'aurait frappé si ses bras n'avaient pas été si lourds.

— D'ici demain, nous aurons une journée de surveillance, et nous pourrons aviser à partir de là.

Petrosky se laissa aller contre le lit et ferma les yeux.

Congé obligatoire. Affaires internes. Merde.

Le bip du moniteur cardiaque s'accéléra. Il prit une profonde inspiration et écouta le rythme frénétique ralentir — mais pas de beaucoup.

Il se demandait qui avait l'affaire maintenant. Peut-être Decantor. Mais ce connard était trop proche de l'affaire lui aussi, et Carroll n'était pas une imbécile. Peut-être que Freeman l'avait prise. Il n'était pas si proche de Morrison.

Freeman trouverait la solution.

Ce serait Freeman qui aurait l'occasion de regarder Norton dans les yeux avant de l'embarquer. Freeman verrait ce que Morrison avait vu. Peut-être aurait-il le privilège de mettre une balle dans le front de Norton.

La poitrine de Petrosky brûlait, et le moniteur s'accéléra à nouveau. Assurance ou pas, il tuerait Norton lui-même. Peut-être qu'il n'utiliserait même pas son arme. Peut-être qu'il l'attacherait et lui couperait les orteils et lui taillerait la poitrine jusqu'à ce que la pièce soit poisseuse de sang. Le moniteur bipa, plus vite, plus frénétiquement, un métronome jouant la bande-son de sa rage.

Il inspira profondément, et cela semblait... plus facile que récemment, bien que la sensation de vide dans son ventre persistât. Lockhart n'était pas leur tueur, pourtant Morrison était mort après avoir visité sa maison. Norton avait observé — vu Morrison. L'avait poursuivi. Norton savait que Morrison se rapprochait.

Ou alors Norton connaissait Lockhart après tout, et ce salaud l'avait prévenu. Lockhart avait dit qu'il ne le reconnaissait pas, mais il avait peut-être menti. Ou Norton avait-il encore changé d'apparence ? Ce n'était pas parce que Lockhart n'avait pas enlevé les filles qu'il n'était pas impliqué ; peut-être était-il trop heureux d'avoir un ami avec quelques adolescentes dans le sous-sol.

Petrosky devait y retourner, avec ou sans badge.

Il retira les perfusions de ses veines, grimaçant à la piqûre, puis décolla les électrodes de sa poitrine. Le moniteur bipa bruyamment, alertant probablement quelqu'un au poste des infirmières. Petrosky se mit debout avec effort, attrapa son pantalon sur la chaise et l'enfila. Une vague de vertige le saisit, et il se stabilisa sur le lit.

— Qu'est-ce que tu fais, Petrosky ? *Shannon.*

Elle se tenait dans l'embrasure de la porte, les bras croisés. Pas d'enfants avec elle. Elle le fusillait du regard, mais sa lèvre tremblait.

— Je pars, dit-il, mais cela sortit plutôt comme un croassement. Il prit un mouchoir pour son avant-bras, où une fine ligne de sang coulait vers son poignet depuis le trou de la perfusion.

— Certainement pas. Au moins si tu es coincé ici, tu as une excuse pour manquer les funérailles.

— Oh merde. Il avait manqué les funérailles. Les funérailles de Morrison. Ils avaient enterré son gars, et il n'avait même pas été là. — Taylor, je suis tellement...

— Morrison s'en fichera de toute façon.

— S'en fichera...

— Tu ne les as pas encore manquées, Petrosky. Quand le médecin dit-il que tu peux sortir ?

— Maintenant. Il se redressa et essaya de ne pas s'effondrer. — Tout de suite. Comment diable avait-elle pu organiser tout ça si rapidement ? Les familles des policiers tombés au service bénéficiaient de privilèges spéciaux, mais elle avait dû user de son influence... ou payer plus cher.

— Des conneries. Elle souleva un sac de son dos et le jeta sur le lit. — Il te reste moins de deux heures avant la cérémonie, et je dois aller préparer Evie et Henry. Mais tu as besoin de l'accord du médecin, ou je ne reviendrai pas te chercher, tu comprends ? Je ne vais pas te perdre aujourd'hui, toi aussi. Ses yeux se remplirent de larmes, et quelque chose dans son cœur déjà brisé se brisa encore plus fort contre ses côtes. Elle s'avança vers lui et l'étreignit comme si elle essayait d'écraser son sternum.

— D'accord, ça va aller, Taylor. Son dos tremblait. Pleurait-elle ? Un endroit solitaire au fond de sa poitrine se déchira. — Écoute, je vais prendre un taxi. Partez sans moi. Il avait besoin d'un verre de toute façon.

Aussi soudainement qu'elle l'avait attrapé, Shannon le lâcha et disparut par la porte. Peut-être savait-elle pourquoi il voulait y aller seul. Peut-être voulait-elle être seule aussi — ce n'est pas comme s'il était d'une grande aide de toute façon.

Mais il n'eut pas le temps d'y réfléchir. Une autre femme entra : cheveux bruns avec des mèches grises, visage large et plat comme le derrière d'un carlin, lèvres fines qui ne montraient pas ses dents quand elle souriait. *Ces gens ne peuvent-ils pas me laisser tranquille ?*

Elle examina le moniteur, les tubes de perfusion abandonnés, puis la poitrine de Petrosky, libre de fils. Un badge sur sa blouse indiquait *B.L. Curry, R.N.* — Monsieur Petrosky, vous devez retourner au lit.

— Non, juste... Bon sang, le moniteur était énervant comme le bourdonnement constant des cigales. — Vous pouvez éteindre ce truc ?

Elle fronça les sourcils mais ajusta le moniteur, lui tendant les électrodes vides.

Il secoua la tête. — J'ai besoin de faire un tour.

Elle regarda sa poitrine nue. Il croisa les bras comme Shannon l'avait fait quelques instants auparavant, bien que ce fût peut-être autant pour couvrir ses mamelons que pour autre chose.

— Vous êtes très malade, dit Curry. — Vous pourriez vous évanouir à tout moment.

Il baissa les bras, remonta sa fermeture éclair. — Écoutez, mon partenaire... il est mort. Les funérailles sont aujourd'hui, et je dois y être.

Sa bouche serrée s'adoucit. — J'ai perdu le mien il y a deux ans le mois prochain.

Petrosky plissa les yeux. — Votre... *Partenaire.* Il effleura l'endroit vide sur son annulaire. Morrison aurait bien ri de ça. — Je dois y aller.

— Vous devez être ambulatoire.

— Je le suis.

— Vous êtes épuisé.

— Je peux être fatigué chez moi. *Ou dans une église, à regarder la photo de mon partenaire au-dessus d'un cercueil qui peut ou non contenir son corps.* Shannon avait-elle opté pour la crémation ? Allait-elle l'enterrer ?

L'infirmière soupira.

— Je vais m'habiller, dit Petrosky. — Ensuite, voyons si le docteur Machin va me laisser partir, ou si je vais signer ma décharge.

Elle fronça les sourcils. Hocha la tête. *Partit.*

Ne te cogne pas le cul en fermant la porte.

Il s'habilla, surveillant la porte pour repérer les intrus, alias les infirmières curieuses prêtes à le piquer avec quelque chose ou à le dénoncer au patron. Il lui fallut quatre essais pour passer son bras dans la manche de sa chemise. S'il ne buvait pas un coup bientôt, les tremblements allaient le trahir. Quoique... Il jeta un coup d'œil au moniteur cardiaque, maintenant silencieux, la ligne stable et plate.

Peut-être avait-il un problème plus important que l'alcool après tout.

CHAPITRE 41

Le médecin nasillard à l'allure d'aubergine n'était pas disponible, mais il le serait avant le départ. Petrosky se dirigea vers le septième étage.

L'unité de soins intensifs pédiatriques vibrait d'activité. Dans la salle d'attente, une femme âgée anxieuse triturait une couverture de bébé tricotée. À côté d'elle, un vieil homme faisait des mots croisés. Il lança un regard désapprobateur à Petrosky par-dessus ses lunettes de lecture.

Sans voir son badge, personne ne voulait le laisser entrer, alors Petrosky demanda le Docteur Rosegold et s'effondra dans un fauteuil au fond de la salle pour l'attendre. Il allait juste se reposer quelques minutes. Car bien que la pièce autour de lui bourdonnât de visiteurs nerveux et d'infirmières bavardes, l'air lui-même semblait être aussi épuisé que lui, alourdissant ses membres, écrasant sa poitrine.

— Monsieur Petrosky ?

Des poignards traversèrent le cou de Petrosky lorsqu'il se redressa. Il baissa les yeux. Regarda l'horloge. Vingt minutes s'étaient écoulées depuis son arrivée. S'était-il endormi ?

— Désolée de vous avoir fait attendre. Vous avez dû passer une sacrée nuit.

Ouais, une aubergine m'a drogué et m'a dit d'arrêter les beignets. Petrosky se frotta les yeux pour chasser le sommeil et la suivit vers la chambre vitrée où leur plus jeune Jane Doe dormait : seule, encore en convalescence, mais vivante. Contrairement à Morrison. Il scruta à travers la vitre, essayant de déterminer laquelle était elle. Elles se ressemblaient toutes. Il tenta de lire les noms imprimés, mais soit les mots étaient trop petits, soit il était trop vieux pour les voir correctement.

— Dans le coin au fond. Sous les lumières bleues.

Le berceau du nourrisson était un nid de fils violets et jaunes. Sous les lumières UV, sa peau avait la teinte bleue des lèvres mortes.

Rosegold posa sa main sur la rambarde. — Vous prenez vraiment vos victimes au sérieux.

— Pardon ?

— Votre partenaire était là l'autre jour aussi.

— Morrison était ici ?

— Mm-hmm. Il a juste demandé comment allait le bébé. Il l'appelait Stella, il disait que Jane Doe n'était pas un nom pour un bébé. Elle pencha la tête. — Pourquoi semblez-vous si choqué ?

— Rien, c'est juste que... Il est mort. *Mort.* Combien de fois devrait-il encore le dire avant d'y croire ? Il pouvait presque entendre la voix de Morrison maintenant : *Allez, vieux, tu peux le faire.*

Rosegold était figée, sa main toujours sur la rambarde. — Je suis vraiment désolée pour votre perte, dit-elle finalement en lui touchant le bras.

Petrosky fixa sa main un instant. — Comment va Stella ?

— Elle est stable. Elle a encore un long chemin à

parcourir, mais elle ne semble pas avoir été prématurée et n'a pas eu d'autres complications.

Petrosky hocha la tête.

— Des nouvelles du salaud qui a fait ça ? chuchota-t-elle.

— Nous... Je travaille dessus. *Juste moi.* Son cœur se serra derrière le bandage et envoya une décharge de douleur à travers sa cage thoracique.

Ils regardèrent Stella en silence. Un petit pied bougea puis s'immobilisa.

— J'aimerais pouvoir faire plus, dit-elle.

— Peut-être que vous le pouvez.

Elle leva les sourcils.

— Cela doit rester entre nous, mais le type que je recherche pourrait avoir une... condition. Y a-t-il quelque chose qui provoque régulièrement des plaques sur la peau ? Particulièrement sur le visage ? S'il savait ce que c'était, peut-être pourrait-il découvrir où Norton l'avait contracté - ou s'il se faisait soigner.

— Des plaques sur la peau ? Comme de l'urticaire ? Ou comme des furoncles ?

— Je pense plus à de l'urticaire, mais je n'en suis pas tout à fait certain.

Rosegold changea de position et reporta son regard sur le berceau de Stella. — Ça pourrait être de l'urticaire chronique, dit-elle à la vitre. On le voit parfois chez les bébés, mais j'imagine que ce serait plus fréquent chez les adultes. Ça peut ressembler à de l'acné, de petites bosses, bien que généralement ce soient plutôt des plaques, des motifs de marques rouges et blanches, ou de larges zones de peau qui deviennent enflammées. C'est courant sur les mains, les bras et le visage, bien que je l'aie vu ailleurs aussi.

Ça ressemblait à leur gars. — Qu'est-ce qui le cause ?

— Des allergies, souvent. Parfois l'éruption n'a pas vraiment de cause. Ça peut s'aggraver pendant les activités qui irritent la peau, comme la chaleur et la transpiration, et les plaques peuvent se propager avec un stress élevé ou de l'excitation.

— De l'urticaire due au stress ? Pas étonnant qu'il ait eu une crise quand il a rencontré Petrosky, et encore une fois quand il a essayé de draguer Whitney. *Ce gars est un tas de nerfs.* Il tapota la rambarde, la tête lancinante. — L'excitation sexuelle peut-elle les provoquer ?

— Chez certains, oui. Mais évidemment, ça n'arrive pas à tout le monde. Elle haussa les épaules. — J'aimerais avoir une meilleure réponse, mais ce n'est pas une condition entièrement comprise. Et ça varie d'une personne à l'autre.

— Quelqu'un aurait-il besoin d'un traitement pour l'urt... pour quelque chose comme ça ? *Dites oui, s'il vous plaît. Donnez-moi quelque chose.*

— Pas nécessairement, bien que certains cherchent de l'aide parce que c'est incroyablement inconfortable. J'encouragerais les gens à se faire examiner de toute façon - si leur problème est causé par une allergie ou une autre condition sous-jacente, ils courent le risque d'une réaction plus sévère.

Si Norton pouvait éviter un médecin, il le ferait sûrement. Mais cela expliquait les cicatrices - le grattage constant. Se poignarder, même. L'estomac de Petrosky émit un bruit horrible. Rosegold fixa Stella et fit semblant de ne pas le remarquer. Petrosky l'apprécia encore plus pour ça.

— Stella aimait beaucoup votre ami, dit-elle. Elle s'est tout de suite calmée la dernière fois qu'il était ici - il a dû lui parler pendant une heure.

Au lieu d'être avec sa propre famille, par peur de les

mettre en danger, Morrison avait été ici, réconfortant leur plus petite victime.

— Votre partenaire aurait fait un bon père.

Il était un bon père. Un meilleur père que Petrosky ne l'avait jamais été. Il regarda la fillette aux lèvres bleues dans le berceau en plastique - essaya de rester dans le présent, essaya de ne pas penser à sa propre fille aux lèvres bleues dans sa propre boîte en bois. Et Morrison, tout bleu et immobile et froid. L'air manquait à Petrosky. — La vie est parfois dure, croassa-t-il. On s'y habitue vite dans ce métier. Mais ce n'était pas vrai. On ne s'y habituait jamais.

Elle croisa son regard et se retourna vers la vitre. — Dans ce métier aussi, Détective.

Ils étaient tous les deux des menteurs.

CHAPITRE 42

Comme promis, Shannon avait organisé les funérailles dans l'église à deux pâtés de maisons du commissariat. Les vitraux s'élevaient jusqu'au plafond. Partout où Petrosky regardait, des statues d'un Jésus aux longs cheveux, suspendu par ses mains percées, fixaient le ciel avec un visage empreint d'angoisse.

Tout semblait flou et pourtant net, comme la douleur d'un membre fantôme. Le banc du premier rang où il était assis était trop dur, son cœur battait trop fort, et les reniflements de quelqu'un lui écorchaient les tympans. Il avait du mal à se concentrer sur quoi que ce soit. Sa vision se brouillait sans cesse. Il laissa le monde s'estomper jusqu'à ce qu'un éclair de cheveux blonds attire son attention — Roger, remontant l'allée d'un pas nonchalant dans un costume noir. L'ex-mari connard de Shannon. Mais Petrosky n'avait même plus assez d'énergie pour vouloir frapper cet imbécile — ça n'avait plus d'importance, Roger n'avait plus d'importance, plus maintenant. Son garçon était parti.

Morrison. Cercueil fermé, donc il ne pouvait pas être sûr

que le gamin était à l'intérieur. Mais cela n'empêchait pas Petrosky de penser à son partenaire, froid et mort, son sang remplacé par des produits chimiques nocifs jusqu'à ce qu'il soit plus un Frankenstein que l'homme que Petrosky avait aimé comme son propre enfant. Il jeta un coup d'œil à ses mains qui ne tremblaient pas, reconnaissant envers le chauffeur de taxi qui avait accepté de s'arrêter d'abord à la boutique d'alcool.

Shannon toucha son genou. Henry gazouilla et donna un coup de pied à Petrosky dans la cuisse avec son petit pied.

Ça aurait dû être Morrison qui recevait ce coup de pied. *Ça devrait être moi dans cette boîte. Pourquoi ce n'est pas moi ?*

Et qu'avait découvert Morrison ? La réponse se trouvait près de chez Lockhart, il le sentait. Norton avait vu Morrison suivre la piste du délinquant sexuel — l'avait vu marcher jusqu'à sa voiture. Et avait… quoi ? L'avait suivi ? Ça devait être Norton. Si Lockhart l'avait tué, il l'aurait fait dans sa maison ; Lockhart n'aurait pas laissé Morrison partir, puis serait monté dans sa propre voiture pour le suivre sans que le gamin ne s'en aperçoive. Morrison était peut-être beaucoup de choses, mais il n'était pas un idiot.

Petrosky avait besoin de partir. Le prêtre parlait de la victoire sur la mort du type aux mains percées depuis ce qui semblait être une putain d'heure. Victoire ? C'était quoi ces conneries ? La mort était brutale, horrible et dégoûtante. Il n'y avait rien de victorieux là-dedans — mis à part le fait qu'on n'avait plus à gérer les conneries de la *vie*.

Petrosky se leva quand tout le monde le fit. Encore une prière. Puis quelqu'un se mit à chanter. Pas de discours, Dieu merci — Shannon avait gardé les choses simples. Il ravala la bile qui lui montait dans la gorge, qui brûlait encore de l'alcool qu'il avait ingurgité dans la voiture.

Henry donna encore des coups de pied, depuis sa place

sur les genoux de Petrosky. Petrosky ne se souvenait pas avoir proposé de le tenir, et quand il leva les yeux, il vit Shannon parler à Roger, le visage de l'homme un masque de préoccupation. Petrosky détourna le regard et caressa les cheveux d'Henry, aussi dorés que ceux de Morrison. *Petit Californien. Petit Surfeur.* On peut éloigner le surfeur de l'océan...

Shannon lui serra le bras et prit Henry.

Il n'y avait aucun moyen d'être prudent. Aucun moyen de planifier. *Ça aurait dû être moi.*

Ce serait lui. Norton et lui allaient partir ensemble, et Shannon allait le mettre en terre et prendre son argent, et le monde s'en porterait mieux. Et il pourrait enfin se reposer.

Shannon appuya sa tête contre l'épaule de Petrosky et enfouit son visage dans son cou. Elle sentait comme Morrison, ce shampooing à l'odeur d'herbes, alors qu'avant elle sentait toujours le citron.

Il n'était pas équipé pour ça. Il ne l'était pas. Il lui serra le bras tandis que ses larmes s'infiltraient à travers sa chemise. Sa poitrine pulsait d'un battement lourd et douloureux. Était-il enfin en train d'avoir la crise cardiaque qui allait le tuer ? On pouvait l'espérer, bien qu'il préférerait d'abord poignarder Norton à la tête.

Une image fugace du visage de Morrison, sa poitrine déchiquetée, ses lèvres ensanglantées, traversa son esprit, et chaque plaie sanglante dans son imagination semblait vider Petrosky de sa vie aussi. *Je vais juste vérifier quelque chose, Chef.*

Morrison aurait peut-être vécu s'il avait été associé à quelqu'un, n'importe qui, qui n'était pas un total raté. Quelqu'un qui aurait suffisamment tenu à lui pour rester au lieu de rentrer chez lui pour se saouler. Il aurait été mieux s'ils ne s'étaient jamais rencontrés.

Petrosky appela un autre taxi après le service, laissant Shannon aux soins de son beau-frère et des autres membres des forces de l'ordre. Pendant le trajet vers le commissariat, il appuya sa tête contre le siège et ferma les yeux. Ce n'était pas qu'il était malade — il était fatigué. Juste tellement fatigué. Tout son abdomen semblait gonflé et chaud, l'oxygène autour de lui était épais comme s'il essayait de respirer à travers un tissu mouillé. Il frotta l'appareil dans sa poitrine, grimaçant à la tension des points de suture sur sa peau.

D'accord, peut-être qu'il était un peu malade.

— Il faudra d'abord passer chez moi, dit-il au chauffeur. À deux miles d'ici, tournez à droite au feu.

Ils avaient pris certaines de ses affaires à l'hôpital. Il avait besoin de récupérer une autre arme.

CHAPITRE 43

À la station, Petrosky sortit son portefeuille et donna au chauffeur un généreux pourboire pour avoir gardé le silence pendant le trajet. Puis il s'extirpa du taxi pour rejoindre sa propre voiture.

Son souffle se condensait dans l'air derrière le pare-brise. Le siège conducteur gela ses fesses au contact comme de l'azote liquide. Mais bien que le froid l'ait un peu réveillé, ses mouvements restaient raides comme s'il était un ours sortant d'hibernation. Il enfonça la clé dans le contact et se dirigea vers chez Salomon. Encore.

Mais il ne se sentait toujours pas complètement réveillé, et Morrison n'était pas là pour l'aider avec son café hippie. Petrosky s'arrêta au drive d'un de ces cafés de spécialité huppés et ignora ce qu'il supposait être de la surprise face à sa commande d'un grand café normal au lieu d'un demi-caféiné norvégien au lait de chauve-souris ou que sais-je encore que les gens buvaient pour huit putains de dollars la tasse. Son estomac brûlait d'acidité, mais cela stabilisa sa main pendant qu'il conduisait. *Pearl-*

man. *Pearlman.* Le ciel couleur étain était strié de cette immobilité électrique qu'on obtient juste avant un orage. Il scruta à travers le pare-brise. Brumeux, mais pas de nuages d'orage.

Peut-être que c'était lui qui était électrique — l'anticipation de trouver ce type, de lui envoyer une balle dans la tête, ce misérable petit salaud, le tuait. Peut-être littéralement. Ironique de s'en inquiéter maintenant, mais s'évanouir en essayant de débarrasser le monde d'un enfoiré misogyne et poignardeur semblait plus qu'un peu inutile. Il était prêt à mourir, mais d'abord, il voulait voir ses mains couvertes du sang de Norton.

Ce n'était pas trop demander.

Il dépassa chez Salomon, tourna au coin sur Pike, et se gara à mi-chemin dans la rue. Beaucoup plus près de Beech, où il pouvait voir la maison de Lockhart sur la droite, ses volets étaient maintenant fermés. Il pourrait encore ne pas y arriver en errant dehors. Il se frotta la poitrine, l'appareil, les points de suture. Norton, ou son cœur ? Il faillit rire. Abandonner, c'était pour les connards. Et ce n'était pas comme s'il avait peur de la mort. Plus maintenant.

Petrosky fixait à travers le pare-brise la lumière déclinante du soleil de l'après-midi — mais pas de chaleur. Norton avait-il suivi Morrison chez Lockhart, se cachant dans l'ombre jusqu'à ce qu'il puisse l'attaquer ? Par une nuit sombre dans un grand manteau, peut-être un masque de protection contre le vent... Mais Morrison aurait été sur ses gardes. De plus, cette attaque avait été personnelle, intime. Norton s'était arrêté pour prendre une autre lame pour trancher la gorge de Morrison. Ça avait pris du temps.

Donc Morrison avait dû mourir à l'intérieur d'une

maison — un garage, peut-être. Quelque part de caché. Mais comment Norton l'avait-il fait entrer là ? Et *où* ?

Petrosky scruta la rue et plongea la main dans sa veste, réconforté par le poids froid de son Glock — la dernière arme de son arsenal, celle qu'il avait avec lui le jour où Julie avait été tuée. Celle qu'il avait failli mettre contre sa tempe à l'époque. Même maintenant, elle conservait cette énergie comme si le désespoir s'était imprimé sur le canon. Tout était différent maintenant. Pourtant rien n'avait changé.

Le chien aboyeur qui avait foutu une trouille bleue à Petrosky la veille — *petit connard insupportable* — continuait, à moitié caché derrière les barreaux d'une maison sur sa gauche. Toujours en colère. Une maison abandonnée se dressait de l'autre côté de la rue. Mais —

Par-dessus le hurlement du vent, une porte de garage grinça, et Petrosky resserra sa prise sur l'arme. Il se pencha sur le volant, plissant les yeux vers la maison plus loin sur la route.

Deux portes plus loin et de l'autre côté de la rue où Petrosky était garé, un homme sortit du garage avec une pelle à neige et un Labrador retriever. L'animal dressa les oreilles vers la voiture de Petrosky — ou peut-être vers le vacarme infernal du chien jappeur de la maison devant laquelle il était garé. Le type contourna la station wagon rouge dans son allée et jeta une pelletée de neige sur le trottoir. Il ne regarda pas dans sa direction. Petrosky mit son téléphone au-dessus du tableau de bord, zooma autant qu'il put, et attendit. Le vent se leva, soufflant son haleine glacée sur les vitres. Le gars se tourna vers lui. Petrosky prit la photo et rangea le téléphone.

Joli coup, Chef !

Manteau bouffant, cheveux blancs clairsemés dépassant d'épais cache-oreilles rouges. Il avait l'air inoffensif, mais on ne savait jamais. Petrosky sortit de la voiture, dégoûté par la façon dont ses jambes menaçaient de se dérober, et par la douleur dans ses côtes. Il déplaça son poids pour faire circuler le sang. Le vieil homme, bien plus alerte que Petrosky, continuait de pelleter. Le chien s'avança vers Petrosky et remua la queue tandis que l'homme levait les yeux.

— Bonjour, dit Petrosky.

— Bonjour. L'homme avait un morceau de neige incrusté dans sa barbe blanche. Il jeta un coup d'œil au chien. Assis, Mac. Le chien posa son derrière sur le sol glacé. Petrosky grimaça et serra légèrement ses propres fesses.

— Je suis le Détective Petrosky, de la police d'Ash Park. Il tapota sa poche. Pas de badge. Il enfonça plutôt ses mains dans son manteau. J'enquête sur une affaire dans le coin. J'aurais quelques questions.

L'homme souleva un cache-oreille, ses yeux gris se plissant aux coins comme ceux de votre grand-père du quartier. C'était ce dont Henry et Evie avaient besoin : quelqu'un de gentil. Stable. Petrosky serra les poings pour surmonter l'envie soudaine de frapper le type. Il était de toute façon trop épuisé, même avec le café qui coulait dans ses veines — si profondément fatigué.

— Je travaille parfois pendant la journée, Détective, mais je serais ravi d'aider de quelque manière que ce soit. Son sourire illumina tout son visage. Un de ces vieux naturellement heureux, simplement ravi d'avoir l'occasion de déblayer la neige. Que cherchez-vous ?

— Votre nom, monsieur ?

— Zurbach. Wendell Zurbach. Il planta la pelle dans la neige et tendit la main.

Petrosky la serra — vigoureuse. Énergique. Il remit sa

main dans son manteau, déjà trois fois plus fatigué que lorsqu'il était sorti de la voiture. — Zurbach, hein ?

— Avec un *H*. C'est allemand. Pas que j'y sois jamais allé. Zurbach gloussa.

Ce rigolard allait lui donner mal à la tête. — Que faites-vous dans la vie ?

— Je suis dans la comptabilité. Maintenant je fais plus de conseil que d'impôts.

Assez de bavardages. Mais par où commencer ? Les pensées de Petrosky étaient aussi brumeuses que l'horizon, mais elles se solidifièrent alors qu'il scrutait la route vers la maison aux volets fermés au coin. Le dernier arrêt connu de Morrison. — Que savez-vous d'Ernest Lockhart ?

Les yeux de Zurbach suivirent le regard de Petrosky. — Je ne peux pas dire que j'en sache grand-chose. Il reste dans son coin. Il n'aime pas Mac non plus, n'est-ce pas mon grand ? Mac remua la queue. Il nous fusille du regard quand je le promène autour du pâté de maisons.

— Il reçoit parfois de la compagnie ? *Comme un psychopathe armé d'une machette ?*

Zurbach haussa les épaules. — Parfois. Pas que j'y aie jamais vraiment prêté attention. Il a fait une fête une fois, il y a environ un an. J'ai failli appeler la police cette nuit-là.

— Pourquoi ?

— Des gens qui criaient. Et quand j'ai regardé dehors, il y avait des filles sur la pelouse de devant, qui avaient l'air plus jeunes que mes petites-filles. Je n'ai pas aimé ça. Il secoua la tête. Je n'ai vraiment pas aimé ça du tout.

Des filles. Norton prêtait-il ses filles ? Lockhart avait dit que quelques amis étaient passés une fois avec leurs familles, et qu'il leur avait crié de partir — mais cela aurait pu être une ruse. Norton devait bien gagner de l'argent d'une manière ou d'une autre ; peut-être que l'idée du proxénète Roméo n'était pas si éloignée. Deux ans auparavant, il avait laissé d'autres personnes abuser de ses victimes, attendant que ses partenaires aient fini avant de les achever. Les coups de couteau, c'était son truc. La torture. Se souciait-il de ce qui arrivait aux filles avant cela ?

— Y a-t-il des hommes qui viennent régulièrement ? demanda Petrosky.

— De temps en temps, je suppose, bien que je ne puisse pas dire que j'ai prêté attention à leur apparence.

Il haussa une épaule, et son manteau bouffant émit un sifflement lorsque le tissu frotta contre lui-même.

— Je crois que l'un d'eux conduit une voiture noire, peut-être une Honda ? Je la vois parfois en semaine.

— Aucune idée sur les occupants du véhicule ?

— Je ne veux pas accuser quelqu'un à tort. Si je devais deviner, je dirais d'âge moyen. Parfois, il porte un costume.

Un costume. L'avocat ? Norton n'était certainement pas d'âge moyen. — Avez-vous remarqué quelque chose d'inhabituel récemment, M. Zurbach ?

— Pas vraiment. Il secoua la tête. — Mac, ici présent, fait les cent pas devant la porte ou gémit beaucoup — quelques fois par semaine. On a des gars qui passent en voiture avec leur basse à fond, et parfois des gens qui descendent la rue vers l'artère principale, surtout des adolescents, particulièrement en été. Mac... vous savez, il a fait ça, les aboiements, la nuit où c'est arrivé chez Salomon. Je n'arrête pas de penser que si j'étais vraiment sorti, j'aurais pu... Il examina ses bottes.

— À quelle heure était-ce ?

— Je ne me souviens pas. Je me suis réveillé au milieu de la nuit pour boire un verre. Je n'ai pas regardé l'heure, j'ai juste vu qu'il faisait les cent pas. J'ai regardé par la fenêtre de devant, mais je n'ai rien vu, alors je lui ai crié de se taire et je suis retourné me coucher. Il gratta le chien derrière les oreilles. L'animal haletait joyeusement. — J'aurais probablement dû... Mais je n'ai jamais eu de problème. Mac est bon pour éloigner les ennuis, peut-être. Il fit un signe de tête vers sa propre maison, et Petrosky en examina la façade. Des fenêtres barreaudées, mais pas à l'étage supérieur.

— Au fait, avez-vous entendu parler du rapport que j'ai déposé sur Gigi ? demanda Zurbach.

— Gigi ?

— Le terrier là-bas. Zurbach fit un geste vers la maison à côté de la voiture de Petrosky, celle avec le chien aboyeur. — Les propriétaires ont déménagé il y a une semaine, l'ont laissée derrière. C'est cruel. Je passe par là, je lui donne à manger quand elle me laisse m'approcher suffisamment, mais elle a besoin d'un foyer. Il hocha la tête comme si Petrosky devait être celui qui ramènerait ce petit emmerdeur chez lui. — La fourrière ne cesse de dire que le refuge est plein. Je la prendrais moi-même, mais elle est pleine de pep — je ne voudrais pas qu'elle morde mes petits-enfants.

Il y a une semaine. Ça ferait... — Quand exactement ses propriétaires ont-ils déménagé ?

— Vendredi, je crois ? Juste après... eh bien, vous savez.

Le lendemain du meurtre de Salomon. Était-ce Norton, déménageant, fuyant avec ses victimes ? Pourquoi diable ce type n'avait-il rien dit avant ?

Petrosky regarda à nouveau la maison. L'herbe trop haute, raidie par le gel dans les parterres de fleurs, avait sûrement étouffé toutes les plantes depuis longtemps. La plupart de la peinture s'était écaillée sur les encadrements des fenêtres. — On dirait qu'elle est abandonnée depuis un certain temps.

— Je ne pense pas qu'ils travaillaient beaucoup à l'extérieur.

Ils. Zurbach avait-il vu Norton avec l'une des filles ? Ou un partenaire ? Comment ces tarés se trouvaient-ils ? Sick-Fucks.com ? — Êtes-vous entré à l'intérieur ?

Le sourire de Zurbach s'effaça. — Eh bien... je voulais m'assurer qu'ils étaient partis. J'ai frappé, mais il n'y avait personne, et puis j'ai... Il soupira. — D'accord, je suis entré. Par la porte de derrière. J'étais inquiet à propos de... Eh bien, il y a quelques années, quelqu'un a déménagé juste au coin de la rue et a laissé le gaz ouvert. La maison a explosé comme une boule de feu. Il croisa les bras. — Suis-je dans le pétrin, monsieur ? Je ne voulais simplement pas que quelqu'un soit blessé.

— Vous n'êtes pas dans le pétrin.

Le sourire revint. Mac lécha son gant et gémit.

— Connaissez-vous les noms de vos voisins, M. Zurbach ? Ceux qui ont déménagé ?

Il pencha la tête, plissant les yeux vers le ciel glacé. — Non, je ne peux pas dire que je les connaisse. Je les ai rencontrés une fois, mais nous n'avons jamais vraiment beaucoup parlé. Ils restaient entre eux, comme ce type au coin, là-bas. Il fit un geste du pouce vers la maison de Lockhart.

— Pouvez-vous les décrire ?

— Un jeune couple. Elle était jolie.

Jeune. Et la femme était jolie, comme Janice. Peut-être s'était-il trompé sur le choix de partenaire de Norton. — Et lui ?

— Un gars plus jeune, cheveux foncés. Très mince, comme un haricot — il utilisait aussi un fauteuil roulant. Je pense qu'il était dans l'armée. Une vraie honte, si vous voulez mon avis, l'état des affaires des anciens combattants.

Un fauteuil roulant ? Petrosky examina le porche. — Il n'y a pas de rampe d'accès à la porte, M. Zurbach.

— Ils utilisaient des planches.

Bien sûr qu'ils l'avaient fait. Et si Norton avait vraiment voulu jouer profil bas, quelle meilleure façon que de se faire passer pour un vétéran de l'armée discret et renfrogné, blessé en service ? Mais... mince comme un haricot ? Ça ne ressemblait pas à leur gars.

Il se retourna vers Zurbach. Le chien s'était éloigné et urinait dans les buissons à côté du porche.

— Et aucune idée d'où ils sont allés ?

— Non. Partis au milieu de la nuit. Ils se sentaient probablement en danger.

Zurbach fit un geste vers le chien. — Je me suis levé pour vérifier cette fois-là — je les ai regardés partir.

— Et c'était la dernière fois que Mac vous a réveillé ? Le lendemain du meurtre de Salomon ?

Zurbach grimaça au mot *meurtre* et secoua la tête. — Non, il était agité l'autre nuit aussi. Mais c'était juste quelqu'un qui rentrait chez lui. Rien de bizarre.

Le dos de Petrosky se raidit. — Quelqu'un qui rentrait chez lui au milieu de la nuit ne vous a pas semblé étrange ?

— Pas vraiment. Les gens marchent ici tout le temps, comme je l'ai dit. Pas autant qu'en été, mais je ne dirais pas que c'est étrange.

— L'avez-vous reconnu ?

Zurbach secoua la tête. — Non, il faisait trop sombre. Mais il marchait normalement, il ne courait pas comme s'il avait volé quelque chose.

Petrosky scruta la rue. La route principale était à quelques pâtés de maisons, mais il y avait... quoi ? Quelques fast-foods. Ils pouvaient être ouverts tard. Une station-service aussi. Le marcheur vivait-il dans cette rue ? Avait-il vu quelque chose ? Mais Zurbach était un type observateur ; il aurait probablement reconnu le gars s'il était souvent dehors. — Aurait-il pu venir de la maison de Gigi ?

Zurbach haussa les épaules, pinça les lèvres. — Aucune idée, monsieur. Je l'ai juste vu descendre le trottoir.

Vers Beech. — Pouvez-vous me dire à quoi il ressemblait ?

— Probablement à peu près de notre taille. Peut-être un peu plus mince, cependant. Il gloussa, posant une main sur le ventre de sa veste. — Mais je ne l'ai pas vu de si près ; il était de l'autre côté de la rue, et il faisait sombre. Cette lumière là-bas ne fonctionne pas.

Petrosky porta son regard sur le réverbère cassé. Celui qu'il avait vu l'autre soir. Était-ce pour cela que Norton avait choisi cette partie de la route ? Mais il aurait sûrement entendu Mac aboyer si le chien avait effectivement alerté son maître autant que Zurbach le prétendait.

Les yeux de Zurbach s'écarquillèrent.

— Tu penses qu'il...

Il jeta un coup d'œil à la maison abandonnée derrière Petrosky.

— Tu penses qu'il est venu ici exprès pour faire quelque chose ? Vous avez eu des cambriolages ? Quelqu'un d'autre a été... blessé ?

— Je n'en sais rien pour l'instant, monsieur. J'essaie juste de couvrir toutes les pistes.

Un homme inconnu marchait vers Beech la nuit où Morrison est mort. C'était un peu trop une coïncidence.

Petrosky sortit sa carte.

— Si vous pensez à quoi que ce soit d'autre, n'importe quoi, appelez-moi s'il vous plaît.

Il commença à tendre la carte à Zurbach, puis la retira, fouilla ses poches à la recherche d'un stylo, et raya le numéro du commissariat, ne laissant que son portable.

Zurbach la fourra dans la poche de son manteau.

—Je le ferai, monsieur.

Il reprit sa pelle.

— Et vous allez aussi appeler au sujet de Gigi, n'est-ce pas ?

Petrosky acquiesça.

— Je vais aller la voir maintenant.

Autant voir s'il y avait quelque chose qui valait la peine d'être subtilisé à la faveur de la nuit.

CHAPITRE 44

Petrosky remonta d'un pas lourd le trottoir enneigé vers la maison abandonnée où Gigi continuait à japper de l'intérieur. Un minuscule chien idiot qui essayait de jouer les durs. Il allait attraper la rage.

Le garage indépendant se trouvait à six mètres sur le côté de la maison principale. Il s'en approcha furtivement et jeta un coup d'œil à travers la fenêtre crasseuse. Vide — comme on pouvait s'y attendre si l'endroit était abandonné. Aucun signe d'activité suspecte. Il plissa les yeux face à la brise glaciale en scrutant l'arrière-cour, où la neige avait été soufflée en collines par le vent tempétueux. Toutes les traces — celles de Morrison ou d'autres — avaient depuis longtemps disparu. Il pourrait peut-être obtenir des indices, mais il devrait faire venir les techniciens de la police scientifique pour cela. Et alors ils sauraient qu'il était ici et le ramèneraient avant qu'il ne puisse trouver Norton. *S'il* pouvait trouver Norton.

Norton avait-il donc vécu ici tout ce temps ? Il regarda de l'autre côté de la cour en direction de chez Pearlman, en diagonale à travers des terrains vides et des clôtures manquantes, mais il ne pouvait pas voir la maison des Salomon. Si Walsh s'était enfuie de cet endroit, elle aurait sûrement choisi un lieu plus proche — il y avait au moins quatre autres maisons qu'il pouvait voir et qui auraient eu plus de sens pour s'y réfugier, bien qu'elle ait peut-être essayé de mettre de la distance entre elle et Norton. Mais ils avaient regardé dans les autres cours et n'avaient trouvé aucune empreinte, et le grésil avait effacé toute trace sur les trottoirs. Elle aurait pu faire le tour du pâté de maisons pour ce qu'il en savait.

Petrosky prit une photo du garage et contourna prudemment la maison jusqu'à la porte moustiquaire arrière. Il tira sur la moustiquaire et essaya la poignée de la porte intérieure. Déverrouillée, comme l'avait dit Zurbach. Elle s'ouvrit en grinçant.

Quelque chose détala de la pièce sur de petites pattes et fila devant lui dans la rue, et Petrosky faillit tomber dans le parterre de fleurs défunt. — Viens... Gigi ! appela-t-il sans conviction. — Sale petite garce, marmonna-t-il, puis il ferma la porte donnant sur l'extérieur, et le joint autour du cadre étouffa le hurlement du vent et les aboiements du chien.

Il se trouvait dans la cuisine ; la porte du réfrigérateur était entrouverte, mais l'intérieur semblait propre. Des excréments de chien dans un coin de la pièce — *évidemment* — et quelques flaques d'eau ou peut-être d'urine. Petrosky passa sous une arche pour entrer dans ce qui avait dû être un salon, remarquant la moquette bleue qui apparaissait entre quelques sacs de plats à emporter déchiquetés et des journaux déchirés. *Confettis façon chienchien.* Mais rien d'étrange.

Dans le couloir du fond, il enjamba une mijoteuse cassée qui semblait étrangement familière dans cette maison par ailleurs lugubre. Il y avait une porte de chaque côté et une au bout du couloir. À gauche se trouvait une salle de bains — pas de rideau de douche, pas de... rien. Il fronça les sourcils. Pas même une crotte de chien. Rien qui ressemblait à du sang, mais rien non plus qui ressemblait à de la moisissure ou du dentifrice. Petrosky entra et, par-dessus l'odeur de poussière dans ses narines, il fut assailli par la puanteur chimique de l'eau de Javel.

Pourquoi des squatteurs en fuite au milieu de la nuit prendraient-ils le temps de récurer une salle de bains ? Aucune raison — à moins qu'ils n'aient quelque chose à cacher.

Comme une scène de crime.

Dans la chambre en face se trouvait un matelas taché de Dieu sait quoi. Du sang ou des excréments ? De chien ou d'humain ? Mais même s'il s'agissait de sang, les taches étaient petites — pas assez pour causer la mort, bien que cela ait pu se produire dans la salle de bains javellisée. La poitrine de Petrosky frissonna, et il frotta l'appareil en s'avançant dans la chambre. Dans un coin, un préservatif usagé. Contre un mur, une corde était vissée à une poutre, assez bas pour être attachée à un collier de chien — ou à un collier pour humain. Il l'examina de près. Pas la moindre trace de moisissure ou de pourriture. Pas de rouille sur le clou. Il prit une photo et remit le téléphone dans sa poche.

Il ne restait plus que la porte au bout du couloir, qui se dressait comme un phare, bien qu'il ne sût pas de quoi. Il l'ouvrit : des escaliers en bois branlants descendaient dans l'obscurité.

Un sous-sol.

Le cœur battant, il ouvrit la porte plus grand et scruta la pénombre, la faible lumière derrière lui rampant sur les marches supérieures. Sur la première marche, juste à côté de la porte du sous-sol, se trouvait un sac de ciment à moitié vide. Il le déplaça pour voir l'arrière — *Ciment Portland*. Le même type que celui trouvé sur Lisa Walsh.

Des marches fissurées descendaient dans les ténèbres en contrebas. Les marches craquaient sous son poids, et son cœur réagissait avec une sorte de viscosité faible, comme si à chaque battement il se collait à sa cage thoracique, puis s'en détachait. Il allait probablement s'évanouir là-bas et être retrouvé à moitié décongelé au printemps. Peut-être que ce chien le trouverait et le mangerait d'abord.

En face des escaliers, la lumière brillait faiblement à travers une étroite rangée de pavés de verre, la terre et la neige du jardin extérieur s'empilant jusqu'au milieu de chacun. Mais au-dessus de la ligne de neige, les fenêtres étaient suffisamment propres pour lui montrer le centre du sol, bien que la lumière s'estompât jusqu'au néant autour du périmètre du sous-sol. Du ciment. De la terre et de la sciure. Quelques chemises et une chaussure d'enfant, toutes trop petites pour l'une des victimes potentielles d'enlèvement. Des ordures dans un sac en plastique étaient posées contre un mur, dégageant l'odeur rance de la pourriture.

Il marcha jusqu'au coin le plus éloigné de la pièce et sortit son téléphone, ignorant sa poitrine, ignorant la façon dont son ventre essayait de sortir de son corps. Ignorant la voix qui était si claire qu'elle aurait pu être réellement dans la pièce avec lui : *Tu veux que je te montre comment faire ça, Chef ? Tu n'auras plus jamais besoin de porter une lampe de poche.*

Des crottes de rat le long de la base d'un mur. Il dirigea la lumière vers l'autre côté de la pièce où une affiche en lambeaux comme celle qu'avait Julie gisait froissée dans le coin. Non... pas une affiche — juste brillante comme une affiche. *Qu'est-ce que c'est que ça ?*

Il enjamba un gobelet en papier vide et ce qui ne pouvait être que la jambe d'une poupée et examina le mur du fond. Il y avait un cylindre en carton sur le sol, comme un rouleau de papier toilette géant aussi haut que Petrosky lui-même. Et... du plastique. *Du Visqueen.*

Comme celui utilisé pour emballer le cadavre de Morrison.

Le cœur de Petrosky n'était plus collant — il était graisseux, le sang comme de l'huile, chaque battement vibrant dans ses bras jusqu'au bout de ses doigts. Derrière le plastique, un éclat argenté lui fit un clin d'œil. Rond, comme... le fond d'une tasse à café. L'air était ténu, chaque inspiration rapide qu'il sifflait dans ses poumons était âcre, teintée de détritus et de fer. Non, pas de détritus. Pas de fer.

Du sang.

Il saisit le bord de la tasse et la sortit. Une tasse à café. En acier inoxydable, avec un joyeux signe de paix bleu estampé sur le devant. Mais elle était froide — froide comme le visage de son partenaire le matin où il l'avait trouvé, gelé, tailladé, mort. Des empreintes digitales étaient étalées sur le côté de la tasse, presque noires. Le faisceau de la lampe torche trembla lorsqu'il déplaça la lumière, suivant le plastique jusqu'au rouleau et continuant sur le sol jusqu'à ses pieds et—

Ah, merde.

Il recula. La terre ici n'avait pas la même couleur que celle qui recouvrait le reste du sous-sol. Certaines taches viraient au terre de Sienne, mais les températures glaciales avaient ralenti le processus de coagulation. Une flaque au milieu brillait encore d'un bordeaux profond. Personne ne s'était donné la peine de nettoyer — salopard arrogant.

Peut-être qu'il n'y avait aucun moyen de nettoyer cela de manière satisfaisante. De le cacher.

Ou peut-être que quiconque descendait ici ne remontait plus. Sa nuque le picota comme si quelqu'un l'observait, et il se retourna brusquement. Rien. Il scruta le sol, le coin à nouveau. *Ressaisis-toi, vieux.* Morrison aurait eu ses dossiers avec lui. Il aurait pu trouver quelque chose que Petrosky pourrait utiliser. Mais Petrosky ne voyait que plus de détritus, rien qui ne ressemblait même de loin à un dossier — et pas de papiers non plus.

Et il n'y avait aucune chance que Norton ait laissé traîner le dossier. Un dossier d'enquête était beaucoup plus facile à faire disparaître qu'un lac de sang dans un sous-sol.

Petrosky balaya à nouveau la pièce du regard, cherchant des chaînes, une corde, n'importe quoi qui pourrait expliquer les marques sur Lisa Walsh. Quoique... il avait vu une corde dans la chambre à l'étage. Les autres victimes avaient-elles été ici à un moment donné ? Était-ce là qu'il avait brutalisé Lisa Walsh ? Cet endroit, dans une mer de maisons abandonnées, semblait moins abandonné que les autres — personne ne penserait qu'il y avait une chambre de torture au sous-sol. Mais la police avait fouillé toutes les maisons qu'elle pouvait, y compris celles qui étaient abandonnées.

Et ce sang était frais.

Norton était venu ici, mais pourquoi ? Et quand ? Peut-être avait-il attiré Morrison avec la promesse d'une piste sur l'affaire — puis l'avait attaqué par surprise, tailladé, jeté dans la ruelle comme un vulgaire déchet.

Mais Morrison ne serait pas venu avec Norton. Alors à qui avait-il parlé ? Qui l'avait conduit ici ?

Peut-être la même personne qui avait parlé de cet endroit à Petrosky. *Je suis un putain d'imbécile.* Comme si quelqu'un en avait quelque chose à foutre de ce connard de chien. Zurbach était-il le nouveau partenaire de Norton ? Merde, son chien voyait tout le monde — Zurbach aurait su que le gros cul de Petrosky était là l'autre soir aussi. Il n'y avait aucun doute possible, malgré l'obscurité. Zurbach avait su qui il était dès que Petrosky avait mis les pieds dans son allée.

Petrosky éteignit la lampe torche, plongeant la pièce dans un gris brumeux, mais au moins il ne voyait plus le sang. Il se tournait vers les escaliers quand au-dessus de lui, une porte grinça. Des pas résonnèrent au-dessus de sa tête.

Il n'était plus seul.

CHAPITRE 45

— Détective ? La voix de Zurbach. *Bien sûr.* Ce fils de pute ne pouvait pas simplement le laisser sortir d'ici s'il savait ce qu'il y avait dans cette cave.

— Détective ? Vous êtes là ? appela de nouveau Zurbach, beaucoup trop amical. Le gars savait où il était, forcément. Zurbach avait probablement observé depuis chez lui pour voir si Petrosky partait. Il avait sûrement vu Petrosky arriver et avait décidé de déneiger l'allée juste pour s'assurer qu'ils se rencontrent. *Par hasard.*

Petrosky rangea son téléphone et sortit son arme, le métal cliquetant lorsqu'il rapprocha ses mains. *Qu'est-ce que...* Il baissa les yeux sur la tasse de café, toujours serrée dans sa main gauche, prit une profonde inspiration et se glissa dans le coin le plus éloigné du sang de Morrison.

— Détective ? Hé... zut alors !

Il y eut un bruit sourd au-dessus de lui, un glapissement, et le trottinement de petites pattes, accompagné de jappements aigus qui firent grincer les dents de Petrosky. Gigi était probablement le chien de ce type aussi, dressé pour débusquer les intrus. Ou peut-être avait-il attiré Morrison ici avec la même histoire larmoyante de chien perdu.

Bon sang.

Les pas s'approchèrent de l'escalier. Sans hâte. Lourds.

Le gars était vieux, corpulent, mais il était fort — Petrosky ne pouvait pas le maîtriser. Il devrait attirer Zurbach en bas et le désarmer. Au moins, ce stupide chien n'essayait pas de dévaler les escaliers de la cave ouverts pour le renifler. Peut-être que les marches étaient trop larges. Ou peut-être qu'il sentait la mort ici-bas, comme un chien de refuge se débattant alors qu'on le traînait dans l'arrière-salle pour l'euthanasie. Petrosky baissa son arme mais resta près du mur où la lumière des fenêtres à soupirail et du couloir au-dessus n'atteignait pas. — Je suis en bas, M. Zurbach.

Un bruit ressemblant à un reniflement vint d'en haut. Les pieds de Zurbach apparurent d'abord, puis ses jambes. Ses hanches. Petrosky plissa les yeux, cherchant des signes du serpe, un éclat de lame, mais quand les mains de Zurbach apparurent, elles étaient jointes, nues, sans aucune arme. Mais... que tenait-il ?

— Qu'avez-vous dans les mains, M. Zurbach ?

Zurbach descendit de l'escalier et pencha la tête, scrutant les alentours jusqu'à ce qu'il aperçoive la silhouette de Petrosky dans l'ombre. — Pardon ? Il baissa les yeux. — Oh, cette petite bête m'a mordu. Il ouvrit les mains, et le doigt de Petrosky se crispa sur la gâchette, mais les mains de Zurbach étaient vides, une paume ridée laissant échapper du sang d'un ensemble de marques de crocs. — Elle n'avait jamais fait ça avant, bien que je ne l'aie jamais portée. Mais elle était sur la route. Les yeux de Zurbach se plissèrent dans la pénombre comme s'il accusait Petrosky d'avoir essayé de tuer la petite chienne.

— Pourquoi n'avez-vous pas mentionné que vous

m'aviez vu marcher dans la rue hier soir ? Sa mâchoire était si serrée qu'il pouvait à peine articuler les mots.

— Eh bien, je ne pensais pas que c'était ce que vous vouliez dire. Vous avez dit que vous étiez de la police. J'ai supposé que vous aviez une raison d'être ici.

J'ai certainement une raison d'être ici. Petrosky gardait son arme armée à la hanche, brûlant d'envoyer Zurbach dans l'oubli. Ils se tenaient dans la pièce où son garçon s'était vidé de son sang, et Zurbach n'avait même pas la décence d'avoir l'air désolé ? Son doigt se crispa sur la gâchette. Non, pas encore — il devait trouver ces filles. Il devait trouver Norton. L'adrénaline chantait dans ses veines, rétrécissant sa vision. Le chien aboyait toujours, mais Petrosky ne l'entendait que vaguement, comme il était conscient du vent dehors, du poids de la tasse de café dans sa main. Il n'entendait pas grand-chose d'autre que le battement sourd du sang dans sa tête et sa poitrine. Une douleur aiguë y brûlait, se propageant —

Zurbach détourna le visage, examinant la pièce. *Comme si tu ne savais pas ce qu'il y a ici.* Mais sans la lampe de poche, l'espace restait sombre, trouble, comme s'ils étaient sous l'eau. *Ça suffit.* Zurbach se retourna pour lui faire face, et Petrosky s'avança dans la lumière, l'arme levée et pointée sur le front de Zurbach.

— Hé, hé ! Qu'est-ce que —
— Les mains derrière le dos.
— Les mains ? Mais —
— Maintenant !

Petrosky chercha ses menottes et se retrouva bredouille. Ils les avaient prises avec son badge. Zurbach restait immobile, attendant, les yeux écarquillés de choc ou peut-être de peur. Feignait-il ? Petrosky pourrait l'attacher avec la corde de la chambre de rechange... peut-être.

Je dois sortir de cette cave.

— Écoutez, si vous coopérez, je ne vous menotte pas. Montez lentement.

Zurbach jeta un coup d'œil à l'arme mais se retourna. Le chien aboya une fois, comme un point d'exclamation.

— Je ne comprends pas. La voix de l'homme tremblait. — Pourquoi —

—J'ai besoin que vous répondiez à quelques questions. *Comme pourquoi vous m'avez envoyé dans la maison où mon coéquipier a été tué. Et où vous cachez les armes.*

Et où diable est Norton ?

— Montez l'escalier. Petrosky joignit ses mains sur l'arme et heurta à nouveau le canon contre la tasse de café de Morrison. L'acier dur, la surface collante contre ses doigts — c'était tout ce qui restait de son garçon. — Et Zurbach ?

— Oui ? dit l'homme sans se retourner.

— Ne courez pas.

Ils se tenaient dans la cuisine, le froid s'infiltrant dans les os de Petrosky, mais au moins ils étaient à l'abri du vent et des regards indiscrets des autres voisins. Il était possible que Zurbach ait une arme cachée ici, mais plus probable qu'il garderait un pistolet ou une machette chez lui. Et chez Zurbach, il y avait aussi un chien beaucoup plus gros et bien mieux dressé.

Petrosky essaya de calmer son doigt qui le démangeait sur la gâchette, sa main dans la poche de son manteau, toujours sur l'arme. Bien que maintenant, dans la lumière de la cuisine, les soupçons de Petrosky semblaient infondés — Zurbach était redevenu un gentil grand-père. Pas que les psychopathes ne soient pas doués pour feindre.

Il posa la tasse sur le comptoir et observa les yeux de

Zurbach — l'homme y jeta à peine un coup d'œil. — Vous avez déjà vu ça avant ?

Zurbach secoua la tête. — Je ne crois pas. Mais... Il déglutit difficilement. — C'est du sang ?

Ça va être ton sang dans une minute. — Pourquoi vouliez-vous que je vienne ici ?

— Je vous l'ai dit. Je voulais signaler le chien. La voix de Zurbach était basse, méfiante. — Et je n'ai jamais dit de venir, juste d'envoyer la fourrière ici.

C'était... en fait vrai. Il n'avait pas envoyé Petrosky dans la maison, il l'avait seulement alerté à propos du chien. Mais quand même... Il balaya la cuisine du regard. Le terrier, fatigué d'aboyer sur eux, était parti dans l'autre pièce. *Bien.*

— Où étiez-vous mardi soir ?

— À la maison. Il prononça le mot lentement comme s'il avait deux syllabes, et chacune d'elles tremblait légèrement.

— Quelqu'un peut le confirmer ?

— Juste Mac. Un demi-sourire, mais ses yeux restaient nerveux. Depuis que Blanche est morte...

— Qui ?

— Ma femme. Ses yeux devinrent vitreux. Il regarda ses mains.

Bon tour, le coup des yeux larmoyants. Mais... Petrosky n'avait pas l'impression que c'était du faux, et son radar à tarés était plutôt bon. Ou peut-être que Zurbach ne le déclenchait pas dans la lumière de l'après-midi comme il l'avait fait lorsqu'ils se tenaient dans le sous-sol obscur à quelques pas du sang de Morrison.

— Avez-vous autorisé la police à entrer chez vous lorsqu'ils ont fait du porte-à-porte dans le quartier ? Zurbach acquiesçait, mais Petrosky connaissait déjà la réponse. Il ne se souvenait pas d'avoir vu le nom de Zurbach sur la liste de ceux qui avaient refusé la perquisition, et il était assez unique pour se démarquer. Donc le type n'entassait pas d'armes dans son garage pour Norton. Il n'avait pas non plus les filles chez lui. Et si les filles n'étaient pas là, Norton n'y serait pas non plus — il voudrait garder ses victimes près de lui, maintenir le contrôle. Si Norton vivait avec un partenaire, c'était quelqu'un qui avait refusé la perquisition. Quelqu'un d'aussi détraqué que Norton.

— Parlez-moi encore de l'homme que vous avez vu marcher, dit Petrosky.

— Je ne sais pas quoi dire d'autre ! Zurbach leva les mains d'exaspération, et Petrosky serra plus fort son arme jusqu'à ce que Zurbach abaisse ses paumes sur la table.

— Il venait de la direction de Pearlman ?

Hochement de tête lent.

— En passant devant cette maison ?

— Il était presque directement en face de moi quand je l'ai vu.

— Vous a-t-il vu ?

Zurbach plissa les yeux vers le plafond et secoua la tête. — Non, je ne crois pas.

S'il avait été repéré en train de regarder par sa fenêtre, Zurbach serait mort. Si c'était bien Norton qu'il avait vu. — Et vous n'avez pas vu où il est allé ?

— Non, il marchait simplement. Bien que je n'imagine pas qu'il soit allé bien loin. Il était tard, après tout. La plupart d'entre nous ici se couchent tôt.

Mais pas tout le monde — Zurbach avait mentionné une fête chez Lockhart, une fête avec de jeunes filles. Trop jeunes.

Et Morrison était allé chez Lockhart la nuit où il est mort.

Et si c'était Lockhart qui avait fait allusion à cet endroit ? Aidé à attirer Morrison dans le sous-sol d'une maison abandonnée ? Norton aurait pu tendre une embuscade à Morrison et le tuer, puis retourner chez Lockhart pour obtenir de l'aide pour charger Morrison dans la voiture. Mais alors... où étaient les filles ? Norton s'en était-il déjà débarrassé ? Quand les techniciens de la police scientifique arriveraient ici, trouveraient-ils une myriade de groupes sanguins dans ce sous-sol ? Ou Norton avait-il son propre endroit dans le coin avec une sorte de donjon secret ? Même une unité de stockage ferait l'affaire.

Mais peut-être qu'il se trompait complètement. Petrosky n'avait aucune preuve que Norton et Lockhart se connaissaient même. Et c'était tiré par les cheveux que Lockhart passe d'un délit mineur d'exhibition à un meurtre, d'autant plus que Lockhart était une petite salope nerveuse, prenant son pied en choquant les vieilles dames avec son attirail. Il n'était pas psychotique. Il n'avait même pas été condamné pour avoir touché quelqu'un.

Mais si ce n'était ni Zurbach ni Lockhart, alors... qui ? D'après les portraits-robots actuels, Norton était plus capable physiquement qu'il ne l'avait été des années auparavant. Plus costaud. Mais quand même, Morrison était un grand gars — Norton aurait eu besoin d'aide pour déplacer le corps.

Le corps. De son partenaire. Son ami. De son... fils. *Respire, Petrosky. Réfléchis, espèce de bon à rien.*

Le cœur de Petrosky se serra, et il tapota le plastique incrusté sous sa blessure à la poitrine comme si cela pouvait l'aider s'il faisait vraiment une crise cardiaque. *Pas maintenant. Encore un jour ou deux.* Il finirait avec Zurbach, suivrait quelques pistes supplémentaires et découvrirait où diable Adam Norton se cachait. Ensuite, avec le sang de Norton sur ses mains, il pourrait enfin manger cette balle.

CHAPITRE 46

Le soleil était bas et orangé dans le ciel meurtri lorsque Petrosky s'arrêta devant le commissariat. Le bâtiment lui-même le fixait de ses yeux rectangulaires au deuxième étage, l'entrée en bas grognant comme la gueule d'un chien enragé. Les escaliers lui donnèrent l'impression d'avoir reçu un coup de poing dans les poumons. Et quelqu'un avait pris sa chaise de bureau. Il attrapa un autre siège du bureau derrière lui, s'y laissa tomber et alluma l'ordinateur.

La fatigue tirait sur ses paupières — l'adrénaline de sa visite chez Zurbach avait à peine duré le trajet. Plus de café. Il irait chercher plus de café, puis —

L'écran changea, et il tapa son mot de passe.

Accès refusé.

Merde. Il essaya à nouveau.

Accès refusé.

Il tapa chaque lettre de son mot de passe indépendamment, mais il connaissait déjà le résultat avant d'appuyer sur *Entrée*. Carroll ou les Affaires internes avaient sûrement demandé au support technique de le bloquer jusqu'à ce qu'il soit autorisé à revenir. Il essaya le nom d'utilisateur et le mot de passe de Morrison.

Accès refusé.

Petrosky se renversa dans la chaise et tapota le canon du pistolet dans sa poche. Le pistolet qu'il ne devrait probablement pas porter.

Il se leva et quitta l'ordinateur inutile. Decantor était assis à son bureau, prenant des notes sur un écran d'ordinateur qui fonctionnait visiblement.

— Qui est sur Salomon ?

Decantor tourna brusquement la tête. — J'ai entendu dire que tu étais en congé. Tu n'as pas eu une crise cardiaque ou un truc du genre ?

— Je suis en congé et non. Les jambes de Petrosky étaient comme des poids. Il attrapa une chaise et s'assit. — Enfin, plus ou moins.

Decantor balaya la pièce du regard. — Moi. Je suis sur Salomon.

Petrosky serra les poings. *Bien sûr — putain de bien sûr.* — Pourquoi Carroll t'a mis dessus ? Tu étais aussi ami avec Morrison.

— J'ai demandé, d'accord ? Il baissa la voix. — Je connaissais déjà une partie du contexte, et Carroll pensait que je pourrais être impartial. Elle a aussi dit que tu allais lui déposer les dossiers. Il plissa les yeux. — C'est pour ça que tu es là ? Pour déposer ces —

— J'ai une piste pour toi. *Parce que c'est mon affaire.* Scène de crime — le meurtre de Morrison. Rue Pike, côté gauche, deux maisons après le coin. Il y a un Jack Russell dans la maison, à moins qu'il ne se soit encore enfui.

— Un Jack —

— Il y a un sac de ciment près des escaliers de la cave et un témoin qui dit que quelqu'un aurait pu marcher de cette maison vers celle de Lockhart la nuit où Morrison est mort.

La mâchoire de Decantor tomba. — Lockhart ? C'est qui, Lockhart ?

— Fais-moi une faveur, bleu, et découvre qui était dans cette maison.

— Je ne suis pas un bleu.

— Peut-être que tu devrais faire venir la scientifique pour relever les empreintes sur la corde vissée au mur dans la chambre.

— Attends, une corde dans la —

— Note tout ça, Decantor.

Decantor tourna une nouvelle page de son carnet et griffonna frénétiquement, et cet acte ressemblait tellement à la prise de notes de Morrison que l'estomac de Petrosky se retourna. — Qui y vit maintenant ? demanda Decantor.

— Personne. Ils ont déménagé le lendemain du meurtre de Salomon.

Decantor arrêta d'écrire et le fixa. — L'adresse ?

— Pas de numéro sur la maison, pas de boîte aux lettres. Cherche-la.

Decantor ouvrit un nouvel onglet sur l'ordinateur et chercha la rue, puis nota l'adresse et ouvrit un autre écran : dossiers hypothécaires, factures d'eau, factures d'électricité.

Petrosky se pencha. — Mary Grant. Saisie immobilière. Le dernier occupant légal connu remontait à quatre ans. Pas d'eau ni d'électricité depuis un an. Mais...

Decantor cliquait à nouveau, tapait quelque chose. Un certain Henry Wilt avait ouvert l'eau l'année dernière, l'avait fermée six mois plus tard. Et Wilt n'avait pas eu besoin d'un acte de propriété pour ouvrir l'eau ; juste une pièce d'identité et du courrier à son nom.

Ils se renversèrent tous les deux.

— J'irai parler aux voisins... encore, dit Decantor. Voir

qui sait quoi. Je regarderai aussi du côté de Grant et Wilt, mais je doute que ça nous mène quelque part.

Petrosky hocha la tête.

Decantor le regarda dans les yeux. — J'ai besoin des autres dossiers, Petrosky. Laisse-moi essayer de l'attraper.

Petrosky fixa durement le visage de Decantor, et la détermination dans les yeux de l'homme était si sincère qu'il perdit l'envie de le frapper. Il soupira, mais cela ressembla plus à un bâillement. — J'ai le dossier principal dans la voiture. Je vais le chercher. Ce n'est pas comme si les dossiers lui servaient à grand-chose de toute façon.

Petrosky se traîna hors de la chaise et traversa péniblement l'open space vers la sortie. La tasse de café de quelqu'un d'autre était posée sur le bureau de Morrison. Ses mains tremblaient de rage tout le chemin jusqu'à la voiture.

Le froid du siège conducteur s'infiltra dans ses os douloureux alors qu'il s'appuyait contre l'appuie-tête et fermait les yeux. Peut-être que s'il s'endormait là, il mourrait simplement de froid. Lentement et facilement.

— Pas maintenant, vieux.

Petrosky se redressa brusquement, convaincu que Morrison était assis à côté de lui, mais il ne vit que les dossiers, la tasse, le vide. Il enfonça la clé dans le contact. Le moteur toussa et démarra, et il sortit une cigarette du paquet dans la console, l'alluma et inhala profondément. Il toussa tout aussi profondément — du fond de ses poumons — et baissa la vitre pour cracher quelque chose de mousseux sur le béton.

Petrosky tira à nouveau sur la cigarette et plissa les yeux à travers la fumée vers le dossier sur le siège avant. Avant de les remettre... *Ouais, autant le faire.* Il feuilleta jusqu'aux notes d'entretien du premier jour. Si quelqu'un qui vivait dans la maison du Jack Russell avait été là le jour du meurtre de Salomon, l'un des officiers lui aurait parlé.

Pas qu'il devrait s'en soucier maintenant, n'est-ce pas ? Ce n'était plus son affaire. Ils l'avaient remplacé, c'était sûr. Tout comme ils avaient remplacé Morrison.

Petrosky étouffa une autre toux et passa son pouce sur la page.

Un officier qui écrivait en minuscule cursive comme une princesse avait pris ce côté de Pike, en commençant par le coin. Chaque maison était listée sur le côté gauche de la page, les notes sur la droite. Personne à la maison le jour en question ni chez Gigi ni dans la saisie d'à côté.

Bien sûr.

Chez Zurbach, cependant :

Le résident ne signale aucune activité.

Petrosky se renversa. Ce connard avait été sacrement bavard cet après-midi. Lui avait tout raconté sur la nervosité de son chien la nuit où Salomon était mort. Pourquoi n'aurait-il pas dit ça à l'Agent Précieux ce matin-là ? Ou ne l'avaient-ils simplement pas jugé assez important pour le noter ?

Petrosky parcourut le reste de la page du doigt, s'arrêtant sur les notes les plus longues. Toujours la même chose : *Le résident déclare n'avoir vu aucune activité suspecte.* Personne d'autre n'avait de chien qui avait aboyé. C'était inhabituel, non ?

Petrosky revint à l'adresse de Zurbach. Un malentendu ? Peut-être. Et même si Zurbach avait dit quelque chose à propos de la fête chez Lockhart, les notes du policier en patrouille pourraient ne pas le refléter — ils cherchaient des informations sur un crime récent, un crime spécifique, pas une fête d'il y a longtemps. Et un chien qui aboie sans rien de concret de la part d'un témoin n'aurait peut-être pas mérité d'être mentionné non plus. Mais...

Morrison l'aurait noté.

Petrosky toucha le mug en acier inoxydable dans son porte-gobelet. Le mug de Morrison. Il devait l'apporter à la police scientifique ; il devait le laisser tranquille — il contaminait des preuves, mais il n'arrivait pas à s'en soucier. Morrison l'avait eu quand il était mort. Il l'avait tenu. Son sang était partout dessus. Seulement —

Pourquoi le sang de Morrison serait-il partout dessus ?

Petrosky alluma la lumière au-dessus de sa tête et examina le côté du mug. Morrison l'aurait lâché au premier coup de l'arme — il avait des blessures défensives partout sur les avant-bras, et ce n'est pas comme s'il aurait continué à tenir la tasse une fois que Norton aurait commencé à le tailler en pièces. Il l'aurait lâché avant qu'elle ne puisse être ensanglantée.

Petrosky toucha du doigt une longue traînée de sang séché, barbouillée tout le long du côté. Et le couvercle... couvert de cramoisi devenu brun. Le tueur l'avait-il touché ? Mais pourquoi passer la main sur le côté de la tasse puis agripper le dessus comme si on...

L'ouvrait.

Petrosky dévissa le couvercle et regarda à l'intérieur.

Du papier.

Il y plongea deux doigts et en sortit soigneusement une feuille de papier froissée. De la taille d'une petite pomme, du sang à l'extérieur, du papier blanc apparaissant par endroits — comme une balle de baseball rouge et tachée.

Il remit le mug dans la console et pressa une main contre son épaule lancinante. *Respire. Respire.*

Il avait toujours sa cigarette à la bouche, l'air vicié montant dans ses narines. Petrosky l'arracha d'entre ses lèvres et la fourra dans le cendrier. Il essaya de déplier la boule de papier, mais les coins collaient ensemble. Du sang. Peut-être du café. Il la tourna, cherchant un autre coin, puis utilisa un ongle pour décoller cette partie du reste. Lentement, lentement, avec un son comme le murmure d'un esprit inquiet, la feuille se détacha. Il l'aplatit contre le volant, son cœur frémissant à la manière d'un cocaïnomane nerveux, chaque pulsation vive, brûlante et atroce.

Trois feuilles empilées froissées ensemble, couvertes de la petite écriture régulière de Morrison. Il plissa les yeux sur l'écriture de la page la plus récente — celle que Morrison avait laissée sur le dessus.

11/12 18h45 : Tour du quartier terminé. Trois adolescents, afro-américains, env. 17-19 ans, abordés, tous notent aucune activité suspecte dans le secteur.

13/11 14h20 : Tour du quartier : Hanover, récupérant le courrier — aidé à rentrer chez lui. Ne note aucune activité suspecte, indique que son neveu sera à la maison ce soir. À suivre.

Tour du quartier. On aurait dit que Morrison faisait le tour du pâté de maisons chaque jour, bien avant que Petrosky n'ait mentionné qu'ils devraient le faire. Le gamin avait toujours eu une longueur d'avance. Il ressentit une fierté paternelle à cette pensée, mais elle fut éteinte par une nouvelle certitude : Petrosky avait été un poids attaché à la cheville du garçon, le tirant vers le bas, entravant sa carrière. Et bien sûr, un autre partenaire aurait été plus utile, aurait au moins demandé au gamin de parler de la piste qui avait fini par le tuer.

13/11 16h20 : Decantor indique qu'Alicia Hart pourrait connaître Walsh. Adresse dans le dossier. À suivre.

13/11 17h50 : Bijouteries : impasse. Intraçable. (Détails dans le dossier.)

13/11 18h30 : Alicia Hart absente de sa résidence. À suivre demain.

13/11 19h45 : Tour du quartier : homme caucasien, env. 65 ans, promenant un Labrador, identifié comme

Wendell Zurbach. Indique activité suspecte dans la maison du coin, fête il y a un an. Poss. trafic/prostitution de mineures.

13/11 20h22 Base de données des délinquants sexuels identifie le propriétaire de la maison au 584 Pike Street comme Ernest Lockhart.

13/11 20h50 : E. Lockhart interrogé, a autorisé la fouille des lieux, rien de suspect. À enquêter sur la fête de mineurs : Lockhart nie tout méfait, à suivre avec d'autres personnes présentes dans la matinée.

13/11 22h30 :

Plus de mots, juste des éclaboussures de sang couvrant le bas des pages...

Pas des éclaboussures.

Des lettres. Des annotations.

Écrites avec du sang.

Pendant que Norton allait chercher le couteau pour trancher la gorge de Morrison, le gamin avait laissé un dernier message pour Petrosky. *G*, quelque chose qui ressemblait à un *O* et... une partie d'un dièse ? Ou comment Morrison l'appelait-il ? *Hashtag*. Mais il manquait la ligne horizontale du haut, donc ça ressemblait presque à un carré sans son sommet. Même... peut-être le chiffre quatre ? La ligne verticale droite du symbole continuait vers le bas, se terminant par une flèche qui pointait vers le bas de la page.

Il y avait d'autres marques sanglantes sur la feuille, mais elles pouvaient être des taches aléatoires. Ou peut-être pas. Deux marques qui ressemblaient à des empreintes de pouces ensanglantées déformaient les noms de Zurbach et Lockhart, mais pas assez pour qu'ils soient illisibles. Les mettait-il en évidence ou les rayait-il ? Une autre épaisse traînée brune barbouillait la note de Morrison sur le résident récupérant le courrier et avait coulé dans le pli de la page. Celle-là était probablement un accident.

Il retourna le papier, espérant que la flèche pourrait le mener quelque part, mais le verso de cette feuille était vierge. Les autres pages n'avaient pas de marques non plus, ni de traînées de sang ni autres — juste quelques mouchetures de sang çà et là. La bile lui monta à la gorge, et il la ravala.

Morrison avait-il essayé de mettre ces noms en évidence ? Et que signifiait le G ? Pas Gigi — ce foutu chien n'avait sûrement pas attaqué Morrison en brandissant une machette. Mary Grant, la dernière résidente connue chez Gigi ? Ce n'était pas ça non plus. Elle était partie depuis quatre ans, et il ne cherchait pas une femme, pas cette fois. Peut-être une prostituée ou une autre personne enlevée... mais aucune des filles à qui il avait parlé n'avait vu Morrison. Et si Morrison avait découvert quelque chose sur une autre fille, il l'aurait noté pour suivi avec sa source.

En fait... Morrison n'avait trouvé aucune des filles qu'il était allé chercher suite à la piste de Decantor — ce n'était pas ce qui l'avait mené à Norton. Petrosky fixa la page. Morrison faisait le tour du quartier, et il était tombé directement sur leur tueur.

Petrosky sursauta en entendant un coup sec à la portière du conducteur, et son genou heurta le cendrier, renversant des mégots sur la console. Il ne fit aucun geste pour balayer la suie alors que Decantor passait sa tête par la fenêtre ouverte — le pire moment possible. Il ouvrit la bouche pour dire à Decantor d'aller se faire voir, mais son souffle était coupé.

— Carroll a appelé pour savoir si tu m'avais déjà donné les dossiers. Je jure que cette femme a des yeux partout.

Puis il remarqua ce que Petrosky tenait. Sa mâchoire tomba. — Est-ce que c'est... Qu'est-ce que c'est ?

Petrosky le regardait sans le voir, son esprit toujours sur la page. Il baissa à nouveau les yeux sur la feuille. *G... G... Qu'est-ce que diable peut bien être G ?* La flèche vers le bas... le sous-sol ? Morrison était mort dans le sous-sol, mais ça ne pouvait pas être à ça qu'il faisait référence. Quiconque trouverait sa tasse de café saurait sûrement où ils l'avaient ramassée.

Le hashtag était une référence à leur tueur — ça devait l'être. Et cette flèche... les filles seraient aussi dans un sous-sol. Beaucoup d'intimité. Et personne pour les entendre crier. Mais le sous-sol de qui ?

Decantor lui parlait, un bourdonnement ténu à l'extérieur de la fenêtre. Petrosky tendit le bras pour remonter la vitre, mais son bras était lourd, alourdi par une force invisible. Tout était si foutrement lourd.

Le hashtag. La flèche. Le... G.

Le G.

À qui d'autre avait-il parlé dans le quartier ? Il y avait sûrement beaucoup de personnes avec G comme initiale, mais une seule était mentionnée dans cette partie des notes de Morrison : La femme qui avait essayé de le draguer. *Gertrude.* Cette vieille dame ? Petrosky relut la page : *Repérage du quartier : Hanover, récupère le courrier — aidée à rentrer chez elle. Ne note aucune activité suspecte, note que son neveu sera de retour ce soir. À suivre.*

Gertrude Hanover. *Est-ce que le hashtag est un H ?* Son neveu Richard vivait dans le Maine — il n'aurait pas été chez elle ce soir-là pour que Morrison puisse le suivre. Était-elle démente, alors ? Et si c'était le cas... Norton pourrait vivre là-bas avec elle. N'est-ce pas ? S'il y était, le saurait-elle même ?

— Petrosky !

Petrosky imagina la base de la maison de Hanover, les briques contre la terre, humides à cause de la neige — du moins c'est ce qu'il avait supposé. Mais était-ce mouillé tout autour, ou juste à un endroit ? Peut-être que les briques humides qu'il avait vues étaient mouillées parce qu'elles avaient été réparées après que quelqu'un ait creusé le mortier avec une cuillère et ses ongles et se soit frayé un chemin à travers, à la manière d'une évasion de prison. Peut-être qu'au lieu d'être simplement humide à cause de la neige, le mortier à cet endroit était gelé et non durci. Parce que quelqu'un avait réduit le précédent travail de mortier en poussière de ciment Portland.

Merde. La maçonnerie n'était pas différente de celle des autres maisons du quartier, mais... il aurait dû le voir. Il aurait dû le remarquer. Il aurait dû frapper à chaque porte, forcer l'entrée, que la chef Carroll aille se faire foutre.

— Bon sang, Petrosky, bordel de merde !

Peut-être que Lockhart n'avait rien à voir avec tout ça après tout ; Norton aurait pu tout aussi bien se rendre chez Gertrude. Sauf que... Morrison était entré dans cette maison... Elle avait essayé de lui servir des biscuits. Le gamin avait-il raté quelque chose ?

— Petrosky ! Decantor tendit le bras à travers la fenêtre pour attraper les pages sur le volant. Petrosky mit son poing sur la poitrine de Decantor et le poussa, mais ce n'était pas assez fort pour faire tomber Decantor de la voiture ; les doigts de l'homme agrippaient toujours la base de la fenêtre.

— Recule, Decantor.

— Petrosky, on doit...

Il en avait après la tasse. Les pages. Petrosky le poussa à nouveau.

Decantor recula en chancelant, une main s'accrochant

au bas de la fenêtre pour se maintenir droit. — Espèce de fils de pute cinglé !

Petrosky passa une vitesse, espérant ne pas écraser la jambe de Decantor mais ne s'en souciant plus s'il le faisait. Cette salope l'obligerait à obtenir un mandat. Ils devraient suivre la procédure. Et s'il y allait avec une équipe... il ne parviendrait jamais à tuer Norton. *Pas question.* Il allait se vider de son sang sur le sol de ce connard pendant qu'il regarderait Norton mourir. Dans le pire des cas, il devrait se mettre l'arme à la tête, mais au moins il partirait avec le sourire.

Petrosky démarra en trombe, sa poitrine lui hurlant de se calmer, de se donner le temps de traiter l'adrénaline qui coulait dans ses veines, mais il ne restait plus rien maintenant — rien d'autre que la brûlure de son cœur battant et le vide douloureux là où sa famille avait été. Julie. Morrison. Sa femme. Même Shannon et les enfants — ils seraient mieux sans lui.

Fils de pute cinglé. Il allait montrer à Decantor ce qu'était vraiment la folie.

CHAPITRE 47

Petrosky but sa dernière gorgée de Jack et envoya un texto à Shannon depuis l'allée de Salomon :
— Gertrude Hanover.

Shannon ne comprendrait pas ce que cela signifiait avant plus tard. S'il mourait sans avoir tué ce salaud, elle demanderait à Decantor à propos du message. Et puis Decantor pourrait intervenir, les armes à la main, un mandat en poche.

Mais ce soir, c'était juste Petrosky contre un tueur qui avait détruit tous ceux qu'il aimait. Qui avait changé Shannon. Qui avait assassiné Morrison, l'arrachant à ses enfants. Qui avait causé la mort de tant de petites filles. Beaucoup trop de filles comme Julie. Et les atrocités qu'il avait commises, Lisa Walsh, Mme Salomon, Stella...

Norton méritait de mourir.

Peut-être qu'ils le méritaient tous les deux. Et que Dieu lui vienne en aide, ils allaient tous deux mourir ce soir.

Petrosky sortit de la voiture et remonta l'allée de Salomon, dépassant le garage d'où il pouvait voir l'arrière des maisons de Beech. Les pavés en béton couvrant l'arrière-cour de Salomon semblaient se rétracter à son approche, comme honteux ; si la cour avait été en herbe, il n'y aurait eu aucun moyen de cacher les preuves que Lisa Walsh l'avait traversée sur ses pieds mutilés. Mais Norton avait nettoyé ici, effaçant le chemin de la fille vers la maison la nuit où Salomon était morte — s'il avait même eu à le faire avec le grésil. La nature avait joué en sa faveur cette nuit-là. Parfois, le monde était du côté des monstres.

Petrosky s'arrêta, écoutant le craquement des pas sur la glace. Aucune lumière ne venait de l'arrière de la maison de Gertrude Hanover, juste le gris trouble de la nuit sur la neige croûtée. L'air glacial lui égratignait les joues. Il traversa les arrière-cours et s'approcha de celle de Hanover par derrière, s'arrêtant tous les quelques pas pour écouter la nuit. La lune brillait au-dessus, pleine et auréolée d'un halo qui semblait s'étirer et l'atteindre comme pour lui murmurer adieu à travers des volutes de brume. Et soudain, le murmure du vent lui parut plus doux qu'il ne l'avait été depuis longtemps, le remplissant de la lourdeur tranquille d'un repos paisible et bien mérité. C'était une bonne nuit pour mourir.

La maison de Gertrude Hanover scintillait comme une apparition, la porte arrière noire et creuse contre le revêtement en aluminium blanc. Un vertige le saisit alors qu'il longeait le côté de la maison — le côté qu'il avait remarqué de face l'autre jour, avec les briques humides. Le coffre de terrasse. Son gars était peut-être assez malin pour utiliser des briques qui ressemblaient à celles de la maison, mais il cacherait quand même son ouvrage, surtout pendant que les réparations étaient encore fraîches.

Le craquement du sel sur le béton gronda lorsqu'il poussa le coffre à quelques centimètres du mur. Il se pencha à côté des briques et mit un doigt contre le mortier : à moitié gelé, mais encore humide — l'humidité dure du béton pas encore complètement durci. L'air moite aurait retardé le processus. La neige mouillée s'accumulant à l'extérieur du joint l'avait probablement ralenti davantage.

Il voulait s'asseoir. Se reposer. Au lieu de cela, il se releva et se faufila vers l'avant de la maison, jetant un coup d'œil à travers la fenêtre à côté de la porte d'entrée.

Il n'y avait que l'obscurité.

Il frappa, le corps pressé contre le montant de la porte au cas où Norton déciderait d'utiliser le revolver de Morrison pour l'abattre — ce lâche ne voudrait pas affronter Petrosky face à face. Mais il n'y avait aucun son hormis le souffle glacé du vent et les vibrations violentes de sa poitrine qui résonnaient dans ses tympans comme le tonnerre. Il approcha son oreille du cadre de la porte — toujours rien.

Gertrude ne se promenait pas dans le noir. Dormait-elle ?

Ou était-elle déjà morte ?

Petrosky sortit son couteau suisse de sa poche, glissa la lame à côté du chambranle et la força. Il s'arrêta, la main sur la poignée. Norton aurait-il installé une alarme ? Il examina le haut du cadre mais ne vit rien — pas qu'on puisse voir les fils d'alarme de ce côté. D'un autre côté, si vous aviez une fille qui pourrait accidentellement s'échapper...

Il imagina les lèvres cousues de Shannon. Revit les marques de ligature sur les poignets de Walsh. Et le rapport du médecin légiste — empalée sur un pieu, souffrant pendant des heures, des jours...

Non, ce type avait de meilleures façons de maîtriser les gens. Et il n'y avait aucune chance que Norton ait une alarme qui alerterait des personnes extérieures à la maison... bien qu'il puisse y avoir quelque chose pour alerter Norton lui-même de la présence de Petrosky.

Il entrouvrit la porte et attendit. Rien. Il se glissa à l'intérieur et la referma derrière lui, écoutant attentivement le bruit feutré des pas d'un chien, le bruissement des pieds chaussés de Gertrude, la respiration régulière d'un tueur.

Silence.

Le linoléum glissait sous les bottes de Petrosky, laissant une traînée de boue diluée tandis qu'il se faufilait dans la pièce de devant. La lumière du lampadaire extérieur éclairait un seul canapé au milieu, et la table antique recouverte de dentelle qu'il avait vue à travers la fenêtre lors de sa première visite. Dans le coin le plus éloigné de la maison, un couloir menait vers l'arrière, plongé dans une obscurité d'encre.

Il atteignit rapidement le couloir, s'accroupissant aussi bas que ses genoux le lui permettaient, son cœur martelant à l'écho de chaque pas. Peut-être dormaient-ils tous les deux dans les chambres — Norton devait bien se reposer à un moment donné. Ou peut-être trouverait-il Norton debout au-dessus du corps inerte de Gertrude, une arme sauvage à la main, les draps imbibés du sang de la vieille femme.

L'obscurité du couloir était plus dense que celle du salon, et chaque pas feutré semblait plus fort à mesure que la lumière disparaissait. Sortir le téléphone serait trop visible ; si Norton se réveillait et voyait de la lumière sous sa porte, il ne croirait pas que Gertrude utilisait une lampe de poche pour naviguer dans sa propre maison. Mais il pourrait croire que les pas de Petrosky étaient ceux de Gertrude — à moins qu'elle ne soit déjà morte. Petrosky tendit une main et tâtonna le long du mur, trois pas, quatre, conscient de chaque respiration, à l'écoute du souffle de quelqu'un d'autre. Il n'entendait que le vent contre les carreaux givrés.

Ses doigts trouvèrent l'encadrement d'une porte, et il chercha la poignée. Elle tourna facilement et silencieusement, et il la poussa vers l'intérieur, laissant la lumière du réverbère s'égoutter sur ses chaussures, tendant l'oreille à chaque mouvement infime. Petrosky n'était pas sûr de vouloir voir ce qui se trouvait dans la pièce. Il ne voulait certainement pas que ce qui s'y trouvait le voie.

Mais il n'y avait personne — juste un lit simple, fait avec ce qui semblait être des draps noirs, bien que la couleur fût difficile à déterminer dans la faible lumière. Sur le mur du fond était accroché une barre de traction. Trois jeux d'haltères en dessous. Dans le coin se trouvait un banc de musculation et une barre à disques supportant ce qui devait être des centaines de kilos. Peut-être que Norton *était* assez fort pour avoir déplacé Morrison tout seul. *Mon garçon*. Son souffle se coupa. Le gars pouvait être un putain de Hulk, il allait quand même tomber.

Rien d'autre dans la pièce, pas même une table de chevet. Il traversa la pièce jusqu'au placard et ouvrit la porte, s'attendant à voir le corps de Gertrude Hanover s'effondrer de derrière, la gorge tranchée, les yeux vitreux. Le placard était vide aussi — pas une seule chemise. Pas une seule paire de bottes.

Norton ne vivait pas dans cette chambre. Alors où se cachait-il ?

Il garde un œil sur ses victimes.

Petrosky se détourna du placard, ses oreilles se dressant au bruit d'une portière de voiture dehors, mais quand il jeta un coup d'œil par la fenêtre, il n'y avait aucun véhicule dans l'allée devant la maison.

Il ferma le placard, puis la porte de la chambre, clignant des yeux dans le couloir assombri une fois que la lueur de la pièce se fut estompée. Mais ce bref instant de lumière avait suffi pour voir le reste du couloir : deux autres portes se faisant face, toutes deux à une demi-douzaine de pas plus loin dans le couloir.

Il s'avança vers la porte de l'autre côté du couloir, la main le long du mur jusqu'à ce qu'il atteigne l'encadrement. Cette porte était grande ouverte : une salle de bains. Lavabo, toilettes, douche. Vide. De l'autre côté du couloir, la fine fente de lumière provenant de la porte opposée l'appelait — non pas le jaune du réverbère ou la lueur rosée de la veilleuse de Julie, mais le rouge terne d'une lampe de poche couverte de sang : dangereuse, crue. Il ne ressentait plus la douce rougeur du clair de lune le berçant vers une mort paisible — c'était un mauvais présage. Pas qu'il croyait aux présages.

L'air à l'intérieur de la pièce était vicié, imprégné de quelque chose qui ressemblait à de l'urine. Sur le lit... Gertrude, son visage peint de cramoisi comme un voile de mariée ensanglanté. Non... pas du sang — seulement des ombres de la veilleuse rouge.

Mais elle était immobile.

Il s'approcha du lit, ses pas imperceptibles sous le pouls rapide du sang dans ses oreilles alors qu'il se penchait vers elle. La couverture jusqu'au menton. Aucune marque de coupure sur son visage ni de blessures qu'il pouvait voir, son visage calme et lisse et—

Il bondit en arrière lorsqu'elle grogna, renifla une fois, et se détourna de lui. L'oreille qu'il pouvait voir était dépourvue de l'appareil auditif qu'elle portait le jour où ils s'étaient rencontrés.

Pas étonnant qu'elle ne l'ait pas entendu à la porte d'entrée.

Sa respiration redevint silencieuse, mais un poing serrait la couverture contre elle avant de s'immobiliser.

Vivante. Et si elle était vivante, soit il se trompait sur cet endroit, soit Norton ne savait pas encore que Petrosky était sur sa piste. Norton pensait-il s'en être tiré après avoir tué Morrison ? Ou avait-il filé dans un autre État ?

Non... ce salaud arrogant n'était allé nulle part — même s'il pensait qu'ils se rapprochaient, Norton n'avait pas les couilles pour changer de schéma, encore moins de ville. Dans le pire des cas, il avait choisi une autre maison à proximité. Et s'il l'avait fait, Petrosky le trouverait.

Petrosky rebroussa chemin en vitesse, en alerte maximale pour détecter tout mouvement autour de lui. Couloir, salon, retour dans la cuisine. Où était la porte de la cave ? Elle n'était pas dans le couloir avec les chambres. Petrosky posa sa main sur le mur de la cuisine, scrutant l'obscurité, écoutant attentivement la respiration de Norton ou le bruit sourd d'un pas. Rien. Si Norton était dans la cave avec ses victimes, il n'aurait probablement pas entendu Petrosky à travers les murs de béton — probablement insonorisés.

Mais il était trop tard pour la discrétion. Même maintenant, Decantor était probablement dehors à chercher la voiture de Petrosky, et s'il avait appelé Shannon, ils seraient en route pour ici. Et Norton devait avoir un moyen de surveiller ce qui se passait à l'étage principal — il ne se laisserait pas vulnérable à une embuscade. *Merde.* Petrosky alluma la lumière de la cuisine et cligna des yeux le temps que sa vue s'adapte. Au moins, il verrait venir le salaud.

C'était une cuisine ordinaire : une cuisinière, un réfrigérateur, des placards blancs. Une petite table de cuisine d'un côté. Une bibliothèque du sol au plafond se dressait le long du mur du fond, garnie d'une douzaine de livres de cuisine, d'une sorte de bol qui semblait plus vieux que son propriétaire, et de plusieurs photos encadrées.

Petrosky fit le tour de la table. Les photos montraient Richard — le vrai Richard — et quelques autres hommes et femmes qu'il ne reconnaissait pas. Quelques enfants. Tous avec Gertrude au centre. Des photos de famille ordinaires.

Morrison s'était-il trompé ? Ou Petrosky avait-il mal interprété la note ?

Peut-être que Norton avait creusé un trou quelque part dans la cour — un abri anti-bombes ou une cave anti-tempête. Sauf qu'il y avait du ciment frais sur le côté de la maison, et le descellement du vieux mortier expliquait la poussière sur les corps des victimes. Norton avait bouché une fenêtre, n'est-ce pas ? Même la vieille Gertrude, complètement folle, avait mentionné son travail.

Il venait m'aider pour la maison — construisant des choses pour que je ne tombe pas dans les escaliers...

Mais il n'y avait pas d'étage. Depuis le rez-de-chaussée, les marches ne pouvaient que descendre.

Les filles étaient ici. Quelque part. Pas derrière la cuisinière, pas cachées derrière ces murs avec des fenêtres, pas à côté de la porte de derrière. Pas dans le couloir, bien qu'il puisse y avoir un morceau de cloison sèche qui pourrait être enlevé. Une porte cachée...

Il examina la bibliothèque. *Ça doit être ça.* Il posa ses mains de chaque côté des étagères et tira. Les points de suture sur sa poitrine le tiraillèrent douloureusement, mais la structure en bois ne bougea pas. Il essaya de la faire glisser sur le côté, haletant sous l'effort, faisant tomber une photo encadrée de Gertrude et d'un bébé potelé, qui se brisa contre le carrelage. Aucun mouvement sur les côtés du meuble.

Ce n'était pas normal — aucune bibliothèque standard n'était faite pour résister au déplacement, et celle-ci ne devrait même pas être lourde — elle n'avait pas tant de livres que ça.

Il tira sur les livres de cuisine, la plaie sur sa poitrine le brûlant, mais il ignora la douleur. Un livre de cuisine, deux, trois, tombèrent au sol avec un bruit sourd, et Petrosky accéléra, espérant contre tout espoir qu'il pourrait trouver les filles et les sortir avant que l'homme ne rentre. Si Norton était ici, écoutant d'en bas, il aurait sûrement agi maintenant, n'est-ce pas ? Une autre photo tomba et rebondit sur son cadre en bois. Et puis—

Un livre dans le coin supérieur droit, plus haut que Gertrude n'aurait pu atteindre. Il ne glissa pas hors du meuble... il avança juste un peu. Un clic résonna dans la pièce, et Petrosky posa à nouveau ses mains de chaque côté du meuble et tira. Un côté pivota vers lui. Et derrière — la porte, cadenassée, une large barre métallique vissée dans l'encadrement au centre de la porte, fixée sur le côté droit du chambranle par un gros cadenas métallique. Il avait besoin d'une clé pour entrer, et s'il connaissait ce type, ça n'allait pas être un crochetage facile. Tout ce qu'il avait était son couteau suisse. Au moins, la poignée de la porte elle-même semblait dépourvue de mécanismes de verrouillage supplémentaires.

Mais vous savez comment c'est, les gens sont occupés par leur vie, et l'armée — disons simplement qu'il est devenu très privé...

Privé, c'est le mot. N'importe qui serait privé s'il avait des captives cachées dans la cave comme des animaux.

Petrosky sortit son couteau de sa poche, son cœur battant bien plus vite que ce stimulateur cardiaque n'aurait dû le permettre, et glissa la lame sous la barre métallique. Le couteau se plia. La barre resta en place, dure et rigide.

Petrosky frappa sur le montant. Au lieu du bruit sourd d'un cadre en bois standard, celui-ci émit le léger tintement du métal derrière une cloison sèche — renforcée pour s'assurer que personne ne puisse l'enfoncer. Il frappa sur le mur à côté — *solide* — puis se déplaça de quelques centimètres, frappant jusqu'à ce qu'il entende le bruit creux d'un mur vide. Mais cela le mettrait nulle part près des escaliers, et bien que l'adrénaline chantât dans ses veines, le rendant audacieux, l'idée d'essayer de briser le mur par la seule force était risible. Il avait à peine réussi à déplacer la bibliothèque.

Retour à la barre. C'était un long panneau horizontal de métal, ancré de chaque côté par des vis métalliques — toutes fixées directement au montant, six de chaque côté, douze en tout. Il inséra son couteau suisse dans l'une d'elles et tourna. La vis résista, puis céda. *Vraiment ?* Norton avait basé la sécurité de son donjon secret sur la capacité d'un flic à utiliser un foutu tournevis ?

Après tout, Norton avait essayé de garder les gens *à l'intérieur*. Une fois que les flics auraient trouvé la porte, c'était déjà fini. Ou Norton n'était tout simplement pas inquiet — personne ne descendrait là par hasard avec la porte cachée derrière la bibliothèque, et la femme qui vivait ici était incapable de monter les escaliers. *Enfoiré prétentieux.* Mais Norton n'avait pas été assez malin.

Petrosky tourna la vis aussi vite qu'il le put. Elle tomba à ses pieds avec le tintement étouffé du métal sur le linoléum, mais cela aurait pu être un coup de feu tant le son vibrait dans son corps. Il passa à la vis suivante. L'angle de ses épaules tirait sur les points de suture de sa poitrine, et la douleur familière revenait à chaque mouvement, vive et brûlante. Sa poitrine se dilatait et se comprimait. Une autre vis tomba. Son épaule était en feu. Julie flotta dans sa vision, ses yeux grands ouverts et tristes : *Pourquoi n'as-tu pas pu m'aider, Papa ?* Puis Morrison lui chuchotait à l'oreille : *Tu veux que j'appelle quelqu'un, Chef ? Tu es sûr qu'on devrait faire ça ?*

La dernière vis tomba. Il tira sur le panneau métallique, ses bras, sa poitrine, ses yeux, tout en agonie alors qu'il tirait sur la barre, s'efforçant, et puis...

Elle était libre. Il laissa tomber la barre derrière lui avec un bruit métallique sûr de réveiller les morts, cligna des yeux pour en chasser la sueur, et saisit la poignée de la porte. Il se prépara. Puis tira.

Il y eut un souffle d'air et le genre de bruit de succion qu'on obtient en ouvrant un bocal scellé — l'intérieur de la porte était épais de mousse isolante. Mais un son s'éleva d'en bas : des coups, peut-être, bien que faibles et rythmiques comme quelqu'un frappant le sol avec une ceinture en cuir. Norton était-il en train de battre quelqu'un ? Le son ne s'arrêtait pas. Petrosky sortit son arme.

CHAPITRE 48

Ses jambes étaient instables sur les marches abruptes, rendues plus étroites par l'épais rembourrage couvrant les murs de tous côtés. En bas, même les sols étaient recouverts de matériaux insonorisant — à la lumière de la porte au-dessus, il pouvait voir de la mousse sous ce qui ressemblait à du liège. Il descendit sur la dernière marche, scrutant les alentours à la recherche de...

L'interrupteur sur le mur latéral. Il l'alluma.

La lumière était faible, une seule ampoule grillagée au plafond, pas plus brillante qu'une veilleuse, qui éclairait à peine le mur du fond d'un jaune maladif. La pièce devant lui était un petit rectangle, entouré de murs en béton armé, probablement bourrés de mousse isolante supplémentaire. Sur le mur à côté de l'interrupteur, un minuscule cercle de la taille d'une bille reflétait la lumière : une caméra. Et ça sentait la merde. De la vraie merde.

Les coups étaient plus forts ici, venant de quelque part derrière lui et à sa droite — derrière les escaliers. Petrosky pivota vers la droite, une main toujours sur la rampe, l'autre sur son arme.

Oh, putain.

Sa vision se focalisa sur la fille, et tout bruit cessa. À trois mètres du bas des escaliers, Ava Fenderson était assise contre le mur, le regardant fixement, les yeux grands ouverts, les bras attachés à une poutre en bois derrière elle par des clous enfoncés dans ses poignets. Ses cheveux roux s'étalaient autour d'elle comme un feu d'artifice, couvrant à moitié un collier en forme de cœur en argent et descendant vers ses mamelons nus. Les orteils avaient disparu, tout comme ceux de Walsh, les moignons de ces doigts mutilés — perturbant, mais cicatrisés. Un *#1* irrégulier gravé sur son ventre. Et... du sang. Tellement de sang. S'écoulant de ses poignets, coulant au centre de sa poitrine en une bande écarlate criarde — saignant à mort par la gorge ? Lui avait-il tranché le cou et l'avait-il simplement laissée mourir ?

Petrosky pouvait la faire sortir par où il était venu — il la hisserait dans les escaliers... mais il avait à peine desserré les vis sans que sa poitrine ne se déchire. Il ne pourrait peut-être pas la mettre en sécurité avant le retour de Norton. Mais il pouvait essayer. Où était Norton ? Son regard se porta sur le mur du fond en face des escaliers où les blocs de verre avaient été remplacés par du mortier irrégulier, des blocs de béton et de la mousse isolante. Bloquant la lumière. Bloquant l'espoir. Bloquant toute fuite.

— Ava, chuchota Petrosky, et sa voix sembla être aspirée par les murs, loin de ses oreilles, disparaissant dans la mousse et le liège. Tout va bien se passer, ma chérie.

Il rangea son arme et se précipita vers elle, s'agenouilla et —

Ses yeux restèrent vitreux, fixant droit devant elle le bas

des escaliers. Elle ne le regardait pas. Sa tête était soutenue par une sorte de... barre métallique ?

Petrosky mit un doigt sous son menton — *bon dieu, elle est froide* — et lui souleva le visage. Son menton résista un moment, puis se souleva avec un murmure humide comme un serpent dans l'herbe, deux pointes émergeant de *l'intérieur de son menton*, acérées et horribles et collantes de son sang. Morte. Elle était morte. Norton l'avait poignardée avec une fourchette de service. *Cet enfoiré sadique de...* Mais non, l'autre extrémité de la fourchette n'était pas émoussée comme des couverts, reposant simplement sur son sternum — il y avait d'autres perforations sous sa clavicule, deux d'entre elles, cachées sous la peau de sa poitrine. Et maintenant il pouvait voir le collier auquel elle était attachée, enroulé autour de sa gorge, fixant l'arme meurtrière en place. La maintenant en place pour que dès qu'elle se serait endormie, dès qu'elle aurait baissé la tête... les pointes s'étaient enfoncées dans la chair de sa gorge et dans sa poitrine. La tuant.

Maintenant il connaissait la source de cette odeur horrible — elle était morte assise dans ses propres excréments.

Les poils de sa nuque se hérissèrent, brûlants et douloureux comme la blessure au-dessus de son cœur. Il bondit, sa vision s'élargissant, réalisant qu'il n'avait même pas fini de regarder autour de lui, n'avait même pas pris la peine de regarder une fois qu'il avait vu Ava. N'avait pas examiné l'obscurité derrière les escaliers. Mais maintenant il regardait.

Quelque chose... quelqu'un. *Je ne suis pas seul ici.*

Norton était là, tapi, attendant dans l'obscurité. Petrosky forçait ses yeux, scrutant l'épaisse pénombre derrière les escaliers, s'attendant à ce que Norton surgisse à tout moment, son serpe brandie et prête à fracasser son crâne. Les battements du cœur de Petrosky étaient rapides, horribles, paniqués — la bande-son de l'enfer.

Boum, boum, boum.

Son cœur. Mais ce n'était pas son cœur.

Le son venait du coin, l'appelait avec le battement régulier d'une grosse caisse — une folie surnaturelle. Il fit un pas. Plissa les yeux dans l'obscurité sur le côté des escaliers où aucune lumière ne pénétrait. Ça ne pouvait pas être Norton, embusqué, tapant la base de son arme sur le sol. Ce lâche bâtard aurait taillé Petrosky en pièces pendant qu'il s'occupait d'Ava Fenderson.

Boum, boum, boum.

Petrosky s'approcha furtivement. Il ne voulait pas voir, mais il sortit son téléphone. Alluma la lampe torche.

Son cœur s'arrêta, mais le battement régulier ne s'arrêta pas. Derrière la cage d'escalier, attachée à un poteau en bois, affaissée, une autre fille cognait sa tête contre la poutre à laquelle elle était enchaînée. Le poteau... surmonté d'une pointe. Taché de noir par le sang séché.

Et la fille...

— Margot ?

La peau de Margot Nace était marquée de ce qui pouvait être de la saleté ou du sang ou même de la nourriture — mais elle avait les mêmes cheveux que sa mère, orange et de clown de cirque là où ils n'étaient pas plaqués par le sang. Elle portait une sorte de... robe de princesse. Jupe longue et fluide, le corsage orné de perles, la poitrine remontée comme dans un horrible roman Harlequin. Et un *#1* gravé sur sa poitrine à droite d'un pendentif en forme de cœur en argent qui pendait près de sa clavicule. Des fils noirs s'élevaient derrière elle comme des barreaux de prison, bien que les ombres soient trop épaisses pour voir dans les profondeurs de la cellule. Mais il pouvait voir l'éclat des lames suspendues en rang sur le mur du fond, et un poteau en bois avec une hache métallique à l'air méchant d'un côté, un crochet acéré et dentelé de l'autre. L'arme utilisée pour déchiqueter Salomon. Et son partenaire. Le couteau utilisé pour trancher la gorge de Morrison était sûrement là aussi.

Norton s'était construit un donjon médiéval, complet avec des instruments de torture. Il avait même habillé la fille comme une princesse médiévale — une royauté condamnée à mourir.

— Margot, chuchota-t-il.

Boum, boum, boum, faisait sa tête contre le poteau.

Petrosky s'agenouilla. Il saisit son visage, essayant de l'empêcher de se blesser davantage.

Son cou tressaillit, tendant faiblement vers le pieu.

Et au-dessus d'eux... des pas.

Margot s'immobilisa complètement. Puis elle hurla, soudainement, le son résonnant dans le cerveau de Petrosky au point qu'il ne pouvait plus rien entendre d'autre, ni pas, ni battements de cœur, ni coups sourds qui lui fendaient le crâne. Tout aussi brusquement, elle se tut, et un bruit métallique retentit lorsque ses menottes s'entrechoquèrent, suivi d'un son sourd — du métal contre du bois. Elle se débattit contre le poteau. Ses pieds, toujours cachés dans les plis de la robe, frappaient la terre tandis qu'elle essayait de reculer, d'avancer, d'aller n'importe où sauf là où elle était. Puis elle se remit à hurler.

Petrosky fourra le téléphone avec la lampe de poche dans sa poche, les plongeant dans l'obscurité, puis se glissa derrière elle et commença à tirer sur les menottes à tâtons. Mais c'étaient des fers, faits de métal, et le pieu atteignait presque le plafond — Norton avait dû pousser Lisa Walsh dessus avant de le redresser, enfonçant le pieu à travers ses entrailles. Petrosky saisit Margot sous les bras, et elle se débattit, lui donna des coups de pied, essaya de le mordre, mais il la souleva plus haut, tentant de faire passer ses poignets menottés par-dessus le sommet du pieu. Les points de suture sur sa poitrine se tendirent, et quelque chose craqua. Il ne pouvait plus respirer. Son épaule, sa poitrine, ses poumons, tout brûlait et puis —

Il chancela en arrière, la fille dans ses bras tombant au sol à côté de lui, et elle se précipita dans le coin, libre.

Il était en train de mourir. La douleur dans sa poitrine irradiait dans ses bras, dans sa tête, et autour de son cou, pulsant blanche et électrique. Il tituba, à moitié trébuchant, après la fille vers le mur du fond, suffoquant et haletant.

Puis la porte de la cave se referma au-dessus d'eux, emportant avec elle la lumière de la cuisine. La pièce s'estompa en un paysage crépusculaire éclairé uniquement par cette unique ampoule jaunâtre, rendant tout flou, étranger et horrible.

Les cris de Margot s'étaient atténués en une respiration lourde où chaque expiration était un gémissement. Des pas résonnèrent dans l'escalier. Elle se figea, et le murmure de son souffle cessa.

La poitrine de Petrosky se soulevait, se contractait, s'immobilisait. Comment allait-il faire sortir Margot de là ? *On dirait que tu as besoin de renforts, Chef.* Il aurait dû laisser Decantor venir avec lui.

— Bonsoir, Détective.

Le grognement rauque de Norton était exactement comme dans son souvenir, le timbre d'un monstre.

De sa position contre le mur du fond, à côté de l'escalier, Petrosky ne pouvait voir que l'arrière des marches, et l'isolation était trop épaisse pour passer un bras à travers les marches, attraper les pieds de Norton, et le déséquilibrer.

Margot hurla à nouveau.

Tais-toi, bon sang. Petrosky posa sa main sur sa tête, essayant de la faire se coucher au sol ou au moins de la faire taire, mais elle se déroba, hurlant toujours. Les chaussures dans l'escalier s'arrêtèrent. Petrosky sortit son arme. S'il ratait Norton, il pourrait toucher Margot avec le ricochet. Il avait besoin d'un bon tir avant que ce salaud n'attaque et ne le mette hors d'état de nuire.

Il s'éloigna furtivement de Margot, s'éloignant de la prison de fortune et se rapprochant de l'escalier, restant profondément dans l'ombre. Si Norton ne pouvait pas voir Petrosky, il ne pourrait pas le trancher avant que Petrosky ne tire. Et une seule balle suffisait.

Petrosky fit un pas vers l'espace triangulaire sous l'escalier et cogna son genou contre quelque chose de dur et métallique avec un craquement écœurant. Il serra les dents contre la douleur et tendit la main.

Des fils, froids et durs, comme de fines barres. Une caisse ? Ou peut-être... *Oh merde.* Pendant l'enlèvement de Shannon, Norton avait gardé Evie dans une cage pour chien. Petrosky s'accroupit, scrutant dans la pénombre, mais il ne pouvait rien voir à l'intérieur. Mais il y avait un bruit, à peine audible par-dessus les cris de Margot : le vagissement d'un nourrisson. Petit. Faible.

Non, non, non. Merde.

Margot arrêta de crier. Un autre pas résonna dans l'escalier. Puis un coup de feu comme un coup de tonnerre.

La balle ricocha sur le mur du fond et siffla près de la tête de Petrosky. Il se jeta au sol devant la cage, son cœur martelant plus douloureusement à chaque battement. Un autre coup de feu frappa le poteau en bois avec un bruit sec d'éclats de bois. La main de Norton était maintenant visible, se glissant sur le côté de l'escalier comme un appendice fantomatique, jaune et flou dans la lumière blafarde. Norton tirait à l'aveuglette — il se fichait de ce qu'il touchait. Il continuerait à tirer jusqu'à ce qu'il ait de la chance.

Norton s'attendait à ce que Petrosky ait aussi une arme — s'attendait à ce qu'il se cache. Il n'anticiperait pas que Petrosky se précipite vers la balle.

Petrosky fourra son arme dans sa poche et se jeta sur Norton, se baissant sous l'arme, et tirant le bras de Norton si fort qu'il crut que son propre poignet allait se briser. Norton trébucha contre la rampe, le bruit de son corps dégringolant les escaliers était la plus belle musique que Petrosky ait jamais entendue.

Margot hurla, et quand Norton tourna brusquement son visage vers le son, Petrosky surgit de l'obscurité et contourna l'angle de l'escalier.

Depuis le sol, Norton leva son arme au ralenti, ses cheveux blonds étrangement pâles dans la faible lumière, les urticaires ressortant sur ses tempes même dans la pénombre jaunâtre.

Petrosky sentit la brûlure sur le côté droit de sa poitrine avant d'enregistrer l'explosion de la poudre. Il avait été touché. Il jeta tout son poids sur ses genoux et atterrit sur la poitrine de Norton. Norton hoqueta, et l'arme tomba de sa main.

Et puis Petrosky le sentit, un éclair comme si quelque chose à l'intérieur de son épaule avait éclaté, et son souffle disparut avec la douleur aiguë de la balle et ce qui aurait pu être un os brisé. Mais l'arme — l'arme de Norton était toujours par terre près de sa jambe.

Petrosky étendit son pied pour l'éloigner d'un coup, et le métal glissa sur le sol, l'insonorisation transformant le bruit en un choc sourd et étouffé comme celui d'une batte de baseball sur de la chair. La lumière jaune cligna, puis revint. La chemise de Petrosky était trempée de sang.

Norton poussa vers le haut. Bon sang, il était bâti comme un lutteur de la WWE, chaque muscle rigide sous les poings de Petrosky alors qu'ils luttaient. Une autre poussée et Petrosky tomba contre les escaliers, les marches s'enfonçant durement dans sa colonne vertébrale. Son bras était en feu. Il fouilla dans sa poche, cherchant à attraper son arme, juste au moment où Norton bondit sur lui et lui écrasa le poing dans l'œil. Des étoiles explosèrent dans sa vision. Petrosky essaya à nouveau d'atteindre l'arme, mais elle était coincée sous le genou de Norton.

Un coup atterrit contre sa mâchoire. Petrosky s'étouffa sur ce qui ne pouvait être qu'une dent. Il retira brusquement sa main de sa poche et agrippa les parties de Norton alors que celui-ci lui donnait un coup de genou dans la poitrine. La douleur explosa dans ses côtes et le long de son bras, les points de suture sur sa poitrine déchirés et douloureux. Il ne pouvait plus respirer. Le noir tirait sur les coins de sa vision, puis il entendit la voix de Morrison murmurer : — Ça va aller, Chef. Tout ira bien. Je suis là. Julie est là. Petrosky lutta contre l'obscurité. Au-dessus de lui, Norton souriait.

Pas encore, enfoiré.

Avec une force renouvelée, il lança ses poings dans la mâchoire de Norton et essaya de rouler hors des escaliers, mais Norton était à nouveau sur lui, donnant des coups de pied, crachant, grinçant des dents, les deux hommes enchevêtrés dans un mélange de membres, de douleur et de sang jusqu'à ce que Petrosky ne soit plus sûr où il finissait et où Norton commençait. Puis Norton était dans son visage et en ressortait, se redressant, son regard passant des escaliers au sol en passant par les poches de Petrosky. *Il cherche l'arme.*

Petrosky tira sur ses bras, mais ils étaient coincés sous les genoux de Norton bien qu'il ne se souvienne pas quand cela s'était produit. Il essaya de tordre son corps - il était coincé. Le poids de Norton était trop important. Puis Norton enroula ses mains autour de la gorge de Petrosky, coupant le peu d'air qui lui restait, la pièce vacillant, tremblant, s'assombrissant.

Je suis désolé, Julie. Le vertige l'enveloppait comme une couverture - plus chaude qu'il ne s'y attendait... confortable. Il fixa le visage de Norton. *C'est fini.* C'était ce que Morrison avait vu. C'était la dernière chose que son garçon avait vue en se vidant de son sang.

J'arrive, fiston.

Norton le regarda et rit. Puis sa tête explosa dans une pluie d'os, de cervelle et de plasma, des morceaux chauds et humides éclaboussant le mur, les escaliers et le visage de Petrosky. Mais Petrosky ne pouvait pas fermer les yeux, n'osait pas, même pas quand la brume de matière cérébrale se déposa sur son front et rendit sa vision rouge.

Norton s'effondra sur la droite, son bras tressautant. Petrosky aspira avidement l'air, la gore collante dans le fond de sa gorge, et se dégagea du corps inerte de Norton. Il se traîna jusqu'au sol solide du sous-sol, pressant sa main contre le trou de balle dans son épaule tout en scrutant l'obscurité. Avec des doigts glissants - le sang de Norton, ou le sien ? - il sortit son téléphone et activa l'application lampe de poche. *Tu appuies juste sur ce bouton, Chef.*

Margot cligna des yeux dans la soudaine luminosité, l'arme toujours fermement serrée dans ses mains. Elle la pointait sur la tête de Petrosky, l'arme vulgaire contre sa robe de bal de princesse.

— Margot... Je... Petrosky insuffla de l'air dans ses poumons. — L'arme.

Elle la regarda, les sourcils froncés, puis la laissa tomber au sol.

— As-tu trouvé... ? Sa voix était faible comme le murmure d'un souffle fantomatique sur la nuque. Elle fit un pas en avant dans le faisceau criard du téléphone.

Petrosky pressa fort sa main contre sa blessure, haletant

alors qu'une douleur blanche et vive traversait son cerveau. — Qui ? Il haletait maintenant.

Mais elle ne dit rien d'autre, se contentant de fixer le cadavre de Norton.

Son téléphone claqua sur le sol près de sa hanche. La douleur dans son épaule grandissait, la tache sur sa chemise s'étalant, épaisse et lourde, sur sa poitrine. Il allait mourir ici. Il allait obtenir exactement ce qu'il voulait. Malgré la douleur, sa respiration ralentit.

Margot regardait ses poignets encore menottés comme si elle ne savait pas à qui ils appartenaient. Puis elle bougea si vite que Petrosky recula précipitamment, un bras sur sa poitrine ensanglantée, mais elle passa devant lui, franchit la dernière marche, vers le corps de Norton. Pendant quelques instants, elle fixa ce qui restait de Norton - sa tête à moitié disparue, ses paumes vers le ciel comme s'il attendait que quelqu'un lui donne un coup de main. Puis elle abattit son talon sur les testicules de Norton, grognant sous l'effort, sa robe ondulant autour d'elle comme si elle dansait. Et encore.

Petrosky se traîna jusqu'au mur à côté des escaliers - cinq pieds, mais cela semblait des kilomètres - et appuya sa bonne épaule contre celui-ci. Il garda son regard fixé sur la robe de Margot, qui ondulait à chaque coup de pied, et évita de regarder le cadavre d'Ava. Une autre fille qu'il avait déçue. Au moins, il n'aurait pas à prévenir ses parents.

Margot fit une pause dans son assaut et se retourna vers lui, attendant peut-être qu'il lui dise d'arrêter.

— Continue, on a le temps. Il avait tout le temps du monde. Il laissa sa tête retomber contre le mur, essayant de se concentrer à travers l'obscurité trouble qui brouillait les bords de sa vision, pendant que Margot mutilait les testicules d'un homme qui méritait bien pire. — Tu peux trouver la sortie ? demanda Petrosky.

Margot se figea. Croisa son regard. Puis elle courut vers lui, trébuchant, s'effondrant sur ses genoux, agrippant son pantalon, tâtonnant sa chemise comme si elle ne savait pas comment lui dire de l'aider.

Petrosky soupira, clignant fort des yeux, le monde vacillant. Il enroula son bras valide autour d'elle et tendit les pieds vers son téléphone portable.

ÉPILOGUE

— C'est la dernière boîte, dit Shannon en tendant le ruban adhésif à Petrosky. Tu veux faire les honneurs ?

— Avec plaisir. Il déroula le ruban sur les rabats en carton et posa le rouleau sur le dessus.

Henry se dandina vers la pile de cartons. — Ba !

— C'est ça, Henry. Boîte, dit Petrosky en lui ébouriffant les cheveux. Tu es prêt pour la pizza ?

— Pit-sa ! cria Henry.

— Pizza ! Evie accourut dans la chambre comme si la simple mention de son plat préféré avait la capacité étrange d'étendre son ouïe à travers toute la maison.

Petrosky la souleva avec son bras valide, et ils se dirigèrent tous ensemble vers la cuisine. Le comptoir était étonnamment vide sans sa vieille cafetière, qui se trouvait maintenant au fond de la poubelle derrière la maison. Du nouveau pour remplacer l'ancien, et tout ça.

L'affaire s'était conclue rapidement. Avec Adam Norton mort et le héros flic blessé, la chef n'avait pas renvoyé Petrosky — bien qu'à en juger par son expression ces derniers temps, elle allait lui coller aux basques en permanence. Comme elle le devrait. Il n'avait même pas tué Norton tout seul.

Gertrude Hanover avait été choquée en se réveillant pour découvrir sa maison envahie de flics et une chambre des horreurs dans son sous-sol. Mais elle s'était vite remise, leur avait proposé des Cocoa Puffs et avait essayé de séduire le technicien ambulancier pour l'attirer dans son lit.

Hanover avait refusé de croire que Norton n'était pas son neveu. Jusqu'à présent, elle leur avait raconté que Richard était passé apporter le dîner et avait fini par emménager, qu'elle l'avait rencontré sur la pelouse un jour où elle allait chercher le courrier, et qu'elle s'était simplement réveillée un matin et qu'il était là. Mais peu importe l'histoire qu'elle leur racontait, les sentiments sous-jacents étaient les mêmes : elle était heureuse de l'avoir. Elle n'avait pas voulu être seule.

Petrosky avait passé quelques coups de fil aux anciens employeurs de Norton. Les gens d'*X-treme Clean* pour qui il avait travaillé deux ans auparavant avaient bien un registre de services pour des résidences privées, et bien que Gertrude Hanover ne figurât pas sur cette liste, la femme se souvenait vaguement de les avoir engagés une fois. Si Norton avait été le gars qui s'était présenté, il avait probablement réalisé qu'elle était malade. Il avait pris son temps, surtout si elle l'avait comparé à Richard. Quoi qu'il en soit, elle avait fini par croire vraiment que le neveu prodigue était revenu. Les médecins qui l'avaient examinée avaient dit que ses moments de lucidité étaient suffisamment espacés pour que, si elle avait appelé la police, elle n'aurait peut-être pas pu se souvenir de ce qui la tracassait au moment où ils auraient décroché.

Le véritable neveu de Gertrude les avait informés qu'il ne l'avait pas vue depuis des années mais qu'il l'appelait tous les dimanches pour s'assurer qu'elle allait bien. Gertrude l'avait remercié pour son aide à plusieurs reprises, mais il avait supposé qu'elle parlait des appels.

Elle parlait de sa compagnie. Elle était assez énergique — et en assez bonne santé — pour refuser toute assistance physique. Elle faisait sa propre lessive. Se faisait livrer ses courses. Tout ce que Norton avait à lui donner, c'étaient cinq minutes à manger ensemble chaque mois, et elle lui avait donné la cachette parfaite. Et en le choyant, en lui disant qu'il méritait tout le bien du monde, en lui faisant des tartes, elle avait donné à Norton le renforcement dont il avait si désespérément besoin, construisant son ego et nourrissant ses délires sans même le savoir.

Le rendant plus confiant. Plus mortel.

Mais McCallum avait eu raison. Même sans la complication d'un partenaire, Norton avait eu besoin de quelqu'un pour le soutenir. Il avait été un lâche jusqu'à la fin.

Margot Nace n'avait jamais rencontré Casey Hearn — il était possible que Norton n'ait jamais eu Casey du tout. Juste un autre mystère dont il ne connaîtrait jamais la réponse, comme ce qui avait exactement ramené Morrison chez Hanover cette nuit-là. Quant aux autres colliers, ils étaient peut-être allés à des filles moins réceptives aux avances de Norton. Des filles chanceuses comme Whitney qui étaient parties avant qu'il ne puisse les enlever.

Le bébé Stella était sorti de l'hôpital et avait été placé dans une gentille famille de Bloomfield Hills ; peut-être un peu snob, mais ils semblaient prêts à s'occuper de l'enfant, peut-être même à l'adopter. Ce ne pouvait pas être pire que là où elle avait commencé. Le nourrisson dans la cage appartenait à Margot — il n'avait que quelques mois. La mâchoire de Mme Nace était tombée quand elle avait vu l'enfant, mais elle avait pris le garçon dans ses bras et l'avait serré contre sa poitrine dès qu'on lui en avait donné l'autorisation. La dernière chose que Petrosky entendit alors que Mme Nace emmenait sa fille fut Margot disant : « Je suis désolée. Je suis tellement, tellement désolée. »

Shannon remplit des verres au robinet de la cuisine et les apporta à table. —Je crois qu'on a bu le dernier soda.

Petrosky haussa les épaules. — Bah, j'ai entendu dire que ce truc n'était pas bon pour moi de toute façon.

Shannon lui sourit radieusement.

Henry frappa la table de ses poings. — Pas bon !

Petrosky glissa de la pizza sur leurs assiettes et en passa une à Shannon. — C'est ça, Henry. Pas bon. Il prit un couteau en plastique et coupa la pizza de Henry en petits morceaux.

Evie enfourna sa part dans sa bouche, de la sauce rouge dégoulinant sur son menton.

— Pit-sa ! cria son frère.

— La pizza arrive. Petrosky posa l'assiette devant Henry, qui s'empara d'une poignée de fromage. — Merfi !

— Je vous en prie, monsieur. Petrosky mordit dans sa propre pizza, la sauce fade, la croûte comme du carton. Il en enfourna une autre bouchée.

— Comment te sens-tu aujourd'hui ? lui demanda Shannon.

— Tu vas me le demander tous les jours ?

Elle sourit. — Ouaip.

— Comme je pensais, soupira-t-il quand son regard ne vacilla pas. Bon, pas mal. Le médecin dit que mon cœur va mieux. J'ai perdu quelques kilos. Le bras me fait mal, mais... Il haussa sa bonne épaule. L'autre ne guérirait jamais correctement. Une vis la maintenait en place, mais ce qui le perturbait le plus, c'était son tatouage - la balle avait détruit la peau et réduit le visage de Julie à une forme corrodée et amorphe digne d'une peinture abstraite. Norton avait essayé d'effacer sa fille. Mais il avait échoué.

— Et les réunions et tout ça ? demandait Shannon.

Il n'y était pas allé dernièrement, mais il n'en avait pas vraiment besoin. Ni envie. — Ce n'est que de la poudre aux yeux, dit-il. Des gens qui ont besoin de se réaffirmer les choses encore et encore. La misère aime la compagnie, et toutes ces conneries, il jeta un coup d'œil à Henry, ces bêtises.

Evie se tourna vers sa mère et se pencha. — Il veut dire conneries.

Shannon haussa un sourcil.

— Hé, j'essaie.

Elle secoua la tête. — Tu as des projets pour décorer la nouvelle maison ?

— Je suis un vieux célibataire. Personne qui la verra ne s'en souciera, moi y compris. Petrosky prit une autre part.

— Oh, allez. Laisse-moi t'aider. Je n'ai même pas encore vu ton endroit.

— Tu as mieux à faire, dit-il la bouche pleine de pepperoni.

— Peut-être. Elle sourit. Mais Evie et Henry adoreraient venir passer du temps avec Papa Ed. Autant me rendre utile puisque les fabuleux repas faits maison ne sont pas dans mon répertoire. Elle fit un geste vers la pizza.

— C'est mon genre de cuisine maison de toute façon. Tu le sais.

Shannon s'essuya les mains et lui sourit. — On ferait mieux d'y aller. Je dois déposer Evie et Henry chez Lillian avant six heures demain matin. Affaire matinale devant le juge.

Henry lui lança son assiette vide, qui la frappa à la tempe. Des miettes atterrirent dans ses cheveux.

Petrosky rit. — Joli tir, jeune homme. La prochaine fois, mets-y ton poignet.

Elle ramassa l'assiette et alla la jeter. — Alors c'est de là qu'il tient ça.

Petrosky fronça les sourcils à Henry. — Rapporteur.

— Rappo ! Rappo !

Shannon essuya le visage de Henry et jeta la serviette dans la boîte à pizza vide.

Petrosky se leva et lui fit un câlin. — Merci d'être venue m'aider à faire mes cartons. Je ne m'attendais pas à ce que tu fasses tout ça. Je voulais vraiment juste dîner et passer du temps ensemble - un dernier repas avec vous avant le grand déménagement la semaine prochaine.

— C'était amusant. On te verra au barbecue des Decantor samedi ?

Petrosky haussa les épaules. — Je n'ai pas encore décidé.

— Toujours à hésiter. Décide-toi une bonne fois pour toutes. Et décide-toi pour le oui parce qu'Evie, Henry et moi y serons sur notre trente et un. Elle l'embrassa sur la joue.

— Je ne promets rien, dit-il.

— D'accord. Elle leva les yeux au ciel.

Petrosky sortit Henry de sa chaise haute et le serra dans ses bras aussi avant de le rendre à Shannon. — À bientôt, vous tous.

— Bientôt.

— C'est ça.

Petrosky ferma la porte derrière eux et les regarda par la fenêtre pendant qu'elle attachait les enfants à l'arrière. Il traversa la cuisine jusqu'à sa chambre, les murs fraîchement nus, le lit défait, la commode vide de toute trace de son existence passée.

Qu'est-ce que tu en penses, Julie ? Il s'affaissa sur le lit, les vieux ressorts grinçant de protestation sous lui, et sortit la bouteille de Jack de sous le matelas. Le bouchon se dévissa facilement - trop facilement - et le craquement familier lui fit venir l'eau à la bouche. Il pencha la bouteille en arrière, savourant la brûlure liquide qui glissait dans sa gorge et dans son estomac.

La seule chose qui avait encore du goût ces jours-ci. Il tendit la main derrière la tête de lit, sortit son arme et la posa sur la table de nuit vide. Il garda les yeux fixés dessus en prenant une autre longue gorgée d'alcool.

Devrions-nous le faire ici, ou devrions-nous aller dans ta chambre ? J'ai enlevé ton poster - protégé maintenant pour que ça ne soit pas salissant.

Il pouvait encore imaginer les garçons sur le poster, préservés dans leur jeunesse - comme Julie, comme Morrison - chaque visage souriant et lisse figé dans sa perfection photographique.

Mais les sourires mentent.

Il prit une autre gorgée. Une paix engourdie déferla dans son cerveau comme une vague.

Petrosky tendit la main vers son arme.

Rédemption est le tome 6 de la série Ash Park.

RÉDEMPTION
CHAPITRE 1

— Viens avec nous, Petrosky. Ce sera un nouveau départ. Pour nous tous.

Il savait que ça allait arriver ; depuis des semaines, elle faisait allusion à quel point c'était agréable à Atlanta, à quel point le temps y était magnifique. Mais Shannon ne voulait pas vraiment de sa compagnie. Elle pensait probablement que si elle partait, il aurait enfin le courage de se mettre un pistolet dans la bouche.

Pas encore. Si Edward Petrosky avait cru à la vie après la mort, il se serait suicidé depuis longtemps. Même maintenant, la simple pensée de retrouver sa fille Julie faisait souffrir le cœur de Petrosky avec une telle férocité soudaine qu'il aurait éclaboussé ses cerveaux sur le mur en un instant s'il pensait que cela réaliserait un tel souhait. En l'état, le vide du néant n'était pas beaucoup mieux que sa situation actuelle. Ici, il y avait au moins des biscuits sur le comptoir que Shannon avait apportés de chez elle. Pas qu'ils le remplissaient vraiment. Et maintenant, en regardant dans les yeux agités de Shannon... il aurait vraiment aimé qu'elle apporte plus de biscuits.

Il redressa les épaules. — Tu n'as pas besoin de faire ça juste parce que ton ex-mari est un connard.

Shannon secoua la tête. — J'ai eu une excellente offre à Atlanta. Elle se balançait d'avant en arrière pour empêcher le bébé Henry de se réveiller.

— Mais si Roger n'était pas ici à Ash Park...

— Je partirais quand même, dit-elle, sa voix aussi froide et mesurée que si elle donnait ses conclusions dans un procès. Tout me rappelle lui, Petrosky. Chaque endroit où je vais. C'est comme recevoir un coup de poing dans l'estomac encore et encore. Je pensais que ça s'améliorerait avec le temps, mais...

Petrosky serra les dents, déterminé à ne pas laisser la tristesse dans ses yeux s'infiltrer dans sa poitrine, où elle ferait sûrement plus mal que le vide qui l'éventrait maintenant. Le grand hippie blond qui était le mari de Shannon avait été le partenaire de Petrosky, son ami, presque son fils, ou c'est ce qu'il avait commencé à ressentir juste avant qu'il ne soit tué. Cela faisait six mois qu'il avait découvert le corps de Morrison dans une ruelle, le sang encore humide sur ses lèvres. Six mois qu'il avait perdu son garçon.

Son garçon.

D'avant en arrière, Shannon se balançait. Henry s'agita, puis se calma. — À Atlanta, nous serons avec ma nièce. Avec Alex.

Avec Alex, son beau-frère, mais pas avec son frère. Comment Atlanta pourrait-elle sembler moins vide qu'Ash Park ? Ici, ils avaient littéralement réduit en cendres le frère de Shannon après que le cancer l'ait emporté. Ash Park était un gouffre, aspirant toute la bonté du monde et l'étouffant sous des tonnes métriques de merde, mais c'était *leur* gouffre. Et il passerait de vide à totalement insupportable si elle partait. — Tu as des amis ici.

— Ce n'est pas pareil. Shannon souffla une boucle blonde de son visage. — Toi, plus que quiconque, tu devrais comprendre.

— Tu veux que je déménage à Atlanta ? Qu'est-ce que je suis censé faire à...

— Travailler. Obtenir un poste de détective. Prends ta retraite si tu veux, mais viens avec nous. Evie et Henry adorent leur Papa Ed. Et peut-être qu'avec un changement de décor, tu pourras sortir de ce... elle fit un geste vers la pièce... marasme. Elle déglutit difficilement et l'évalua, les yeux plissés en une question, ou peut-être qu'elle était encore en colère contre lui. Elle avait probablement une raison d'être en colère, pas qu'il puisse se rappeler pourquoi maintenant alors qu'il était encore à moitié ivre, ou il devait l'être vu la façon dont son visage oscillait.

— Tu critiques ma grotte d'homme ? Il suivit ses doigts. L'appartement était minuscule, une seule pièce, avec un câblage électrique qui, s'il avait été un homme plus chanceux, aurait pris feu et brûlé l'endroit avec lui dedans. Des toilettes qui ne fonctionnaient que la moitié du temps. Rien de sentimental ou vaguement douillet n'était exposé ; même l'ordinateur portable de Morrison avait été relégué dans le placard parce que c'était trop douloureux de le regarder. Certains jours, les toiles d'araignée étaient la seule chose qu'il pouvait regarder avec une certaine affection — Julie détestait quand il tuait les araignées.

— Une grotte a de meilleures commodités, dit Shannon. Tu n'as même pas de couette. Elle hocha la tête vers son matelas simple posé au sol à côté de la boîte en carton qu'il utilisait comme table de nuit. La boîte qui contenait tout ce qui lui restait de sa fille : un poster de son groupe de musique préféré, un bocal en verre qu'elle utilisait pour attraper des lucioles, quelques élastiques à cheveux. Parfois, il sortait la veilleuse de Julie et pensait à la brancher au mur, mais il avait peur que le câblage défectueux ne la fasse exploser, brisant un morceau de son cœur en même temps que le verre givré rosé. Et il n'avait pas de morceaux à perdre.

— Je suis bien ici, Shannon. Ou aussi bien qu'il ne le serait jamais.

— Je ne peux même pas amener Evie ici de peur qu'elle ne se blesse, souffla-t-elle. Cet endroit est... Je sais que ce n'est qu'à quelques kilomètres du commissariat, mais bon sang, Petrosky.

L'emplacement importait autant que le QI d'un membre de boys band. Il était venu ici pour mourir. Vendu sa maison, toutes ses affaires — l'argent était sur un compte en attendant Shannon et Henry et Evie. En attendant qu'il en finisse enfin avec cette vie. Jusque-là... Il jeta un coup d'œil à l'évier minuscule de la cuisine, au placard unique et marqué, à la cafetière toute neuve que Shannon lui avait offerte et qu'il n'arrivait tout simplement pas à se résoudre à utiliser. Jusqu'à ce qu'il meure, il souffrirait dans ce trou d'enfer. Il méritait ça.

Il méritait pire.

Morrison était mort parce que Petrosky n'avait pas attrapé leur suspect à temps. Il avait failli à son garçon, tout comme il avait failli à sa fille une décennie plus tôt. Dix ans depuis que Julie avait été assassinée, violée et laissée dans un champ la gorge tranchée, et bien qu'il ait fait de son mieux pour travailler sur l'affaire, il avait caché les photos de son corps derrière les notes écrites de l'affaire comme s'il pouvait rendre cela moins réel en évitant les images de son cadavre mutilé. Il n'avait pas non plus été capable de se forcer à lire certaines parties du dossier écrit, des sections sur la brutalité qu'elle avait endurée de son vivant. Pourtant, les derniers moments de Julie trouvaient leur chemin dans ses cauchemars, des rêves où il était toujours un fantôme, brumeux et impuissant, forcé de regarder quelqu'un arracher Julie du sentier de promenade. Il se réveillait toujours, haletant et trempé de sueur, avant de pouvoir être témoin du reste. Petrosky avait cherché son meurtrier, avait même trouvé d'autres crimes liés, mais chaque piste s'était éteinte. Aucune arrestation. Finalement, il avait abandonné.

Quel père il faisait.

— Ma place est ici, Shannon, dit-il, sa voix aussi basse et fatiguée qu'il se sentait. Il appartenait à cet endroit parce que Julie était ici. Partout où il allait apportait un murmure de souffrance, le vieux parc appelant « Papa, Papa » avec la voix de Julie si clairement qu'il pouvait presque croire qu'il se retournerait et la verrait là. Parfois, il conduisait et se retrouvait soudainement à errer dans un champ, et il réalisait qu'il la cherchait, s'attendant à ce qu'elle surgisse soudainement de derrière un arbre, les yeux écarquillés et riant. Mais il n'avait aucun souvenir d'avoir arrêté sa voiture sur le bord de la route.

J'ai failli à tous ceux que j'ai vraiment aimés. Petrosky inspira profondément, réprima un éternuement alors que les particules de poussière lui chatouillaient l'intérieur du nez, puis souffla l'air par ses narines comme un drogué agité. — Je ne vais nulle part.

— J'avais peur que tu dises ça.

Shannon regardait ses chaussures, son index tirant sur un fil lâche du porte-bébé comme si elle essayait de rassembler ses pensées.

— Réfléchis-y, d'accord ? On t'aime. Je ne peux juste pas... rester. Pas ici, pas là où il...

Quand elle releva les yeux vers Petrosky, ils étaient brillants de larmes.

— Je pense que tu as autant besoin que nous de changer d'air. Je ne veux pas que tu restes seul ici, à ne penser qu'à lui, — elle leva la main quand Petrosky protesta — et n'essaie pas de me dire que ce n'est pas le cas. Tu étais ce qui se rapprochait le plus d'un père pour lui. Il t'aimait.

Elle baissa la main et se balança doucement d'un côté à l'autre alors que Henry s'agitait.

— Écoute, je vais préparer la maison à Atlanta, et on aura une chambre d'amis. Tu pourras venir chez nous si tu veux nous rendre visite, ou même rester à long terme pendant que tu cherches du travail...

— Je n'ai pas besoin de ta pitié.

— Et tu ne l'auras pas.

Mais le regard dans ses yeux disait qu'elle avait pitié de lui malgré tout.

Son téléphone sonna, et il plissa les yeux en scrutant la pièce, essayant de déterminer d'où venait le son. Juste une sonnerie standard, pas "Hail to the Chief", la chanson que Morrison avait programmée pour quand le chef Carroll appelait du commissariat. Et il n'entendrait plus jamais la sonnerie "Surfin' U.S.A." de Morrison, bien qu'il imaginait parfois la mélodie tintinnabuler dans l'air tard dans la nuit quand le reste du monde était calme et silencieux. Parfois, il entendait le rire de Morrison. Même sa voiture sentait encore le café que Morrison préparait chaque matin. Dieu merci, le chef Carroll ne lui avait pas assigné un autre partenaire — il aurait probablement frappé le nouveau connard à la mâchoire pour ne pas lui avoir offert des conneries de hippie comme du granola. Et il détestait le granola.

Le téléphone sonna à nouveau... près de la fenêtre. Petrosky contourna Shannon et se dirigea vers le rebord de la fenêtre derrière le matelas.

— Petrosky.

— On a besoin de vous ici, Détective Apollon.

La voix était féminine, avec une intonation exigeante qui fit se dresser les poils sur la nuque de Petrosky.

— Victime par balle, continua la voix, suspect en fuite. Station-service au coin de la Onzième et Stone.

En arrière-plan, des pneus crissèrent et une voix masculine cria quelque chose que Petrosky ne put discerner.

L'appel venait-il du dispatching ? Il examina l'écran mais ne reconnut pas le numéro.

— Whoo, mon gars, c'est du grand n'importe quoi. Ça doit être un blanc.

— Qu'est-ce que...

Mais la ligne était déjà coupée, emportant avec elle la voix et le crissement de la circulation.

Petrosky glissa son téléphone dans son jean, ayant envie de gifler le dispatching ou quiconque avait dit à cette femme folle de l'appeler. Pourquoi ne faisaient-ils pas leur propre travail ? Mais au moins, il avait une raison de s'éloigner de l'interrogatoire de Shannon.

Et elle le regardait, bien sûr, avec la prudence mesurée

d'un avocat évaluant un client coupable. Il voulait se dire qu'il la laissait partir pour lui épargner la peine d'avoir à gérer ses promesses non tenues, qui seraient nombreuses ; Jack Daniels ne l'aidait pas à être très fiable. Mais il ne le faisait pas pour elle. Même la voir était comme un coup de poignard dans sa poitrine. Il avait fait perdre son mari à Shannon, et elle se porterait bien mieux sans lui maintenant, tout comme Morrison l'aurait été. Tout comme Julie l'aurait été — sa mère l'aurait emmenée loin d'Ash Park s'il n'avait pas été là pour les retenir.

Et Julie serait en vie.

Shannon embrassa les cheveux d'Henry, aussi blonds que ceux de Morrison, et cette pensée fit mal au cœur de Petrosky derrière le stimulateur cardiaque logé contre son sternum.

— Eh bien, si tu décides de venir, apporte simplement tes affaires quand tu viendras m'aider à charger le camion de déménagement.

— Qu'est-ce qui te fait croire que je vais charger le camion de déménagement ?

Shannon s'approcha de lui et l'embrassa sur la joue, ses lèvres douces mais froides.

— Tu l'as promis à Evie après avoir manqué son récital de danse la semaine dernière. Alors tu as intérêt à être là.

Elle se dirigea vers la porte.

— À mardi prochain.

Petrosky la regarda partir, le visage dur. Il n'y avait aucun endroit où il préférerait être que

avec Shannon, Evie et Henry la semaine prochaine, en train de charger le camion, les regardant descendre l'allée vers une nouvelle ville, une nouvelle vie. Shannon supposerait que c'était parce qu'il les aimait, et elle n'aurait pas tort. Mais elle ne savait pas que ce serait probablement la dernière fois qu'il les verrait. Peut-être qu'une fois que la voiture pleine de sa famille — son dernier lien vital — aurait disparu dans un nuage de poussière, il aurait enfin le courage de mettre fin à ses jours.

Obtenez *Rédemption* ici :
https://meghanoflynn.com

Chaque personne sur l'île de Glace a un agenda — certains compréhensibles, d'autres compliqués, certains carrément sadiques. Evelyn Hawthorn en est un exemple. Je vous parlerai d'eux tous plus tard... si nous tenons aussi longtemps.

FOUS BRISÉS GLACÉS
CHAPITRE 1

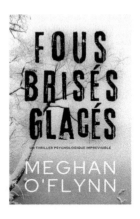

Il existe un outil de catégorisation officieux dans les hôpitaux psychiatriques, chuchoté parmi les psys : Fous, Brisés, Glacés. Si les gens de l'extérieur en avaient connaissance, ils grinceraient des dents et s'emporteraient sur le caractère politiquement incorrect de tout cela, mais ils ne se sont jamais volontairement entourés de personnes qui aimeraient leur crever les yeux. Certes, nous avons tous rencontré au moins une personne qui a envisagé à quoi pourrait ressembler notre peau tendue sur un fauteuil à la mode, mais là n'est pas la question. Des histoires comme celle-ci ne peuvent pas avancer sans transparence.

Donc... Fous, Brisés, Glacés.

Les *Fous*, ainsi nommés en référence au Chapelier Fou. Les troubles sévères et persistants ne répondent pas au genre de thérapie que les vingtenaires mentionnent sur les réseaux sociaux dans des blagues qui commencent par « OMD, mon thérapeute a dit ». Les *Fous* nécessitent des médicaments et une surveillance, tandis que la démence ou la schizophrénie creusent des trous dans leur matière grise. Ils quitteront ce monde aussi fous que le jour où ils ont été admis à l'Île de Glace — anciennement Domaine Iverson, puis Sanatorium Iverson, plus récemment Hôpital Psychiatrique Iverson, bien qu'ils pourraient tout aussi bien l'appeler « Le Manoir de Ceux qui n'Ont Plus Rien à Perdre ». Bienvenue chez vous, malades.

Mais je m'égare, comme mon père m'a prévenu que j'avais tendance à le faire. C'est l'une des raisons pour lesquelles j'ai passé une grande partie de mon enfance enfermé, là où il n'avait pas besoin d'écouter le ton agaçant de ma voix ou d'endurer mes longs discours insensés.

D'ailleurs, je préfère ne pas lui donner raison.

Continuons.

Les *Brisés*, malgré leur nom, n'ont rien à voir avec l'argent. Un traumatisme a coupé les *Brisés* de leur ancienne vie, les laissant gratter les murs comme s'ils pouvaient déterrer qui ils étaient avant que « ça n'arrive ». Il y a de l'aide pour les *Brisés* — les *Cassés* si vous voulez être pédant. Médicaments, thérapie, EMDR, électrochocs, oh oui, il y a de l'espoir pour les *Brisés*.

Bien sûr, tant qu'il y a de l'espoir, il est facile de croire que le problème, c'est *vous*. J'ai toujours pensé que si je travaillais plus dur, je pourrais comprendre ce que je faisais de mal — que je pourrais chasser mes démons et être comme les « gens normaux » qui étalent leur « vie normale » comme une parade interminable de mes propres échecs.

Mais les démons ne partent pas facilement. Ils s'enfouissent dans votre âme et résistent violemment à l'exorcisme. Tant que vous avez de l'espoir, vous avez de la douleur. J'ai appris à faire face au fil des ans — je suis un peu con, mais plutôt bien ajusté, voire même sympathique, si je puis me permettre — mais la plupart n'ont pas cette chance. J'en suis venu à croire qu'un espoir non partagé, ou l'espoir d'une vie « normale » impossible, est un sort pire que la mort. Surtout pour ceux enfermés ici.

Sur l'Île de Glace, *Fous* et *Brisés* signifient la même chose que les termes utilisés dans les hôpitaux du continent.

Les *Glacés*, c'est une autre histoire.

Sur le continent, les *Glacés* cherchent « trois repas chauds et un lit » — les admissions psychiatriques qui culminent début février avant le dégel. Ce sont les personnes que personne ne remarque dans la rue, sauf pour éviter leurs paumes tendues. Des vétérans, inutiles au gouvernement une fois qu'ils ont donné un membre à la cause ; ceux qui n'ont pas accès aux médicaments ou à la thérapie jusqu'à ce qu'ils s'ouvrent les veines et forcent un traitement d'urgence trop bref ; des types solitaires sans proches pour remarquer quand ils perdent le contact avec la réalité. Mais perdre sa prise sur la réalité ne rend pas nécessairement dangereux.

Mot-clé : *nécessairement*.

Je devrais clarifier ceci dès le départ : « psychopathe »

n'équivaut pas à « meurtrier ». Le trouble de la personnalité antisociale augmente les chances d'homicide, le gène du guerrier déclenche des tendances agressives en surdrive, mais c'est le traumatisme de l'enfance qui active l'interrupteur — pardonnez-moi — « tueur ». N'importe lequel des *Fous*, *Brisés* ou *Glacés* pourrait être déclenché pour se baigner dans votre sang. Convainquez n'importe qui qu'il ne peut pas survivre sans faire des choses horribles, et il saisira une lame. Si vous avez de la chance, ils l'utiliseront sur eux-mêmes.

Si vous n'avez pas autant de chance ? Eh bien.

Personne sur l'Île de Glace n'a littéralement froid, et c'est pour le plus grand bien. Les *Glacés* veulent votre peau tendue sur ce fauteuil, vos entrailles tressées en un délicat cordon, votre graisse utilisée pour alimenter le feu dans leur foyer. À défaut, vous leur êtes aussi inutile que les sans-abri le sont pour vous — ceux que vous ignorez parce que « il pourrait le dépenser en alcool » ou quelle que soit la justification morale qui vous aide à dormir. Les *Glacés* ont des justifications similaires pour les choses qu'ils aimeraient vous faire, et aucun de vous n'a plus raison — ou tort — que l'autre. La perspective est une chose amusante, n'est-ce pas ?

Bref.

Si vous rencontrez par inadvertance quelqu'un de *Glacé* sur le continent, vous pourriez vous en sortir. Nous connaissons tous au moins une personne que nous qualifierions de « psycho », et la moitié d'entre nous a probablement raison. Mais sur le continent, la plupart des *Glacés* ont appris à se comporter. Ils peuvent désactiver leur « interrupteur tueur » ; ils se soucient des conséquences. Ils ont encore des choses à perdre.

Mais contrairement à vous, qui piétinez dans la rue avec vos bottes de neige, faisant semblant que personne d'autre n'existe, les *Glacés* sur l'Île de Glace ne contournent pas les paumes tendues. Ils saisiront votre main, vous tireront dans l'enfer qu'ils jugent approprié. Vous ne les verrez jamais venir — ni partir non plus, d'ailleurs, sauf s'ils se plantent.

C'est pourquoi ils sont ici.

Ne vous y trompez pas : malgré l'erreur qui les a fait prendre, ceux enfermés sur l'Île de Glace sont vicieusement intelligents. Assez intelligents pour que les autorités refusent de les enfermer dans des prisons en raison des risques pour les autres meurtriers, refusent de les mettre n'importe où d'où ils pourraient s'échapper. Et une île au large des côtes de l'Alaska est aussi proche que possible de l'inévadable, comme elle a été conçue pour l'être — comme la famille d'Alcott Iverson s'en est assurée.

Mais le cher Alcott est une histoire pour une autre fois, tout comme les histoires des patients qui résident ici. Leurs dossiers, leurs antécédents, les rapports de police, les dossiers hospitaliers — je les ai tous. Je vous les transcrirai, mot pour mot, au fur et à mesure qu'ils deviendront pertinents. C'est intéressant, je vous l'assure, sans la moindre embellissement. Chaque personne dans cet établissement a un agenda, certains compréhensibles, certains attachants, certains alambiqués, certains carrément sadiques. Je vous parlerai d'eux plus tard...

Si nous tenons jusque-là.

Obtenez *Fous Brisés Glacés* ici :
https://meghanoflynn.com

Pour se sauver, elle devra affronter le tueur en série le plus vicieux du monde. Elle l'appelle simplement « Papa. »

Un thriller captivant qui vous tiendra en haleine : Dix-huit ans après que Poppy ait passé l'appel qui a enfermé son père, un étranger frappe à sa porte en affirmant qu'il n'est plus en prison. Poppy insiste sur le fait que son père ne peut plus nuire à personne — mais il est indéniable que quelqu'un la traque. Et elle ferait n'importe quoi pour que cela cesse... Si vous aimez Gillian Flynn et Caroline Kepnes, vous adorerez la série *Né Méchant*.

MOTS MORTELS
CHAPITRE 1

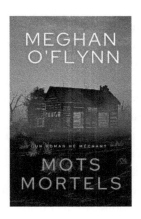

POPPY, AVANT

Je m'appelle Poppy, Poppy Pratt, et je suis à votre service, bien que je sois la première à admettre que je ne suis pas toujours de si bonne composition.

C'est dans ma nature, je suppose, et ça l'a toujours été — ce feu que je garde caché en moi coule dans mes veines. Papa dit que c'est comme l'air, comme l'eau, quelque chose qui passe inaperçu jusqu'à ce qu'on en soit privé. Je n'ai aucune raison d'en douter.

Je pense que nous sommes tous à un pas de la tempête si nous n'obtenons pas ce dont nous avons besoin, mais je suppose que cela fait paraître les choses plus intenses qu'elles ne le sont. Vous ne trouverez pas de maniaques ici, écumant de rage — nous ne sommes pas ces gens-là.

Peut-être à la limite de la manie, mais seulement si vous croyez les ragots qui circulent en ville. Les ragots ne nous concernent pas, d'ailleurs ; ils ne nous concernent jamais. Ils parlent des « déserteurs » — ces gens qui quittent notre ville ou les villes voisines à la recherche de quelque chose de mieux. C'est le genre d'endroit que les gens fuient — ils trouvent un travail, ils trouvent l'amour, ils s'en vont aussi vite qu'ils le peuvent. Ce n'est pas surprenant que quelqu'un puisse disparaître du jour au lendemain, alors la plupart des commères claquent de la langue, mais elles ne s'inquiètent pas pour les déserteurs. Elles ne savent pas qu'elles le devraient.

J'en sais plus que la plupart des gens. Je peux lire les livres du lycée, même si je n'ai pas le droit de le faire dans mes classes de primaire, et l'éducation que je reçois à la maison... eh bien, c'est un autre type d'intelligence.

J'appuie mes coudes sur la rambarde de notre étroite véranda arrière, le bois déjà humide, de petites échardes s'enfonçant dans mes avant-bras. J'aime cette sensation, humide et piquante — comme *quelque chose*. *Déchirant*. J'ai inventé ce mot quand j'étais plus petite pour décrire la façon dont certaines choses traversent vos défenses contre votre volonté, poignardant vos points faibles. Je ne pense pas que mon père aime beaucoup ce mot. C'est pour ça qu'il m'a acheté un dictionnaire, puis un thésaurus. Il n'aime rien de ce qui lui échappe, et ici, dans cette maison, les choses qu'on ignore peuvent être dangereuses.

J'appuie mes bras plus fort contre le bois, laissant les échardes piquer, les laissant transpercer — *déchirant, déchirant, déchirant*. Des hectares d'herbe luisante me fixent. Au-delà du vert, le ciel tranche l'horizon avec une blessure d'indigo profond qui ressemble à la marque laissée par un bon coup de fouet. Je ne le sais pas par expérience personnelle — mon père ne me frapperait *jamais* — mais presque tous les autres enfants que je connais portent les cicatrices de la rage de leurs parents. Ce n'est pas étonnant que les gens partent d'ici.

Le bois de la remise est humide aussi, je peux le voir à la couleur plus foncée le long de la dalle. Ce qui reste du crépuscule brille contre les planches face à l'ouest et peint les roses qui fleurissent autour du bâtiment d'une teinte rosée grisâtre. L'unique fenêtre est d'un noir brumeux.

Le vent caresse mes cheveux de ses doigts soyeux, mais il y a de l'électricité dans les nuages ce soir — pas seulement de la pluie. Nous allons avoir un orage. Tant pis — ça arrive tout le temps ici en Alabama, une succession d'ouragans certaines années — mais ce sera une marche humide et poisseuse vers une inondation, et c'est pire que le vent. Des pluies torrentielles ont détruit notre remise une année, l'eau montant au-dessus de la dalle de béton, soulevant les planches inférieures comme si elle allait l'emporter comme une nouvelle arche de Noé. Je me tenais sur le pas de la porte, le bras chaud de Papa à mes côtés, et je m'imaginais monter à bord, mes boucles blondes comme des tire-bouchons dans la brise, mettant les voiles vers un autre endroit. N'importe où ailleurs.

C'était une mauvaise année. Jusqu'à ce que nous reconstruisions la remise. C'est ça la vie, et toutes les choses qui s'effondrent, qui s'écroulent sous la pression : elles ne peuvent pas rester en miettes. Pas quand elles m'affrontent. La nature m'a aussi donné de la colle, et je ne casse pas facilement.

Je cligne des yeux. La lumière s'allume dans la remise, et la vitre de l'unique fenêtre me fixe de l'autre côté de la cour, le chemin vers la remise brillant d'un orange rougeâtre brumeux. Tiède. Dilué.

Ça ressemble toujours à du sang.

**Découvrez plus de livres de Meghan O'Flynn ici :
https://meghanoflynn.com**

À PROPOS DE L'AUTEUR

Avec des livres jugés « viscéraux, envoûtants et totalement immersifs » (Andra Watkins, auteure à succès du New York Times), Meghan O'Flynn a laissé son empreinte dans le genre du thriller. Meghan est une thérapeute clinicienne qui puise son inspiration pour ses personnages dans sa connaissance approfondie de la psyché humaine. Elle est l'auteure à succès de romans policiers saisissants et de thrillers sur les tueurs en série, qui emmènent tous les lecteurs dans un voyage sombre, captivant et irrésistible, pour lequel Meghan est reconnue.

Vous voulez entrer en contact avec Meghan ?
https://meghanoflynn.com

Droits d'auteur © 2015 Pygmalion Publishing

Ce livre est une œuvre de fiction. Les noms, personnages, entreprises, lieux, événements et incidents sont soit le produit de l'imagination de l'auteur, soit utilisés de manière fictive. Toute ressemblance avec des personnes réelles, vivantes ou décédées, ou des événements réels est purement fortuite. Les opinions exprimées sont celles des personnages et ne reflètent pas nécessairement celles de l'auteur.

Aucune partie de ce livre ne peut être reproduite, stockée dans un système de récupération, scannée, transmise ou distribuée sous quelque forme ou par quelque moyen que ce soit, électronique, mécanique, photocopiée, enregistrée ou autre, sans le consentement écrit de l'auteur. Tous droits réservés.

Distribué par Pygmalion Publishing, LLC

www.ingramcontent.com/pod-product-compliance
Ingram Content Group UK Ltd.
Pitfield, Milton Keynes, MK11 3LW, UK
UKHW042219291224
452836UK00013B/130